D0027544

Una novela criminal

Jorge Volpi

Una novela criminal

Una novela criminal

Primera edición: abril de 2018

Diseño de portada: Penguin Random House
Imágenes de portada: © Protoplasmakid,
© Lyn Randle / Trevillion Images, © Nikolavukojevic / Thinkstock

www.megustaleerenespanol.com

ISBN: 978-1-947783-33-1

Impreso en Estados Unidos – *Printed in USA*

Penguin
Random House
Grupo Editorial

Para Rocío, Rodrigo y Diego

Y, otra vez, los conspiradores:
Eloy, Pedro Ángel; y Nacho, in memoriam

Le mélange du vrai et du faux est
énormément plus toxique que le faux pur.

Paul Valéry, *Cahiers*, II

Advertencia

Lector, estás por adentrarte en una novela documental o novela sin ficción. Ello significa que, si bien he intentado conferirle una forma literaria al caos de la realidad, todo lo que aquí se cuenta se basa en el expediente de la causa criminal contra Israel Vallarta y Florence Cassez, en investigaciones periodísticas previas o en las declaraciones y entrevistas concedidas por los protagonistas del caso. Si bien me esforcé por contrastar y confirmar los testimonios contradictorios, muchas veces no me quedó otra salida que decantarme por la versión que juzgué más verosímil. Para llenar los incontables vacíos o lagunas, en ocasiones me arriesgué a conjeturar —a imaginar— escenas o situaciones que carecen de sustento en documentos, pruebas o testimonios oficiales: cuando así ocurre, lo asiento de manera explícita para evitar que una ficción elaborada por mí pudiera ser confundida con las ficciones tramadas por las autoridades.

JV

Primera parte

La puesta en escena

1. La aguja y el pajar

La mejor manera de empezar una historia es con otra. Para narrar el caso de Israel Vallarta y Florence Cassez, los protagonistas de esta novela documental o de esta novela sin ficción, debo dirigir la mirada hacia un personaje en apariencia secundario: su nombre es Valeria Cheja, acaba de cumplir 18 años y estudia en una preparatoria privada de la Ciudad de México. Una adolescente de clase media como tantas: vanidosa, fiestera, ávida de mundo. Observémosla la mañana del 31 de agosto de 2005: el cabello negro, la camiseta blanca y los pants azules con jaspes también blancos del uniforme. Valeria suele pasar por sus amigas en el Seat rojo que le regalaron sus padres, pero hoy debe exponer en su primera clase y prefiere marcharse sola, consciente de que cada mañana la Ciudad de México se transforma en un campo de batalla donde millones de automovilistas se rebasan y amontonan en filas interminables a una velocidad que rara vez excede los veinte kilómetros por hora.

El aire fresco golpea su rostro cuando, cerca de las 07:40, sale al patio, arroja su mochila en el asiento del copiloto, toma su lugar frente al volante y enciende el motor. Entre su casa y el Colegio Vermont median unos veinte kilómetros y Valeria sabe que, si no se da prisa, el trayecto puede tomarle el doble de tiempo. La joven toma San Francisco Culhuacán y, poco antes de doblar hacia Taxqueña, un Volvo blanco se detiene frente a ella. La joven supone que el conductor ha sufrido una avería y frena en seco; por el retrovisor se percata de que una camioneta negra bloquea el paso a sus espaldas. El susto apenas le permite distinguir a los dos enmascarados que descienden del automóvil. Uno de ellos estrella la ventanilla de su lado izquierdo, le grita que no se mueva y la amenaza con una pistola, en tanto el otro la obliga a pasarse al asiento trasero del vehículo y se acomoda al volante; un tercer sujeto aborda la van negra.

Valeria se da cuenta de que el primero es el jefe de la banda, pues los demás se limitan a seguir sus instrucciones. Cuando el Volvo arranca de nuevo, éste le ordena quedarse callada y el sujeto a su lado la obliga a sumir el rostro en el asiento. El Seat avanza unos metros, gira en una callejuela y se estaciona. Uno de sus captores le cubre la cabeza con una manta, la obliga a bajar y la trepa en la camioneta sin ventanas; finalizado el trasiego, los tres vehículos se ponen otra vez en marcha. Asfixiada por el roce de la cobija, a la joven se le ocurre balbucir que está a punto de sufrir un ataque de asma. Los secuestradores le quitan la manta del rostro y le preguntan si necesita alguna medicina.

"Me dan miedo las armas", se justifica Valeria, fingiendo que se ahoga.

"No te preocupes, las vamos a esconder", responden sus captores y guardan rifles y pistolas debajo del asiento.

No será la primera vez que Valeria se valga de su astucia para obtener concesiones de sus secuestradores. Al cabo de diez minutos, la camioneta aminora la velocidad, da un rápido giro, atraviesa una verja —la joven escucha el rechinido de un portón metálico— y se estaciona en un patio interior. Los secuestradores la cargan en hombros, la introducen en la propiedad y la depositan en una incómoda silla de madera. El jefe de la banda, a quien los demás llaman Patrón, le pregunta cuánto dinero cree que su familia podría pagar como rescate. Pese al aturdimiento, Valeria inventa que Mayco Diseños, la empresa textil de su madre, atraviesa por severas dificultades económicas y le explica al Patrón que está sometida a un par de auditorías del Seguro Social y de Hacienda.

El secuestrador le exige entonces su celular; Valeria rebusca en su bolsillo y le entrega el Nextel que le regaló su madre.

Son las 07:50.

"Márcale a tu mamá", ordena el Patrón. Laura Maya Tinajero apenas tarda en contestar. "Estoy bien, no te preocupes", alcanza a musitar Valeria antes de que el Patrón le arrebate el aparato.

El secuestrador le explica a Laura que tienen a su hija en su poder, pero que nada va a pasarle si coopera con ellos; le ordena no dar aviso a la policía, le comenta que Valeria lo ha puesto al tanto de los problemas de la empresa y le pregunta qué cantidad estaría dispuesta a pagar por su libertad. Sin saber qué hacer, Laura confirma la mentira y alega carecer de efectivo. El Patrón le exige diez millones de pesos.

"¿Cuál es el nombre de su padre, doña Laura?", le pregunta. Tomada por sorpresa, Laura responde que se llama Humberto. "A partir de ahora tiene que llamarme así", le indica el Patrón antes de cortar la llamada.

Cerca de las 08:00, el secuestrador vuelve a marcarle a Laura para saber si ya tiene idea del monto que será capaz de reunir. Más flexible, le propone una rebaja de cinco millones.

Valeria, entretanto, ha permanecido inmóvil en la silla. Alguien le retira la manta de la cabeza y ella siente cómo le acomodan el cabello, le colocan una borla de algodón en cada ojo y proceden a vendarla. Poco después la trasladan a uno de los sillones de la sala, un poco más mullido.

A las 10:45, el Patrón le llama otra vez a su madre para indicarle dónde se encuentra el Seat de Valeria. Laura le ordena a un empleado de la empresa que vaya a recogerlo y, sin atender las indicaciones de los secuestradores, pide ayuda a la policía. Hacia las 11:00 se presenta en su domicilio la agente Murgui, de la Dirección de Análisis Técnico de la Procuraduría General de la República; acostumbrada a este tipo de crisis, lleva consigo un maletín con una grabadora, un teléfono y un identificador de llamadas. Desde ese momento, la agente acude a diario a su casa para aconsejarla; también se entrevista con el padre de Valeria, el empresario judío Benjamín Cheja, y con la madre de Laura.

Para tranquilizar a Valeria, el Patrón le explica que son profesionales y le adelanta que, si su familia hace lo que piden, quedará libre en poco tiempo. También le explica que están arreglando su cuarto y que deberá esperar a que esté listo; Valeria finge mostrarse comprensiva y le dice que entiende que todo el mundo debe buscarse una forma de ganarse la vida. Pasa varias horas allí, sentada y vendada, oyendo las voces de los comentaristas televisivos y las conversaciones y movimientos de sus captores. "Aquí han estado políticos súper importantes", le presume el Patrón, "empresarios y gente así."

Un escalofrío recorre la espalda de Valeria. "¿Y no han matado a nadie?", cuestiona. "Hace tiempo tuvimos a un señor casado, con un hijo", le contesta el Patrón para amedrentarla y le cuenta que pidieron mucho dinero por su rescate y al final el hijo ofreció un millón de pesos. "Por esa cantidad preferimos matarlo." También le revela que en otra ocasión tuvieron en su poder a una niña ("como de tu edad"), hija de un político importante. El padre confesó que, si bien sería capaz de reunir el dinero del rescate, no tendría modo de justificarlo ante la prensa. "Y entonces también tuvimos que matarla."

Dejando atrás este tono macabro, el Patrón vuelve a interrogarla sobre las propiedades de su familia y Valeria reitera la misma historia de problemas financieros. El líder de la banda le confiesa que la seguían desde hacía un mes y que pertenecen a la banda que la detuvo en el Periférico el viernes anterior. Valeria recuerda que esa tarde unos sujetos le impidieron el paso, pero, como iba con un grupo de amigos, los dejaron ir luego de revisar sus papeles.

Horas más tarde, los secuestradores depositan un plato de comida sobre la mesa; Valeria apenas prueba bocado mientras el Patrón continúa el interrogatorio. Ella escucha cómo los demás se sientan a comer y pide permiso para ir al baño. Otro de los captores la acompaña a la planta alta; en el camino ella repara en el desnivel entre el comedor y el pasillo y por debajo de la venda entrevé los mosaicos azules del piso.

Por la noche la trasladan a otro cuarto y, un poco más tarde, a la que será su habitación durante el resto de su encierro, en la planta alta. El Patrón le explica que puede quitarse la venda cuando ellos no estén, pero que cada vez que toquen a la puerta deberá colocarse contra la pared con una almohada o las sábanas sobre la cabeza. Además del colchón, Valeria encuentra un televisor de veinte pulgadas, un equipo de DVD, una mesita y un ventilador. Del techo pende un foco sostenido por un cable negro. En el baño adyacente, al cual se accede atravesando el leve desnivel, descubre un lavabo color crema y una bañera y un excusado blancos.

"Te me imaginas mucho a mi hija", le susurra el Patrón. "Te juro que no vas a estar mucho tiempo aquí. No te preocupes, nadie va a tocarte ni a hacerte daño."

Valeria le ruega que se quede, ya que desconfía de sus empleados. El Patrón permanece con ella unos minutos; luego le explica que tiene cosas que hacer y desciende a la planta baja. A las 21:07, le marca otra vez a Laura.

"Quisiera que me dé alguna respuesta."

A la madre de Valeria se le quiebra la voz. El Patrón se esfuerza por tranquilizarla y después la vuelve a intimidar. "Nosotros no vamos a ceder", se enfada y le indica que el dinero del rescate deberá estar en billetes de doscientos, quinientos y mil. Laura insiste en que no tiene ese dinero y, furioso, el secuestrador cuelga.

Transcurre un lento y angustioso día sin que Laura reciba noticias de los secuestradores. Valeria permanece en su cuarto, adonde le llevan sopa de pasta y una milanesa. Por la noche la visita el Patrón, un hombre locuaz y pródigo en opiniones que se queda a platicar con ella largo rato.

A las 07:42 del 2 de septiembre, Laura recibe una nueva llamada mientras la acompaña, como de costumbre, la agente Murgui. La madre de Valeria le dice al secuestrador que ha logrado reunir casi cien mil pesos.

"Ay, señora, ya empezamos mal", se enfurruña éste, "teníamos confianza en que no iba a decir tonterías." Laura insiste en que no tiene la cantidad que le pide. "Pues qué lástima, de veras, era una chica muy linda."

La comunicación se interrumpe; segundos más tarde, el Patrón vuelve a marcar y le grita a Laura que, si vuelve a colgarle el teléfono, no volverá a llamar. "Se le dijo que no avisara a nadie", la regaña. Humberto le dice entonces algo significativo: "No se deje usted llevar por gente que no tiene la misma sangre de usted y de su hija."

La negociación prosigue en la misma tónica: el secuestrador exige su pago y Laura reitera que no tiene más que cien mil pesos. Como si fuese el regateo en un mercado, éste le propone una rebaja sustancial: ya tampoco serán cinco millones, sino lo que ella tenga a bien reunir.

El Patrón sube poco después a la habitación de Valeria; ella se coloca contra la pared y uno de los secuestradores le venda los ojos. El jefe de la banda la convida a la mesa, ambos desayunan sendos platones de cereal y él le explica que al parecer le dieron mal sus datos, pues sólo secuestran a gente rica. Le advierte, sin embargo, que debe cuidarse de los *ojetes* que tiene a su alrededor y le adelanta que muy pronto se dará cuenta de quién la ha entrampado. "Yo ya quiero que te vayas", le confía el Patrón y, en una suerte de síndrome de Estocolmo a la inversa, añade que no quiere ningún rescate porque Valeria ha sido una niña muy valiente.

La joven pasa el resto de la mañana en su habitación. A la hora de la comida, dos sujetos le suben otra vez sopa de pasta y una milanesa. Ella vuelve a su juego: exige papas fritas, botanas y películas en video; los secuestradores cumplen su petición. Valeria tira la comida chatarra al excusado, pero su capricho le permite creer que mantiene cierto control sobre su vida. El resto del día revisa sus cuadernos de la escuela, oye la radio y ve un poco de tele.

En su conversación de la noche anterior, el Patrón le pidió que todas las tardes, a la misma hora, escuche un programa de radio de Amor FM, en el 95.3 del cuadrante: una de esas emisiones de autoayuda en las que el conductor da un sinfín de consejos sobre todos los tópicos posibles. Por la noche, mientras los dos cenan espalda contra espalda, el líder de la banda la examina sobre lo que aprendió en la radio, endilgándole interminables reflexiones sobre la vida. Un secuestrador con vena de filósofo.

Tras otro día sin noticias, el 4 de septiembre, a las 12:57, Laura recibe un nuevo telefonema. El Patrón le ordena dejar fuera a Benjamín, el padre de Valeria; ella le dice que ha logrado reunir ciento ochenta mil pesos. Sin prestar demasiada atención, éste vuelve a preguntarle por sus propiedades, su camioneta —Laura le explica que no ha pagado los abonos en seis meses— y la colegiatura de la escuela, cotejando sus respuestas con la información que alguien le ha proporcionado. Laura, por su parte, trata de generar en él cierta empatía contándole de la enfermedad de su madre.

Otro miembro de la banda irrumpe esa tarde en el cuarto de Valeria. Su voz es más gruesa que la del Patrón; su tono, violento y amenazante. Le dice que no entiende por qué su jefe la consiente tanto, que está harto y que ella terminará por pagarlo. Cuando el Patrón visita a Valeria por la noche, la encuentra llorando; le toma la mano y trata de apaciguarla. "Estoy empezando a encariñarme contigo", le dice y añade con su estilo de lector de manuales de autoayuda: "Para mí también es doloroso tenerte acá. Aunque la jaula sea de oro, jaula es."

Por su parte, Valeria le entrega una larga carta para su mamá; convencida de que jamás volverá a ver a su familia, le escribe que no la han maltratado y le pide tratar de ser feliz. El Patrón promete enviarla por la mañana.

A las 21:55, Laura recibe una nueva llamada. Le parece que la voz del otro lado del teléfono no es la misma de las ocasiones anteriores. Sin tomar en cuenta sus recelos, el secuestrador le pregunta sobre la renta que paga por su casa, las ganancias de la empresa y las máquinas que utiliza. "No coincide, señora, no coincide", refunfuña. "¿Cómo le hace para pagar la vida que llevan, la escuela, la comida, la gasolina, tantas cosas?"

Como el Patrón se mantiene ausente a la mañana siguiente, dos de sus hombres suben a la habitación de Valeria con comida. Mientras almuerza, le cuentan que llevaban siguiéndola un mes y que habían querido secuestrarla el lunes anterior, pero Valeria manejaba muy rápido. En otra ocasión tampoco pudieron detenerla porque iba con su madre y le repiten que no entienden por qué el Patrón quiere liberarla sin recibir el dinero, que éste nunca antes ha tomado esa actitud y que ella ha roto todas las reglas. Para tratar de apaciguarlos, Valeria les habla de futbol y les pregunta por sus equipos favoritos. Por la noche, cuando el Patrón sube a su cuarto, ella le regala un dibujo donde aparece al lado de su madre y el secuestrador ocupa el lugar de su padre: la manera de contrarrestar la escalofriante posibilidad de que el secuestrador se esté enamorando de ella. Éste promete liberarla.

A las 15:02 del 5 de septiembre, el Patrón vuelve a comunicarse con Laura; le pide que consiga unas bolsas negras, de las que se usan para la basura, para poner el dinero del rescate en billetes de varias denominaciones. Auxiliada por la agente Murgui, ella cuenta los fajos, previamente fotografiados con sus respectivos números de serie, y los coloca en las bolsas de plástico. A las 15:55, el Patrón vuelve a marcarle para saber si ha finalizado su encomienda. La negociación se enreda unos minutos cuando el secuestrador le pide a Laura que ella misma entregue el dinero en su Mercedes y ella le dice que no puede salir, que debe quedarse con su mamá y que enviará a su chofer en un coche distinto.

"¿Y a qué hora espero a mi hija?", pregunta Laura. El Patrón le promete dejarla por la noche en un lugar seguro. Laura le pasa el teléfono a su chofer y el secuestrador le da instrucciones. Tras un enrevesado diálogo sobre el celular que habrán de usar para comunicarse, el Patrón accede al intercambio. Con la venia de la agente de la AFI, el chofer se pone en marcha y deposita las bolsas de basura con el dinero en el lugar convenido.

A las 17:44, Laura recibe la llamada de confirmación. "Le tengo una noticia", le anuncia Humberto. "Relájese, por favor, ya usted cumplió, ahora me toca cumplirle a mí. Relájese, deme usted tiempo de que mande y a la niña la traigan para acá. Yo se la pongo en un lugar sana y salva, ¿okey?"

"Gracias, señor, gracias", se emociona Laura.

"Ya tiene usted mi confianza al cien", añade el Patrón. "Ahora permítame demostrarle yo quién soy, hasta en esto yo también sé cumplir, señora. Cuídese mucho, cuide mucho a su hija, a su señora madre. Pero cuídese mucho, y cuídese de los ojetes que tiene usted alrededor, señora. No le puedo decir de dónde, puede ser un vecino, puede ser un familiar, puede ser inclusive alguien de su trabajo."

Cerca de las 20:00, los secuestradores suben a la habitación de Valeria, le ponen sus tenis y su chamarra azul marino y le vendan los ojos como la primera vez. "Te tenemos una noticia buena y una mala", le anuncian. "¿Cuál quieres primero?" Muerta de miedo, Valeria responde que la mala. "Primero la buena. Ya te vas a ir", juegan con ella. "Y ahora la mala: ¿qué estarías dispuesta a dar para irte?" La joven imagina lo peor. "No", se ríen, "ya te vas."

El Patrón sube a la habitación, carga a Valeria en hombros para bajar la escalera y la monta en un vehículo compacto tipo Pointer. Circulan unos quince minutos hasta detenerse en una calle oscura. El jefe de la banda la ayuda a bajar y camina unos pasos junto a ella. "Que Dios te bendiga", le dice y le da un beso en la nuca. "Perdóname por lo que te hicimos. Si alguna vez necesitas algo, sintoniza el mismo programa de radio, yo siempre lo escucho. Marca y di al aire: Humberto, necesito tu ayuda, y yo estaré allí." El secuestrador le quita la venda y, como Yahvé con la mujer de Lot o Hades con Orfeo, la conmina a no volver la vista atrás.

A las 21:20, Laura contesta la última llamada del Patrón, quien le dice que su hija ya se encuentra en la colonia frente a su casa. Laura pregunta si debe ir por ella y él le recomienda esperarla en casa. "Le pido mil perdones, pero pues era un trabajo más para esta gente y en este caso me tocó a mí estar entre usted y ella."

Observemos esa calle oscura en las inmediaciones de Coyoacán mientras Valeria camina hacia el portal de su casa y, ante las miradas conmovidas de sus hermanos y de la agente Murgui, se lanza en brazos de su madre.

Un secuestro como el sufrido por Valeria no es una excepción en el México de 2005: se trata de una práctica que, en las postrimerías del sexenio de Vicente Fox, el empresario que bajo las siglas del Partido Acción Nacional desplazó al régimen de la Revolución tras más de siete décadas en el poder, se ha vuelto casi normal. Debemos retrotraernos a esos años, antes de que se inicie la guerra contra el narco, para calibrar el malestar social frente a lo que se percibe como una repentina y pertinaz amenaza a la seguridad pública.

En esos momentos yo no vivo en México, pero con frecuencia me llegan ecos de nuevos *levantones*: una palabreja del bajo mundo que empieza a volverse moneda corriente en nuestro vocabulario. Abundan los secuestros de grandes y pequeños empresarios —los más expuestos y quienes más critican al gobierno por su inacción—, pero también de restauranteros, burócratas, profesionistas e incluso estudiantes y amas de casa. Todos conocemos a alguien que ha sufrido al menos un *secuestro exprés*: el asaltante aborda por la fuerza el taxi en donde viajas, te retiene hasta pasada la medianoche y te obliga a extraer el monto máximo del cajero automático en dos ocasiones; si te va bien, al final obliga al conductor a abandonarte en un descampado.

Fox afronta, entre mil promesas incumplidas de la transición democrática, esta epidemia de inseguridad. Para combatirla ha decretado que la antigua Policía Federal, tan desprestigiada durante el antiguo régimen a causa de su corrupción y sus motivaciones políticas, se transforme en la reluciente Agencia Federal de Investigaciones, a cuya cabeza ha colocado a quien se presenta como el mayor experto en el combate al crimen organizado: un ingeniero convertido en espía y luego en jefe policiaco. A su vez, éste le encarga a su hombre de mayor confianza el combate al secuestro.

Retengamos sus nombres: Genaro García Luna, director de la AFI, y Luis Cárdenas Palomino, director de Investigación Policial de la corporación.

La tarde del 13 de septiembre de 2005, Valeria y su madre acuden a la sede de la Subprocuraduría de Investigación Especializada en Delincuencia Organizada (mejor conocida por sus siglas: SIEDO) para declarar en torno al secuestro. Es muy probable que hayan estado allí antes de esta fecha, pues la joven fue liberada desde el 5, pero, si ocurrió así, no queda registro en el expediente. Localizada entonces en un desgarbado inmueble en la Plaza de la República, frente al Monumento a la Revolución —los restos del Palacio Legislativo planeado por Porfirio Díaz que jamás llegó a terminarse—, la SIEDO es una dependencia de la Procuraduría que, al igual que la AFI, se ha convertido en pilar de la nueva política de seguridad de Fox.

Valeria realiza su declaración poco antes de las 18:00 y su madre un par de horas más tarde. La joven afirma que no pudo distinguir los rostros de sus captores porque siempre estuvieron encapuchados, la obligaban a volverse contra la pared cuando entraban a su habitación y la mantenían con los ojos vendados.

La averiguación previa termina en manos del agente del Ministerio Público federal Alejandro Fernández Medrano, un abogado de Guadalajara de 28 años, rechoncho y lenguaraz, cuya carrera en la institución avanza con las mejores expectativas. En el enredado sistema criminal mexicano, corresponde al Ministerio Público

—un órgano autónomo dependiente del Poder Ejecutivo— la tarea de investigar las denuncias presentadas por los ciudadanos y determinar si existen elementos suficientes para consignar a los sospechosos y acusarlos ante un juez. A su vez, el Ministerio Público se vale de la Policía Federal, reencarnada en la AFI, para investigar los delitos. Un sistema tan complejo y meticulosamente regulado como ineficaz. Y una metáfora perfecta del país.

Uno podría imaginarlos como las versiones mexicanas de otras célebres parejas de investigadores: Sherlock Holmes y el doctor Watson; Starsky y Hutch; Cagney y Lacey. O, de manera más próxima, Matthew McConaughey y Woody Harrelson, los atormentados protagonistas de *True Detective*. Me refiero a los agentes de la AFI que reciben la orden de investigar el secuestro de Valeria: José Luis Escalona y José Aburto. El primero tiene 30 años, sólo llegó a concluir el bachillerato, es moreno y corpulento, está casado y se desempeña como Agente de Investigación C; su compañero tiene 25, es soltero, estudió la licenciatura en Derecho y también es Agente de Investigación C, un rango no demasiado elevado en la jerarquía policial.

Entre el 13 y el 26 de septiembre, ambos desarrollan una línea de trabajo que los lleva a relacionar el *modus operandi* de los secuestradores de Valeria con seis casos ocurridos entre el 6 de junio de 2001 y el 17 de mayo de 2005. Hay que recalcar que dicho *modus operandi* no parece distinguirse del empleado por cualquier banda de secuestradores: detener a la víctima colocando un coche frente a ella (en este caso, el Volvo blanco), trasladarla a otro vehículo (la camioneta negra sin ventanas), taparle el rostro con una manta y vendarle los ojos. El único dato relevante que esgrimen para justificar sus sospechas es una declaración de Valeria según la cual sus cuidadores le confesaron ser profesionales y dedicarse a secuestrar "gente rica, personas importantes y hasta políticos".

La agente Murgui es la responsable de conducirlos hacia estas pistas. Aunque carece de cualquier formación como perito en fonología, es ella quien concluye que Humberto (es decir, el Patrón) participó en otros seis secuestros. Tras escuchar un sinfín de grabaciones almacenadas en el banco de voces de la PGR, concluye que la voz del Patrón es idéntica a la del sujeto que negoció los rescates de los empresarios judíos —el dato no será irrelevante— Elías Nousari, Emilio Jafif y Shlomo Segal, así como los de Margarita Delgado y Roberto García. La agente Murgui también vincula el secuestro de Valeria con el de Ignacio Figueroa, cuyo caso es el único que se resolvió de manera sangrienta, pues, a diferencia de los anteriores, liberados tras pagar sus respectivos rescates, su cadáver fue hallado en el interior de un coche el 9 de julio de ese 2005.

El 27 de septiembre, Laura se presenta de nuevo en las oficinas de la SIEDO y Fernández Medrano la hace escuchar una a una las grabaciones de estos seis casos. Según su declaración, firmada a las 20:00, la madre de Valeria reconoce la voz del secuestrador de Ignacio Figueroa como la del primer hombre que se puso en contacto con ella, es decir, el primer sujeto que se hizo llamar Humberto. Laura basa su certeza en que ambos usan expresiones como "créame, yo creo en usted", "desgraciadamente esta vez le tocó a usted", "sólo cumplo con las órdenes que me dan" o "yo solamente estoy haciendo mi trabajo".

Para esclarecer el crimen, los agentes Escalona y Aburto tienen a continuación una idea genial: emprender una serie de recorridos por el sur de la ciudad, en compañía de Valeria, en busca del Volvo blanco y la casa de seguridad donde ella estuvo presa. Esa zona de la Ciudad de México, dividida entre las delegaciones Coyoacán, Tlalpan y Xochimilco, abarca unos 475 kilómetros cuadrados y cuenta con una población cercana al millón seiscientos mil habitantes, por lo que resulta natural que durante largas semanas los agentes Escalona y Aburto no sean capaces de localizar ni la casa ni el coche.

Imaginemos la escena: según su propio testimonio, un día sí y otro también los agentes Escalona y Aburto se presentan en el domicilio de Valeria; cada vez más acostumbrada a su presencia, ella los saluda con cordialidad y aborda la patrulla. ¿Y entonces? Avanzan hacia el lugar del secuestro e inician su *rondín* por el congestionado sur de la Ciudad de México tratando de repetir el itinerario que los captores siguieron el 31 de agosto. Recordemos que ella está cubierta con una manta, que se siente aterrada y sofocada, y que su memoria de los giros y sobresaltos en el camino, e incluso del tiempo que tomó el trayecto hasta la casa de seguridad, no puede ser muy precisa. Supongo que la patrulla a veces se encamina por San Francisco Culhuacán, otras por Taxqueña o Calzada de Tlalpan; a veces se dirigen hacia el norte, a veces hacia el sur; en otras ocasiones prefieren el oriente o el poniente. Días y días agotados en la imposible búsqueda de un Volvo blanco o de una casa de seguridad de la que no tienen ninguna descripción porque, según Valeria, ella jamás vio la fachada del inmueble. Aun así, los agentes Escalona y Aburto perseveran, confiando en hallar la aguja en el pajar.

Hasta que la encuentran.

A principios de diciembre (en sus informes los agentes no refieren ni la fecha ni la hora del hallazgo, aunque debió ocurrir el día 2), la joven y los agentes de la AFI realizan otro de sus rondines cuando, según sus informes, al circular por Viaducto Tlalpan a la altura de la desviación hacia la carretera federal a Cuernavaca, una vía rápida de cinco carriles por lado, avistan un Volvo gris plata sin placas. Según Escalona y Aburto, Valeria no sólo reconoce de inmediato el automóvil, sino a su conductor.

Los agentes Escalona y Aburto consideran que la situación puede tornarse peligrosa y dejan a Valeria en compañía de otro agente de la AFI (no queda claro en qué momento lo llaman, esperan a que llegue, le confían a su testigo y reemprenden la marcha sin perder de vista al sospechoso) y siguen al Volvo gris plata hasta que se detiene en el kilómetro 29.5 de la carretera federal, a la altura de Ahuacatitla, frente a una propiedad con un portón de metal donde se aprecia un letrero que dice *Rancho Las Chinitas*, en la colonia San Miguel Topilejo.

Tras constatar este hecho, los agentes regresan por Valeria y la llevan de vuelta a su casa. Al escribir estas líneas, me preocupo por constatar en Google Maps que la distancia entre la casa de Valeria y Las Chinitas es de unos veinte kilómetros, que a buena velocidad se recorren en unos treinta y cinco minutos, un tiempo mucho mayor a los diez fijados por Valeria y los agentes.

Debo detenerme aquí para imaginar, o tratar de imaginar, cómo se realizó el hallazgo. La patrulla de los agentes Escalona y Aburto circula a buena velocidad por Viaducto Tlalpan; en el asiento trasero, Valeria mira hacia un lado y hacia otro en un agónico intento por localizar un Volvo blanco. De pronto, Aburto o Escalona le señalan un vehículo —que sí es un Volvo, pero no blanco, sino gris—, y le dicen: *mira, ¿no será aquél?* Valeria se concentra y, pese a que tanto la patrulla como ese automóvil avanzan a buena velocidad, reconoce a su conductor. ¿Cómo? Tendríamos que suponer que los policías se emparejan de su lado izquierdo (el único modo de apreciar de cerca al piloto) y entonces la joven recuerda, ¿qué? ¿La forma de su cabeza, su mentón, su corte de pelo? Según los agentes, Valeria no tiene dudas: es el Patrón.

Una de las ventajas del novelista es que apenas cuesta trabajo distinguir una escena inverosímil. En otras palabras: una escena falsa.

A partir del día siguiente, los policías vigilan la propiedad y fotografían a su ocupante, si bien en el expediente jamás detallan fechas u horas. Tengo en mis manos la copia de una de las imágenes supuestamente tomadas en esos días, donde aparece un hombre moreno, con el cabello muy corto y barba de candado, delante de un Volvo que parece gris (con certeza no es blanco). Tras preguntar a los vecinos, los agentes averiguan su nombre: Israel Vallarta Cisneros.

Otra fotografía muestra el *interior* de Las Chinitas, en la cual se aprecia el patio central y el empedrado con una cruz de piedra en el centro: ello sólo puede significar que los agentes Escalona y Aburto ingresaron en la propiedad *antes* de la detención de Vallarta, sin disponer de una orden de cateo y cuando, según asegurarán más adelante, se encontraban allí tres personas secuestradas. Una foto más, tomada por agentes de la policía que se disfrazan de empleados de Telmex, incluye a un sobrino de Israel, Juan Carlos Cortez Vallarta.

El 3 de diciembre, los agentes Escalona y Aburto siguen a Israel cuando éste se dirige en el Volvo gris plata hacia el oriente de la ciudad y lo observan detenerse en tres lugares antes de volver a Las Chinitas. Según el recuento de los policías, Vallarta primero se apea en dos casas en la delegación Iztapalapa (según ellos, en la segunda mantiene contacto durante treinta minutos con dos jóvenes que habitan en el lugar) y luego recorre media ciudad para dirigirse a la colonia Vértiz Narvarte, donde según los agentes permanece cuarenta o cuarenta y cinco minutos antes de volver al rancho.

Los agentes Escalona y Aburto asientan que la segunda propiedad es un despacho contable cuyos inquilinos son considerados por los vecinos como "gente con actitudes sospechosas". Más relevante resulta la presencia de Israel, jamás documentada —por alguna razón los agentes no se preocupan por tomar fotos—, en Moctezuma 257, el segundo domicilio en Iztapalapa; los agentes Escalona y Aburto descubren que dicho inmueble pertenece a la familia Rueda Cacho, dos de cuyos miembros, José Fernando y Marco Antonio, serán vinculados con el secuestro y homicidio de Ignacio Figueroa al que me referí antes. Recordemos que, al ser confrontada con el banco de voces de la PGR, Laura confirmó que la voz del negociador de este secuestro era la misma del Patrón.

Si un policía sin suerte no es un buen policía, los agentes Escalona y Aburto parecen ser los mejores policías del mundo: en un recorrido aleatorio por una muy extensa y poblada zona de la ciudad no sólo logran que la víctima identifique a uno de sus captores (al cual nunca vio de frente ya que según su dicho inicial siempre estuvo vendada o contra la pared), en un automóvil en marcha (que de pronto deja de ser blanco para adquirir una tonalidad gris plata), sino que, al seguir sus pasos, éste los conduce a la casa de los supuestos secuestradores del fallecido Ignacio Figueroa. Todo encaja.

Provistos con estos elementos, los agentes Escalona y Aburto solicitan las licencias de conducir de los dos sujetos con los que, según ellos, estuvo Israel en Iztapalapa: los hermanos José Fernando y Marco Antonio Rueda Cacho. Una vez con las copias de las identificaciones en su poder, el 3 de diciembre se trasladan a la casa de Valeria para mostrárselas junto con los duplicados de las fotos que le tomaron a Vallarta. Según el informe policiaco, ella no sólo identifica el Volvo, sino a su dueño, a quien reconoce como el Patrón, así como a los dos sujetos que supuestamente hablaron con él frente a la casa de Moctezuma 257: los hermanos Rueda Cacho. O al menos ésta es la historia que los agentes Escalona y Aburto asientan en su informe.

Conforme al registro de entradas de la SIEDO, Valeria se presenta ante Fernández Medrano para ampliar de nueva cuenta su declaración el 5 de diciembre. Permanece allí entre las 18:40 y las 20:40; no obstante, su testimonio aparece fechado el día 4. Este día, Valeria tiene un súbito recuerdo que le permite identificar, ya sin asomo de duda, a Israel Vallarta como el Patrón.

"Al segundo día de mi secuestro", declara, refiriéndose al 1º de septiembre de 2005, "el jefe de la banda, al que le decían el Patrón, fue a mi habitación y me pregunto qué quería y yo le respondí que un espejo. Me contestó que eso no se podía hacer, pero que iba a hacer una excepción y que iba a mandar a sus muchachos a que me lo trajeran y lo colocaran. Después de una hora llegaron los dos sujetos que también me cuidaban y me dijeron que me tapara la cara porque iban a entrar a dejarme el espejo."

La insólita generosidad del Patrón no sólo le concede a Valeria la posibilidad de disponer de un espejo, sino de un espcjo que, según su relato, mide metro y medio de largo por cincuenta centímetros de ancho. Un espejo monumental que a la postre se transforma en un regalo invaluable: le permite admirarse de cuerpo entero y, adicionalmente, a la manera de los cuentos de hadas, le confiere la posibilidad de entrever el rostro de su secuestrador.

"Después de que dejé de escuchar el ruido del taladro", cuenta Valeria, "pensé que ya habían instalado el espejo, por lo que me levanté un poco la sábana y logré ver a través del espejo la *media filiación* de quien identifiqué por la voz como el jefe de la banda, sin que dicho sujeto se haya dado cuenta, motivo por el cual ya no quise exponerme a verlo otra vez. Sujeto que logré darme cuenta que era de aproximadamente 35 años de edad, complexión regular, es decir no estaba gordo ni flaco, y de aproximadamente 1.75, piel blanca y cabello corto, un poco quebrado y con entradas de cabello poco pronunciadas."

Valeria jamás declara que el sujeto lleve barba de candado: un rasgo que sería imposible pasar por alto. En cambio, en la foto que le mostraron los agentes Escalona y Aburto, Vallarta aparecía con este tipo de vello facial.

"El día sábado 3 de diciembre del presente año", indica el testimonio ministerial de Valeria, "me fueron a visitar los mismos elementos de la AFI con los que fui a realizar los recorridos que anteriormente referí, los cuales me mostraron varias impresiones fotográficas en las cuales había impresiones de casas, de varios vehículos y varios sujetos, motivo por el cual inmediatamente identifiqué el vehículo marca Volvo gris plata como el mismo que en los días anteriores habíamos visto y el cual *probablemente* sea el mismo en el cual me hayan interceptado para secuestrarme."

Valeria reconoce en la foto a la persona que se encuentra parada al lado del Volvo como el mismo que participó en su secuestro y al cual logró observar a través del espejo. Asimismo, identifica a Marco Antonio y José Fernando Rueda Cacho, a los cuales conoció por medio de un chico con el que salió unas cuantas veces, primo de ellos, Salvador Rueda, y afirma que dichos sujetos asistieron a la fiesta de cumpleaños que le organizó su mamá.

En las fotos de sus licencias, José Fernando luce menor a su edad, con el cabello muy corto, un rostro ovalado y, pese a su semblante de niño, una mirada dura y firme; su hermano Marco Antonio tiene en cambio una quijada amplia y cuadrada, casi agresiva. Por su parte, en las dos imágenes en las que Israel Vallarta se halla junto al Volvo gris plata, aparece vestido con una chamarra oscura y una camisa blanca y tiene la ya mencionada perilla o barba de candado. En la segunda, Israel dialoga con un hombre de negro, con gafas oscuras, al cual posteriormente identificará como un policía preventivo a quien le había pedido ayuda al notar la presencia de personas extrañas cerca de su casa.

Once años después de los hechos, Valeria trabaja en el área de relaciones públicas de una importante empresa de espectáculos. Llega a nuestra cita en el Sanborns del Centro Comercial Santa Fe, en una de las zonas más ricas de la ciudad —un *skyline* estilo Frankfurt construido en medio de antiguos basurales—, acompañada por su novio, un joven cineasta dueño de su propia compañía productora. Se le nota tranquila, con una vida muy lejana del momento que marcó su vida. Aunque en los años posteriores a su secuestro se negó a dar entrevistas, hoy no tiene empacho en hablar conmigo. Si tras su liberación declaró sin temor a las represalias para prevenir que otras personas sufrieran un destino como el suyo —o peor, pues a fin de cuentas ella no sufrió ningún daño físico—, ahora lo rememora con distancia y aplomo.

Su testimonio actual, un tanto empañado por el tiempo, contradice en algunos puntos sustanciales lo recogido en el expediente. Desde el momento en que rindió su primera declaración ante los agentes de la AFI, éstos le confiaron que ya tenían detectada a la banda que la había secuestrado. Incluso le aclararon que había tenido mucha suerte, pues sus miembros se distinguían por retener a sus víctimas durante largo tiempo y en muchas ocasiones terminaban asesinándolas a pesar de que sus familias pagasen los rescates (como en el caso Figueroa).

Si bien las fechas precisas se confunden en su memoria, Valeria no recuerda haber participado en la investigación hasta que, más o menos a principios de diciembre de 2005, recibió una llamada de la policía cuando se encontraba de vacaciones en Acapulco, urgiéndola a volver a la Ciudad de México. Los agentes le informaron que le tenían una buena noticia: habían localizado a sus secuestradores. Sólo cuando volvió a la capital los agentes le mostraron las fotografías de los hermanos Rueda Cacho y las imágenes de Israel frente al Volvo gris plata.

Hoy, Valeria sigue convencida de que Vallarta es el Patrón, pero reconoce que fueron los agentes quienes la convencieron de su culpabilidad y de que el cambio de color del Volvo se debió a que el secuestro había ocurrido de madrugada. Sólo después de mostrarle estas impresiones, los agentes la llevaron a hacer el rondín para identificar el vehículo. Los agentes Escalona y Aburto no parecían tener entonces tanta suerte como afirmaron en sus informes: el episodio en el que Valeria reconoce el Volvo en Viaducto Tlalpan —así como al Patrón—, nunca sucedió.

Todo lo anterior, sumado al extraño juego de fechas que coloca la ampliación de la declaración de Valeria después de que le hubiesen enseñado las fotografías, lleva a concluir que la AFI vigilaba a Israel desde antes de este secuestro y que las imágenes que le tomaron —en las cuales lucía una barba de candado— eran de una época anterior. Esta historia no se inicia, pues, con Valeria: ella no reconoció directamente a Israel, sino que los agentes Escalona y Aburto le mostraron sus retratos y le aseguraron que él era el líder de la banda.

Convencidos de que el secuestro de Valeria está relacionado con los demás casos de su lista, los últimos días de noviembre los agentes Escalona y Aburto se entrevistan con los empresarios Elías Nousari y Shlomo Segal, los cuales identifican el rancho Las Chinitas a partir de la inexplicable foto tomada en su interior, así como la ruta para llegar a él, que describen llena de curvas. Asimismo, recuerdan el empedrado por el que se accede a la propiedad y los fuertes ladridos de unos perros por la noche. Pero, ¿cómo reconocen el camino sin haberlo recorrido de nuevo? ¿Y cómo están tan seguros de que se trata de la casa de seguridad donde estuvieron presos si, conforme a sus testimonios, permanecieron siempre con los ojos vendados?

Tras este nuevo éxito, Escalona y Aburto buscan a Andrés, el hermano del fallecido Ignacio Figueroa, y le muestran las mismas imágenes que a Valeria. Éste no reconoce ni a Vallarta ni Las Chinitas, pero sí la casa de Moctezuma 257, donde asegura que vivían unos amigos suyos, los hermanos Rueda Cacho, con quienes mantiene una relación de amistad desde hace varios años.

Informado de todo esto, el 6 de diciembre Fernández Medrano accede a emitir un *Acuerdo de localización y presentación*, dirigido al ingeniero Genaro García Luna, director de la AFI, donde solicita la detención de las tres personas que considera involucradas en el secuestro de Valeria: los hermanos José Fernando y Marco Antonio Rueda Cacho e Israel Vallarta.

Valeria es una piedrecilla en lo alto de una cumbre nevada. El guijarro da vueltas y vueltas y en su descenso multiplica su tamaño al cubrirse cada vez con más capas de hielo hasta llevarse consigo a los hermanos José Fernando y Marco Antonio Rueda Cacho, así como a Israel Vallarta y a su novia, la francesa Florence Cassez; ya convertida en tumulto o avalancha, provocará el desmantelamiento —o la invención— de la que muy pronto será conocida como banda del Zodiaco; producirá uno de los más burdos montajes televisivos de la historia criminal de México; causará un revuelo mediático sin precedentes; tensará las relaciones diplomáticas entre dos países que hasta entonces se veían como amigos o aliados y provocará la enconada rivalidad entre sus presidentes, la cual determinará la cancelación del Año de México en Francia; auspiciará la captura de decenas de personas supuestamente vinculadas con Los Zodiaco, incluyendo a dos hermanos y a tres sobrinos de Israel; polarizará a la sociedad mexicana en torno a la posible liberación de la francesa por los vicios en el proceso; desatará la ira de incontables comentaristas y activistas o falsos activistas; y, a la postre —a más de una década de que Valeria haya puesto en marcha la avalancha, ésta aún no se detiene—, terminará por convertirse en prueba fehaciente de que el sistema de justicia mexicano no sólo estaba (y está) dominado por una arquitectura institucional abstrusa e ineficiente, sino por una corrupción abismal y una aberrante manipulación política, así como por el uso indiscriminado de la tortura, todo lo cual impedía (e impide) cualquier aproximación a la verdad.

Al comenzar esta novela documental o esta novela sin ficción no sé, no puedo saber, si Israel Vallarta y Florence Cassez son inocentes o culpables del secuestro de Valeria. Y no sé, no puedo saber, si participaron en los demás secuestros que se les achacan. Con algo de suerte, espero concluir estas páginas con una idea más clara de los hechos. Por mi parte, inicio este relato, mi propia investigación literaria del caso, como debieron hacerlo la policía y las autoridades judiciales en su momento: con la presunción de que Israel Vallarta y Florence Cassez son inocentes mientras no se demuestre lo contrario.

2. Los Vallarta y los Cassez

¿Quién es Israel Vallarta? Ésta es, acaso, la pregunta más difícil que me plantearé en este libro. ¿Quién es el personaje central de este relato cuya historia ha quedado opacada por la de su novia, Florence Cassez? ¿Un peligroso criminal o la víctima de una gigantesca conspiración? A ella, al menos en México y Francia, la conoceremos mejor: su repentina fama, debida al azar de su nacionalidad y a la persistencia de su presidente, la llevará a las primeras planas de diarios y revistas en todo el mundo, a comparecer en un sinfín de programas de radio y televisión e incluso a escribir dos libros que detallan su propia versión de los hechos. Todos los mexicanos hemos escuchado su voz un tanto gangosa y atiplada y sus erres francesas, o al menos eso solemos creer. Él permanece, en cambio, olvidado casi por la fuerza. Silenciado primero por las autoridades y luego por los medios. Por ello se impone conocerlos a ambos antes de que esta disparidad, que a ella la transformará en una celebridad global y a él apenas en su sombra, separe sus destinos. Porque su historia también es, al modo de *Romeo y Julieta*, la de un amor imposible entre dos familias o, en este caso, dos naciones enfrentadas.

Los Vallarta, seis de cuyos miembros han sido acusados de formar parte de la Banda del Zodiaco, presumen con orgullo su filiación con uno de los juristas más insignes de México, Ignacio Luis Vallarta, dos veces gobernador de Jalisco durante la dictadura de Porfirio Díaz y uno de los ministros de la Suprema Corte de Justicia que dejaron una impronta perdurable por su defensa de la legalidad y su compromiso con la justicia. Dos generales del ejército, José Vallarta Chávez y Álvaro Vallarta Ceceña, al lado del notario Guillermo Vallarta Plata, completan la nómina de figuras ilustres en su linaje.

Perteneciente al lado de la familia asentado tanto en Jalisco como en el vecino estado de Nayarit, Jorge Vallarta nació en 1926, en Guanajuato, durante uno de los viajes de su padre, un ingeniero químico que murió cuando su hijo no había cumplido nueve años. Las dificultades económicas provocaron que abandonase los estudios al terminar la secundaria, obligado a ganarse la vida por sí mismo. Un *self-made man* a la mexicana. Gloria Cisneros también era huérfana. Su padre, Alberto Cisneros, había sido un próspero comerciante que llegó a ser jefe de compras de El Palacio de Hierro. Alberto llegó a detentar un considerable número de acciones de la empresa, que vendió cuando un conocido lo invitó a participar en un negocio redondo: una mina de plata en Taxco. Cuando ésta se reveló seca, perdió todos sus ahorros, se derrumbó en una demencia prematura y murió cuando su hija tenía apenas 2 años.

Las familias Vallarta y Cisneros se frecuentaban desde antes de la debacle y Jorge solía jugar con los hijos pequeños del amigo de su padre. La primera vez que vio a Gloria, a quien le llevaba siete años, era una niña de párvulos que cayó de bruces mientras corría y él no aguantó la risa. A este episodio le siguió una camaradería infantil que se decantó en un precoz romance. Cuando Gloria tenía 14 años y Jorge, 21, los huérfanos se mudaron juntos: pese a los vaivenes de la vida en común, pasarían los siguientes sesenta años lado a lado hasta la muerte de ella, en 2011. Recuerdo a don Jorge como un hombre delgado y sereno, con un rostro melancólico que camuflaba la entereza con que presenció la paulatina destrucción de su familia: tuve ocasión de saludarlo cuando visitaba la casa de su hija Guadalupe, en la colonia de los Doctores, donde dormitaba o se paseaba con una sonrisa frágil y un andar de fantasma, acaso rememorando tiempos más felices.

Jorge y Gloria no se casaron hasta 1980, cuando ella le impuso un tardío ultimátum: o acudían al templo a regularizar su situación —era una fiel testigo de Jehová, fe que le transmitió a la mayor parte de sus hijos, en especial a Jorge y su familia— o lo dejaría para siempre. Doña Gloria era una mujer de armas tomar, además de una generosa ama de casa que no sólo crio a su numerosa progenie, sino que multiplicó los panes para recibir a sus sobrinos y a los amigos de éstos en una familia extendida que sumaba dos decenas de miembros. "No se espantaba ante la vida", dice de ella su hija Guadalupe.

Tras recalar en varios empleos, Jorge fue contratado por la distribuidora de automóviles Marcos Carrillo y se convirtió en uno de sus vendedores estrella. Sus ingresos le permitieron ofrecerles educación profesional a todos sus hijos, con excepción de Israel, el cual abandonó la preparatoria debido a la enfermedad que se abatió sobre su madre. La familia se asentó en Iztapalapa, que entonces no era el atestado suburbio que conocemos hoy —y que suele asociarse con una comunidad tan solidaria como brava, distinguida por sus sangrientas representaciones de la pasión de Cristo—, sino un barrio que iniciaba un febril desarrollo urbano.

En Iztapalapa nacieron Jorge, Yolanda, Soledad, David, Guadalupe, René y Arturo, y sólo los más pequeños, Mario e Israel, en el Pedregal de Carrasco, en el extremo sur de la ciudad, adonde se mudó la familia antes de retornar a Iztapalapa más o menos en la época en que a doña Gloria le fue diagnosticado el mal de Addison, una enfermedad de las glándulas suprarrenales que la condenó a entrar y salir de clínicas y hospitales durante las últimas décadas de su vida.

Don Jorge era un apasionado del futbol y los deportes, no bebía ni fumaba y llevaba una vida modelo. Para su familia, esos primeros años en Iztapalapa fueron idílicos en un entorno que entonces mantenía un carácter casi rural. Mientras doña Gloria sembraba hortalizas, don Jorge solía regalarles a sus hijos distintas clases de animales que éstos adoptaban como mascotas, perros, gallinas, puercos e incluso una vaca que jamás se atrevieron a sacrificar. La mayor afición de don Jorge eran los viajes y con su familia emprendió dilatados trayectos en automóvil de un extremo a otro del país. También le gustaba acampar y con frecuencia los Vallarta pasaban los fines de semana en el parque natural de La Marquesa.

Don Jorge y doña Gloria tenían motivos para sentirse orgullosos de sus hijos. Los Vallarta eran lo que en México se conoce como una familia muégano: en los buenos tiempos solían organizar grandes reuniones, a veces en casa de los abuelos, otras en el taller mecánico de René o en Las Chinitas, el pequeño rancho que Israel rentaba en el sur de la ciudad.

Como demuestran las fotografías que le tomaron los agentes Escalona y Aburto, Israel Vallarta, nacido el 16 de julio de 1970, era un joven guapo. Guapo en el entorno mexicano y acaso más guapo —cuerpo atlético y recio, tez morena clara, mirada firme, pómulos erguidos, cabello negrísimo y barba de candado—, para una extranjera blanca y pelirroja como Florence. Las fotos de su infancia y su juventud lo muestran fornido, correoso, y parece claro que desde la adolescencia estuvo bien consciente de su capacidad para atraer a las mujeres. A los 17, abandonó los estudios —a la misma edad que Florence— para cuidar de su madre. Peregrinó por empleos variopintos: vendedor de computadoras en Iztapalapa, empleado en Bardahl o administrativo en la cadena de restaurantes Ricker, hasta terminar en Casa Domecq y Pepsi-Cola.

Israel no había cumplido 18 cuando se enamoró de Jeanne Imelda Cossío, nueve años mayor que él, madre soltera con un hijo de 8 años, Christian Armando. Al poco tiempo, ella quedó embarazada y, en 1988, dio a luz una hija, Jeanne Saraid. Poco después del parto, Jeanne e Israel se mudaron a un departamento en Chalco, en el Estado de México. Dos años más tarde nació su segunda hija, Karla Anaid. En 1993, compró una casa a crédito en la Unidad Habitacional Tepozanes II, en Los Reyes, otro municipio conurbado del Estado de México, pero la pareja no tardó en tener problemas, al parecer vinculados con el alcoholismo de Jeanne, quien, según un documento que preparó la policía tras el arresto de Israel, intentó suicidarse en febrero de 1994. Unas semanas después se separaron e Israel se llevó por un tiempo a los tres niños, incluyendo a Christian, entonces de 14 años.

Entre junio de 1995 y febrero de 1996, Israel ayudó en el traspaso de un negocio de abarrotes en el municipio de Neza. Según informes recuperados por la AFI, a fines de ese año descubrió que Jeanne tenía un amante, lo cual provocó la ruptura definitiva entre ambos. Se casó entonces con una joven de nombre Érica, de la cual se divorció en menos de un año. Casi de inmediato conoció a Claudia Martínez, una mujer energética y empeñosa, con estudios de contaduría, con quien se fue a vivir a Zapopan, donde Israel compró una casa más o menos en la misma época en que sus padres se hicieron cargo de Karla Anaid. Entre junio de 1997 y enero de 1998, Israel y Claudia, ya casados, se trasladaron a la Ciudad de México y rentaron un departamento en Iztapalapa, cerca de los padres de éste.

Israel se resistía a permanecer en medio del tránsito, el esmog y el ruido de la gran ciudad y buscó un lugar que le otorgase la sensación de estar en el campo. Lo halló en una pequeña finca en la salida de la carretera federal a Cuernavaca, Las Chinitas, que en realidad poco tenía de rancho: no había animales ni hortalizas, sino apenas un patio central empedrado, una casa principal y un cuartito adicional en la entrada. Cuando Israel lo encontró no era más que un terreno baldío, pero lo remozó con esmero y, gracias a un crédito hipotecario, se empeñó en comprarlo. Con el tiempo se convirtió en el lugar donde él y sus hermanos continuaron su negocio de hojalatería y en el rincón elegido por los Vallarta para sus reuniones semanales. Tras su detención, las dueñas le aseguraron a la policía que Israel había intentado arrebatarles la propiedad mediante argucias legales poco ortodoxas, mientras que éste sostiene que hasta el día de su detención guardaba todos los depósitos que realizó durante esos años y que desaparecieron, con el resto de sus papeles personales, cuando la policía irrumpió en la propiedad.

Tras el nacimiento de los gemelos Brenda e Israel en 2000, los Vallarta-Martínez se mudaron a Guadalajara, de donde era oriunda la familia de Claudia. En la capital de Jalisco, Israel se dedicó a la compra de casas en preventa que revendía una vez remozadas y decoradas. Claudia, una mujer muy preocupada por su apariencia, sufría por la flacidez del vientre y las caderas a causa del parto. Unos amigos cercanos —Héctor Serrano, quien llegaría a ser secretario de Gobierno de la Ciudad de México, y su esposa— le recomendaron un nuevo sistema, de origen francés, que la ayudaría a recuperar la lozanía y detener su incipiente celulitis. Los resultados fueron sorprendentes y Claudia e Israel le pidieron a los Serrano el nombre del distribuidor de esos aparatos con la idea de acondicionar una parte de su casa para montar una clínica de belleza. El responsable era un francés, Sébastien Cassez, a quien los dos no tardaron en visitar en la Ciudad de México, iniciando una cercana amistad con él y su familia.

A los pocos meses, el spa de Guadalajara funcionaba con un apreciable éxito de clientes. Cada vez que Claudia e Israel estaban en México, se veían con Sébastien y su esposa, Iolany, y luego también con sus hijos, muchas veces en Las Chinitas, donde Israel preparaba carnes asadas. Si bien la distancia dificultaba que las dos parejas se viesen con frecuencia, nunca dejaron de llamarse por teléfono.

Las estancias de Israel en la capital provocaron numerosos conflictos con Claudia. Pronto Israel descubrió que ella y sus suegros llevaban una contabilidad paralela, sin informarle de las auténticas ganancias del spa, y luego descubrió una aparente infidelidad de ella. Acordaron una separación civilizada: Israel se iría a vivir a la Ciudad de México, aunque seguiría visitando a sus hijos los fines de semana sin informarles de sus problemas: ambos acordaron decirles que él había encontrado un trabajo en la capital.

Acompañando a su novia, Vanessa Iolany Mercado Baker, Sébastien Cassez, entonces de 24 años, había arribado a la Ciudad de México en 1998. A la devota hija de un pastor protestante la conoció en Lille cuando ella realizaba unas prácticas profesionales y los dos sufrieron lo que en Francia se conoce como un *coup de foudre*: ella dejó a su marido y él a su novia, y el 11 de octubre de ese mismo año celebraron su boda en México, a la cual asistieron los padres de Sébastien, aunque no su hermana Florence, demasiado ocupada con su trabajo.

Sébastien se vio obligado a trabajar *en negro* hasta que consiguió un puesto en el grupo Adecco y, en el

2000, en Géodis, un conglomerado de suministros, al tiempo que nacía su primogénito, Amaury, a quien le siguió un año después la pequeña Damaris. Sébastien conoció a otro expatriado francés, Michel van Welden, quien distribuía en exclusiva para América Latina aparatos de la compañía LPG Systems dedicados a la salud, la belleza y el deporte. Este hombre expansivo, viajero y deportista se convirtió en su guía —y en una suerte de mentor— y lo contrató como director financiero de su empresa.

Sébastien empezó a recibir decenas de pedidos. Fue en esos días cuando un joven ambicioso, elegante y muy seguro de sí mismo acudió a sus oficinas para hacerle un pedido para el spa que pensaba montar con su esposa —una mujer que a Sébastien le pareció tan voluptuosa como frívola— en Guadalajara. Su nombre era Israel Vallarta. "Simpatizamos y me invitó a su casa", escribió Sébastien años después. "Con mi esposa Iolany, nos recibió como reyes en su rancho familiar de México, en compañía de sus hermanos y sus padres. No sólo era un cliente, sino casi un amigo." Como muestra de esta cercanía, Vallarta le vendió su coche, que el francés pagó a plazos. Su impresión de Israel era la de un hombre de negocios confiable y encantador que, a diferencia de la mayor parte de los mexicanos, siempre cumplía sus compromisos.

Bajo su fachada de *bon vivant*, Van Welden descuidaba el negocio, fanfarroneaba y no cumplía con su cartera de pedidos; el enfrentamiento se volvió inevitable y Sébastien renunció a su puesto en 2003. Al regresar de unas vacaciones en Francia, se entrevistó con un grupo de empresarios judíos que buscaban establecer una filial en México de Radiancy, una compañía israelí especializada en productos estéticos. Entre ellos destacaba Eduardo Margolis, dueño de empresas de pinturas, automóviles blindados y ventas por televisión.

"No era demasiado enérgico", recuerda Sébastien de su primer encuentro con Margolis. "Escuchaba suavemente lo que uno le proponía, hablaba con una voz quebrada, con un tono apacible. Parecía un hombre calmado y seguro de sí mismo, pero sin consistencia. Sin duda, al principio encontré que se mostraba muy gentil, pero para mí no pertenecía al estilo de vanguardia de nuestros productos."

Al tanto de la experiencia del francés con Van Welden, Margolis puso sobre la mesa trescientos mil dólares para echar a andar el negocio, lo contrató como director general y le adjudicó el diez por ciento de las acciones. Sébastien comenzó a recibir un salario de 3,500 dólares mensuales mientras Margolis abría una cuenta en Holanda para depositar las ganancias sin pagar impuestos en México.

El proyecto no podía lucir más lucrativo para Sébastien, si bien los socios de Margolis, la mayor parte israelíes que habían trabajado en el ejército o en empresas de seguridad, le generaban cierta desconfianza. Aun así, Sébastien viajó a Israel y se asumió como un pilar de la compañía. Y pudo hacerse una idea de los demás negocios de su socio: a diario lo visitaban decenas de personas, entre ellas varios policías en uniforme; vendía autos blindados al gobierno (mediante otra de sus empresas, Epel) e incluso le tocó contemplar una exhibición de armas.

Sébastien colocó numerosos productos y máquinas de Radiancy entre sus antiguos compradores y muy pronto quiso empezar a recibir las ganancias que le correspondían, pero Margolis siempre encontraba un pretexto para no pagarle. En mayo de 2003, lo invitó a comer para explicarle la dilación: "Primero debo arreglar algunos pequeños problemas de tesorería", le explicó Margolis suavemente. "Ya veremos más tarde, no te preocupes. Pero dime todo lo que necesitas aquí y yo me encargo de dártelo."

Sébastien obtuvo un par de automóviles de la empresa, pero la presión de Iolany para que cobrase sus dividendos, que conforme a sus cálculos ascendían ya a unos 115 mil dólares, no aminoró. "Okey, vamos a pagarte", estalló Margolis cuando el francés volvió a exigirle su dinero, pero otra vez nada ocurrió. Presionado por su esposa, Sébastien endureció el tono y amenazó con renunciar. "Reflexiona bien tu decisión", lo amenazó su socio, "una vez que entras, ya no sales del Grupo Margolis."

En enero de 2004, Sébastien renunció al cargo de director comercial de Radiancy, si bien conservó sus acciones, y en marzo creó su propia empresa, Système de Santé et Beauté, para distribuir las mismas máquinas de depilación láser de Van Welden, el cual se había marchado a Estados Unidos. Como parte del acuerdo con su antiguo jefe, Margolis se convirtió en tesorero de la nueva compañía, lo cual significa que su relación no debía ser tan mala como Sébastien afirma. La nueva firma recibió un primer pedido de una máquina LPG en agosto, pero Sébastien descubrió que aún no la tenía en inventario. A fin de no perder el contrato, le pidió una a Margolis. A los pocos días de la entrega, sus clientes le dijeron que no funcionaba y lo obligaron a reintegrarles el sesenta por ciento del pago total de ciento cincuenta mil dólares. Sébastien estaba convencido de que Margolis lo saboteaba, le llamó para devolverle la máquina y exigió de nuevo su pago. Su socio le colgó el teléfono.

En agosto, Israel le llamó a Sébastien, tras dos años sin verlo, para recuperar las facturas de los aparatos que le había vendido. Ese día llegó a sus oficinas en Polanco y tomó el elevador junto con una joven pelirroja que de inmediato llamó su atención y que le pareció levemente conocida. Ambos descendieron en el mismo piso y se dirigieron a la misma oficina. "Te presento a mi hermana Florence", le anunció Sébastien. Ella se retiró a atender sus obligaciones mientras los dos amigos se ponían al tanto de sus vidas.

El francés notó a Israel muy cambiado: delgado y sombrío, se había separado de Claudia y tenía graves problemas financieros, pues se había visto obligado a cerrar el spa tras descubrir la contabilidad paralela de sus suegros. Antes de marcharse, Israel le regaló una *pita*, un cinturón artesanal hecho con piel de víbora, con el nombre de Sébastien (con el acento en la posición correcta) inscrito en su interior. La amistad entre ambos se renovó ese día, si bien ésta se vio un tanto empañada por la urgencia económica del mexicano, quien le propuso que le recomprase las máquinas y le pagase por adelantado. Sébastien afirma haberle hecho un primer depósito de treinta mil dólares.

Más adelante, Israel le dijo a su amigo que, como parte del pago, le diese su camioneta para regalársela a don Jorge. Sébastien le dijo que sólo podía prestársela, pues era propiedad de Radiancy y, para justificar sus apuros, le contó a Israel de su enfrentamiento con Margolis. Vallarta le recomendó un abogado, Jaime López Miranda, quien había saltado a los medios por haber defendido al comediante Flavio, para que lo ayudase a demandar a su socio y tesorero. Conociendo el temperamento de Margolis, Sébastien se resistía a dar este paso, pero Iolany lo amenazó con el divorcio. El 21 de diciembre, López Miranda le envió una carta a Margolis donde le anunciaba una pronta acción judicial. Sébastien supo que había cruzado un límite definitivo.

"Tienen suerte de que no esté en México, porque les pondría una pistola en la cabeza antes de secuestrar a sus hijos", le gritó Margolis a Iolany, quien tuvo la mala fortuna de responder a su llamada telefónica.

Cinco sujetos vestidos de civil se presentaron en las oficinas de SSB con una orden judicial; según le explicaron al administrador, Margolis acusaba a Sébastien de haber entrado ilegalmente a Radiancy y de haber sustraído un aparato para revendérselo a otros miembros de la comunidad judía, los cuales prestaron su testimonio para confirmarlo. El administrador le dijo a los policías que Sébastien no se encontraba en el edificio y les prohibió la entrada. Prevenido, éste se dio a la fuga y López Miranda presentó un amparo para impedir su detención.

Iolany le contó lo ocurrido a Israel, con quien seguía manteniendo una buena amistad aunque él fuese la pareja de Florence, con quien ella mantenía una relación particularmente tensa. Al escuchar cómo Margolis había amenazado a los niños, a quienes consideraba sus sobrinos, Israel se puso frenético. Buscó a dos amigos, antiguos miembros del ejército, y se presentó en las oficinas de Epel, la empresa de autos blindados de Margolis, en plena Avenida Mazaryk. En cuanto vio salir al empresario, lo encaró y lo insultó a viva voz: "Sébastien no está solo. ¡Si no le pagas lo que debes y lo dejas en paz, éstos te van a cortar el cuello!"

Incapaz de resistir la presión, Sébastien se llevó a su familia a las Antillas y a Cancún; antes de partir, le pidió a Israel que le devolviese la camioneta de Margolis y a cambio le entregó su coche, un Passat blanco, que Israel le regaló a su padre. A principios de 2005, López Miranda repitió la maniobra intimidatoria de Israel y, acompañado por otro grupo de guardaespaldas, volvió a amenazar a Margolis con "acciones drásticas". Contra todo pronóstico, el empresario pareció encajar su derrota y aceptó pagarle a Sébastien.

Cuando Florence aterrizó en el aeropuerto de la Ciudad de México, el 11 de marzo de 2003, imaginaba que este país un tanto exótico, que antes sólo había visitado para unas cortas vacaciones en la playa, podría concederle las oportunidades que se le cerraban en Francia. Nacida en Lille en 1973, en el Flandes francés —en el departamento que ahora se llama Nord-Pas de Calais-Picardie—, Florence era hija de Bernard Cassez, un empresario textil, y de Charlotte Crepin, secretaria de un notario, dos miembros de la pequeña burguesía de provincias y, además de Sébastien, su consentido, tenía otro hermano mayor, Olivier. De niña nunca se distinguió como alumna; siempre demostró, en cambio, una iniciativa e independencia poco comunes. Su cabello pelirrojo y sus ojos verde-grises, que tanto llamarían la atención de los mexicanos, su temple firme, su cuerpo esbelto y su voz rasposa jamás pasaban inadvertidos.

"Desde que me acuerdo, siempre he sido impaciente", escribió de sí misma en su segundo libro autobiográfico. "Con los años, me descubrí igualmente orgullosa. La primera vez que estos dos rasgos de carácter se impusieron sobre el resto, marcando uno de mis primeros virajes decisivos, fue en el liceo. Yo tenía 16 años y me aburría."

Florence había sido tímida y retraída —el color de su cabello, considerado de mala suerte en Europa, siempre la hizo víctima de acoso—, pero tras la separación de sus padres durante unos meses, cuando ella tenía 16 o 17, se transmutó en una joven rebelde y arisca con una apariencia "un tanto punk", en palabras de su hermano, que había dejado atrás las clases de ballet, equitación o gimnasia que le pagaban sus padres. "Nos íbamos de fiesta juntos", recuerda Sébastien en un libro que se mantiene inédito, "pero al final ella siempre salía con alguno de mis amigos. Era chocante, como si me los confiscara."

Al abandonar el liceo antes de obtener su diploma, Florence se sintió obligada a demostrarles a sus padres que era capaz de hacerse cargo de sí misma. Respondió a un anuncio de los almacenes Eurodif y se mudó a Amiens para trabajar en una de sus sucursales; al cabo de unos meses se convirtió en jefa de área y jefa de sección. En 2001, fue ascendida a directora de la sucursal de Calais y, para cuando había cumplido 27 años, se sentía orgullosa de supervisar a veintisiete vendedoras. Llevaba un año en su nuevo encargo cuando se enteró que la empresa planeaba unir tres áreas en una jefatura zonal y Florence pensó que el puesto debería corresponderle: lo exigió una y otra vez, sin jamás recibir respuesta. Enfurecida, llenó una vacante en H&M tras ser contactada por unos *headhunters*. Allí no tendría un cargo de dirección, sino apenas la responsabilidad de la sección de joyería y lencería, pero el salario no era malo. Nada más concluir un curso de formación en Roubaix, se incorporó a sus nuevos deberes. El cambio se reveló un desacierto: su nueva jefa recibió la encomienda de licenciar a una de las tres vendedoras que trabajaban en su área y no dudó en deshacerse de ella.

Hacía varios meses que Florence no se hablaba con su madre, pero no le quedó más remedio que regresar a Béthune, una pequeña ciudad de veinticinco mil habitantes, donde Charlotte y Bernard se habían instalado. Con esta complicada historia familiar a cuestas, la joven trasegó de un empleo a otro hasta recalar en un pequeño restaurante; luego de arduos meses de trabajo, el propietario le propuso que se asociaran y ella estuvo a punto de firmar los papeles cuando recibió la intempestiva llamada de Sébastien. Al tanto de sus altibajos laborales y emocionales, su hermano la invitaba a reunirse con él en México.

La inabarcable capital mexicana, con su luz cegadora y ese clima tórrido y lluvioso que desconcierta a los septentrionales, no resultó fácil para Florence. Sébastien le dijo que debería pasar una temporada al lado de Iolany para familiarizarse con el español, pero la relación entre las dos mujeres osciló de la desconfianza a la antipatía. Para una mexicana como Iolany, la impulsiva hermana de su marido representaba un incordio; Florence, por su parte, se sentía inútil y menospreciada. Además, su cuñada le hablaba siempre en francés y no la ocupaba para otra cosa que hornear pasteles. Para colmo, el clima de inseguridad que imperaba en la capital provocaba que su hermano le impidiese salir sola: a los 30, Florence ni siquiera era capaz de salir de compras.

Desasosegada, le suplicó a su hermano que la contratase; Sébastien le explicó que sus socios eran muy complicados —fue la primera vez que le habló de Margolis— y la envió al aeropuerto de Toluca, a una hora de la capital, como responsable de etiquetar los productos provenientes del exterior. Al cabo de unos meses, en los cuales ella nunca dejó de sufrir burlas por parte de sus compañeros (y durante los cuales tuvo su primer noviecito mexicano), Florence decidió regresar a Francia para pasar las vacaciones de fin de año con Olivier. A su vuelta, en enero de 2004, Sébastien accedió a contratarla en SSB, cuyas oficinas estaban en el mismo edificio de Radiancy, en la calle Lope de Vega 405, en la exclusiva zona comercial de Polanco, lo que permitió que un día, cuando bajaba con su hermano al estacionamiento, Florence se topase por primera vez con Eduardo Margolis.

"Vamos a comer abajo", le propuso Sébastien. "Margolis dice que, si el lugar te gusta, te puedes convertir en gerente." Su hermano le habló en muy buenos términos del empresario judío. "A este hombre le encanta mi forma de trabajar", le presumió a Florence. "Me dijo que, si mi hermana tiene los mismos instintos comerciales que yo, también tiene que trabajar con ella…"

A Florence le disgustó el ambiente del restaurante; su dueño, en cambio, resultó tal como se lo había descrito su hermano: encantador y vivaz, con esa condescendencia de quien está acostumbrado a nunca escuchar una negativa. Margolis insistió en contratarla, pero Florence no se sintió cómoda con sus halagos y adujo que su español todavía era rudimentario. "Tal vez en unos meses", le prometió.

En SSB, sus conflictos con Iolany, quien también se había incorporado a la empresa, eran cada vez más turbulentos. En la primavera de 2004, mientras Florence comenzó a recorrer —y descubrir— la Ciudad de México en los taxis que la conducían de norte a sur y de este a oeste para mostrar los productos de belleza de su hermano, Lupita, una compañera del trabajo, le propuso compartir un departamento. Feliz de abandonar la forzada convivencia con Iolany, el 15 de julio de 2004 Florence firmó el contrato de alquiler. Lupita le abrió las puertas a un nuevo mundo y ella al fin comenzó a sentirse a gusto en su país de adopción.

En agosto de 2004, Florence tomó el elevador para subir a su oficina al lado de un joven de treinta y tantos años, moreno y simpático, que no le causó gran impresión. Cuando Florence contrajo una infección, su hermano le dijo que tenía que salir de viaje, pero que un amigo suyo podía acompañarla al médico. "Israel es mi hombre de confianza", le dijo para convencerla.

Israel pasó a recogerla con su excuñado, Alejandro Mejía, y los dos la llevaron a la clínica. De vuelta en su casa, Israel le pidió su teléfono; a la mañana siguiente pasó por ella y la invitó a desayunar. Sólo entonces él se acordó de un incidente previo: semanas atrás la había visto pasar a toda prisa, un tanto perdida en el centro de Coyoacán, mientras él y sus hijos veían a un mimo. "Traías esta misma pañoleta y esta misma chamarra de mezclilla", le recordó Israel y ella le confirmó que ese día había estado allí.

Si algo sorprende a las extranjeras de los mexicanos es esa mezcla de galantería y machismo casi extinta en Europa: una cortesía exagerada que implica abrirle a una mujer la portezuela del coche, ayudarla a ponerse o quitarse el abrigo, lanzar piropos a diestra y siniestra y pagar todas las cuentas. Justo el arsenal de atenciones —que incluyó flores, chocolates y un disco con una canción especialmente elegida para ella— que Israel desplegó hacia Florence. Para él, fue un enamoramiento súbito que no se desvanecería ni siquiera en la cárcel. Todavía hoy, Israel sigue refiriéndose a ella como una gran mujer y afirma haberla amado de todas las maneras posibles. Para Florence la relación fue menos pasional o al menos eso ha dejado asentado en sus libros, donde describe a Israel como un hombre gentil e inteligente, propenso a violentas ráfagas de celos, con el cual terminó por entablar más una amistad que un amor perdurable. Israel figura, según la versión que convenga, como el *latin lover* que conquista a la francesa *naïve* o como el avezado criminal que convence a la ambiciosa extranjera de sumarse a su empresa criminal —una mala tropicalización de Bonnie & Clyde—, pero en realidad Israel solía verse apabullado por la energía de una mujer acostumbrada a una libertad poco habitual entre sus novias mexicanas. Los libros de Florence no dejan lugar a dudas de que ella dirigía el rumbo de la relación.

Los dos solían pasar largas horas en Las Chinitas, en la súbita calma de ese *locus amoenus* a unos pasos del tumulto y las aglomeraciones de la capital. Una calma que sólo se vería interrumpida los fines de semana por las visitas de la vasta parentela de Israel, padres, hermanos, nueras y sobrinos reunidos para preparar barbacoas y taquizas al aire libre. El otoño de 2004 lucía particularmente dulce para Florence: maravillada ante esa estación templada, sin las lluvias que se extienden de mayo a septiembre, le encantaba recorrer el campo y las zonas arboladas de las inmediaciones de Las Chinitas en compañía de Israel. Florence descubría en su novio a un hombre cálido y servicial: en una ocasión vieron a un niño a punto de asfixiarse y él fue el único en acudir en su ayuda. Ella sabía que su novio trabajaba con Mario y René, cada uno de los cuales tenía un taller mecánico, y que vendía coches de segunda mano. Nada excesivamente lucrativo, pero suficiente para que él la invitase a salir con frecuencia.

"No me pregunto si lo amo", escribe Florence, "estoy ahí y eso es todo."

Toda felicidad absoluta es ilusoria: según Florence, a Israel no le gustaban sus amigos y estallaba en rabiosas escenas de celos que a ella le resultaban cada vez más difíciles de tolerar. Otra típica historia binacional: el macho mexicano que no se acomoda a la libertad de la extranjera. Él ofrece la versión contraria: aunque desde el inicio le reveló su acuerdo con Claudia y le advirtió que seguiría visitando a sus hijos y durmiendo en su antigua casa —en el cuarto de huéspedes—, a Florence le resultaba muy difícil aceptar la situación y le llamaba a todas horas cuando él viajaba a Guadalajara.

Al acercarse el fin de año, Florence aprovechó una oferta de vuelo, el mismo 24 de diciembre, para pasar otras vacaciones en Francia en casa de Olivier. Por primera vez se atrevió a presumirle a su familia la nueva vida que había empezado a construir en México y les contó tanto de su trabajo con Sébastien como de su noviazgo con Israel. En su ausencia, Iolany había aprovechado para comenzar a trabajar en las oficinas de su marido y, cuando Florence regresó a México el 31 de diciembre, Sébastien le entregó una computadora y le dijo que sería mejor que trabajase desde casa. Poco después llegó por sorpresa a su departamento, le confesó que los problemas con su esposa habían arreciado por su culpa y le pidió su renuncia. Florence no sabía cómo se ganaría la vida, pero, cuando Israel le propuso que se mudara a Las Chinitas, ella se rehusó por miedo a ocupar el tradicional papel de ama de casa que tanto detestaba.

Al cabo de tres semanas, Florence encontró otro empleo, esta vez en Yarden Design, una firma de arquitectos y decoradores propiedad del diseñador judío Elik Kobi (cabe preguntarse si no llegaría allí por recomendación del único otro judío que conocía, Eduardo Margolis), con un sueldo de ocho mil pesos mensuales. En el despacho, Florence hacía las veces de recepcionista y secretaria, labores a las que se esforzaba por acostumbrarse, aunque lo que más le pesaba eran los constantes exabruptos de su patrón. Para colmo, los celos de Israel no hacían sino multiplicarse; a veces la esperaba por sorpresa afuera de su oficina para cerciorarse de que no saliese con nadie e incluso le reprochó que se despidiese de los guardias de seguridad con un beso.

Según Florence, el 14 de febrero de 2005 Israel aprovechó que tenía un juego de llaves de su departamento y entró a hurtadillas con la idea de darle una sorpresa. Ahí, revisó sus cajones y descubrió una fotografía de Florence con un antiguo novio. Sin contener la rabia, estrelló contra el suelo el florero que le había llevado por San Valentín. En el relato de Israel, el día anterior había buscado a Florence sin tregua y, cuando llamó al departamento, Lupita, su *room-mate*, le respondió nerviosa que no sabía dónde estaba. Por la mañana fue a buscarla y en efecto encontró en uno de sus cajones la cámara que le había regalado, así como una foto reciente en la que Florence aparecía al lado de su exnovio desnudo. Para colmo, esa misma semana, Lupita le comunicó a Florence que iba a mudarse, dejándola con la obligación de pagar el alquiler. Alquiler que, según Israel, él se encargaba de pagar.

Ajenos a estas turbulencias, los padres de Florence decidieron emprender un viaje a México. Según Israel, fue él quien la convenció de invitarlos a Las Chinitas, tratando de provocar un acercamiento con su madre, con quien ella seguía sin hablarse. La visita permitió que Florence e Israel volviesen a estar juntos y éste se esforzó por conquistar a sus suegros con la tradicional hospitalidad mexicana. A Bernard y Charlotte su yerno les pareció inteligente y encantador y aún hoy hablan de él en buenos términos. Florence acabó por valorar sus atenciones y, tras la partida de sus padres, ambos volvieron a su rutina.

Como era de esperarse, nada cambió. En un arranque de desesperación, Florence renunció al despacho y en junio le comunicó a Israel que pensaba regresar a Francia de forma definitiva. Su experiencia mexicana se resolvía como un doble fracaso, laboral y amoroso. Antes de tomar el avión, depositó sus muebles en Las Chinitas y le dijo a Israel que podía hacer con ellos lo que se le antojase.

"Al menos hablo español", murmuró para sí como único consuelo.

Béthune, a su vuelta el 23 de julio de 2005, era una ciudad fantasma. Allí estaban sus padres y podía ir a Lille con frecuencia, pero a Florence todo le parecía más pequeño y gris que en México. Había perdido más de dos años de su vida, en su currículum no figuraba ninguna actividad de la que pudiera sentirse orgullosa y en el amor tampoco había logrado nada perdurable, su relación con Israel venida a pique a fuerza de peleas, reconciliaciones y nuevas peleas. Lo que más le incomodaba era la sensación de fracaso: odiaba que sus padres o sus hermanos la percibiesen derrotada o vencida.

Ese verano todo salió mal. En época de vacaciones, le fue imposible encontrar un buen trabajo y apenas consiguió un empleo como camarera en un restaurante de

Beuvry-lès-Béthune. Justo entonces Bernard le anunció que Sébastien y su familia pasarían con ellos el mes de septiembre. Florence no se sentía capaz de convivir con su cuñada y, tras una acre discusión con su padre, tomó la decisión de usar el boleto que tenía para volver a México.

Israel pasó a recogerla al aeropuerto de la Ciudad de México el 9 de septiembre. Florence insiste en que desde el principio le advirtió que serían sólo amigos y aún hoy elogia a Israel como si hubiese sido un caballero medieval que aceptó de antemano su derrota y renunció a tocarla, pero desde su llegada a México convivió con él tanto o más que cuando eran una pareja oficial. En su relato *ex post facto*, Florence parece verse obligada a fijar esta distancia, pero entonces eran un hombre y una mujer adultos que dormían en el mismo lugar, lo cual lleva a concluir que su intimidad era menos fría de lo que ella sostiene.

Mientras Florence estuvo en Francia, Israel había intentado reconciliarse con Claudia. Durante un torneo de futbol de su hijo, la familia viajó junta y los cuatro se quedaron en la misma habitación de hotel. Claudia no sabía nada de la relación de Israel con Florence, excepto que era extranjera. Por la noche los dos se quedaron platicando a solas e Israel le pidió que volviesen juntos. Le propuso irse de viaje, recorrer los distintos estados de la República y empezar de nuevo. Claudia prometió pensarlo.

A principios de octubre, Florence llenó una solicitud de empleo del Hotel Fiesta Americana, consiguió varias cartas de recomendación y, dueña ya de un español fluido, pasó todos los exámenes. Contratada como *hostess* de la zona VIP, empezó a trabajar allí el 1° de noviembre, con un horario de 15:00 a 23:00 y un sueldo de seis mil pesos al mes. Cuando se lo comunicó a Israel, éste trató de mostrarse entusiasta: aunque lamentaba su partida, aceptó la situación con diplomacia y la ayudó a encontrar un departamento en la calle de Hamburgo, en la colonia Juárez. Jorge, el hermano de Israel, se encargó de pagar la fianza.

Israel le prometió ayudarla a trasladar sus muebles a su nuevo hogar y ella accedió a quedarse en Las Chinitas hasta que su nuevo departamento estuviese listo. Justo entonces Claudia le llamó a Israel y le dijo que estaba dispuesta a volver con él. Así transcurrieron los primeros días de diciembre. El 7, un día antes de la mudanza definitiva, Israel llevó a Florence al Fiesta Americana. "Alguien nos sigue", le aseguró de pronto; ella no prestó demasiada atención.

Al término de su jornada laboral, Israel pasó por Florence y los dos regresaron a Las Chinitas. Según ella, la mañana del 8 de diciembre, luego de desayunar juntos, Israel y dos amigos suyos, Charly y Díter, quienes se quedaban a dormir en el cuarto de trebejos a la entrada de Las Chinitas, acomodaron los muebles de Florence en la camioneta que le había prestado a Israel una de sus cuñadas, la viuda de su hermano Arturo, para depositarlos en el departamento de Hamburgo. Israel afirma que Florence yerra en su recuerdo: su amigo se llamaba Pedro —Peter y no Díter o Dither— y se había quedado en el cuartito semanas atrás; quien los ayudó a empacar fue, según él, su sobrino Juan Carlos.

Pasadas las 10:00, Israel y Florence abordaron la camioneta y, con cierto regusto agridulce —ambos sabían que estaba a punto de iniciarse una nueva etapa en su relación—, tomaron la carretera federal a Cuernavaca rumbo al centro de la ciudad. El frío sol de diciembre iluminaba su camino.

3. El Canal de las Estrellas

Habría dos maneras de narrar el siguiente capítulo de esta historia. Si optara por la más natural, por la más obvia, debería comenzar la madrugada del 9 de diciembre de 2005, cuando millones de personas atestiguaron, en los dos noticiarios matutinos de mayor audiencia en la televisión mexicana, *Primero Noticias* y *Hechos A.M.*, la "captura en vivo de dos peligrosos secuestradores" y la "liberación de tres de sus víctimas" gracias a la heroica intervención de los agentes de la AFI en el rancho Las Chinitas. Si escribiera una novela tradicional, quizá contaría los hechos de este modo, detallando la captura de Israel Vallarta y Florence Cassez, así como la liberación de Cristina Ríos, su hijo Christian y Ezequiel Elizalde tal como se vieron en pantalla, sólo para revelar a continuación, a modo de sorpresa o golpe de efecto, que nada de eso fue real: que la madrugada del 9 de diciembre la AFI no capturó a nadie y no liberó a nadie, sino que, según la confesión posterior del propio director de la corporación, Genaro García Luna, la policía recreó —es decir: escenificó, manipuló, *inventó*— una captura y una liberación que nadie sabe cómo y cuándo se llevaron a cabo. Pero, como me he propuesto escribir una novela documental o una novela sin ficción, y a estas alturas muchos lectores están al tanto de la maniobra —o, en el peor de los casos, la han descubierto en estas líneas—, prefiero contar lo ocurrido en el orden inverso. Primero, referiré los hechos que condujeron al descubrimiento del montaje o la puesta en escena y sólo después intentaré reconstruir la transmisión del 9 de diciembre a fin de observarla como lo que fue: una ficción en la cual todos los participantes desempeñaron un papel previamente escrito para ellos por las autoridades.

La noche del 8 de diciembre de 2005, la periodista colombiana Yuli García se queda a dormir en el departamento de su novio en la colonia Roma. Por la mañana, la pareja enciende el televisor en el canal 2 y, tan azorada como millones de espectadores, sigue desde la cama la transmisión que el conductor Carlos Loret de Mola anuncia como "un duro golpe contra la industria del secuestro": la liberación en vivo de tres víctimas y la captura de dos secuestradores en una casa de seguridad en el sur de la Ciudad de México.

"Esto está truqueado", le susurra Yuli a Alberto, un filósofo que durante unos años ejerció gran influencia sobre ella. "No puede salir todo tan perfecto." Y, para justificar su desconfianza, le explica que tiene un ojo entrenado para distinguir detalles que se le suelen escapar a los demás.

Nacida en Cali y educada en Neiva, Yuli estudió periodismo en la Universidad Javeriana de Bogotá hasta que ella y una amiga obtuvieron una beca para pasar un semestre de intercambio en la Universidad Iberoamericana, su correspondiente jesuita en la Ciudad de México. Cuando su amiga volvió a Colombia, Yuli solicitó una prórroga de seis meses, al término de los cuales se quedó a vivir en su país de adopción. Apasionada de la televisión desde los 17, encontró trabajo en CNI, un proyecto independiente creado en 1995 por un grupo de periodistas críticos y, luego de que éste quedase bajo el control de TV Azteca, acompañó a una de sus fundadoras, Denise Maerker, cuando en septiembre de 2005 fue contratada por Televisa. Maerker creó un nuevo programa periodístico, *Punto de Partida*, y contrató a Yuli y a Joaquín Fuentes como reporteros de investigación.

La llegada de Maerker a la principal televisora del país, conocida por su conservadurismo y sus vínculos con el gobierno, supuso una novedad. Licenciada en Derecho y maestra en Ciencias Políticas, con estudios de doctorado en la Sorbona, su carrera no se parece a la de la mayor parte de sus colegas. Aguda e incisiva tanto en sus columnas en *El Universal* como en sus intervenciones en Radio Fórmula, aspiraba a crear un espacio en donde los reportajes de fondo conviviesen con análisis críticos de la realidad mexicana. Una arriesgada apuesta para la televisión comercial.

Ese 9 de diciembre de 2005, durante la reunión editorial de *Punto de Partida*, Yuli transmite la sensación de incomodidad que experimentó ante las imágenes de *Primero Noticias*, pero, como todos sus colegas se muestran convencidos de la culpabilidad de los detenidos, no le conceden demasiada importancia al asunto. Ella, en cambio, no deja de darle vueltas a aquellas imágenes.

Tras las vacaciones de fin de año, el equipo de *Punto de Partida* se reúne de nuevo a inicios de 2006. "¿Qué quieren hacer esta semana?", les pregunta Roberto López, el jefe de Información, a sus reporteros.

"El asunto de esta francesa secuestradora", propone.

"Empieza, a ver qué encuentras", accede López.

Yuli se dirige a la videoteca de Televisa para revisar las imágenes de *Primero Noticias*; los encargados le aseguran que no las encuentran. Sin dejarse amilanar, contacta al abogado de Florence, Jorge Ochoa, quien la cita en el café La Habana, en el centro de la ciudad. Yuli se adentra entre las mesas del histórico restaurante hasta que distingue un ademán. No sé si Jorge Ochoa suda profusamente, pero así lo imagino cuando Yuli se sienta frente a él.

"Tu vida corre peligro", la previene el abogado. "Y la mía también."

Ochoa le cuenta que tardó casi un mes en entrevistarse con Florence y le asegura que su arresto es producto de una conspiración. A cada momento se levanta a revisar el local, fingiendo ir al baño, y luego vuelve a sentarse, agitado y paranoico. "No la detuvieron ese día, sino el anterior", le revela a Yuli. "Con eso la voy a sacar."

"¿Y las imágenes de televisión?", pregunta ella, sin dar crédito a sus palabras.

"Eso lo armaron después", le asegura Ochoa.

El abogado le hace llegar a Yuli una copia del parte policial para demostrar sus argumentos. En el documento dirigido al agente del Ministerio Público Fernández Medrano por los agentes Escalona y Aburto (a los que ahora se suman otros colegas, los agentes Zavaleta y Servín, así como su jefe, el comandante Zaragoza), Yuli descubre que Israel y Florence no fueron detenidos a las 06:47 en el rancho Las Chinitas, como dejaban entrever las imágenes noticiosas; por el contrario, los agentes aseguran haber detenido a Israel en la carretera federal y afirman que fue el propio Israel quien les abrió la puerta de la propiedad, mientras que en las imágenes televisivas ésta era forzada por los miembros de la AFI en un espectacular operativo tipo SWAT.

Por si fuera poco, Yuli constata que la transmisión de Televisa se inició a las 06:47, es decir 28 minutos antes de que, según el informe, los agentes de la AFI hubiesen siquiera arribado a Las Chinitas. La idea de que algo turbio se oculta en el asunto se convierte en una *hipótesis obsesiva* en su mente. Al referirle estos hallazgos a su jefe, Yuli emplea por primera vez el término que definirá el caso: "Aquí la historia es el montaje".

Decidida a llegar al fondo del asunto, la reportera le llama a Florence al Arraigo, la prisión preventiva donde se encuentra internada, y consigue hablar con ella unos minutos. La francesa le confirma que fue detenida el día 8, no el 9, cerca de las 10:30, e insiste en su inocencia. Yuli no le cree demasiado, pero está segura de que no fue detenida en Las Chinitas. Horas más tarde, vuelve a la videoteca de Televisa. La colombiana se define a sí misma como una mujer *muy brava* y no piensa darse por vencida. "Es una falta de respeto", le reclama al responsable de los archivos. "Esto no es una florería, es un medio de comunicación. Tienen que respetar el trabajo de los reporteros. Si me siguen escondiendo la grabación, quedará en su conciencia. ¿O es que encubren a la autoridad?"

Sus amenazas no surten efecto. Yuli llama entonces a la Procuraduría General de la República y concierta una entrevista con su titular, Daniel Cabeza de Vaca. Esa tarde la reportera permanece sentada frente al monitor de su computadora, meditabunda, con la cabeza entre las manos, agobiada ante la falta de respuestas, cuando un joven del área de producción de Televisa se le acerca por la espalda y le roza el hombro.

"Creo que tú estabas buscando esto", le susurra el chico y, guiñándole un ojo, le entrega un archivo profesional. Ella no le pregunta por qué la ayuda y no vuelve a hablar con él de este episodio. Un leve flirteo que cambiará la historia de Yuli, de Florence y del país.

La reportera introduce el casete en el lector y se concentra en la pantalla. El video no sólo contiene las imágenes transmitidas por *Primero Noticias* la madrugada del 9 de diciembre, sino otras, grabadas minutos antes, que no llegaron a salir al aire. En una toma abierta, la cámara enfoca el portón metálico que da acceso a Las Chinitas; junto a la puerta se apelotona un grupo de agentes de la AFI en espera de la orden para entrar.

"Todavía no, Pablo, vamos a ir primero con una nota de deportes y luego contigo", ordena una voz que Yuli identifica con la de Carlos Loret, conductor titular de *Primero Noticias*, dirigida al reportero sobre el terreno, Pablo Reinah.

"No se muevan", le indica éste a los policías. "Vamos a meter una nota de deportes y luego seguimos nosotros."

"¡Regresen!", ordena a su vez un comandante. "¡Hagan fila! Yo les digo cuando avancen."

La orden dada por Reinah y Loret a los policías —que ambos niegan haber dictado— le revela a Yuli que la acción no se desarrollaba en vivo, como afirmó la televisora, y deja al descubierto la coordinación entre los medios y la policía. La reportera se apresura a buscar a Roberto López para contarle su hallazgo; éste la apremia a continuar con el reportaje.

El 2 de febrero, Yuli se presenta en el despacho del procurador acompañada por un camarógrafo y un productor de *Punto de Partida.*

"¿La policía de la PGR acude a montajes para justificar sus detenciones?", le pregunta Yuli a bocajarro. Daniel Cabeza de Vaca mira a la menuda reportera de arriba abajo y no duda en responder: "¡Jamás!"

"Procurador", insiste ella, "¿de alguna manera los elementos de la AFI han usado montajes en las detenciones y han trabajado con los medios?"

"No sería ético", reitera Cabeza de Vaca. "¡Jamás! Ni yo ni Genaro García Luna haríamos eso."

Yuli le pide ver el video que lleva consigo. El productor que la acompaña enciende un pequeño monitor y la reportera le muestra al funcionario los originales de cámara de *Primero Noticias* que no salieron al aire. A la colombiana le parece que el rostro de Cabeza de Vaca se congestiona; el procurador tartamudea un par de excusas y pide acabar la entrevista.

"Ya tengo la historia", piensa la periodista mientras se dirige de regreso a Televisa para terminar el guion del reportaje que presentará ese domingo en *Punto de Partida*.

Yuli recibe en su cubículo de Televisa una llamada del área de Comunicación Social de la AFI el viernes 3 de febrero. "Ven, tienes que hacer algo equilibrado", le exige la responsable, avisándole que el propio García Luna está dispuesto a recibirla.

En esta ocasión, la reportera acude a la oficina del director de la AFI acompañada sólo por un camarógrafo, el cual se ve obligado a esperar afuera de las oficinas mientras ella pasa a una salita de espera, adonde la recibe Lizeth Parra, la directora de Comunicación Social. A la reunión se incorporan luego tres hombres de saco y corbata. "Lo que estás haciendo no está bien", la encara uno de ellos. "Ayudas a los delincuentes a salir de la cárcel. No lo entiendes porque eres extranjera. El secuestro es un delito muy grave en este país. Tenemos los testimonios de las víctimas."

A Yuli le incomoda la insistencia en su condición de extranjera. En ese momento irrumpe en la sala García Luna.

"Esto no le conviene ni a México ni a tu país", le reclama el director de la AFI en un tono firme y le asegura que él no tiene dudas de la culpabilidad de Florence y que ella podrá constatarlo al escuchar el testimonio de una de sus víctimas.

García Luna da una indicación a sus subordinados y éstos hacen entrar en la salita a un hombre joven, locuaz y desenvuelto. Sólo en ese momento permiten el acceso al camarógrafo. Ezequiel Elizalde repite ante la cámara lo que ya ha dicho en otros medios: que no tiene dudas de que Israel Vallarta y Florence Cassez fueron los responsables de su secuestro.

De vuelta en su oficina, cerca de las 23:00, Yuli le confiesa a Roberto López que, por primera vez en su carrera, siente miedo.

"No te preocupes", procura tranquilizarla su jefe, "pero cuando salgas de aquí, hazlo acompañada."

Ese fin de semana la mayor parte de los funcionarios y conductores de Televisa se concentran en una asamblea en Puerto Vallarta y ni Yuli ni Roberto López logran comunicarse con Denise Maerker para irle contando los avances de la investigación. No se encuentran con ella sino hasta el mediodía del domingo 5 de febrero, poco antes de salir al aire. Yuli le enseña a su jefa el reportaje que ha preparado, así como los originales de cámara de la videoteca.

"Éste va a ser nuestro debut y despedida", le advierte Maerker a los miembros de su equipo. Dado que apenas lleva tres meses en Televisa, no puede adivinar la reacción de sus directivos, pues el reportaje desnudará tanto a la Policía Federal como a la empresa para la que todos ellos han empezado a trabajar.

Maerker le marca a Leopoldo Gómez, vicepresidente de Noticieros de Televisa. "Si lo que me cuentas es cierto", le asegura éste, "se trata de algo muy grave. Y si lo que me preguntas es si yo autoricé algo semejante, la respuesta es *no*. Así que adelante con el programa." Para Denise, la respuesta significa su primera victoria en la empresa.

Poco después, Carlos Loret se comunica con ella. "Te aseguro que yo no sabía nada", se justifica. Dentro del sistema un tanto rígido de Televisa, los dos conductores no vuelven a comunicarse durante las siguientes semanas.

En el área de Comunicación Social de la AFI y de la PGR, las entrevistas de Yuli con Cabeza de Vaca y García

Luna suscitan auténtica preocupación. A Lizeth Parra, la directora de Comunicación Social, le parece que la mejor manera de contrarrestarla será exigiendo que su jefe acuda a *Punto de Partida* para desmentir cualquier irregularidad en la detención de Florence.

Antes de dirigirse al estudio, Maerker les confirma a sus colaboradores que el programa saldrá al aire, pero les avisa que ha invitado a García Luna al estudio y le advierte a Yuli que deberá eliminar la entrevista con el procurador, pues ella nunca le informó sobre lo que iba a preguntarle. "Todo lo demás se queda."

Cerca de las 17:00 del domingo 5 de febrero de 2006 —casi dos meses después de la operación en Las Chinitas—, Denise Maerker recibe en el estudio de *Punto de Partida* a Genaro García Luna, quien acude acompañado por Jorge Rosas, fiscal titular de la Unidad Antisecuestro de la PGR. Enfundados en trajes oscuros y corbatas grises, los dos hombres se empeñan en demostrar la gravedad de su encargo. A lo largo de la entrevista, el director de la AFI jamás muda su semblante severo, de jugador de póker. De tez blanca y cabello entrecano, el director de la Policía Federal posee un mentón cuadrado y unos ojillos incisivos que contrastan con un semblante agresivo —se diría de bulldog— y una voz morigerada. Frente a la estatua de sal representada por García Luna, Jorge Rosas, más nervioso y menos curtido, ofrece un perfil casi afable, aunque a él le corresponda, en el juego del policía bueno y el policía malo, la tarea de explicar las inconsistencias del caso.

Alta, de piel muy blanca, con el cabello corto y una elegante blusa de diseño azul marino, Maerker presenta a sus invitados y adelanta que presentará un reportaje de la periodista Yuli García sobre el caso de Florence, en el cual encontró evidentes contradicciones entre la versión de las autoridades y las imágenes de *Primero Noticias*.

"Aquí tengo frente a mí, por ejemplo, la declaración ministerial de los policías", afirma Maerker, luego de saludar a sus invitados, sosteniendo ante las cámaras una copia del informe policial.

"El *parte* de los policías", la corrige García Luna.

"La acusada dice que fue detenida un día antes, en otro lugar, en otras circunstancias de como fue presentada", revira la conductora. "Pero la pregunta es si hay una utilización política del momento en que ustedes dan a conocer los resultados de la investigación."

García Luna niega esta posibilidad y sostiene que ni la PGR ni la AFI responden a motivos políticos. Enredándose con los términos ("ese parte es el parte de un policía que rinde su parte"), insiste en que para la corporación las víctimas son lo primero. "Si usted observa el parte de la policía, refiere que se detiene a la persona señalada en un secuestro anterior, con un parte que existía ya previo. Este individuo es el que sale del domicilio. Se le detiene. Iba en compañía de la francesa y portaba un arma en el vehículo."

Maerker regresa a Florence. Dice que ella afirma haber sido detenida un día antes de lo que se vio en televisión, en una carretera y no en una casa, y que todo esto está confirmado por la deposición de un policía que no sólo asienta cómo fue detenida y en qué lugar, sino que cuenta cómo regresaron a Las Chinitas, donde fue Israel quien abrió la puerta con sus llaves.

"No hay ningún operativo espectacular donde entren rompiendo, ni mucho menos", sostiene la conductora.

"Son tres víctimas", se defiende el director de la AFI. "Un menor de 11 años, una señora y un joven. Esa casa, cuando se identifica la casa de seguridad con las referencias del secuestrador, la unidad que está de vigilancia, por la premura del hecho y, con un menor en cautiverio, a petición del señor fiscal, ingresa al domicilio, se libera a las víctimas, llegan los medios posterior al hecho..."

Es entonces, al verse contra las cuerdas, cuando García Luna realiza una afirmación que transformará drásticamente el curso de la investigación —y de esta historia. Me resulta difícil discernir si se trata de una explicación que el director de la AFI ha tramado desde antes o si improvisa en ese momento.

"Sus colegas de los medios nos piden mostrarles cómo fue la intervención al domicilio", afirma. "Lo que está en el video es a petición de los periodistas. Nos piden cómo fue la entrada al domicilio para poder liberar a la víctima..."

En cadena nacional, el director de la Policía Federal confiesa que la detención de Israel y Florence, tal como se vio en los dos noticieros matutinos de mayor audiencia del país, fue una *recreación* a petición de esos mismos medios. Detengámonos en el sentido de su confesión: obligado a explicar la discrepancia entre el parte de los policías y la transmisión televisiva, García Luna sostiene que esta última es una ficción.

Las consecuencias de esta frase serán innumerables, pero, al calor de la conversación, ni Maerker ni acaso el propio García Luna alcanzan a entrever su relevancia. Forzada a continuar con la entrevista, la conductora se concentra en otra de las irregularidades del caso.

"Pero, ¿fue el mismo día?", le pregunta a su invitado.

"Claro, claro, claro...", tartamudea éste.

Maerker invita al público a ver el reportaje de Yuli García, el cual contiene declaraciones de Florence, fragmentos del operativo transmitido el 9 de diciembre y su entrevista con Ezequiel Elizalde, quien aparece de espaldas para no ser reconocido, así como declaraciones de Cristina Ríos y el propio García Luna.

Al regreso de una pausa comercial, la conductora prosigue con el interrogatorio. Enumera otros casos en los cuales la autoridad tardó en presentar a los acusados ante el Ministerio Público y pregunta: "En esta búsqueda de reconocimiento, ¿no incurren en estas cosas, por ejemplo en dejar pasar un día o dos para presentar al acusado?"

Es una pregunta muy necesaria: es un rumor a voces que, bajo las órdenes de García Luna, la Policía Federal suele resguardar a los criminales por horas o días antes de ponerlos a disposición de la autoridad ministerial. Rosas afirma que jamás ocurre así y trata de justificar la actuación de la PGR.

"¿Hay criterios ajenos a los de la investigación para dar a conocer a los delincuentes, para anunciarlo, para mostrar los operativos?", reitera Maerker.

"No, ninguno, Denise", sostiene García Luna, quien insiste en que había nueve denuncias previas contra Israel.

"¿Y la diferencia de un día a qué se debe?"

"No hay ninguna diferencia. Fue el mismo día la detención. Probablemente a lo que se refiere la ciudadana francesa es que se le detiene en la carretera y efectivamente la casa está a pie de carretera. Ella refiere que se le detiene y se le pone a disposición del Ministerio Público y se le arraiga. Los tiempos que están en el parte policial son exactos. Se le detiene la madrugada del día 9..."

"El 8...", corrige Denise.

"Sí, el 8", trastabilla García Luna, en un lapsus que tal vez le hace decir la verdad. "Ahí está el parte de la policía..."

"¿Entonces no hay espacio de tiempo?"

"No hay un espacio de tiempo", reitera García Luna.

"¿En ningún caso?"

"En ningún caso."

García Luna y Rosas abordan otro caso de secuestro y justifican una vez más los éxitos recientes que han tenido en el combate al crimen organizado. Maerker les pregunta entonces su opinión sobre la propuesta de concederle autonomía al Ministerio Público cuando una voz del área de producción le anuncia por el *chícharo* —el audífono que los conductores llevan al aire— que Florence se encuentra en línea. Ella no puede creerlo.

"¿A ver, a quién tenemos?", le pregunta a su equipo. Yuli le confirma que la llamada es auténtica. "¿Desde la casa de Arraigo?" La conductora se vuelve hacia sus invitados y les anuncia: "La persona que está arraigada estaba escuchando el programa, Florence Cassez, y quiere entrar al aire."

Los dos hombres lucen desencajados, especialmente Rosas; García Luna se escuda dando un sorbo a su café.

"Dígame, adelante, Florence", le indica Denise.

"Adelante", repite la francesa.

Todo el estudio estalla en risas que casi contagian a García Luna. Uno de los chistes privados del equipo de *Punto de Partida* será repetir ese "adelante" con acento francés.

"¿Tiene algo que decir?", le pregunta Denise.

"Sí, fui detenida el 8 de diciembre, en la carretera, y me secuestraron en una camioneta, no fui arraigada el 9, eso es falso", explica Florence desde el Centro de Arraigos y, dirigiéndose a García Luna, añade: "Perdóname, señor, eso es falso que está diciendo eso. A mí me detuvieron el 8 de diciembre a las 11:00 de la mañana. Estaba yo en un coche, me detuvieron, me pusieron adentro de una camioneta y me guardaron en esta camioneta todo el día del 8. El 9 en la mañana, a las 05:00 de la mañana, me echaron a la fuerza. A la fuerza me pegaron y a la fuerza me pusieron en esta cabañita adentro del rancho."

En cuanto concluye esta frase, Florence se ve rodeada por una docena de internos y las autoridades del Arraigo la obligan a colgar. El director la manda llamar de inmediato. "¡Bravo!", la felicita. "Tú sí que tienes huevos." Y, en vez de castigarla, se limita a decirle que a partir de ese momento los dos van a tener serios problemas. Ocurre lo contrario: por primera vez sus compañeros de encierro comienzan a respetarla. Uno de los custodios le envía un chocolate por medio de otro interno y un capo del narco le manda un mensaje de felicitación.

Entretanto, García Luna se esfuerza por disimular su desconcierto. Viendo su gesto adusto en la pantalla, me cuesta discernir lo que piensa: si su furia se dirige hacia Florence o hacia quienes no lograron impedir que ella lo humillase en vivo frente a millones de televidentes.

Con su formación francesa a cuestas —pasó ocho años en ese país—, Maerker aún se asombra ante el arrojo de Florence. "Ningún mexicano se atrevería a usar ese lenguaje frente a la autoridad", me dice. "Nosotros hemos interiorizado el miedo a la autoridad y la arbitrariedad del poder. Una francesa como Florence, en cambio, ejerce el *droit à la parole.*" Esto es, el derecho a hablar y a decir *su* verdad frente a una autoridad que miente con descaro.

"En relación al comentario que está haciendo esta joven", tartamudea Rosas, "efectivamente no se le arraigó el día 9 de diciembre, sino que, una vez que se concluyó el operativo y que la trasladan a las oficinas de la SIEDO..."

"¿Y luego regresan al día siguiente a la casa?", lo interrumpe Maerker.

"Esas son todas actuaciones que se realizaron...", trastabilla Rosas.

García Luna lo interrumpe: "Todas el día 9", afirma contundente.

"Pero ella dice que fue el día 8 a las once de la mañana...", aclara la periodista.

"9, 10 y 11 de diciembre", balbuce Rosas.

"Pues obviamente aquí hay algo irresoluble, una contradicción, pero no es el lugar para decidirlo", concluye Maerker.

Cuando García Luna y Rosas abandonan el estudio, Maerker reúne a su equipo, como cada domingo, para evaluar el programa. "Mi reportaje salió desfasado", se queja Yuli con el productor. "No se peleen", tercia Maerker, "ha sido un éxito."

"Lo único que lamento es no haber grabado esas imágenes", afirma Yuli once años después. "No tengo dudas de que la voz que aparecía allí era la de Carlos Loret. Nosotros pensábamos que el otro que debía haber sabido del montaje era Amador Narcia, responsable de Información Nacional de Noticieros Televisa."

Lo que nadie avizora aquella tarde es que García Luna en realidad ha ganado la partida. Para ocultar una mentira —la detención *en vivo* de dos secuestradores y la liberación de tres víctimas—, el director de la AFI añadió una *segunda* mentira, más poderosa, elástica y resistente que la primera: que la captura de los criminales y la puesta en libertad de los secuestrados ocurrió ese mismo día, sólo que unas horas antes de que empezara la transmisión.

El problema que se le presenta a la AFI y a la PGR en su esfuerzo por recomponer la historia consiste en que los tiempos establecidos en el informe policial no coinciden con las declaraciones de García Luna en *Punto de Partida*. Para corregir el entuerto, el 1º de marzo son llamados a declarar, en virtud de una investigación interna de la AFI, los agentes Escalona, Aburto, Zavaleta y Servín.

El primero en comparecer es el agente Servín, quien afirma que, por un error, señaló que la operación para capturar a Israel y Florence se inició a las 05:00, cuando en realidad fue a las 04:00. Según esta nueva cronología, eran las 04:30 cuando Florence e Israel salieron de Las Chinitas en una camioneta van Express y enfilaron hacia el centro de la ciudad. A las 04:45, Servín se trasladó a un puente peatonal sobre la carretera y se dio cuenta de que sus compañeros ya tenían aseguradas a dos personas. A esa hora procedieron a arrestar a Israel y Florence, a quienes subieron a una de las patrullas.

Luego, a las 05:00, Israel les dijo, espontáneamente, que si no regresaba al rancho sus cómplices iban a matar a tres personas que tenían secuestradas. Entonces Servín llamó por radio a la guardia de Operaciones Especiales para pedir apoyo. A las 06:15, llegaron dos células de intervención al puente de Topilejo, compuestas cada una por cinco personas, y todos juntos se dirigieron de vuelta a Las Chinitas. "Al llegar a la entrada, al zaguán, me bajé con el señor Israel Vallarta, quien abrió el zaguán y me indicó que del lado derecho, al fondo, estaban las personas que momentos antes nos había comentado", concluye Servín.

El investigador le pregunta entonces a qué hora ocurrió el rescate de las víctimas. "Eran como las 06:30, ya que todo fue muy rápido", sostiene. En ninguna parte de su declaración el agente Servín menciona que la prensa estuviese en el lugar y tampoco reconoce que él o alguno de sus compañeros hubiesen participado en una recreación a petición de los medios, como aseveró su jefe. En sus respectivos testimonios, los agentes Zavaleta, Aburto y Escalona repiten la misma historia y sostienen que todos se equivocaron al momento de anotar la hora de la captura en sus informes.

La idea de que la AFI realizó una recreación de los hechos a petición de los medios y que la captura de Florence e Israel se llevó a cabo a las 04:30, lleva a formular dos preguntas obvias. ¿Por qué un par de peligrosos secuestradores abandonaría una casa de seguridad en la que tienen a tres víctimas a esa hora de la madrugada?

¿Y por qué nunca aparecieron los supuestos cómplices que iban a asesinar a las víctimas si no llegaba Israel?

Por desgracia para la policía, incluso con este ajuste su versión no se sostiene. Tal como le contó Juan Manuel Magaña a la periodista Carmen Aristegui, los tiempos de la televisión son muy distintos de los de la justicia. Según el antiguo coordinador de Información de *Primero Noticias*, hay dos versiones sobre el momento en que Carlos Loret fue informado de que la AFI estaba a punto de llevar a cabo la captura de unos secuestradores. En la primera, el propio Pablo Reinah se lo comunicó poco después de las 4:30 tras recibir una llamada de Luis Cárdenas Palomino. En la segunda, el responsable de avisarle fue Eduardo Arvizu, jefe de Información de Noticieros Televisa.

Como haya sido, Loret decide realizar la cobertura y así se lo hace saber a sus principales colaboradores: su asistente, Laura Barranco, y Azucena Pimentel, productora del noticiero. Una vez tomada la decisión —Magaña afirma que Loret no tenía por qué consultarla con ningún directivo de la empresa—, un equipo satelital de *Primero Noticias* emprende el camino hacia Las Chinitas en compañía de Reinah. Magaña cree que esto debió ocurrir en torno a las 05:00 y que a más tardar a las 06:00 el equipo de Televisa tendría que haber estado ya en el lugar de los hechos para preparar las transmisiones, sólo que algo falló en el sistema satelital y pasó más de media hora antes de que los técnicos lograsen eliminar las interferencias.

Todo esto lleva a Magaña a concluir que los empleados de Televisa debieron arribar hacia las 06:00 y por tanto debieron haber presenciado la captura inicial de los secuestradores antes de que ésta se repitiese ante las cámaras. Pero ningún empleado de la televisora vio llegar a los agentes de la AFI. Tampoco existe ningún testimonio que confirme que algún medio haya solicitado la repetición de los hechos para grabarlos.

Si en verdad los agentes de la AFI llegaron a Las Chinitas a la hora que refirieron en su testimonio corregido —a las 06:30—, el inicio del operativo tuvo que haber sido recogido por las cámaras de Televisa. En vez de ello, lo que éstas conservaron —y Yuli García encontró después— fue la grabación que no llegó a salir al aire, en la cual aparecen los agentes parapetados afuera del zaguán y donde se escucha la voz de Carlos Loret pidiendo retrasar el operativo para dar paso a una información de deportes. Según Magaña, fue entonces cuando la señal por fin llegó con buena calidad al estudio, si bien se hallaban fuera del aire: la imagen de los agentes irrumpiendo en Las Chinitas.

Según Magaña, en ese momento Loret exclamó: "Eso está bueno, está chingón, ¿será que se pueden regresar?", a lo que Reinah replicó: "Sí, nada más me das *cue*". A los agentes no les quedó otro remedio que volver a su posición inicial en espera de la orden de repetir su entrada al rancho.

Cuando lo entrevisto en sus oficinas de Televisa Chapultepec en 2017, Carlos Loret me asegura que esta versión es falsa y dice no entender el motivo por el que Magaña, cercano colaborador suyo, lo acusó de esta manera. Me asegura que ese día llegó tarde al trabajo y no presenció nada de lo que cuenta. Según Loret, la primera noticia que recibió de la "liberación de unos secuestrados" fue a través del *chícharo*, poco después de iniciar la transmisión del noticiero. Conforme a su versión, ello haría imposible que él hubiese visto, aprobado o dado indicaciones para el montaje. El único responsable de lo que ocurrió sobre el terreno, insiste, fue Reinah, quien no dependía de su área, sino del área de Noticias a cargo de Amador Narcia. Por su parte,

Magaña me asegura que él llegó al estudio a las 06:00 y que su recuento de lo ocurrido en el estudio de *Primero Noticias*, realizado en 2012, obedeció únicamente a una cuestión de conciencia.

Durante la junta habitual del equipo de *Punto de Partida*, el lunes 14 de febrero de 2006, Maerker le comunica a sus colaboradores el resultado de su reunión de esa mañana con Leopoldo Gómez y la plana mayor de Noticieros Televisa, en la cual se ha tomado la decisión de despedir al reportero Pablo Reinah.

"¿Y Carlos? ¿Y Amador?", pregunta Yuli, refiriéndose a Carlos Loret y a Amador Narcia. Denise le explica que a ellos no les ocurrirá nada. "Es injusto", se enfada la colombiana. "Ellos sabían."

Esa semana, Yuli cae enferma; en los pasillos de Televisa la miran con desdén, si no con hostilidad. "¿Cómo puedes patear el pesebre?", le reprochan sus compañeros. "¿Morder la mano que te da de comer?"

Días más tarde, una secretaria le informa que tiene una llamada de Florence desde el Centro de Arraigos.

"Muchas gracias", le dice ésta.

"Sólo hago mi trabajo", contesta Yuli.

Cuando cuelga, la misma secretaria no omite decirle: "Así que ahora ayudamos a secuestradores."

No puedo cerrar este capítulo sin hacer visible una de las implicaciones más inquietantes de la versión sembrada por García Luna en *Punto de Partida*, es decir, que la transmisión televisiva del 9 de diciembre de 2005 fue producto de una *recreación*. Si diésemos por ciertas sus palabras, debió existir un momento en el que un funcionario de la AFI le solicitó a las víctimas su cooperación en la maniobra. Carecemos de cualquier testimonio que avale la existencia de una petición semejante —Cristina, Christian y Ezequiel se han negado a narrar las circunstancias precisas de su liberación—, pero, si nos atenemos a la verdad oficial, ésta tendría que haberse producido.

Imaginemos la escena. En torno a las 06:30, cuando no han pasado sino unos minutos desde su rescate, algún mando de la AFI se entrevista con las víctimas. Los tres todavía zozobran a causa del maltrato, la incertidumbre y el miedo acumulados a lo largo de su encierro. Aprovechándose de la gratitud que sienten hacia la policía, entonces este funcionario o agente les formula la solicitud imprescindible para llevar a cabo la recreación que, según ellos, acaba de serles solicitada por los medios de comunicación.

Si confiamos en esta versión, la pregunta debió sonar más o menos así: "¿Tendrían inconveniente en repetir su liberación para las cámaras?"

4. En vivo

Reviso mi cuenta de correo electrónico —el único diario que muchos llevamos, sin darnos cuenta, en nuestra época— y descubro que el 9 de diciembre de 2005 yo no me encontraba en México, sino en París. Es decir, no en el lugar desde donde eran transmitidas las imágenes de la "captura en vivo de dos secuestradores" y la "liberación de tres víctimas", sino en la patria de la mujer que protagonizó algunas de las escenas más memorables e irritantes de aquella emisión. Quizás en esas idas y venidas entre México y Francia, en donde viví durante tres años sin dejar nunca de regresar, se halla el origen de mi fascinación por este asunto que tensó como ningún otro la relación entre dos países que considero igualmente míos. Pero no fue sino hasta que comencé esta novela sin ficción que al fin pude contemplar estas secuencias emocionantes, angustiosas, casi irreales.

"De último minuto, Carlos, un duro golpe contra la industria del secuestro se está dando en estos momentos. Y es que la AFI trabajó durante varias semanas y esta madrugada lo que está haciendo es liberar a tres personas secuestradas."

Como sabemos, Carlos no es otro que Carlos Loret de Mola, uno de los rostros más conocidos de la televisión mexicana: el conductor titular de *Primero Noticias*, que el Canal de las Estrellas transmite en cadena nacional de 06:00 a 09:00 de lunes a viernes. Joven (en ese momento tiene 29 años), con una brillante trayectoria como reportero de guerra en Afganistán y Palestina, atractivo y carismático, ha conseguido insuflarle credibilidad a los noticieros de Televisa, muy desprestigiados por su cobertura de los acontecimientos políticos desde los tiempos en que el PRI era el partido hegemónico. Por su parte, el de la voz, como también ya sabemos, es Pablo Reinah, uno de los reporteros de Noticieros Televisa. Según su testimonio, esa misma madrugada recibió una llamada de Luis Cárdenas Palomino, director de Investigación Policial de la AFI, para convocarlo a Las Chinitas.

En la parte alta de la pantalla aparece un *insert* que dice: EN VIVO. En la inferior, un cintillo anuncia: LA AFI RESCATA A TRES SECUESTRADOS.

Son las 06:47 del 9 de diciembre de 2005.

No, no es común que una televisora transmita una operación policiaca de este calibre *en vivo*. Ni en México ni en ningún lugar del mundo. No sólo porque algo semejante sólo podría ocurrir si la prensa llega al lugar de los hechos *al mismo tiempo* que la policía, sino porque una transmisión así viola tanto la intimidad de las víctimas como los derechos de los supuestos criminales. ¿Por qué la AFI autorizó —o más bien planeó— una operación mediática de esta envergadura? Es claro: para demostrarle al público su eficacia en el combate contra la delincuencia organizada. ¿De quién vino la idea de realizar esta transmisión en vivo? Difícil decirlo, si bien podemos sospechar del área de Comunicación Social de la institución, en esa época en manos de Lizeth Parra. ¿Sabían los dirigentes de la AFI lo que iba a suceder? Conociendo el sistema jerárquico mexicano, no tengo la menor duda. Es más: tuvieron que ser ellos quienes lo decidieron y orquestaron. Imposible, en cualquier caso, imaginar que la decisión se haya tomado sin la anuencia de sus máximos responsables: Genaro García Luna y su hombre en el terreno, Luis Cárdenas Palomino.

¿Qué ven los espectadores que encienden sus aparatos en el canal 2 de Televisa o en el 13 de TV Azteca ese 9 de diciembre de 2005 a partir de las 06:47?

Ven una secuencia de acción que les recuerda un serial televisivo.

Ven escenas que parecen extraídas de *SWAT*, *Criminal Minds, CSI* o cualquier programa policiaco estilo hollywoodense.

Ven imágenes filmadas con la estética de un reportaje de guerra.

Ven a un grupo de agentes encapuchados, con cascos y uniformes azul marino, en los cuales destacan las blancas siglas de la AFI, armados con poderosos rifles de asalto, listos para iniciar lo que se avizora como una peligrosa misión.

Ven a un reportero de Televisa, Pablo Reinah, parapetado detrás de los agentes como si acompañase a un batallón que se apresta al combate.

Ven un portón metálico, color bronce, entreabierto, en el cual se reflejan las luces intermitentes de las patrullas.

Ven a los heroicos agentes de la AFI mientras se introducen en un patio, en fila india, con el sigilo de quien se resguarda de eventuales francotiradores.

Ven cómo los agentes se adentran en una casa de seguridad controlada por un grupo de porfiados criminales.

Ven cómo estos criminales son sometidos por la fuerza.

Ven cómo tres víctimas, un joven, una mujer y un niño —sí, un niño—, son rescatados de manos de los delincuentes.

Ven, con el aliento entrecortado, una exitosa operación policial.

Ven cómo Pablo Reinah, el reportero de Televisa y su colega de TV Azteca, Ana María Gámez, se pasean por la casa de seguridad a su antojo.

Ven y escuchan los testimonios de las tres víctimas o supuestas víctimas.

Ven lo que la AFI y las cadenas de televisión quieren que vean.

Ven, sin saberlo, una ficción.

Una ficción meticulosamente construida por la AFI, convertida para el efecto en una agrupación teatral.

Porque los agentes no corren ningún peligro.

Porque los agentes no se enfrentan a ninguna banda criminal.

Porque otros agentes se encuentran ya en el interior de la propiedad desde antes de que se inicie su actuación.

Porque los supuestos secuestradores han sido capturados mucho antes de que aparezcan en pantalla.

Porque, además de la pareja detenida, no hay ningún otro miembro de la banda en el lugar.

Porque no hay ningún francotirador apostado en la azotea del rancho.

Porque ha sido el mismo dueño de la propiedad, el supuesto líder de la banda, quien les ha abierto el portón valiéndose de sus llaves.

Porque a los agentes de la AFI la única orden que se les ha dado es la de hacer *como si* fueran a combatir a una organización criminal.

Porque esa organización criminal no existe.

Porque las tres víctimas han sido rescatadas mucho antes, sin que sepamos dónde y cuándo.

Porque, en alguna medida, todos los involucrados fingen.

Porque nada de lo que se ve en la pantalla es real.

"Nosotros estamos también aquí, conociendo los datos, en estos momentos, prácticamente en vivo", afirma Pablo Reinah al inicio de la transmisión.

Su inconsciente lo delata: ese *prácticamente* lo convierte en cómplice de la manipulación del público y de la puesta en escena.

Vemos cómo la puerta de la casita permanece abierta y, conforme la cámara avanza hacia ella, cómo ésta comienza a cerrarse. Un espectador atento tendría que preguntarse quién está adentro, dirigiendo las operaciones, pero los hechos se precipitan a tal velocidad que la cuestión fácilmente se escapa. Vemos cómo los agentes se aproximan a la puerta de una cabañita en el interior de la propiedad y cómo un hombre con un abrigo negro les permite el acceso.

Al ser el más alto mando de la Policía Federal en el terreno, tenemos que asumir que este personaje que se mantiene en las tinieblas, Luis Cárdenas Palomino, es quien hace las veces de director de escena.

Vemos cómo el reportero y su camarógrafo ingresan en la cabaña luego de que un agente les permite el paso. Vemos cómo la cámara enfoca a un hombre en el suelo, tendido boca abajo, sometido por un grupo de agentes. Pronto conoceremos su nombre: Israel Vallarta.

Vemos cómo un agente lo esposa con rudeza y lo obliga a arrodillarse mientras otro lo toma por los cabellos y levanta su rostro bajo una luz incandescente para que las cámaras puedan captar sus rasgos en primer plano.

Vemos cómo Vallarta, vestido con un raído suéter verde, aturdido por los golpes, apenas reacciona.

Vemos cómo las cámaras enfocan a una mujer agachada en otra de las esquinas del cuartito. Vemos su cabello pelirrojo, revuelto, y la mirada de terror incrustada en sus ojos. "¡No tengo nada que ver!", aúlla con claro acento francés. "¡No soy su esposa!"

"¿Qué hacía aquí?", le pregunta Reinah.

"Nada, yo no sabía nada."

"¿Quién es usted? ¿Qué hacía aquí?", repite el reportero sin hacer caso a sus quejas. "¿Sabe que aquí había tres personas secuestradas al lado de usted?"

"No lo sabía. No, no lo sabía."

"¿Qué hacía usted aquí? ¿Cómo llegó?"

"Era mi novio", explica la mujer. "Me estaba dando chance de quedarme aquí, en su casa."

En medio de la confusión, Florence es el único personaje que no parece dispuesto a seguir el guion de la AFI.

Vemos cómo Pablo Reinah cambia de objetivo y encara al secuestrador. Vemos cómo alguien, cuyo rostro no se aprecia en la pantalla —sólo en el encuadre de TV Azteca aparecerá en escorzo unos segundos, develando que se trata otra vez de Cárdenas Palomino—, le aprieta el cuello para obligarlo a responder.

"¿Cuál es su nombre?", pregunta el reportero.

"Israel Vallarta."

"¿Es verdad esto?"

"Sí, señor."

"Platíquenos cómo es que urdió este secuestro."

"Yo no urdí nada, señor. A mí me ofrecían dinero por prestar mi casa."

"¿Quién?"

"Un tipo que se llama Salustio, señor."

El audio se vuelve un tanto borroso.

"¿Nombre completo?"

"Salustio… Sabía que eran tres porque están tres…"

"¿Cuántas personas?"

"Aquí hay tres personas, señor. Yo no sabía que eran tres, pero están tres…"

"¿Usted participó en el secuestro?"

"Sí. A mí me estaban pagando por esto, señor."

"¿Cuánto le pagaron?"

"No lo sé…"

Israel Vallarta mira al policía que lo sujeta del cuello como si buscara pistas sobre lo que ha de responder.

"¿Quiénes son las personas que tienes aquí?"

"No lo sé, no conozco sus nombres."

"¿Hay un menor de edad?"

"Sí."

Cárdenas Palomino le aprieta el cuello. Todos vemos su mano y todos escuchamos el quejido del supuesto secuestrador.

"¿Te duele algo?", se inquieta Reinah.

"Sí, señor, usted me pegó", se atreve a decirle Vallarta al policía. Luego, amilanado por la presión en el cuello, se excusa con voz feble: "Perdón".

"¿Quién le pegó?", pregunta el reportero.

"Nadie, señor."

Sergio Vicke, en TV Azteca, se escandaliza por un segundo: "Caray, esto… Estamos escuchando esto y de repente este ¡ay!, este dolor retardado. ¡Increíble!"

"A ver, explíquenos." Reinah, en Televisa, vuelve a su trabajo. "¿Desde cuándo tiene secuestradas a estas personas?"

"No sé exactamente. Yo tengo tres semanas que me los trajeron a mí para darme dinero, señor."

Vemos a un secuestrador bastante distraído.

Laura Barranco, una de sus colaboradoras más cercanas, le escribe un mensaje a Loret de Mola a través de la red interna de Televisa: "Carlos, es una francesa. ¡Aguas, te puedes meter en broncas diplomáticas! No manches, ¡y además están golpeando al presunto secuestrador en cadena nacional! Carlos, insisto, no puedes estar contribuyendo a violar los derechos de esta mujer que hasta ahorita es una presunta secuestradora. Independientemente de si es verdad o no, la justicia francesa se puede ir contra ti y el noticiero por estarla exhibiendo como una criminal sin juzgarla antes. Francia no es México."

Embelesado con la transmisión, su jefe no le hace el menor caso.

Vemos cómo los agentes de la AFI le permiten a Reinah enfocar una mesita sobre la que se apilan armas, documentos y credenciales de elector, así como una foto de Florence e Israel, abrazados y sonrientes.

Nadie se pregunta por qué un par de secuestradores pondría un retrato de pareja, con sus rostros claramente visibles, en el lugar donde esconden a sus víctimas. A los secuestradores se les ve enamorados.

Tras un corte comercial, vemos la silueta de una mujer joven, morena, cuya voz delata su nerviosismo. Sus rasgos aparecen distorsionados digitalmente para proteger su identidad. "Siempre iban encapuchados", afirma, "nunca les vi la cara y cuando nos llevaban, por ejemplo a bañarnos, nos vendaban los ojos."

Pronto sabremos que su nombre es Cristina Ríos Valladares, que tiene 25 años y un hijo de 11, no de 8 como afirma en algún momento el reportero, de nombre Christian Ramírez Ríos, secuestrado junto con ella.

"¿No podría identificar a nadie?", insiste Reinah.

"A nadie."

"¿Ni por su tono de voz?"

"No."

La respuesta es inmediata y contundente.

Laura Barranco le escribe otro mensaje a su jefe: "Ni la señora secuestrada dice reconocer a la francesa. Carlos, ¡para ya!".

"No te calientes, cautín", le responde Loret para acallar sus protestas.

Y, un poco más tarde, ya exasperado: "¿Qué no te ha quedado claro que no te pienso hacer caso? Es nota, fin de la historia".

Vemos a Reinah, quien se pasea por la escena del crimen como si estuviera en su casa, cuando entrevista a Javier Garza, director de Operaciones Especiales de la AFI. "Tenemos un registro de por lo menos ocho plagios, ocho que involucran a esta banda", se jacta. Reinah despide a Garza y se dirige a Loret. "Carlos, una *palomita* más para la Agencia Federal de Investigación después de investigar lo que desgraciadamente ya es una constante en nuestro país: los secuestros."

Una *palomita*: la marca que los maestros de primaria colocan en los exámenes cuando un alumno acierta en sus respuestas.

"Vamos a ponerle a usted las imágenes de los presuntos secuestradores detenidos por la AFI: un hombre y una mujer. Desde luego hay un proceso en curso. Si usted los reconoce, denúncielos. Éstos son los teléfonos de la AFI, el primero es en el DF, y abajo es la larga distancia que no tiene costo."

Al mostrar sus rostros en pantalla, Loret no sólo viola la presunción de inocencia, sino que contamina todo el proceso. A partir de aquí, ¿cómo saber si las víctimas o presuntas víctimas los reconocen de memoria o gracias a estas imágenes que Televisa y TV Azteca presentan una y otra vez en sus pantallas?

Como si hiciéramos el recorrido por un parque temático, vemos a un hombre joven, con la barba crecida y una venda en la cabeza, repantingado sobre una cama. Sus rasgos también lucen distorsionados digitalmente, aunque tampoco tardaremos en descubrir su identidad: Ezequiel Elizalde Flores, de 21 años. En cuanto se acerca el reportero, un agente de la AFI lo ayuda a incorporarse y, pese a su aparente desvalimiento, se apresura a responderle al reportero.

"¿Cuántos días tenía usted secuestrado?"

"Tres meses, señor."

"¿En dónde lo agarraron, señor?"

"En Chalco, Estado de México. En un billar."

"¿Cómo fue?"

"Entraron por mí a las diez de la mañana. En una camioneta Express van gris."

"¿Todo el tiempo te han tenido aquí?", le pregunta Ana María Gámez, la reportera de TV Azteca.

"No, me cambiaron de lugar. Tengo aquí veinte días."

"¿Ya sabes qué le pedían a tu familia? ¿Cuánto le pedían?"

"Pedían alrededor de cinco millones de dólares."

"¿Tu familia estaba en posibilidad de...?"

"No, no, señorita. No podían juntar esa cantidad."

"¿Cómo han sido los días aquí?"

"Terribles. Más que un golpe, es un golpe psicológico que te dan. Te destruyen tu vida completa."

"¿Cómo te trataron? ¿Qué fue lo que te decían? Más o menos que nos describas qué te daban de comer."

"Ahora sí que me daban pura comida... Decían que me daban las sobras del perro. En esta parte de aquí", el joven se señala la mano, "me habían anestesiado el dedo porque decían que se lo iban a mandar a mi papá."

No hay duda de que las declaraciones de Ezequiel buscan despertar nuestra empatía ante su infortunio. Lo vemos ahí, mostrando la mano y el dedo que los secuestradores estaban a punto de cortarle, y no podemos sino compadecerlo. Una y otra vez repetirá este episodio crucial en su cautiverio: el instante en que los secuestradores le anestesian el dedo para cortárselo.

Vemos cómo Reinah se acerca a Cristina y a su hijo, quienes se encuentran al otro lado de una lámina de madera que divide el cuarto en dos mitades. Sus rostros permanecen fuera del encuadre; la cámara sólo enfoca sus manos y sus siluetas a contraluz. Vemos que ella lleva una piyama rosada y el niño una color azul y que las dos lucen impecables, como si fueran nuevas.

Reinah resume el caso mientras vemos cómo uno de los agentes posa su mano sobre el hombro de Cristina y habla con ella en voz baja. Luego vemos cómo la mano del agente acaricia la cabeza del niño.

"El hombre es el jefe de la banda", le cuenta Reinah a Loret. "Él es el que urdió y planeó este secuestro, según nos están diciendo. Aunque, bueno, como tú sabes, se dice inocente. El caso es que él fue el que estuvo detrás de este secuestro. Hay mucha movilización. Lo que sí puedo decir, Carlos, es que, como siempre ocurre en estos casos, es un lugar inmundo en el que están ellos viviendo. Éste es un rancho grande, pero los tenían en un cuartito. Estamos viendo que hay varias cabañas."

Vemos un televisor colgado de la pared y una chamarra con una leyenda que dice Agrupamiento de Motopatrullas México DF, al lado de la mesa en la que antes hemos visto los documentos incriminatorios. Vemos una gran cantidad de credenciales de elector y armas de grueso calibre. Vemos el patio de Las Chinitas, donde los agentes trasiegan cosas de un sitio a otro. Vemos distintos vehículos de la AFI estacionados en el patio.

Los directores de escena de la AFI han pensado en cada detalle: no se trata sólo de que las palabras de los reporteros, de Vallarta y de las víctimas se adecuen a lo escrito por ellos, sino de que todos los objetos que los rodean no dejen lugar a dudas sobre su culpabilidad. Aunque resulte inverosímil que los secuestradores hayan tenido allí, a la vista de todos, armas, uniformes de policía, credenciales falsificadas, máscaras, facturas de automóviles robados, esta estética de la acumulación está destinada a no dejar dudas sobre su culpabilidad.

La utilería del crimen.

Vemos cómo Reinah se aproxima a Ezequiel. Su rostro aparece fuera de foco. Igual que con Vallarta, un agente lo agarra por el cuello.

"¿La persona que entrevistamos era el jefe de la banda?", lo cuestiona Reinah.

"No, no me acuerdo, señor, pero yo me acuerdo que el que me levantó se parecía mucho a un conductor de televisión." Ezequiel no parece reparar en la ironía.

"Digo, no es el mismo, pero se parece mucho. Pero la persona que está aquí sí es la que manejaba muchas cosas aquí."

Nunca más Ezequiel se referirá al secuestrador que luce como un conductor.

"¿Lo trataron mal?"

"Sí, señor. Aquí me habían anestesiado el dedo. Me decían que se lo iban a mandar a mi papá si no pagaba. Estaban pidiendo muchísimo dinero."

"Hoy te lo anestesiaron, ¿verdad?"

"Este..., sí", duda Ezequiel.

"Estamos hablando de que, probablemente, Carlos, a este joven le iban a cortar hoy el dedo. ¿Fue momentos antes de que se diera esta liberación que ocurrió esto?"

"¿Perdón?"

"¿Le anestesiaron el dedo, me decía, esta mañana?"

"Sí, señor. Aquí está la... Estoy un poquito nervioso. Aquí está el hoyito del dedo. Me decían que... Ahora sí que iba a valer todo."

Según la versión que difundirá la Agencia, los policías llegaron justo antes de que los secuestradores le cortasen el dedo a Ezequiel. Tendría que tratarse de secuestradores cuya maldad o insomnio los llevaba a cometer sus peores fechorías a las 04:00 de la madrugada.

"Díganos una cosa, ¿sabe cuánto estaban pidiendo por su liberación?

"Es una cantidad exageradamente... Que no se puede reunir."

"¿Tuvo usted contacto con su familia?"

"No, señor."

"¿Cómo fue el trato?"

"Cuando me subieron a la camioneta, hablaron con mi papá. Le decían que tuviera todas las líneas abiertas. Y ya después no supe nada. Ésta es la segunda casa a la que me traen. Cuando me trajeron a esta casa, me trajeron en una cajuela."

"¿Comía usted bien? ¿Tenía por lo menos lo necesario para pasar los días?"

"Me daban de comer una o dos veces al día. Y cada vez que iba al baño tenía que sufrir la humillación de que cinco o seis personas me estuvieran viendo."

"Brevemente, ¿cómo era un día en este infierno?"

"Horrible, señor. Fue más que un golpe, es un terror psicológico. Te destrozan la vida para siempre."

"¿Lo maltrataron?"

"Sí, señor. Nada más doy gracias a la policía, a la Policía Federal que me haya rescatado de ahí."

No dice *de aquí*.

"Este operativo fue oportuno, evitaron que le cortaran el dedo. ¿Usted cómo lo está apreciando?"

"Le doy las gracias a Dios."

"¿Te sentiste en peligro real?"

"Sí, señor, sí."

Desde el estudio, Loret le hace preguntas a Elizalde, que Reinah repite: "¿Tú me puedes decir primero qué te pasó en la cabeza, por qué la tienes vendada? ¿Sabías que no eras el único secuestrado aquí?"

"Cuando cumplí quince días en…" Duda y se corrige: "Cuando cumplí un mes en aquella casa, la señora llegó junto al niño. Y el golpe que traigo aquí me lo dio la gente que estaba aquí, los plagiarios estos."

"¿Te pegaban?"

"Me pegaban, señor."

"Tu familia está conociendo seguramente que estás bien en estos momentos. ¿Quiénes son y qué les quisieras decir?"

"Que gracias a Dios estoy vivo y que pronto voy a estar con ellos."

"¿Tienes hijos?"

"Un bebé. Recién nacido."

Si antes dijo que no había tenido contacto con su familia, ¿cómo sabe Ezequiel que su esposa ya ha dado a luz?

Vemos cómo Reinah se aparta de Elizalde y se concentra en revisar la casita. Vemos otra vez el uniforme colgado en la pared.

Entonces Ezequiel vuelve a cuadro y le pide la palabra al reportero.

"¿Me quiere decir algo?", le dice Reinah.

"Sí, señor", responde Ezequiel, y agrega: "Quiero darle las gracias a la PGR y a la AFI que me hayan rescatado. Y le doy gracias a Dios."

"Pues nosotros estamos realmente contentos de que esté usted bien."

Elizalde no permite que el reportero se aleje: "Yo querría decirle: mucha gente a lo mejor piensa que no trabaja la policía. Pero, de verdad, si no estuvieran aquí, la verdad no sé qué hubiera pasado de mí."

"El señor está agradecido", constata el reportero.

Tras un nuevo corte, vemos cómo Reinah se acerca otra vez a Cristina y a su hijo. Los rostros de ambos permanecen fuera de foco.

"Afortunadamente usted ya fue liberada. ¿Qué fue lo que vivió?"

"Todo fue horrible, horrible. Ahora estoy bloqueada, pero les doy las gracias a todos ustedes que estén aquí."

"¿Sabía por cuánto la secuestraron, señora? Esto es muy importante. Más que conocer el infierno que usted vivió, se trata de que otras personas que vivieron lo mismo pudieran denunciar a esta banda de secuestradores que están en este lugar. ¿Cómo la trataban, señora? ¿Qué pasó en estos 45 días que estuvo usted aquí?"

Antes, ella dijo que llevaba dos meses en cautiverio.

"Mire, me trataban bien, y al niño", balbuce. "Nos daban de comer, estuvieron al pendiente de mis medicamentos porque yo padezco de un riñón y una infección de las vías urinarias. Siempre estuvieron al pendiente.

Nos daban de comer lo que pedíamos. Y en cuanto al rescate, nunca supe cuánto pedían por mí."

"¿Tuvo contacto con su familia?"

"Una vez, a la semana de que me trajeron para acá. Una vez y ya no volví a saber nada, hasta ahorita."

"¿En algún momento recibió usted malos tratos?"

"Nunca, nunca. Al contrario, siempre estaban…, o sea, me pedían qué quería de comer y lo que yo les pedía, o el niño, nos lo daban."

"Hablamos hace un momento con un hombre y una mujer de origen francés. ¿Usted llegó a ubicar a alguno de ellos? ¿Cómo se presentaban a usted? También veíamos que tenían máscaras."

"Siempre encapuchados. Nunca les vi la cara. Y cuando nos llevaban, por ejemplo a bañarnos, nos vendaban los ojos."

"¿No podría identificar a nadie?"

La respuesta es inequívoca: "A nadie. Nadie."

"¿Ni por su tono de voz?"

"No, porque hacían diferentes voces. Como que imitaban voces. Pero si vuelven a hablar como hablaban, pues tal vez sí."

Loret le pide a Reinah que le formule preguntas más detalladas sobre las condiciones de su encierro. Al terminar, Cristina también pide el micrófono, como Elizalde: "Quiero agradecer a la Procuraduría y a la AFI que nos rescataron. Estoy muy agradecida. Gracias a Dios."

A las 07:20, vemos a Reinah asomarse a la camioneta donde se encuentran Israel y Florence. Vemos cómo ella continúa con su actitud desafiante, resistiéndose a esa escenificación en la cual, para su sorpresa, Israel también participa.

"Me decía usted hace un instante que no sabía lo de su esposo, no sabía a qué se dedicaba."

"No es mi esposo."

"¿Quién es entonces?"

"Estábamos de novios, antes. Terminamos."

"Al lado del lugar donde está usted había tres personas, ¿lo sabía?"

"No, no lo sabía, para nada. Lo hubiera denunciado. No lo sabía, lo juro."

"¿Qué hace usted en nuestro país? ¿Es de origen francés, me decía?"

"Sí. Estoy trabajando. Estaba trabajando en el Hotel Fiesta Americana Grand Chapultepec."

"¿Hace cuánto tiempo conoce a esta persona?"

"Más de un año."

"Más de un año", repite Reinah. "¿Dónde conoció al señor?"

"En un elevador de una oficina donde yo trabajaba antes."

"¿Cuánto tiempo tenía usted en este lugar? ¿Vivía con él?"

"Trabajaba en una oficina", se confunde Florence. "Me lo encontré en el elevador de la oficina."

"Me refiero aquí, en este rancho. ¿Qué hacía usted?"

"Nada más estaba de paso mientras encontré un departamento. Yo lo encontré antier", Florence quiere decir el 7 de diciembre. "Me iba a ir de su vida para siempre."

"¿Pensó usted que estaba sola con él en este sitio?"

"Claro que sí... Con dos perros y dos gatos."

"¿Cuándo se enteró de que había tres personas secuestradas en este sitio?"

"Hace poco. Pocas horas. Cuando me lo dijeron sus compañeros de usted."

"El lugar es muy grande. Hay varias cabañas. ¿Qué más hay ahí al fondo? ¿Quién vive?"

"Nadie. Nadie vive aquí."

"¿Es verdad esto que dice, señor?", le pregunta Reinah a Vallarta.

"Sí, señor", murmura Israel, otra vez con el guante del policía rodeándole el cuello.

"¡Habla bien!", se exaspera Florence. "¡Que te entienda!"

"¿Usted ocultó esto?"

"Es que no puedo hablar", le susurra Israel a Florence; y luego, dirigiéndose al reportero: "¿verdad?"

Un instante de teatro dentro del teatro.

"Nos puede decir cómo es que participó… ¿Cuál fue su participación en este secuestro?", reitera Reinah.

"Sí… yo, con… Yo…" Israel suspira y se resigna a recitar sus líneas: "Yo conocí a un tipo hace un tiempo y él me ayudaba con las refacciones. Yo vendo y compro coches usados."

"Está usted señalado por la AFI como el jefe de la banda. ¿Cuántas personas más operaban con usted?"

"No sé exactamente, señor, cuántos eran… A mí, a mí me habían ofrecido dinero por traerle… Querían hacerle algo al niño y fue por eso que yo les pedí que vinieran aquí a mi casa, para yo garantizar a esa señora que no le iban a hacer nada a su hijo."

"Hoy incluso le anestesiaron el dedo a uno de los secuestrados. ¿Se lo iban a cortar?"

"No, señor. Nunca hubo intención de hacer daño a nadie. De hecho, a ese muchacho, el papá…"

"De hecho, el secuestrado lo señala a usted como la persona que estaba en este sitio y que lo anestesió, según lo revela también la AFI."

"¡Menos él!", se exalta Israel Vallarta. "El papá del chamaco hacía lo mismo con el señor que a mí me contrataba, Salustio. Y como se llevó una vez dinero, le estaba presionando de esta forma para que le regresara el dinero de hace un tiempo. Eso a mí me lo platicaron."

Vallarta identifica a Salustio como socio del padre de Ezequiel.

"¿Cuál es el nombre completo de la persona que lo contrató a usted?"

"Nada más sé que es Salustio. Nada más Salustio."

"¿Dónde lo conoció? ¿Dónde lo conecta? ¿Cómo lo ve?"

"¿Perdón?"

"¿Dónde ve a este señor? ¿Cómo hace para contactarlo?"

"Él me llamaba eventualmente de distintos teléfonos."

"¿Usted no tenía dónde localizarlo?"

"No, bueno, eventualmente lo veía en la calle. Donde comprábamos refacciones."

"¿Sabía usted la clase de delito en la que está usted implicado?"

"Pues ahora sí lo sé, señor. Por eso yo sabía... Querían lastimar al niño y yo no quería que le hicieran nada, señor."

Aunque Javier Garza le ha pedido a la prensa que abandone el lugar, vemos cómo a las 07:40 Reinah aún permanece en el patio de Las Chinitas. Oímos las aspas de un helicóptero sobrevolando la zona. Vemos cómo la cámara enfoca la casa principal y Reinah informa que la policía no les permite entrar ahí, donde vivían los secuestradores. Vemos cómo Reinah recorre de nuevo el cuartito, mostrando cada ángulo y comentando, en cada ocasión, las deplorables condiciones en que los criminales mantenían a sus víctimas. Luego, vemos cómo Reinah sale al patio y se encuentra otra vez con Javier Garza. "¿Desde cuándo estuvieron ustedes persiguiendo este secuestro?", lo interroga.

"Bueno, es una investigación que tiene varios meses", se ufana el director de Operaciones Especiales. "Es una banda de la que teníamos un registro de por lo menos ocho plagios. Y es una banda de la que teníamos una investigación que continuamos con el análisis de todas estas situaciones. Es parte del análisis táctico de la Agencia."

"¿Prácticamente ustedes estaban ciertos de que aquí ya iban a encontrar tanto a secuestrados como a sus plagiarios? Porque, ya nos lo decía uno de los secuestrados, se van moviendo de casas…"

"Bueno, eso es parte de la investigación, parte del actuar de la policía", se enorgullece el jefe policiaco. "Después de analizar muchos datos, direcciones, *modus operandi*, íbamos ubicando cómo son, dónde se ocultan, dónde se esconden, cuáles son sus casas de seguridad. Es difícil, efectivamente. Ustedes vieron que ellos tienen también identificaciones falsas. Es la manera de ellos: cada vez que rentan una propiedad lo hacen con diferente identidad. Eso nos dificulta mucho a nosotros el poder seguirlos. Pero es parte del reto que tenemos los investigadores para servir."

Carlos Loret retoma el caso a las 08:07 y vuelve a enlazarse con Reinah, a quien vemos entrar a una ambulancia estacionada en el patio de Las Chinitas. Vemos cómo Ezequiel permanece recostado en una camilla mientras lo atiende un paramédico.

"A usted sí lo golpearon, me decía…"

"Sí, señor. En el abdomen. Bueno, en muchas ocasiones, cuando me tenían en la otra casa."

"¿Es cierto que prácticamente lo golpeaban a diario?"

"Prácticamente sí, señor. Cuando me metían a bañar cada cinco días recibía la humillación de estar con cinco o seis personas al lado mío."

"¿Cómo se siente usted en estos momentos, físicamente?"

"Le doy las gracias a Dios. Y a la AFI que me haya regresado la vida. Gracias a Dios y a ellos que estoy aquí."

"Lo está revisando", le dice Reinah al paramédico, "¿cómo lo encuentra?"

"Está estable el paciente", responde éste. "Tiene una contusión en la pierna izquierda y una herida cortante en la región frontal de aproximadamente cuatro a cinco centímetros."

"¿Por golpes?"

"Sí, por golpes", afirma el paramédico. "Me comenta que sufrió un golpe con una tabla."

"De los plagiarios… Con la gente ésta…", lo corrige Ezequiel.

"O sea, ¿ayer se golpeó usted o lo golpearon?", pregunta Reinah.

"Me golpearon."

"Según también me estaban informando, ¿lo filmaban a usted mientras le propinaban estas golpizas?"

"Sí, había una cámara que siempre me grababa. Para que no intentara escapar o algo."

No hay rastros de esa cámara.

"¿Sabe usted por qué?"

"No sé, señor. Siempre que me movía de la cama, o algo, que movía una tabla, venía un golpe. Tenía que estar quieto. Y por la noche me esposaban de los pies. De los pies y de las manos."

"¿Ya tuvo usted contacto con su familia?"

"Ya pude hablar con mi papá. Y, le repito, me siento muy… Ahora sí que volví a nacer. Gracias a los agentes y a Dios."

En TV Azteca, vemos cómo Ana María Gámez también recorre Las Chinitas. Vemos cómo entrevista a Cristina, quien rompe en llanto ante las cámaras. Luego vemos cómo Gámez abandona la cabaña y vemos, por un segundo, al policía del abrigo negro, Luis Cárdenas Palomino, dando indicaciones a diestra y siniestra.

Vemos cómo la reportera se acerca a la camioneta blanca estacionada en el patio, rodeada de policías encapuchados. Vemos, luego de un corte comercial, a Gámez mientras entrevista a Israel Vallarta al lado de la camioneta. Y vemos cómo Cárdenas Palomino se mantiene a su lado con la mano sobre su hombro.

"¿Cómo elegían a las víctimas?", le pregunta Gámez a Israel.

"No sé, señorita. No sé cómo las elegía él o cómo llegaban a él."

"¿Tú te encargabas de cuidarlos entonces o sólo de rentar la casa?"

"No, yo... Yo apenas estaba empezando con esto. O sea, yo iba por cuidarlos. Y de hecho fue porque querían hacerle daño al niño y yo me opuse totalmente."

"¿Por día te daban trescientos pesos?"

"No, no, no, no, no, no, no..."

"¿Cuánto te daban al día?"

"No me daban nada." Israel se rebela por un segundo, nervioso. "Ni un quinto, ni un centavo."

Vemos cómo los agentes sacan a Florence de la camioneta y vuelven a introducir en ella a Israel, esposado.

"Aquí baja otra de las mujeres que estaba participando en el secuestro", la señala Gámez. ¿Cuál era tu función?"

"No, no... ¡Yo no tengo nada que ver en eso!", grita Florence.

"¿Entonces por qué estabas aquí en esta casa donde había varias personas secuestradas?"

"Porque él era mi novio y me hizo el favor de dejarme quedarme aquí el tiempo que encontrara un departamento. De hecho lo encontré antier."

Cárdenas Palomino le da unos golpecitos en la espalda.

"Pero la gente que estaba secuestrada señala que usted les daba de comer."

Hasta ahora, nadie ha dicho eso, al menos en pantalla.

"¡Es *faux*!"

"¿Cuál es tu nombre?"

"Florence", y ella misma se traduce: "Es falso."

"¿Cuál es tu nombre completo?"

"Florence Cassez. ¡Es falso!"

"¿De dónde eres? ¿De Francia?"

"Sí, de Francia."

"¿Qué edad tienes?"

"31 años."

"¿A ti cuánto te pagaban?"

"¡A mí no me pagaban nada! ¡No tengo nada que ver con eso!"

"¿Entonces por qué te encontrabas en esta propiedad?"

"¿Por qué, qué?"

"¿Por qué te encontrabas aquí en esta casa?"

"A mí me agarraron en la calle", afirma, revelando desde ese momento el montaje, sin que nadie repare en sus palabras.

Vemos a Florence darse la vuelta y entrar de nuevo en la camioneta.

"Ahí está el testimonio de esta mujer, dice que no tiene nada qué ver. Sin embargo, pues es evidente", afirma Gámez, "estaba en la propiedad y formaba parte de esta banda de secuestradores."

No sentencian los jueces. Sentencian los medios.

Vemos cómo Ana María Gámez se traslada al jardín, donde enseña a las cámaras la camioneta gris, con la puerta trasera abierta, llena de cobijas y trebejos. Vemos cómo la periodista recorre el lugar, enfoca una camioneta y se refiere a un lujoso automóvil gris que no vemos por ninguna parte. Vemos dos coches cubiertos con un plástico. Vemos cómo Ana María Gámez entrevista a

Ezequiel y luego a Javier Garza. "Llama la atención la participación de esta mujer francesa", le dice.

"Aquí pues no hay nacionalidades. Para nosotros es una integrante de la banda. Ella vivía aquí en este domicilio. Ella es la que, según las víctimas, les daba comida y los cuidaba."

"¿Solamente hay dos detenidos?"

"Sobre eso quisiera abstenerme un poquito. Ustedes van a ir obteniendo la información conforme podamos irla dando."

"¿Aproximadamente cuántas personas pertenecen a esta banda?"

"También quisiera guardarme, si me lo permite, esta información. Eso es precisamente para poder continuar como debe ser."

"Llama la atención el secuestro de este pequeñito", añade Gámez poco después. "¿También se dedicaban al secuestro de niños frecuentemente?"

"Ellos no tenían especialidad por niños, pero sí secuestraban niños. En este caso, era el niño y aprovecharon la coyuntura para llevarse a la madre. Fue lo que hizo que se llevaran a los dos. El objetivo era el niño en esta ocasión y por coyuntura ella lo llevaba a la escuela al niño y fue el momento en que secuestraron a los dos."

"Pese al tiempo que permanecieron aquí, lograron llegar a tiempo."

"Así es. El día de hoy iban a cortarle el dedo a este muchacho. Y afortunadamente está completo. Está físicamente golpeado, pero creemos que con el tiempo y un buen tratamiento médico seguramente no habrá pasado nada", responde Garza como si justificara la rudeza de los secuestradores.

"¿Ya tienen más información acerca de este sujeto Salustio que fue quien los contrató?"

"Es parte de la investigación. Seguramente la tendremos pronto."

Vemos cómo, a las 08:22, Ana María Gámez anuncia que los sujetos están a punto de ser trasladados a la Subprocuraduría. Mientras esto ocurre, la vemos entrar de nuevo en la casita. Vemos cómo Cristina y su hijo son escoltados por la policía y cómo un agente le coloca a este último una cobija sobre los hombros. Vemos cómo Gámez vuelve a entrevistarlos y cómo recoge una bala del suelo, que luego le entrega a Javier Garza.

Hechos A.M. aborda otros temas y, a las 08:27, vuelve al enlace en el rancho Las Chinitas. Vemos a los vehículos saliendo del rancho. Vemos cómo las camionetas de la policía se detienen por un momento, cerca del portón, y cómo bajan los cristales para que las cámaras tomen las últimas imágenes de los secuestradores. Vemos cómo un agente dirige la cabeza de Vallarta hacia las cámaras para que éstas lo graben por última vez.

A las 08:57, poco antes del fin del noticiario, Gámez llama por teléfono al estudio e informa que está siguiendo a los automóviles hacia las instalaciones de la Subprocuraduría. Sergio Vicke se enlaza con otro reportero, Armando Contreras, quien ya se encuentra frente al edificio de la SIEDO.

"Aquí habrán de llegar en unos cuarenta minutos seguramente los secuestradores o presuntos secuestradores. Nada más por cuestiones de costumbre se diría que los *presuntos secuestradores*, pero bueno, yo creo que aquí no hay ninguna duda, ¿no?", se pregunta Contreras. "Los tomaron con las manos en la masa."

Vemos, durante dos horas y media, en los principales noticieros de la televisión mexicana, esta insólita pieza teatral.

Segunda parte

El brazo de la ley

5. Salustio

Mientras reviso el inagotable expediente de la causa criminal por secuestro en contra de Israel Vallarta y Florence Cassez —más de veinte mil fojas en una treintena de volúmenes—, reparo en que han transcurrido más de dos décadas desde la última vez que me adentré en un asunto judicial, un mundo que creí haber abandonado de forma definitiva en 1995, cuando, poco después de presentar mi tesis de licenciatura, renuncié a la posibilidad de estudiar un doctorado en Filosofía del Derecho para, creía yo, dedicarme sólo a la literatura. Ante mí se extienden los primeros legajos y descubro que, detrás de su jerga enrevesada, sus mentiras y verdades a medias, se esconde un cúmulo de historias entrecruzadas que me corresponde sacar a la luz valiéndome tanto de las herramientas de la literatura como de los instrumentos del derecho.

En el universo bipolar que comienza a ser llamado "caso del Zodiaco" distingo dos espacios contrapuestos: el que los espectadores ven —o, más bien, se les obliga a ver— en televisión y el que se les oculta o escamotea. De un lado, las imágenes que los medios exhiben como verdades incontrovertibles y, del otro, aquellas que permanecen en tinieblas. En escena, el espectáculo público, heredero de las ejecuciones de antaño y detrás su maquinaria secreta: lo visible y lo invisible determinados, a su antojo, por el poder.

Concluidas las transmisiones, las autoridades se esfuerzan por regresar a la normalidad. Es decir, a esa zona de penumbra donde ya nadie las observa, nadie las supervisa, nadie las controla. Apartados de los reflectores, los supuestos criminales ya no cuentan siquiera con la protección que les ofrecía su repentino carácter de estrellas. Se cierra el telón y comienza el horror tras bambalinas.

Conducidos desde Las Chinitas hasta la SIEDO, ese 9 de diciembre de 2005 tanto Israel como Florence rinden sus primeras declaraciones ministeriales. Cerca del mediodía, Israel es presentado ante el agente Alejandro Fernández Medrano.

"¿Por qué chingados tenías mi tarjeta entre tus cosas?", le pregunta el Ministerio Público a bocajarro, mostrándole una tarjeta con su nombre hallada entre las pertenencias de Vallarta.

"Porque tú me la diste", replica Israel. "Una vez los dos viajamos juntos de Guadalajara a la Ciudad de México. Me dijiste que eras abogado y que vivías en Guadalajara…"

En vez de que esta insólita coincidencia obre a favor de Israel, Fernández Medrano le propina un golpe en el estómago. El Ministerio Público teme que la coincidencia lo ligue con el criminal.

Como establecerán los dictámenes médicos de la Comisión Nacional de Derechos Humanos, el estado físico del detenido es lamentable. Lo asiste como defensor de oficio Fabián Leobardo Cuajical, aunque Israel afirma que éste se ausenta en numerosas ocasiones para permitir que tanto Fernández Medrano como los agentes de la policía lo intimiden y amenacen a su antojo.

Sostiene Vallarta —hago obvio el homenaje a Tabucchi— que, aproximadamente tres años atrás, conoció a una persona que responde al nombre de Salustio, alias Sagitario, en una refaccionaria sobre la calzada Ermita Iztapalapa. Sostiene Vallarta que allí se le acercó Salustio y le dijo que tenía algunos accesorios que necesitaba y que se los podía vender. Sostiene Vallarta que a partir de ahí comenzó a tener tratos con él. Sostiene Vallarta que, en el mes de junio o julio del 2003, se encontró a Salustio otra vez en Ermita y éste le pidió que le vendiese una camioneta Ford Explorer que acababa de arreglar. Sostiene Vallarta que se la prestó por diez días para que la probase. Sostiene Vallarta que, cuando fue a recogerla, Salustio le dijo que no podía regresársela, ya que con ella había *levantado* a un argentino, motivo por el cual le compró la camioneta por 110 mil pesos en efectivo.

Sostiene Vallarta que Salustio lo invitó a conseguirle camionetas robadas o a nombre de otras personas para usarlas para secuestros. Sostiene Vallarta que le contestó que trataría de conseguir dichos vehículos. Sostiene Vallarta que se conectó con una persona de Santa Cruz Meyehualco, a la que le decían el Perro, el cual se dedicaba a vender refacciones robadas. Sostiene Vallarta que, dependiendo del vehículo o camioneta que le pidiera Salustio, él se lo encargaba al Perro. Sostiene Vallarta que la primera ocasión le pidió un coche y una camioneta para levantar a otra persona.

Sostiene Vallarta que Salustio lo invitó a participar en dicho secuestro. Sostiene Vallarta que Salustio le dijo que su función sería conseguir la comida para la víctima. Sostiene Vallarta que nunca conoció a la persona secuestrada ni la casa de seguridad donde estaba. Sostiene Vallarta que, después de una semana del secuestro, Salustio le llamó a su celular y le dijo que ya había llegado a un arreglo con la familia y que se fuera a la calle de Luis Cabrera, en San Jerónimo. Sostiene Vallarta que en ese lugar Salustio le presentó a un tal Arnulfo, alias el

Piojo, el cual se subió a su vehículo y le dijo que lo llevara a Periférico, a la altura de Tlalpan. Sostiene Vallarta que éste llevaba una maleta negra con el pago del rescate. Sostiene Vallarta que al día siguiente se quedó de ver con Salustio en el Vips de Eje 3 y Ermita para que le entregase lo que le correspondía del rescate, cuarenta y cinco o cincuenta mil pesos. Sostiene Vallarta que el secuestrado era argentino.

Sostiene Vallarta que, una vez en la casa de seguridad, se dio cuenta de que tenía un solo nivel y tres recámaras. Sostiene Vallarta que en dicha casa se encontraba otro de los trabajadores de Salustio, que se llamaba Eustaquio, alias Capricornio, con el cual se quedó a cuidar a la víctima. Sostiene Vallarta que se trataba de un hombre de unos 50 años. Sostiene Vallarta que, como éste se encontraba acostado dentro de una recámara y tapado con una cobija, no logró observarlo con cuidado. Sostiene Vallarta que a dicha víctima la cuidó un solo día de las dos semanas que duró su secuestro. Sostiene Vallarta que le proporcionó sus alimentos, dándole de desayunar cereal con leche, de comer filete de pescado y nada de cenar. Sostiene Vallarta que, al terminar dicho secuestro, Salustio volvió a citarlo para entregarle la parte que le correspondía: 40 mil pesos.

Sostiene Vallarta que, luego de un tiempo, Salustio lo invitó a participar en un tercer secuestro. Sostiene Vallarta que la víctima se tenía que tapar con una sábana para que no los viera, pero en una ocasión sí vio sus manos y supo que era un hombre. Sostiene Vallarta que lo cuidó sólo un día y le proporcionó sus alimentos. Sostiene Vallarta que al día siguiente se fue a su casa. Sostiene Vallarta que, después de veinte días, que fue lo que duró el secuestro, Salustio le volvió a llamar por teléfono y le dijo que se volvieran a ver afuera del Vips para entregarle el dinero. Sostiene Vallarta que en esta ocasión Salustio llegó a bordo de un Pointer blanco en compañía de su hermano Pedro, alias Tauro. Sostiene Vallarta que, a través de la ventanilla, le entregó una bolsa con ciento cincuenta mil pesos.

Sostiene Vallarta que, a finales de agosto, Salustio le indicó que necesitaba verlo y quedaron frente a una panadería El Globo en Periférico y Ermita Iztapalapa. Sostiene Vallarta que Salustio llegó con su primo, de nombre Gilberto, alias Géminis. Sostiene Vallarta que Salustio le dijo que había salido un cliente para comprarle su vehículo, un Volvo, tipo s40, modelo 2003, color gris, sin placas. Sostiene Vallarta que se lo entregó y le dejó a cambio su vehículo Pointer blanco. Sostiene Vallarta que a los tres días le volvió a llamar y le preguntó si quería ganar más dinero platicando con las víctimas para tranquilizarlas. Sostiene Vallarta que le contestó que sí le interesaba. Sostiene Vallarta que Salustio le dijo que ya había secuestrado a otra víctima y se quedó de ver con él por la calle de Cafetales o Eje 3 para que lo llevara a la casa de seguridad.

Sostiene Vallarta que no conoce el domicilio, pero que está sobre una avenida y es una casa de dos pisos con fachada de cemento, color gris, sin ventanas a la calle, con un zaguán metálico color azul. Sostiene Vallarta que adentro de dicha casa estaban Eustaquio, alias Capricornio, y Arturo [antes Arnulfo], alias el Piojo, custodiando a la víctima. Sostiene Vallarta que únicamente iba a dicha casa de entrada por salida. Sostiene Vallarta que la víctima era una joven de 17 o 18 años. Sostiene Vallarta que, cuando comenzó a platicar con ella, le dijo que se llamaba Valeria y que a su mamá le iba a costar trabajo juntar el pago del rescate ya que, a pesar de ser muy trabajadora, no tenía el apoyo de su padre, ya que estaban separados.

Sostiene Vallarta que Valeria le pidió que se sentara a desayunar con ella cereal con leche. Sostiene Vallarta que uno de los primeros días en que llegó le preguntó a Valeria si quería algo en especial. Sostiene Vallarta que Valeria le dijo que quería un espejo. Sostiene Vallarta que el espejo del baño que se había caído se lo llevó a su habitación y que era un espejo alargado de 30 centímetros de ancho por 80 de largo. Sostiene Vallarta que hizo esto para tener tranquila a la víctima. Sostiene Vallarta que, para darle confianza, le dijo que él no quería que nadie intentara tocarla. Sostiene Vallarta que, el día en que fue liberada, él la llevó a una colonia cerca de su casa, en compañía de Pedro, a bordo de un vehículo pequeño, cuatro puertas. Sostiene Vallarta que, en una ocasión, a Salustio se le salió decirle que el Volvo que le pidió prestado lo usó para levantar a Valeria. Sostiene Vallarta que, el mismo día en que liberaron a Valeria, Salustino [a partir de aquí Israel o el transcriptor confunden el nombre] le dijo que, como en dicho secuestro la familia no había pagado mucho dinero, únicamente le iba a dar veinte mil pesos, aunque luego se enteró de que la cantidad total del rescate había sido de ciento cincuenta mil pesos.

Sostiene Vallarta que, aproximadamente el 19 de octubre, recibió una llamada de Salustino, el cual le dijo que se dirigiera a la casa de seguridad en Tláhuac, donde estuvo la víctima de su tercer secuestro, ya que iban en camino con otras víctimas. Sostiene Vallarta que en dicho domicilio ya se encontraban Salustio, alias Sagitario, Pedro, alias Tauro, otro sujeto al que le decían Cáncer y Arturo, alias el Piojo. Sostiene Vallarta que nunca se quedó a cuidar a estas víctimas, sino que iba a platicar con ellas y a tratar de tranquilizarlas. Sostiene Vallarta que eran una señora de nombre Cristina y su hijo, de nombre Christian, con quienes en ocasiones platicaba. Sostiene Vallarta que la señora Cristina le dijo que la persona con la que vivía era su segundo matrimonio y que se llevaba bien con dicha persona, pero tenía miedo de que no pudiera juntar el dinero del rescate. Sostiene

Vallarta que Christian le pedía papas y le platicaba de que le gustaba jugar futbol y los videojuegos.

Sostiene Vallarta que, en la tarde de ese día, sus cómplices le informaron que en otra habitación de esa misma casa había otra víctima, la cual había llegado antes que la señora Cristina y Christian. Sostiene Vallarta que se asomó a dicha habitación y se dio cuenta de que había un joven de unos 23 años, vendado de los ojos. Sostiene Vallarta que Salustino le dijo que respondía al nombre de Ezequiel. Sostiene Vallarta que con esta víctima no lo dejaban platicar mucho, ya que Salustio le dijo que estaba castigado por un asunto personal con su señor padre, ya que con éste, unos años atrás, se había aventado un *jale*, es decir, un secuestro, pero que ese cabrón *lo había bailado* y lo único que quería era recuperar su dinero. Sostiene Vallarta que Salustio le dijo que el papá del secuestrado era muy bueno para colgarse de los teléfonos y grabar las llamadas y que, en alguna ocasión, a dicha persona la había levantado la policía, pero que por soltar un billete lo habían dejado libre.

Sostiene Vallarta que, después de varios días, se dio cuenta que Eustaquio llegaba mariguano y comenzaba a presionar a Salustio diciéndole que era hora de presionar a la familia. Sostiene Vallarta que propuso cortarle un pedazo de orejita a Christian. Sostiene Vallarta que empezó a entrometerse y a defender al niño y a su mamá, por lo que se peleó con Salustio. Sostiene Vallarta que éste le dijo que, si quería mucho a esas víctimas, se las llevara a su casa. Sostiene Vallarta que, desde hace dos semanas, Cristina y su hijo Christian estaban en su casa.

Sostiene Vallarta que acondicionó uno de los cuartos de su casa para que permanecieran secuestrados la señora Cristina y su hijo Christian, a quienes él mismo cuidaba y les proporcionaba sus alimentos. Sostiene Vallarta que luego regresó Salustio a su casa, en compañía de Arturo, alias el Piojo, y que le entregaron a la otra persona que tenían secuestrada, es decir Ezequiel. Sostiene Vallarta que le acondicionó otra habitación para que estuviera cómodo e independiente de la señora Cristina y su hijo Christian. Sostiene Vallarta que desde hace dos semanas tenía en su domicilio a estas tres personas secuestradas, las cuales se rolaba con sus cómplices para cuidarlas y alimentarlas.

Sostiene Vallarta que, en la parte de atrás del rancho donde vive, tiene una cabañita, a la cual desde hace tres meses se fue a vivir su novia, Florence Marie Louise Cassez Crepin, la cual pasaba todo el día trabajando en el Hotel Fiesta Americana de Polanco. Sostiene Vallarta que ella no estaba enterada de las personas que tenía secuestradas y no participó en ninguno de los secuestros.

Salustio es el nombre de un historiador romano que vivió entre el 86 y el 34 a.C. y siempre se mostró preocupado por la decadencia moral del Imperio, como dejó plasmado en opúsculos como *La conspiración de Catilina* y *La guerra de Yugurta.*

¿Podríamos localizar a un clasicista entre los secuestradores? ¿O su lugar estaría entre los policías federales?

Esta primera declaración de Israel coincide paso a paso con las denuncias de las víctimas en un engranaje casi perfecto. Israel jamás reconoce ser el jefe de la banda, el cual habría sido ese incógnito Salustio del que no volveremos a saber nada y que la policía nunca busca. Por otro lado, él jamás inculpa a Florence. Pero esta primera declaración también es importante porque en ella se articula la existencia de la banda del Zodiaco. Sus miembros son, según Israel, siete: Salustio, alias Sagitario, el supuesto líder del grupo criminal; el Perro, un vendedor de autopartes robadas; Arnulfo o Arturo, alias el Piojo; Gilberto, alias Géminis; Pedro, alias Tauro; y alguien a quien sólo conoce como Cáncer. Israel incluso proporciona las medias filiaciones de sus supuestos cómplices. De nada sirve: los agentes de la AFI no se preocupan por identificarlos o localizarlos, como si, una vez detenidos Israel y Florence, nada más importara.

A Florence también se le asigna como defensor de oficio al licenciado Cuajical y como perito traductor a Raoul Julio Julien Corona. En cambio, se le niega la asistencia consular: la PGR asegura haber realizado una llamada a la legación francesa, fuera de las horas de atención, que obviamente nadie contesta.

Sostiene Florence que su relación con Israel era muy normal. Sostiene Florence que Israel se dedicaba al negocio de compra-venta de flotillas de autos chocados. Sostiene Florence que los repara y los vende, sin que ella sepa a quiénes. Sostiene Florence que en ocasiones llevaban los carros al rancho Las Chinitas, donde habita en compañía de Israel y donde los reparaban sus hermanos René y Mario y su amigo Carlos, a quien Israel llama Charly, así como el hermano de éste, a quien ella conoció como Díter. Sostiene Florence que ignora sus apellidos. Sostiene Florence que de igual manera los llevaban a diferentes talleres mecánicos propiedad de René y Mario, en Iztapalapa, aunque desconoce cómo se llaman o en qué calle se encuentran. Sostiene Florence que Israel traía un Volvo negro que actualmente está en un taller mecánico en Iztapalapa.

Sostiene Florence que todas sus amistades se alejaron de ella porque le decían que Israel no le convenía. Sostiene Florence que Israel es una persona violenta y prepotente. Sostiene Florence que en una ocasión tomó por el cuello a un amigo suyo, razón por la cual ella no volvió a saber de él. Sostiene Florence que, desde el principio de su noviazgo, sabía que Israel vivía en el rancho Las Chinitas, al parecer propiedad de unas señoras, quienes le llamaban a Israel para cobrarle la renta. Sostiene Florence que entonces Israel vivía solo. Sostiene Florence que él estaba en trámite con unos abogados para comprarlo, pero hasta ese momento lo estaba rentando.

Sostiene Florence que, entre el 24 de diciembre de 2004 y el 1º de enero de 2005, se fue de vacaciones a Francia. Sostiene Florence que luego trabajó en un despacho de arquitectos. Sostiene Florence que Israel cambió mucho en ese tiempo, salía todo el día y la dejaba en el rancho. Sostiene Florence que en esa época Israel manejaba un Volvo gris, el cual chocó al parecer con un taxi a finales de septiembre o principios de octubre de 2005 en Tepoztlán, Morelos.

Sostiene Florence que Israel le dijo que Carlos le iba a prestar a ella un vehículo Pointer color azul marino y que a él le iban a prestar una camioneta CRV de Honda. Sostiene Florence que no sabe quién se los prestó. Sostiene Florence que posteriormente Israel le cambió el Pointer por un Jetta verde militar. Sostiene Florence que, cuando llegaba al rancho pasada la medianoche, Israel le decía que le mandara un mensaje para que ella no se tuviera que bajar a abrir el portón. Sostiene Florence que estacionaba el Jetta al lado de la camioneta de Israel. Sostiene Florence que Israel la tomaba de la mano para ir a la cabaña, lo que le resultaba extraño ya que él no acostumbraba tener esas actitudes.

Sostiene Florence que, el fin de semana del 12 y 13 de noviembre, Israel le dijo que se iba a Guadalajara a ver a sus hijos. Sostiene Florence que Israel le dijo que estarían sus hermanos Mario y René reparando un vehículo, razón por la que el sábado, el día de su descanso, fue a tomar un curso y, cuando regresó, encontró a Mario, René y otras dos personas de sexo masculino. Sostiene Florence que una de ellas llamó su atención, ya que era bastante robusta, de tez morena y vestía un overol de mezclilla.

Sostiene Florence que la siguiente semana transcurrió de manera habitual. Sostiene Florence que se iba a trabajar e Israel se quedaba en la casa, a excepción de un día en que la acompañó con la abogada que veía sus trámites migratorios. Sostiene Florence que, el fin de semana del 19 y 20 de noviembre, Israel sí estuvo en la ciudad y fue con él a casa de sus padres para celebrar su cumpleaños. Sostiene Florence que el sábado llegaron a Las Chinitas a las 21.00.

Sostiene Florence que los días 26 y 27 de noviembre Israel volvió a irse a Guadalajara a ver a sus hijos. Sostiene Florence que el viernes Israel le habló por teléfono y le dijo que Díter se había peleado con su hermana, por lo que se quedaría unos días en el rancho hasta que se arreglara su problema. Sostiene Florence que le dijo que éste se quedaría en el cuarto que está en la entrada del rancho. Sostiene Florence que, al día siguiente, Díter le abrió el portón para sacar su carro. Sostiene Florence que quedó con Jorge, otro hermano de Israel, a las 12.00 en el Centro Comercial Perisur. Sostiene Florence que luego fueron a Coyoacán y que después él la llevó a realizar unas compras de despensa, regresando a la casa como a las 20:00. Sostiene Florence que Israel regresó el lunes 28 de noviembre muy temprano. Sostiene Florence que se enteró de que el cuñado de Israel, Alejandro Mejía, fue por él a la central camionera.

Sostiene Florence que un día de esa semana, cuando regresó de trabajar, notó a Israel muy exaltado. Sostiene Florence que ese día le dio de comer un guisado de pechugas empanizadas y agua de jamaica. Sostiene

Florence que un día Israel llegó con cincuenta huevos, los cuales ella colocó en una base y, al regresar por la noche, se percató de que faltaba una tercera parte de los mismos. Sostiene Florence que le preguntó a Israel a quién había invitado a comer y que él no le contestó y se molestó mucho. Sostiene Florence que otro día Israel le dijo que Díter, que seguía quedándose en el cuarto, le había pedido cereal, por lo que le llevó bolsas de diversos tipos porque no sabía qué cereal prefería Díter.

Sostiene Florence que, cuando llegó el sábado 3 de diciembre, su día de descanso, salieron muy temprano a ver departamentos, ya que quería irse a vivir sola. Sostiene Florence que Israel la acompañó. Sostiene Florence que después fueron a comer y al súper. Sostiene Florence que Israel le dijo que Díter, quien aún estaba en el cuarto del rancho, le había encargado dos litros de leche. Sostiene Florence que al día siguiente se fue a trabajar y luego cerró el trato con los dueños de un departamento ubicado en la calle de Hamburgo, esquina con Burdeos, en la delegación Cuauhtémoc, donde iban a cobrarle una renta de 6 mil pesos. Sostiene Florence que el adelanto de 10 mil pesos se lo dio Israel.

Sostiene Florence que esa semana, cuando regresó de trabajar, notó que de nuevo había comida preparada: sopa de pasta y flautas doradas. Sostiene Florence que Israel se encontraba muy estresado y pelearon. Sostiene Florence que el martes 6 de noviembre, Israel, su hermano Jorge y ella se presentaron con los dueños del departamento y que Jorge fue su fiador. Sostiene Florence que después se fue a trabajar. Sostiene Florence que los dueños le entregaron las llaves del departamento y que Israel llevó algunos muebles que ella tenía en el rancho.

Sostiene Florence que, el día de su detención [es clara la intención del mecanógrafo de no inscribir la fecha del arresto], iba con Israel a bordo de una camioneta de color blanco que les prestó una cuñada de Israel, de nombre Alejandra, la viuda de Arturo, hermano finado de Israel, para llevar otros muebles y ropa a su nuevo departamento. Sostiene Florence que entonces una camioneta se les cruzó en el camino. Sostiene Florence que fueron arrestados por agentes de la AFI, los cuales le dijeron que Israel se dedicaba al secuestro. Sostiene Florence que, cuando la llevaban en la camioneta, le dijeron que investigaban a Israel desde hacía mucho, que se dedicaba al secuestro y que sabían que ella no tenía nada que ver.

Sostiene Florence que posteriormente los llevaron al rancho Las Chinitas y que los introdujeron en el cuarto que está a la derecha de la entrada principal. Sostiene Florence que vio a un muchacho que tenía una venda en la frente y que le reclamaba a Israel que lo había tratado muy mal. Sostiene Florence que también escuchó la voz de una mujer que solicitaba ir al baño. Sostiene Florence que, cuando estaban en el cuarto del rancho, una persona que vestía de traje, de ojos azules y cabello lacio y negro, y quien al parecer era el jefe de todos los que participaron en la detención [Luis Cárdenas Palomino], le dijo que iba a llegar la televisión y que, cuando ellos se lo indicasen, ella tenía que levantar la cabeza. Sostiene Florence que éste le ordenaba lo que tenía que decir y que ella sabía de todo este asunto. Sostiene Florence que le dio un golpe en la cabeza y le jaló los cabellos, hechos que quiere denunciar ante esta autoridad. Sostiene Florence que luego la trajeron a rendir su declaración ministerial.

En el testimonio de Florence hay varios elementos que parecen inculpar a Israel: las menciones a su carácter violento; su decisión de no dejarla bajar del coche a solas al llegar a Las Chinitas; la presencia de Charly y Díter —cuyos verdaderos nombres, según Israel, son Juan Carlos (su sobrino) y Pedro o Peter—; la desaparición de los huevos y las compras de cereal. Cuando la entrevisté en Dunkerque, en 2017, Florence me aseguró que ese día narró diversos episodios de su vida cotidiana, pero que en ningún momento pretendió incriminar a Israel; según ella, el Ministerio Público añadió todas las líneas que lo hacen parecer sospechoso, como aumentar el número de huevos a 50.

Guadalupe y Yolanda, las hermanas mayores de Israel, ambas divorciadas y con hijos adultos, viven a unas cuadras de distancia en Iztapalapa y suelen verse con frecuencia. Cuando Yolanda toca la mañana del 9 de diciembre a la puerta de su hermana —es la misma casa donde viven sus padres—, ésta la recibe en piyama, medio dormida y con los ojos legañosos. "Israel y Florence acaban de ser detenidos", le anuncia, aturdida, y le cuenta que acaba de verlos en la televisión.

Guadalupe enciende el aparato en el canal 2 y ambas alcanzan a ver la repetición de la captura. Obnubiladas, acuerdan no decir nada a sus padres: doña Gloria tiene programada una visita al médico y no quieren perturbarla. A media mañana, ambas se reúnen con sus hermanos Mario, Jorge y René.

"No es cierto, no puede ser cierto", se dicen unos a otros.

A la vuelta de su consulta, ya no pueden impedir que don Jorge y doña Gloria vean las imágenes de Israel y Florence que aparecen sin cesar en televisión y les cuentan lo poco que saben.

"Aquí hay algo extraño", balbuce su madre.

Guadalupe le llama a Héctor Trujillo, un abogado amigo suyo, quien al cabo de varias horas averigua que Israel se encuentra en las instalaciones de la SIEDO, y de inmediato René y Mario se trasladan allí en busca de noticias. Afuera del edificio se les acerca un supuesto agente de la policía y les pide doscientos mil pesos para liberar a Israel. René y Mario no se dejan engañar, pero tampoco obtienen el permiso para visitar a su hermano o a Florence.

Sébastien dormita en su cama, al lado de Iolany, cuando suena el timbre del teléfono; uno de los empleados de su empresa le pide que sintonice el canal 2. Él y su mujer miran a Florence en la pantalla, en primer plano, custodiada por dos policías. Minutos más tarde, reconocen el rostro maltrecho de Israel. "¿Dónde se metieron estos dos?", murmura él en voz alta, aunque ya tiene la respuesta.

Claudia, la esposa de Israel, se encuentra en Guadalajara cuando ve a Israel en la televisión. Apenas unos días atrás le dijo que quería a regresar con él y ahora descubre que ha sido detenido por la policía al lado de otra mujer.

"Toma un chocolate", le dice Bernard Cassez a su esposa mientras limpia los restos de la vajilla con aire sombrío. "Lo vas a necesitar. Tienes un correo en tu mensajería."

Charlotte deposita su bolso en una silla, preguntándose si debe beber el chocolate; su computadora permanece abierta sobre la cómoda. Piensa que, si se tratase de una noticia muy mala, un accidente o una muerte, no se la anunciarían por correo electrónico, sino por teléfono. Se decide por el chocolate y, cada vez más incómoda, enciende la computadora. El mensaje de Sébastien es lacónico: "Las últimas noticias… ¡¡¡incluso si no son buenas!!!"

Le sigue un enlace a un artículo adjunto y Charlotte hace clic. Allí ve a Florence, despeinada, en la primera página de un periódico en español; frente a su foto, en un fondo rojo, la de su novio, con la frente dura y hostil y los labios hinchados por los golpes. Bajo las dos imágenes, Charlotte lee una línea que indica: "Si los conoce, denúncielos".

Al concluir sus declaraciones ministeriales, Florence e Israel son remitidos al Centro de Investigaciones Federales de la PGR, también conocido como Centro de Arraigos, más popularmente el Arraigo, un viejo hotel en la colonia de los Doctores, antes llamado Central Park, adquirido por la dependencia en 2003. El lugar tiene capacidad para unas ciento cincuenta personas, pero cada día ingresa más o menos ese número de detenidos. Los internos deben vestir camisetas con colores para identificar los delitos de los que se les acusa: verdes para los criminales de cuello blanco; amarillas para los narcotraficantes; y rojas para los secuestradores.

Introducido en la legislación mexicana en 1983, el arraigo permite que aquellas personas que, a juicio del Ministerio Público, sean consideradas peligrosas o se sospeche que pertenecen al crimen organizado, puedan ser retenidas por un periodo de hasta treinta días. Una reforma posterior amplió el tiempo a noventa. En la práctica, esta medida cautelar provoca que los sospechosos primero sean detenidos y luego investigados, violando toda presunción de inocencia.

Ese mismo 9 de diciembre, el licenciado Cuajical, el abogado de oficio que se les ha asignado a Florence e Israel, presenta una serie de alegatos ante el Ministerio Público para defenderlos o al menos dejar constancia de que están siendo defendidos. Agobiados por un ingente número de casos y provistos con salarios ínfimos, los abogados de oficio suelen responder tanto a los designios de la policía como de los jueces. Una estadística reciente demuestra que el noventa y nueve por ciento de los casos criminales en los que intervienen defensores de oficio se resuelven de la misma manera: con la condena del defendido.

Como la familia de Israel no dispone de recursos económicos, Guadalupe convence a su amigo Héctor Trujillo de encabezar la defensa de su hermano. Por su parte, Sébastien contrata para defender a Florence a Jorge Ochoa Dorantes, un expolicía convertido en penalista, por recomendación de Jaime López Miranda, el litigante que lo defendió contra Margolis y al cual conoció gracias a Israel.

Horas después de protagonizar el drama televisivo transmitido por los noticieros matutinos de Televisa y TV Azteca, Cristina y su hijo Christian también son conducidos a las instalaciones de la SIEDO, donde rinden sus primeros testimonios. Raúl Ramírez, el esposo de Cristina, lo hace un poco más tarde, a las 14:20. Todos narran con meticulosidad las condiciones del secuestro; eluden, en cambio, cualquier detalle concreto sobre su liberación. Articulo el siguiente relato a partir de las declaraciones de los tres miembros de la familia.

La tarde del 18 de octubre de 2005, Christian regresó a su casa con una sensación incómoda. De regreso de la escuela, se dirigió a la papelería donde solía comprar cuadernos o monografías cuando distinguió, al otro lado de la acera, a un hombre moreno, de bigote, con camisa negra y pantalón de mezclilla, provisto con un teléfono celular. El niño notó que, cada vez que se movía, el sujeto apuntaba el celular hacia él como si quisiera fotografiarlo o grabarlo. De vuelta en casa, Christian no dejó de pensar en aquel sujeto, aunque al final no dijo nada.

Christian no sabía que, días atrás, su padre también había percibido indicios de algo extraño. Raúl Ramírez supo de labios de José Luis Rueda Parra, uno de sus empleados (y primo de su primera esposa), que un individuo de entre 45 y 50 años, alto, de tez morena clara y nariz chueca, vestido con un traje bien cortado, unas aparatosas cadenas de oro al cuello y un costoso reloj en la muñeca, había estado tomando fotografías de su empresa, Formadora de Tuercas Mexicanas S.A., en la colonia Bondojito. Inquieto, Rueda Parra alcanzó a fotografiarlo con su celular mientras éste se alejaba en un Cougar gris, pero, igual que su hijo, Raúl no prestó demasiada atención a la anécdota.

En cuanto se levantó a la mañana siguiente, Christian se puso el uniforme de la escuela —pantalón corto azul marino, playera blanca con ribetes azules y verdes y suéter azul con rayas también verdes—, desayunó con sus padres y, un poco pasadas las 07:30, los tres se dirigieron a la cochera donde Raúl estacionaba su Jetta azul. La familia emprendió el camino habitual hacia el Centro Escolar Las Américas, donde Christian cursaba la primaria.

Al pasar por Ferrocarril Hidalgo, a la altura de la calle del Tesoro, no lejos de un autolavado que Christian solía ver en el camino, Raúl distinguió por el retrovisor un camión de redilas que les obstruía el paso. Una camioneta café oscuro, con los vidrios polarizados, circuló hacia ellos. Entre tres y cuatro hombres armados, encapuchados y con lentes oscuros —cinco, según la versión de Christian— descendieron del vehículo, rodearon el Jetta y amenazaron a Raúl con un arma. Éste no dudó en darles las llaves del coche, pensando que se trataba de un robo, pero los sujetos lo bajaron a trompicones y lo obligaron a subirse a otra camioneta, una Express van color claro. Cuando el niño intentó aferrarse a su asiento, uno de los encapuchados lo arrastró hacia afuera, jalándolo de la muñeca, y lo obligó a acomodarse al lado de su padre.

A Christian le pareció ver que su madre corría en dirección contraria, escapando de los criminales; los encapuchados le gritaron que tenían a su hijo y ella no tuvo más remedio que regresar, aunque la propia Cristina no recuerda este conmovedor episodio. Los secuestradores los obligaron a recostarse en el piso de la camioneta; a Raúl le quitaron su celular —sería el que luego emplearían para ponerse en contacto con él—, los cubrieron con unas mantas y se pusieron en marcha hacia el norte, según el recuerdo de Raúl. El trayecto duró más de una hora hasta que la camioneta dio un giro y se internó en un camino pedregoso.

"Échate de reversa", gritó alguien. Cuando la van se detuvo, los secuestradores abrieron las puertas traseras y, sin quitarle la manta de la cabeza, ayudaron a bajar a Cristina, la condujeron al interior de una casa y la obligaron a sentarse en un destartalado sillón color café con leche. El olor a comida era muy intenso y la radio transmitía una canción del grupo Cañaveral. Cristina les suplicó a sus captores que le devolviesen a su hijo; ellos le dijeron que no se preocupara y colocaron a Christian a su lado. A los dos les pusieron unas borlas de algodón sobre los párpados y los vendaron, mientras a Raúl lo llevaron a otra habitación.

"No te preocupes", le dijo al niño uno de los secuestradores, "somos profesionales. Tu papá nada más tiene que hacer unas cosas para nosotros."

Raúl permaneció en una silla con ruedas en tanto los secuestradores lo interrogaban. Cristina distinguía su voz, aunque no alcanzaba a escuchar las respuestas de su pareja. "Ponme un nombre", le espetó a Raúl el líder de la banda, con voz fingida para hacerla sonar más grave.

"Hilario", tartamudeó éste, recordando el segundo nombre de su hijo.

"¿Ya sabes de qué se trata, Raúl?"

"Sí."

"¿Cuánto dinero tienes?"

"La empresa tiene 26 mil dólares; 280 mil pesos en una cuenta y 26 mil pesos en otra."

"Iba a pedirte treinta millones de pesos", el secuestrador le dio un golpe en la cabeza, "pero quiero quince millones, ni un peso más ni un peso menos. De otra manera, olvídate de tu familia. Te juro por la Santísima Muerte que obligo a tu vieja a que mate a tu hijo y luego te la entrego para que te mate a ti y se mate ella. Te vas a ir para juntar ese dinero. ¡Y cuidado con avisarle a la policía, porque te juro que, así pasen uno, dos o tres años, te busco para matarte!"

Este lenguaje y las asociaciones con la Santa Muerte no aparecen en los intercambios de ningún otro secuestrador en esta historia.

"Tengo un muchacho secuestrado de 21 años de edad. Su esposa va a tener un bebé en una semana, pero lo voy a matar porque su familia no quiere dar el dinero que pido. Ahora te lo traigo para que lo conozcas."

Los subordinados de Hilario arrastraron al muchacho —que era presumiblemente Ezequiel— adonde estaba Raúl. Vestía una playera roja y un pantalón de mezclilla. Éste le extendió la mano por debajo de la cobija que lo cubría. "Tengo más de 20 días con ellos y mi familia no ha pagado", recitó el detenido. "Que Dios te bendiga y te dé fuerza." Los secuestradores volvieron a llevárselo y dejaron a Raúl a solas, sin quitarle la manta de la cabeza.

"¿Qué pasa?", le preguntó Cristina a su hijo en la otra habitación.

"Le están pidiendo dinero a mi papá", aclaró el niño.

Un par de horas después, los secuestradores llevaron a Raúl al mismo sillón donde se encontraban su esposa y su hijo y los cubrieron con la misma manta. "Platiquen", ordenó.

"Tengo que irme, pero vuelvo pronto", susurró Raúl al oído de Cristina. "No se preocupen, son buenas personas y yo voy a venir pronto con ustedes."

Los sujetos lo tomaron de los hombros mientras éste les recomendaba a Cristina y a Christian que se cuidasen. Lo subieron a una camioneta cuya radio reproducía una canción de los Beatles a todo volumen, lo esposaron y lo obligaron a recostarse en el piso. Tras dos horas de trayecto, lo bajaron en un estacionamiento en el pueblo de San Juanico, en el Estado de México. Antes de dejarlo ir, le indicaron que el rescate tendría que pagarlo en billetes de doscientos pesos y veinte dólares.

Eran cerca de las 15:00 del 19 de octubre de 2005.

Raúl tomó un taxi hacia su casa y, desoyendo las órdenes de los secuestradores, se apresuró a llamar a sus hermanos y a algunos de sus amigos para contarles lo que había pasado. Por recomendación de ellos, aquella noche acudió a las instalaciones de la AFI a denunciar el secuestro de su mujer y su hijo. A partir de entonces, la agente Peña Frumencio lo acompañó en las negociaciones.

Cristina y Christian se habían quedado en el mismo sillón entre siete y nueve horas, conforme al recuerdo de cada uno. De pronto, los dos escucharon que la puerta se abría y les pareció oír la voz de Raúl. Cristina les preguntó a los secuestradores si su compañero había llegado por ellos, pero éstos le respondieron que se había equivocado. Ella y su hijo se quedaron convencidos de haber oído a Raúl y pensaron que los secuestradores les mentían.

Por la noche, fueron obligados a subir unas escaleras de concreto y se acomodaron en una habitación en la que había una cama matrimonial, un televisor Philco de veinte pulgadas y una bocina Sony con el volumen muy alto. El cuarto estaba dividido por la mitad con una tela color azul rey con estampados amarillos; del otro lado de la cortina encontraron un baño y una regadera color beige. Una solitaria ventana permanecía tapiada con maderos y clavos.

"No traten de hacer nada", les ordenó uno de los secuestradores. "Si quieren algo, toquen la puerta." Y les aclaró que, cada vez que ellos entraran, tenían que cubrirse la cabeza con las mantas; les ordenó no apagar la luz ni bajar el volumen del televisor ni de la radio, sintonizado en ese momento en Stereo Joya con una ranchera.

"¿Quieren comer algo?"

"Una hamburguesa", pidió Christian.

"Está lejos, pero vamos a traértela", accedió uno de sus captores.

A Cristina le preguntaron si necesitaba medicinas. Ella les aclaró que estaba enferma del riñón y éstos prometieron comprar lo que le hiciera falta. Les dijeron que podían bañarse a cualquier hora, que había agua caliente y que, si necesitaban implementos de baño, jabón o pasta de dientes, ellos también podían proporcionárselos. Todos los días los secuestradores subían a la habitación y les ofrecían comida casera, sopa de pasta, arroz, pollo rostizado o frito, pechugas empanizadas, chilaquiles, enchiladas, pizza y pollo Kentucky. Uno de los secuestradores le dijo a Cristina que, si les daba una receta, ellos podían preparársela.

El 21 de octubre, Raúl recibió la primera llamada de la banda, acompañado por la agente Peña, quien grabó las conversaciones. "¿Qué pasó, Raúl? Te habla Hilario", le dijo el jefe. "¿Cómo estás? ¿Ya estás bien? ¿Me estás juntando mi dinero? Te voy a pasar a tu familia", y dejó que Christian le hablase. Su hijo alcanzó a decirle que lo tratan bien.

"No le vayas a avisar a la policía", le advirtió Hilario a Raúl.

El 23 de octubre, los secuestradores sacaron a Cristina y Christian de la habitación para arreglarla. Los cubrieron con la manta y los llevaron a otro cuarto. Cristina temía que fueran a hacerles daño. Allí se encontraron con un hombre joven al que los secuestradores llamaban Ramiro, aunque a ella y a su hijo no les permitieron hablar con él. Sólo al término de su encierro descubrirían que su verdadero nombre era Ezequiel.

A las 10:02 del 29 de octubre, Raúl recibió una nueva comunicación de los secuestradores. Él les dijo que tenía 925 mil pesos.

"¡Ese dinero no fue el trato! Yo por ese dinero no trabajo, no me dedico a vender autos", gritó el secuestrador. "Si no me reúnes lo que te pido, te juro que te voy a mandar a tu esposa nada más para que se suicide por haber matado a su hijo." Y colgó.

A las 13:09, volvió a llamar. Raúl volvió a explicarle que nadie lo estaba ayudando a conseguir el dinero, pero Hilario le dijo que conocía su situación económica y le repitió que mataría a Christian y le enviaría viva a Cristina. Le dijo además que tenía a su lado a su esposa desnuda y que así la estaba viendo su hijo. Y, por si tenía dudas dc que le estuviera diciendo la verdad, le aclaró que su mujer tenía una cicatriz en el abdomen.

No fue sino hasta el 3 de noviembre cuando Hilario volvió a dar señales de vida, comunicándose al teléfono de la hermana de Raúl. De inmediato ésta le entregó el aparato y Cristina le dijo a Raúl que los secuestradores la estaban obligando a dañar a Christian. Luego le aclaró que las órdenes de Hilario eran que Raúl y su hermano Hugo se dirigiesen en ese mismo instante a la casa del segundo y que esperaran una nueva llamada.

Poco antes de la medianoche, al fin sonó el teléfono en casa de Hugo e Hilario volvió a pedir el dinero. A las

00:03, Raúl recibió otra llamada. Esta vez Hilario le indicó que colocara cinco millones de pesos en bolsas de plástico negro y las distribuyera en tres maletas, y le dijo que luego volvería a llamar para decirle qué hacer con ellas. A las 00:07, Hilario marcó de nuevo para indicarle que usara el celular de un chofer de la empresa en sus siguientes comunicaciones.

Habían pasado ya unos veinte días desde el inicio del secuestro cuando varios sujetos entraron al cuarto de Cristina y Christian y les dijeron que los cambiarían a otro sitio. Ella pensó lo peor y se puso a llorar. Los secuestradores los cargaron en hombros y los acomodaron en la cajuela de un automóvil que de inmediato se puso en marcha. Fue un largo trayecto, tal vez de un par de horas, que Cristina recuerda ágil, como si hubieran utilizado una carretera o una vía rápida.

Llegaron a la nueva casa de seguridad cerca de las 16:00. Un televisor a todo volumen transmitía la enésima repetición de *El chavo del ocho*. Cristina y su hijo atravesaron un empedrado con las mantas sobre la cabeza y los secuestradores los dejaron caer sobre una cama matrimonial. Uno de ellos les preguntó si querían comer. Cristina dijo que no tenía hambre y a Christian le dieron un poco de fruta.

A la mañana siguiente los trasladaron a otra habitación donde sólo había una cama individual. Pronto la cambiaron por una matrimonial y en la otra dejaron a Ramiro. De nuevo les ordenaron no bajar el volumen del televisor —la misma Philco de antes— y esta vez les dijeron que para ir al baño tendrían que pedir permiso, si bien aquí sí podían apagar la luz por las noches.

A Cristina sólo la dejaban bañarse cada tercer día; la llevaban vendada al baño que estaba al lado —nunca entendió el motivo— y sólo un par de veces la dejaron ir a otro lugar para tomar una ducha. Christian, en cambio, recuerda que sólo se bañó tres veces y lo condujeron en coche a otra casa, a unos cinco minutos de distancia, donde había una regadera. (No hay testimonios de que se usara otra casa de seguridad cerca de Las Chinitas.)

Christian tiene otros recuerdos de su encierro. En una ocasión, Hilario le dio instrucciones a uno de sus hombres, al que llamaba Ángel, para que lo sacara de la habitación porque iba a hablar a solas con su mamá, y lo dejaron en el pasillo. "¿Cómo estás, Ramiro?", escuchó Christian que le preguntaba uno de los secuestradores al joven que compartía encierro con él y con su madre.

"Bien", respondió Ezequiel.

Cuando Christian regresó a la habitación, su madre estaba llorando. "¿Estás triste?", le preguntó el niño. Cristina se limpió las lágrimas: "Es que me dijeron que tu papá no quiere cooperar."

El momento más angustiante para Christian fue cuando Hilario le dijo que tenían que sacarle sangre. Otro día, Hilario le puso un algodón en el oído izquierdo y luego un líquido y una toallita. "Tu papá quiere que le mandemos algo tuyo", le explicó, quizás para asustar a su madre, pues al final no le hizo daño. En otra ocasión, Hilario le ordenó a Christian que le escribiera una carta a su papá. El niño fue obligado a decirle que lo quería mucho y que quitara a la policía del caso. Además, tuvo que escribir que su madre le había cortado la oreja izquierda y que por favor ya pagara porque quería volver a estar con él.

Otro de los secuestradores, que se hacía llamar Gabriel, le dijo a Cristina que, si en una semana Raúl mantenía a la policía metida en el asunto, pasarían a la segunda etapa del plan y le cortarían la oreja a su hijo. Por lo general los cuidaba Ángel, un sujeto que, según Christian, usaba expresiones muy parecidas a las de uno de sus "primos" —en realidad, sobrino de la primera esposa de su padre—, de nombre Édgar Rueda Parra.

Hilario llegaba todos los días a verlos y les decía que iba a estar cerca. Christian también escuchaba la voz de Ramiro, al cual asegura haber visto al menos en otras dos ocasiones: la primera, cuando los encerraron en un coche para arreglar la habitación; y, la segunda, cuando alcanzó a verlo en la cama individual cubierto por una cobija azul de un lado y gris del otro. Hilario le preguntó a Christian las fechas de su cumpleaños y de su madre.

"Estamos muy contentos porque hemos recibido dos rescates muy jugosos", le confesó Hilario, sólo para aclararle que tenía miedo de que sus jefes se desesperasen y quisieran terminar con todo y matarlos.

El 7 de noviembre, el secuestrador se dedicó a llamar desde el celular de Raúl a otros de los familiares y amigos de éste. A las 21:20, llamó al teléfono de Hugo, el hermano de Raúl. Éste colgó y el secuestrador volvió a marcar de inmediato. "¡Qué pendejo te viste colgando!", le gritó. "¡Acabas de matar a tu cuñada y a tu sobrino! A ver cómo se lo explicas a tu familia. Que no existen el tiempo ni las distancias para nosotros. Saludos a Patis, Jime, Mani y Vale...", le gritó para que supiera que conocía los nombres de sus hijos.

A las 21:29, la excuñada de Raúl recibió un mensaje de texto que decía:

> QUÉ LÁSTIMA QUE USTED TAMPOCO LE HIZO PARO A CRISTINA Y A SU HIJO Y NO ME ESCUCHÓ SE VAN A MORIR POR 900 MIL Y NI LES VAMOS A COBRAR DÍGALE A RAÚL QUE YA ES PERSONAL Y USE SU DINERO PARA UN BUEN FUNERAL.

Al día siguiente, Hilario le llamó a la madre de Raúl; ella colgó el teléfono. El 9 de noviembre por la noche, le llamó a la hermana de Cristina para decirle que, junto a un salón de belleza ubicado en la esquina de las calles de Sara y Abel, en la colonia Guadalupe Tepeyac, acababan de depositar una bolsa de plástico color naranja que contenía "cosas de Christian".

Veinte minutos después, la propia Cristina le llamó a Raúl. "¡Habla Cristina, maldito!", le gritó. "¡Me hicieron cortarle una oreja! ¡A mi hijo, maldito, no te lo voy a perdonar! ¡Nunca, nunca! Estoy sufriendo, escúchame, estoy sufriendo mucho... Y el niño está sufriendo."

"No hay nadie, te lo juro."

"Si vuelven a hacerle algo a mi hijo, voy a pedirles que me den vida para poder matarte."

Raúl le pidió a Cristina que le pasara a Hilario. "Sé que están grabando, putos", se quejó éste. Raúl trató de negarlo. "Esto es entre tú y yo. Ya te empezaste a mover de otra forma, ojete."

La voz de Cristina volvió a surgir del auricular: "¡Nunca te voy a perdonar lo que tuve que hacerle a mi propio hijo por tu culpa! ¡Por mi madre que te voy a matar! ¡Paga lo que te piden! ¡Y saca a todos esos desgraciados de la policía que están en mi casa!"

Horas más tarde se comprobó que en la bolsa de plástico dejada por los secuestradores sólo había basura.

Los secuestradores no volvieron a llamarle a Raúl. Ninguna comunicación entre el 9 de noviembre y el 9 de diciembre. Ni en las declaraciones de Christian y Cristina, ni en las de Raúl, se detalla lo sucedido en este largo mes. ¿Es posible que Cristina y Christian hubiesen sido rescatados o liberados antes de lo que indicó la policía?

Según el testimonio de Cristina y Christian, el 9 de diciembre los dos se despertaron cuando oyeron ruidos de pasos a su alrededor. La puerta del cuarto cedió y numerosas personas entraron en tropel. (En contraposición, los agentes que participaron en el rescate afirman que no hubo necesidad de romper ninguna puerta, puesto que Israel les había abierto.)

"¿Y éste quién es?", oyó Cristina a uno de los policías recién llegados, refiriéndose a Ezequiel.

"Es una víctima", indicó otro de los agentes.

"Del otro lado hay una señora y un niño", reveló Ezequiel.

Los policías se trasladaron al otro lado del cuarto y se toparon con Cristina y con Christian. "Tranquila, no pasa nada, somos la policía, somos de la AFI", los tranquilizó un encapuchado que, según Cristina y Christian, tenía las siglas de la Agencia en el uniforme.

Luego procedieron a subirlos a una camioneta, donde ya se encontraban prisioneros un hombre y una mujer, a los cuales no reconoció. En ningún momento ella o el niño hicieron referencia en su testimonio al día o a la hora en que fueron rescatados ni a que hubiesen debido repetir su liberación ante las cámaras, cuya presencia ni siquiera mencionan.

Raúl volvió a tener noticias de su mujer y de su hijo la mañana del 9 de diciembre, cuando un agente de la AFI le llamó para informarle que acababan de ser rescatados. Al llegar a las instalaciones de la SIEDO, al fin se reunió con ellos. Los tres hicieron sus primeras declaraciones y luego fueron conducidos a la Cámara de Gesell, donde, en contra del protocolo habitual, vieron por turnos sólo a Israel y Florence. Cristina afirmó que no era capaz de identificar a ninguno de ellos ni por su apariencia física ni por su voz.

"Estoy enterada, *por voz de los agentes de la AFI*", admitió en cambio, "que las personas que detuvieron son parte de mis secuestradores, por lo cual denuncio el delito de privación ilegal de la libertad en la modalidad de secuestro cometido en mi agravio y en agravio de mi menor hijo Christian Hilario Ramírez Ríos y procedo contra Israel Vallarta Cisneros y Marie Louise Cassez Crepin y quienes resulten responsables."

Por su parte, Christian dijo que identificaba "plenamente y sin temor a equivocarse" a Israel como el hombre que se hacía llamar Hilario, el jefe de la banda; en cambio, negó reconocer a Florence.

Christian enumeró a ocho miembros de la banda (aunque en su cuenta sólo eran siete). Ángel era quien les daba buenas noticias en relación con las negociaciones y tenía la voz ronca; Margarito tenía la voz aguda y gangosa como el cómico de la televisión del mismo nombre; otro de los sujetos le decía "mi rey" y lo trataba bien; otro más le regaló una rosa a Cristina como premio por no haber intentado escapar; el que se hacía llamar Miguel, en cambio, maltrataba a su madre y amenazaba con dañarla; Gabriel decía ser el jefe de la banda, aunque Christian sabía que esto era falso, y también amenazaba con lastimarlos. Según Christian, Hilario era el auténtico jefe de la banda y un día le prestó un Nintendo.

Además de ellos, Christian dijo que otro miembro de la banda usaba las mismas expresiones que su "primo" Édgar Rueda Parra, aunque su voz era menos ronca. Éste en realidad era primo de la primera esposa de Raúl y hermano de José Luis Rueda Parra, el empleado de su padre que lo previno sobre el hombre que fotografió su empresa. Y no sólo eso: también era primo de los hermanos José Fernando y Marco Antonio Rueda Cacho, los mismos sujetos que Valeria Cheja reconoció como los hermanos que habían acudido a su fiesta de cumpleaños. Recordemos, además, que Miguel Figueroa identificó a José Fernando como un antiguo compañero de escuela y que estaba convencido de su participación en el secuestro y posterior asesinato de su hermano Ignacio.

La tarde del 9 de diciembre de 2005, Ezequiel también rinde su primera declaración ministerial en la SIEDO. Para reconstruir su secuestro, he contrastado su relato con las declaraciones de su padre, Enrique Elizalde Menchaca; su hermano, Enrique Elizalde Flores; su esposa, Karen Pavlova Gachuz; su suegra, Leticia Gómez, y su madre, Raquel Flores, todos los cuales durante o después de su secuestro acudieron ante las autoridades en un juego de declaraciones contradictorias.

El 4 de octubre de 2005, Ezequiel salió de su casa, en la calle 10 de Abril, en Chalco, Estado de México —una de las zonas más pobladas del área conurbada de la capital—, y se encaminó hacia su trabajo, el Billar Elimen (contracción de *Eliz*alde *Men*chaca), en la calle José María Martínez 20. Saludó a uno de los empleados, Héctor Galeana, y se dirigió a su oficina. Unos quince minutos más tarde, tres sujetos armados, dos de ellos con pasamontañas y el tercero con lentes de sol, irrumpieron en el lugar. Amagaron a Galeana cuando trapeaba el piso y a dos adolescentes que jugaban en una mesa. Uno de los criminales les amarró las manos con unas tiras de plástico y los encerró en el baño. Mientras tanto, los otros dos entraron en el despacho de Ezequiel y le apuntaron con una pistola.

"¡Hijo de la chingada, dame tu cartera! ¡No toques la alarma que está debajo del mostrador! ¡Quita el pie de ahí! ¡Vámonos para afuera!"

Los criminales lo llevaron a rastras afuera del billar y lo introdujeron en una camioneta Express van color gris. Ezequiel se dio cuenta de que el jefe de la banda era el que usaba lentes oscuros; tendría unos 35 años. Los secuestradores lo obligaron a recostarse en la camioneta, lo cubrieron con una manta y se pusieron en marcha. A lo largo del trayecto, de cerca de una hora, el jefe de la banda le quitó su celular y le preguntó el número de su padre. Le pidió que marcase y Elizalde Menchaca no tardó en contestar.

"Cámara, Enrique, esto no es un juego", lo increpó el jefe de la banda, fingiendo un acento de *chilango de barrio*. "Sabes bien lo que está pasando. A partir de ahorita me llamo Zacarías para ti. Ya te diste cuenta que no es un juego. Tengo a tu chavo conmigo. Quiero decirte una cosa, Enrique, no tengo nada personal contra ti ni contra tu chavo, nomás vengo por un billete. Aguas con los *paras* que tienes al lado. Si tú vas de puto con la policía o con tus cuates federales, va a valer verga, ¿me estás entendiendo?"

La conversación ponía en evidencia los lazos de Elizalde Menchaca con la policía y acaso con el crimen organizado. En su testimonio, confirmó que disponía de un sofisticado sistema que le permitía grabar todas las llamadas que entraban a sus teléfonos, incluido su celular, de modo que desde este primer instante se cercioró de registrar la voz del secuestrador.

"Voy a matar a tu hijo si no me pagas, güey", le gritó Zacarías. "Y si vas de puto, lo mato. No te lo voy a repetir dos veces. Vas a ir a tu negocio, vas a grillarle a tu chavo, te vas a poner abusado con ponerte de acuerdo con el güey que está allá adentro. No pasa nada y sigan trabajando normalmente. Quiero tus teléfonos abiertos. Y cuando yo te marque, quiero que me contestes."

No había dudas de que los secuestradores sabían dónde y con quién se encontraba Elizalde Menchaca en ese momento.

"Hace un año, la verdad me sacaron... Me la pasé muy difícil... La vi muy difícil y me pasó la misma situación", argumentó él. Las palabras de Elizalde Menchaca revelaban, o bien que fue víctima de otro secuestro en el pasado, o bien, como aseguraría Israel más adelante, que tenía cuentas pendientes con otra organización criminal. Al saber que la conversación se está grabando, emplea un lenguaje deliberadamente ambiguo.

"Lo siento mucho, Enrique", se ablandó Zacarías, "yo no sabía lo que te pasó, pero finalmente eso es ya bronca tuya. Te lo voy a poner de esta forma, espero que lo entiendas. Yo le parto la madre a tu chavo. No le respeto la vida porque te lo voy a cortar en cachitos."

El secuestrador y Elizalde Menchaca siguieron discutiendo por un rato. En cierto punto, Zacarías le pasó a Ezequiel. "Papá, me tienen secuestrado", le dijo. El jefe de la banda le arrebató el teléfono. "Si no me da el dinero que pido", le dijo el secuestrador a Ezequiel antes de colgarle a su padre, "no te voy a cortar un dedo o una oreja, sino que te voy a matar."

La camioneta se detuvo y Ezequiel escuchó el ruido de un portón de metal mientras el conductor subía aún más el volumen de la radio. Los secuestradores lo obligaron a descender, siempre cubierto con la manta roja, lo introdujeron en la casa y lo depositaron en un sillón. El jefe de la banda le dijo que sólo a él debía darle información sobre su familia y sus cuentas, que todos los demás eran sus subordinados. "¿Cómo se llama tu esposa?", le preguntó.

"Karen Pavlova Gachuz Gómez."

"Pues a partir de ahora te llamaré así: Karen."

Zacarías se retiró y dos hombres tomaron a Ezequiel por los hombros y lo empujaron escaleras arriba. Le dijeron que podía quitarse la manta de la cabeza y que si tocaban tenía que ponérsela de nuevo. El cuarto era pequeño, con un baño color blanco; había un televisor y una bocina. Según Ezequiel, un poco más tarde entraron en la habitación otros dos hombres y una mujer con acento extranjero que arrastraba las erres.

Los secuestradores le permitieron quitarse la manta y alcanzó a distinguir sus figuras: una de ellas era de mujer, usaba pasamontañas y lentes oscuros; le pareció que tenía el cabello teñido de rubio. El hombre le puso una venda, luego los otros se la quitaron y lo dejaron en el baño donde, según las cuentas de Ezequiel, permaneció un par de semanas. Sólo le daban de comer una o dos veces al día. Cada vez que Zacarías subía a su habitación, le repetía que su padre lo había abandonado, que se negaba a pagar el rescate, que apagaba su celular e incluso que había cambiado su número. Dos veces lo golpeó en el abdomen y en las piernas.

Aquel mismo 4 de octubre, hacia las 10:30, Enrique Jr., el hermano de Ezequiel, llegó al Billar Elimen en compañía de su madre, Raquel Flores. Ella permaneció en el coche, una camioneta Express van verde (el modelo preferido de casi todos los involucrados en esta historia), mientras su hijo entraba al lugar. A Enrique le pareció muy raro encontrarlo desierto y comenzó a llamar a gritos a su hermano y a su empleado. Del baño salieron un par de adolescentes llorosos, con las manos atadas, al lado del empleado del billar. Antes de salir corriendo, los jóvenes le dijeron que no querían problemas y que unos sujetos se habían llevado a Ezequiel en una van gris.

Enrique Jr. llevó a Héctor a la estación de bomberos de Chalco para que lo liberaran de las correas. Los bomberos llamaron a la policía y no tardaron en llegar dos patrullas; Enrique se subió en una de ellas y, en compañía de un grupo de policías del Estado de México, comenzó a recorrer la zona de Chalco en busca de la camioneta que se había llevado a su hermano. Desde el vehículo en movimiento le llamó a su padre; éste le dijo que los secuestradores ya se habían puesto en contacto con él y que le habían exigido 2 millones de dólares.

Conforme al testimonio que rindió el 5 de diciembre de 2005 —unos días antes de la liberación de su hijo—, en ese momento Raquel le llamó a su consuegra, Leticia Gómez, la cual no tardó ni media hora en llegar al billar en compañía de su hijo Arturo y la esposa de éste. A Raquel le pareció sospechoso que tardaran tan poco en trasladarse desde Aragón hasta Chalco.

Un poco más tarde, Elizalde Menchaca y su hijo mayor acudieron a denunciar el secuestro en las oficinas de la Subprocuraduría General de Justicia del Estado de México en el municipio de Nezahualcóyotl. El Ministerio Público los remitió con el Cuerpo Especializado en Investigaciones en Situaciones de Alto Riesgo, el cual a partir de entonces se encargó de asesorarlos en las negociaciones con los secuestradores, aunque éstos prefirieron mantener todo esto en secreto para su familia política.

Tal como relató cuando al fin se presentó en la SIEDO el 18 de noviembre, Karen Pavlova —quien para entonces estaba a pocas semanas de dar a luz— no se enteró del secuestro hasta la noche del 4 de octubre. Ezequiel solía volver a su casa hacia las 17:00 y a las 22:00 ella aún no tenía noticias suyas. A esa hora cruzó el patio que dividía su casa con la de su suegra. Cuando le preguntó por su marido, Raquel le contó que se había ido a Laredo con su padre para atender unos negocios urgentes. Karen replicó que eso no podía ser cierto, ya que ella tenía en su poder la visa y el pasaporte de su esposo. Su suegra le explicó que quizás se estaría alojando en un hotel en la frontera y que Ezequiel iba a quedarse en Laredo una semana. Karen no le creyó.

Cerca de las 23:00, sonó el teléfono. Raquel dejó sola a su nuera y se apresuró a contestar. "Papá", sollozó Raquel, "me secuestraron a mi hijo Ezequiel." Al oír estas palabras del otro lado de la puerta, Karen se echó a llorar. En cuanto colgó, su nuera le rogó que le contase lo que realmente pasaba; sólo entonces Raquel accedió a decirle la verdad.

Temiendo por su seguridad, Karen y Raquel se mudaron a casa de la madre de la primera, en Aragón. Con frecuencia los visitaba Enrique Jr., quien las mantenía al tanto de las negociaciones. Karen le insistió a su suegro que debían presentar una denuncia, pero Elizalde

Menchaca le replicó (mintiéndole) que prefería negociar directo con los secuestradores.

Una de esas tardes, el líder de la banda le dijo a Ezequiel que, como ahora también tenían a una mujer y a un niño secuestrados, ya no podría dormir en el baño. Lo trasladaron al pasillo y, para separarlo de ellos, colocaron una sábana a la mitad de la habitación. Le indicaron que para ir al baño tendría que pedir permiso. Zacarías le anunció que iba a presentarle a los nuevos inquilinos y, sin quitarle la manta de la cabeza, lo condujo a la otra habitación y lo obligó a darle la mano a un hombre. "¿Cómo te llamas?", le preguntó éste, a quien no es difícil identificar como Raúl Ramírez.

"Ramiro", contestó Ezequiel, siguiendo las órdenes del jefe de la banda de no revelar su verdadero nombre. "Tengo una esposa y ya pronto va a nacer mi hijo. Tengo casi un mes secuestrado."

Ezequiel estuvo en este nuevo sitio, según su testimonio, alrededor de mes y medio.

El 10 de octubre, cerca de las 08:00, Karen oyó que sonaba el celular de su madre y prefirió no contestar, pero su suegra le arrebató el aparato. Minutos más tarde, la oyó hablando en voz alta con el secuestrador. "No, señor, por favor no vaya a lastimar a mi hijo", rogaba, "lo que vaya a pagar el señor Elizalde, que lo pague él, no mi hijo." La ominosa frase hacía referencia, una vez más, a los negocios turbios de Elizalde Menchaca.

Karen se espantó y se acomodó al lado de su suegra. Al otro lado de la línea alcanzó a escuchar la voz de un hombre de mediana edad. "No, doña Raquel, yo a usted no le voy a pedir nada", le oyó decir al secuestrador. "Yo sé la alimaña que es ese hijo de su chingada madre y sé todo lo que le quitó. ¿Usted cree, doña Raquel? ¡Me dijo ese cabrón que no tiene dinero!"

Para Karen era obvio que su suegra y el secuestrador se referían a su suegro, quien había abandonado a

Raquel y ahora tenía otra familia. "¿Eso le dijo, señor? ¿Que no tiene dinero?", se escandalizó Raquel.

A Karen le dio la impresión de que su suegra hablaba con demasiada familiaridad con el secuestrador.

"¿Ya fue por Pavlova?", preguntó éste.

"No", mintió Raquel.

"Pues vaya por ella y llévesela a casa de su mamá para que la cuide, porque está embarazada y ya se va a aliviar."

A Karen toda la conversación le pareció muy extraña, ya que nadie la llamaba Pavlova excepto su suegra. Para justificarse, Raquel afirmó en su declaración que a ella le había extrañado que el secuestrador la llamase por su nombre. En cuanto ésta colgó, Karen revisó el celular de su madre y constató que había sido su suegra quien le había marcado al secuestrador. Raquel confirmó el hecho, pero adujo que, al ver que se había quedado grabado el número de Ezequiel, había decidido marcar para saber sobre su hijo.

A partir de ese momento, Karen no volvió a tener noticias de los secuestradores. Enrique Jr. le dijo que él y su padre tampoco. Al poco tiempo, Raquel abandonó la casa de su consuegra sin siquiera despedirse; tomó sus cosas y desapareció sin que los vecinos supieran dar razón de su paradero. Según dijo después, se fue a Monclova, Coahuila, a casa de otra de sus cuñadas. Al regresar, Raquel pasó una breve temporada en su antiguo domicilio, en Chalco, y luego se mudó a la casa de su padre, en el Estado de México.

Entre las personas a las que Raquel buscó para que la ayudaran, figuraba su primo Fernando Flores, quien se desempeñaba como agente de la AFI y estaba adscrito ni más ni menos que a la Dirección General de Operaciones Especiales bajo el mando de Javier Garza (uno de los responsables del montaje). El 14 de octubre, Fernando afirmó haber recibido un par de llamadas amenazantes al celular que había adquirido para estar al tanto de las negociaciones y cuyo número sólo conocía su otro sobrino, Enrique Jr.

El sujeto que le llamó le ordenó dejar de investigar. Flores Bonilla se comunicó entonces con un agente de la policía del Estado de México para denunciar las amenazas, e incluso se entrevistó con él el 18 de octubre en el Centro de Justicia ubicado en la Torre Tlalnepantla. En su confusa declaración, aseguró que lo habían llamado desde una caseta para amenazarlo y que desde esa misma caseta le había marcado al agente. A la postre, la única recomendación que recibió fue la de cambiar su número de celular.

El 2 de noviembre, Elizalde Menchaca recibió una llamada anónima, en la cual una voz masculina le dijo que el secuestro de su hijo había sido planeado por su exmujer, Raquel Flores. Es decir: que en realidad se trataba de un autosecuestro tramado por ella y su hijo (o sus dos hijos). No consta en ninguna parte la reacción de Elizalde Menchaca, pero a partir de ese momento su estrategia cambió radicalmente.

Tras dar a luz, Karen sentía una profunda incomodidad respecto al proceder de su familia política; ésta se acentuó cuando se enteró, el 18 de noviembre, que Elizalde Menchaca había abandonado el país y se había mudado a Estados Unidos con su nueva esposa, sus dos hijas y el propio Enrique Jr. Ella no entendía cómo podían marcharse cuando Ezequiel seguía secuestrado. Su suegro le explicó que de seguro su hijo ya estaba muerto, pues los secuestradores no se habían vuelto a comunicar en varias semanas, sin mostrar la menor emoción. Fue entonces cuando Karen por fin acudió a la SIEDO.

Obligado por esta actitud de su nuera, Elizalde Menchaca regresó a México y el 25 de noviembre se presentó en las oficinas de la SIEDO en compañía de Enrique Jr. El 28, le llamó al responsable del grupo antisecuestros del Estado de México para informarle que ya no necesitaba su auxilio y a partir de ese momento él mismo se encargaría de las negociaciones. El 30, Elizalde Menchaca y Enrique Jr. acudieron a la AFI para solicitar el apoyo de esta institución.

Más o menos en esos días, los secuestradores le dijeron a Ezequiel que se vistiera (hasta entonces había permanecido en *shorts*) y le vendaron los ojos. Lo dejaron en la planta baja unos minutos y él pudo escuchar que empleaban una radio como las que usa la policía.

"Vengo con mi recomendado, ya voy para Francia", anunció por la radio, en clave, otro de los secuestradores.

El vehículo circuló durante unos cuarenta minutos. Cuando se detuvo, los secuestradores lo bajaron en otra casa de seguridad y lo depositaron en un cuarto en donde lo mantuvieron vendado a lo largo de cuatro días porque, según le oyó decir al jefe de la banda, estaban arreglando el sitio donde lo iban a retener. Al tercer o cuarto día volvieron a subirlo a la camioneta y lo llevaron a bañar a otro sitio. Allí estaban ya el niño y la mujer que había conocido antes y a quienes él conocía como Brian y Rocío. Escuchó que el pequeño se negaba a bañarse porque le daba pena que lo vieran desnudo.

El 1º de diciembre, Elizalde Menchaca volvió a la SIEDO y le entregó al Ministerio Público los casetes con las grabaciones de las negociaciones entabladas entre él y los secuestradores. Señaló que éstos sabían que él los estaba grabando y que eso le parecía muy extraño, pues la única persona que sabía que él registraba todas las llamadas era su exesposa. Finalmente, el 5 de diciembre, unos días antes de la liberación de su hijo, ella también fue a la SIEDO.

Según Ezequiel, en esos días volvió a escuchar la voz de la francesa. "Vamos a mandarle un regalito a tu padre", lo amenazó. Acompañada por otro hombre, le sujetó la mano izquierda y Ezequiel sintió un piquete. "Son gajes del oficio", le explicó la mujer. "¿Qué quieres que le enviemos a tu papá, un dedo o una oreja?" Al cabo de quince minutos, lo devolvieron al cuarto sin haberle hecho nada. Según Ezequiel, sentía la mano y el brazo completamente dormidos. Recordemos que, cuando la prensa lo entrevistó en Las Chinitas, contó una historia más dramática: que la policía llegó justo después de que le anestesiaran el dedo.

Según la primera declaración ministerial de Ezequiel, a la mañana siguiente los agentes de la AFI entraron al cuarto y lo liberaron junto con Rocío y Brian, es decir, Cristina y Christian. Igual que éstos, en ningún momento aclaró el día y la hora de su liberación ni hizo la menor referencia a los reporteros que lo entrevistaron o a la recreación de los hechos realizada para la televisión.

Al concluir su testimonio, Fernández Medrano condujo a Ezequiel ante el espejo de la Cámara de Gesell, donde otra vez sólo aparecieron Israel y luego Florence. Ezequiel lo identificó a él como el hombre al que conocía como Zacarías, el líder de la banda, y a ella como la mujer francesa que le llevó de comer y, en un momento u otro, lo anestesió para cortarle un dedo.

Como si no le hubiese bastado con ser uno de los protagonistas de la larga transmisión de esa mañana, por la noche Ezequiel toma la iniciativa de llamar al noticiero de Joaquín López Dóriga, el de mayor audiencia en el país, transmitido por el Canal de las Estrellas de 22:30 a 23:30.

"Señor Joaquín, buenas noches. Quiero darle las gracias a Dios. Quiero darle las gracias a la AFI que me rescató de un terror psicológico. Le doy muchas gracias a Dios. Estoy agradecidísimo con la policía, que se portó excelentemente conmigo. Mucha gente piensa que la policía no trabaja, y me rescató el día de hoy. Volví a nacer, señor."

"¿Cuándo te secuestraron?", pregunta el conductor.

"El 3 de octubre."

"¿El 3 de octubre?"

"Sí señor." Ezequiel se equivoca, pues en sus demás declaraciones afirmó que fue el día 4.

"Estuviste dos meses y una semana secuestrado", le dice López Dóriga. "¿Qué pasa por tu cabeza a lo largo de esos dos meses?"

"El primer día fue el día más horrible de mi vida. Pasaban los días. Esta gente siempre me metía un terror psicológico sobre mi familia. Me decían que no querían pagar el rescate. Y fue más que un golpe. Un golpe físico no duele tanto como un golpe mental, un golpe psicológico…"

"¿Cómo te secuestraron y dónde?", se impacienta López Dóriga.

"En Chalco, Estado de México. En el Billar Elimen. Ellos entraron en un comando. Yo no puedo recordar muy bien las cosas de afuera, pero sí puedo reconocer al que agarraron. Él es el jefe de la banda. Entran tres personas por mí con cuernos de chivo y me dicen que me suba a la camioneta."

"¿Y de ahí te llevaron a una primera casa de seguridad?"

"Sí, señor. Me parece que yo estaba en Periférico y después de ahí me cambiaron a un rancho", afirmó. Pero, ¿cómo sabe Ezequiel que la casa de seguridad estaba en Periférico si estuvo siempre vendado?

"¿Identificas a esta mujer que fue detenida hoy de origen francés?"

"Sí, ella fue la que me inyectó el dedo meñique para cortarme el dedo. Decía que era un regalo que le iban a hacer a mi familia."

"¿Ella te dijo eso, así?"

"Ella me dijo que, como no pagaban mis papás, pues les iba a ir un regalo."

"¿Cuándo te inyectó esta mujer la anestesia para cortarte el dedo?"

"Un día antes de que me rescatara la AFI, señor."

"O sea, ¿ayer?"

"Sí, señor."

Ezequiel vuelve a cambiar el día y la hora en que le anestesiaron el dedo. En cualquier caso, ¿de qué serviría anestesiarle el dedo un día antes de cortárselo?

"Porque en otros momentos ella decía: *No, yo no tengo nada qué ver, si lo hubiera sabido, lo hubiera denunciado*", interviene López Dóriga.

"Sí, ella fue la que vi el primer día que me llevaron a la primera casa de seguridad. Luego, hasta ahora, hasta la fecha, fue la segunda vez que la vi, señor. Y sí la reconozco plenamente."

Ezequiel afirma haber visto a Florence sólo en dos ocasiones, pero luego dice que le anestesió el dedo.

"Qué tristeza lo que te pasó. Ahora a recuperarse y a ver si te puedes reponer de todo eso", lo despide López Dóriga, pero Elizalde no puede terminar sin un nuevo elogio a sus rescatadores: "Por último, quisiera agradecerle a la Agencia Federal de Investigación por todo lo que hizo por mí."

6. El arraigo

La culpa es de las películas de Hollywood: al fondo de un salón, por lo general de madera de encino, advertimos un amplio estrado; un secretario anuncia el arribo del juez, el cual avanza con su toga negra y provoca que todos los presentes se levanten. En los días posteriores presenciamos un encarnizado duelo verbal: defensor y fiscal intercambian feroces argumentos, llaman a comparecer a sus testigos, admiten o descalifican pruebas, despliegan su arsenal retórico y convocan al estrado a acusadores y acusados. Días después viene la deliberación de los jurados y a la postre la sentencia.

En el México de 2006, los ministerios públicos y los jueces usan trajes y corbatas anodinos; la mayor parte de las diligencias se llevan a cabo por escrito en una jerga tan opaca como las salas de audiencias adjuntas a las cárceles; los acusados de delitos graves permanecen tras las rejas y no existen los jurados: los mismos jueces absuelven o condenan al tiempo que imponen las penas. No son éstas sin embargo las principales diferencias entre el sistema anglosajón —o la mayor parte de los sistemas jurídicos del mundo— y el mexicano: mientras en el primero la presunción de inocencia es un principio básico y el fiscal ha de probar la responsabilidad del inculpado, entre nosotros se presume su culpabilidad y es el acusado quien se ve obligado a demostrar su inocencia.

En 2008, una reforma a la Constitución transformó este modelo inquisitivo en uno acusatorio, introduciendo los juicios orales, los jurados populares y la presunción de inocencia. Las resistencias para aplicarlo han sido, desde entonces, incontables. Los mexicanos somos juzgados hoy con este modelo patizambo. No aparecerán aquí, pues, las secuencias que solemos asociar con las películas de juicios. Como el de cientos de acusados en México antes de la reforma, el proceso de Israel y Florence no se parece en nada al descrito en *Para matar a un ruiseñor* o *Doce hombres en pugna*: una avalancha de diligencias por escrito, incomprensibles cuando no invisibles, que explican por qué los juicios se prolongan por años, violando el precepto constitucional que aboga por una justica rápida y expedita. No me queda, entonces, sino formularte una atenta solicitud: paciencia, lector.

El agente del Ministerio Público Fernández Medrano cita a Valeria en las instalaciones de la SIEDO el 10 de diciembre y de inmediato la conduce a la Cámara de Gesell, otro de esos lugares que hemos visto mil veces en las películas. Con una diferencia, otra vez muy mexicana, que ya hemos constatado: en vez de que haya tres o cuatro personas detrás del vidrio por el que se asoma la joven, del otro lado sólo está Florence. Valeria no la reconoce: en su testimonio jamás habló de una mujer entre sus secuestradores.

Sale Florence y entra Israel, de nuevo sin que haya nadie más a su lado. Fernández Medrano le dice abiertamente a Valeria que se trata del jefe de la banda. "Reconozco perfectamente a dicha persona como el mismo que iba conduciendo la camioneta en la cual me trasladó hasta la casa de seguridad en que estuve privada de mi libertad", declara la joven. "Fue el mismo que desayunó conmigo. Es a quien identifico como el Patrón, el mismo que me puso el espejo en la habitación."

Recordemos un detalle importante: el Israel que ve en la Cámara de Gesell no tiene la barba de candado que lucía en las fotografías que le mostraron los agentes Aburto y Escalona poco después de su liberación. ¿Podemos saber si Valeria identifica a Israel porque lo recuerda o porque la policía y el Ministerio Público le insisten que es la persona que debe recordar?

El doctor Jorge Arreola, perito del Departamento de Medicina Forense de la PGR, visita ese 10 de diciembre a Israel y determina que las heridas que presenta no ponen en peligro su vida y tardarán en sanar menos de quince días. Al término del examen, le pide declarar que todas ellas fueron producto de una caída accidental.

Ese mismo día, don Jorge y doña Gloria acuden a las oficinas de la Comisión Nacional de Derechos Humanos, en el extremo sur de la ciudad, para presentar una denuncia por el maltrato sufrido por su hijo a manos de la policía.

Sin que importe la queja, el 10 y el 11 de diciembre Israel vuelve a ser víctima de abusos físicos por parte de Fernández Medrano, quien lo visita en el Arraigo ante la mirada impasible de su director. El agente del Ministerio Público le muestra una carpeta con los papeles que Israel guardaba celosamente en Las Chinitas para documentar sus actividades: fotos de los coches que arreglaba antes y después de la remodelación; facturas, depósitos bancarios y otros papeles personales. Fernández Medrano los rompe uno a uno en su cara. "No vas a poder probar nada de lo que dices, hijo de la chingada", se burla y lo abofetea.

No es sino hasta el 12 de diciembre, cuando el resto del país festeja a la Virgen de Guadalupe, que don Jorge y doña Gloria al fin son autorizados a visitar a su hijo y a Florence en el Arraigo. Israel está en tan lastimado que llega tambaleándose, sostenido por dos custodios; a ella la notan asustada, aunque en mejor estado físico. Por fin ambos les narran lo sucedido. Trujillo les confirma que su arresto no es producto de un error y les avisa que el asunto puede demorar semanas o meses en resolverse.

De regreso en Iztapalapa, don Jorge, doña Gloria y Guadalupe encuentran una nota en la puerta: "Esta casa está asegurada por secuestro". Mientras ellos estaban fuera, la policía se introdujo por la fuerza, revisó cajones y cómodas y sustrajo numerosos documentos.

Como respuesta a la denuncia formulada por los padres de Israel, la CNDH envía al doctor Pedro Galicia, perito médico de la institución, al Arraigo. Israel le cuenta, por primera vez sin estar sometido a las presiones de los policías, su versión de los hechos, incluyendo cada episodio de tortura. El doctor Galicia dictamina que las heridas de Israel en la zona inguinal y en el muslo izquierdo son quemaduras compatibles con lesiones producidas con un objeto transmisor de corriente eléctrica y admite que los golpes "le fueron infligidos sin que hubiera para ello una justificación".

El 23, y de nuevo el 27 de diciembre, doña Gloria le escribe a José Luis Soberanes, presidente de la Comisión Nacional de Derechos Humanos, insistiendo en el maltrato sufrido por su hijo, pero ni las peticiones de los padres de Israel ni el informe del doctor Galicia son tomados en cuenta por las autoridades y, maliciosamente apartados del expediente, quedan sepultados en el olvido.

Me viene a la mente un chiste abominable. Se lleva a cabo un concurso para determinar cuál es la policía más eficiente del mundo. Participan un agente del FBI, otro del Mossad y un miembro de la AFI.

"Hemos soltado un conejo en la ciudad", les explica el juez a los tres agentes. "El que lo encuentre y lo traiga de vuelta en menos tiempo demostrará que su corporación es la mejor del mundo."

El primero en someterse a la prueba es el agente del FBI. Estudia los rastros del conejo y, al cabo de dos horas, lo trae de vuelta. Aplausos del público.

Toca el turno al agente del Mossad. Misma historia: husmea, investiga, atrapa al conejo y lo entrega al cabo de una hora. Aplausos redoblados.

El agente de la AFI, por su parte, sale sin prisa y regresa al cabo de quince minutos. Sólo que no trae consigo un conejo, sino un enorme elefante, al cual arrastra de la trompa.

Cubierto de moretones y heridas, el enorme animal confiesa entre lágrimas: "Soy un conejo, soy un conejo, soy un conejo".

No sabemos en qué momento Ezequiel comienza a recorrer el sur de la capital en compañía de los agentes de la AFI en busca de la casa de seguridad donde estuvo retenido antes de ser trasladado a Las Chinitas. Conforme a su primer testimonio, ésta se ubicaba por el rumbo de Tláhuac, pero es probable que una declaración de Florence, según la cual Alejandro Mejía, el antiguo cuñado de Israel, vive en Xochimilco, los dirija hacia esa zona de la ciudad distinguida por sus canales y chinampas. Los agentes siguen el mismo procedimiento que tan buenos resultados arrojó con Valeria: suben a la víctima a una patrulla y recorren toda la delegación en busca de un nuevo milagro.

Un milagro que otra vez ocurre.

El 26 de diciembre, Ezequiel pasea con los agentes por las inmediaciones del pueblo de Santa Cruz Xochitepec; la patrulla se detiene para que los hambrientos oficiales compren botanas y refrescos en una tienda. El joven se aleja unos pasos y se topa con la fachada de un pequeño conjunto habitacional ubicado en Avenida Xochimilco 54, al lado de la Tintorería Gaby y cerca de la miscelánea Las Fuentes y se da cuenta, atónito, de que justo allí estuvo secuestrado.

Ningún indicio en sus declaraciones anteriores remite a este lugar. Para justificar el hallazgo, Ezequiel les cuenta a los agentes que, cuando se encontraba retenido, logró quitar los tablones que cubrían una de las ventanas del baño, valiéndose del mango de un tenedor para arrancar los clavos, y que así logró entrever el paisaje que se abría hacia el exterior. "Había cerros, vegetación, antenas", declama Ezequiel. Los mismos cerros, vegetación y antenas que pueden distinguirse en las inmediaciones de Xochimilco 54 o en cualquier lugar cercano.

Por la tarde, Fernández Medrano se apresura a solicitar al juez una orden de cateo para permitir el ingreso de la policía en los siguientes domicilios: Cerrada Miguel de la Madrid, manzana 107, lote 1, colonia Lomas de Zaragoza; Zempoala 534, colonia Vértiz Narvarte; Moctezuma 257, colonia San Miguel; y, sí, Avenida Xochimilco 54. La policía determina que la primera dirección es propiedad de doña Gloria, la madre de Israel, quien vive allí en compañía de su esposo y su hija Guadalupe. La casa ubicada en Zempoala 534, rentada por la familia de la exesposa de Israel, es dejada de lado y no hay constancia de que se lleve a cabo ninguna diligencia en este lugar. Las investigaciones se concentran entonces en las dos últimas direcciones, es decir, la casa de los hermanos Rueda Cacho y el domicilio que Ezequiel acaba de reconocer.

El 28 de diciembre, Fernández Medrano encabeza el cateo de Xochimilco 54. Se trata de un pequeño conjunto habitacional formado por dos viviendas, una delantera y otra trasera, unidas por un patio central. Al llamar a la puerta, le abre una joven, Brisa Rábago, quien afirma ser sólo una inquilina. Consultada por la policía, la propietaria permite el ingreso de los agentes tanto a la casa de ésta como a la del inquilino que ocupa la vivienda trasera, quien resulta no ser otro que Alejandro Mejía, durante años pareja de Guadalupe, la hermana de Israel, con quien sigue manteniendo una estrecha amistad.

En el cateo de esta segunda casa, Fernández Medrano certifica el hallazgo de un sinfín de pruebas contra Israel dejadas allí al garete, entre ellas numerosos documentos oficiales y personales, registros de cuentas bancarias y fotografías y anotaciones como ésta: "Pago Isra, 13,000; Salomón, 4,500; Sergio, 2,000". A menos que nos hallemos frente a la banda de secuestradores más descuidada de la historia, uno tiende a pensar que todas estas pruebas han sido sembradas por los mismos agentes que aseguran haberlas descubierto.

Por la tarde, Brisa se presenta en la SIEDO para rendir su declaración ministerial. Afirma nunca haberse percatado de las actividades de su vecino y asegura que en el patio de la casa solían estacionarse varios coches, entre ellos un Nissan Sentra plateado, un Pointer blanco, una van Express color gris oscuro y un Volvo s40 color gris plata, conducido por una persona joven, de sexo masculino, de unos 35 años, cabello corto y negro: justo las descripciones de Israel, de la camioneta usada para el secuestro de Ezequiel y del automóvil empleado para secuestrar a Valeria.

Para curarse en salud, Brisa añade: "Nunca me percaté si mi vecino tenía gente secuestrada dentro de su casa, ya que nunca escuché ruido extraño alguno". De entre las fotografías que le muestra la policía, Brisa sólo reconoce a Mejía, así como el Volvo gris plata y la camioneta van Express, mas no a Israel.

Ese mismo día, un primo de los hermanos Rueda Cacho, Joaquín Rueda Carrillo, se presenta en la SIEDO para aclarar la posición de la familia respecto al domicilio ubicado en Moctezuma 257. Afirma que dentro del terreno hay dos casas construidas. "En una de ellas vivo en compañía de mis padres, mi hermano y una tía. Y en la otra casa mi tío Marco Antonio vive con sus tres hijos, Marco Antonio, José Fernando y Luz María. Sé que es abogado y se dedica a litigar. Mis tres primos son estudiantes. Marco estudia en la Universidad del Valle de México y mi prima no sé en qué universidad estudia. Tengo poca relación con ellos."

Fernández Medrano acompaña a Valeria, Ezequiel, Cristina y Christian a Xochimilco 54 dos días después de cumplida la orden de cateo. Imaginémoslos mientras deambulan por el edificio, guiados por el Ministerio Público y los agentes de la AFI. Primero revisan la parte baja y luego ascienden al segundo piso. Valeria reconoce el baño y numerosos objetos desperdigados en el interior de la propiedad: una colcha de doble vista, azul con gris; un vaso de plástico azul; los platos y los cubiertos de mango verde que usó; y un recipiente de plástico color naranja donde le daban de beber.

Cristina y Christian también reconocen la casa, lo mismo que Ezequiel, el cual, como los demás, identifica numerosos objetos, entre ellos los mismos cubiertos con empuñaduras verdes que reconoció Valeria. Incluso afirma que en una ocasión hizo una marca con lápiz en la pared y se la señala vehementemente al Ministerio Público. Pero, ¿realmente podemos pensar que Israel y Alejandro Mejía pertenecen a un grupo de secuestradores tan chapucero como para dejar todos esos objetos cuando este último ya sabía que su cómplice había sido detenido por la policía? Y dejo aquí otro motivo de extrañeza: si Mejía era el cómplice de Israel, ¿por qué jamás se le ocurrió a la policía mostrarle una fotografía suya a Valeria, a Cristina, a Christian o a Ezequiel? ¿Y por qué nunca se le identifica como miembro de la banda del Zodiaco?

Con su locuacidad característica, Ezequiel se presenta de nuevo en las instalaciones de la AFI el 19 de enero y le confiesa a Fernández Medrano que acaba de acordarse de otro episodio relevante para la investigación.

El 1º de octubre le organizó un *baby shower* a su esposa Karen y a la fiesta acudieron dos sujetos que él no conocía y que no dejaron de hacer preguntas sobre sus propiedades. A uno de ellos lo apodaban el Norteño y el otro se hacía llamar Jaime. Según Ezequiel, en un video de la reunión aparecen ambos y de pronto no tiene dudas de que el Norteño es uno de sus secuestradores: ni más ni menos, quien en una ocasión lo llevó al baño. El joven aclara que logró reconocerlo, a pesar de que usaba pasamontañas, porque había mucha luz y sus rasgos se filtraban bajo la tela.

La policía no le presta demasiada atención, pues nunca se aboca a buscar a estos nuevos sospechosos.

A principios de 2006, el abogado de Sébastien al fin llega a un acuerdo para terminar con la disputa que lo ha enfrentado con Eduardo Margolis: éste le pagará veinte mil dólares de contado y cinco mil por mes hasta completar el monto derivado de los beneficios de Radiancy que se le deben. Resulta imposible no imaginar que Sébastien sospecha que su antiguo socio está detrás de la detención de su hermana y de su amigo. Poco después, crea un sitio de Internet dedicado a la defensa de Florence y busca a un antiguo compañero del liceo,

Olivier Flament, quien a su vez lo pone en contacto con Gilles Jacquier, de France 3, y Laurente Delhomme, de la cadena televisiva TF1: los primeros periodistas franceses que se interesarán por el caso. Esos son los días en que Yuli García ha empezado a preparar su reportaje para *Punto de Partida* y, temiendo el escándalo que está a punto de producirse, la PGR permite que Cristina, Christian y Ezequiel le concedan una entrevista a TF1. Con un detalle peculiar: para protegerlos de las amenazas que en teoría se ciernen sobre ellos, la PGR exige a la cadena señalar que la conversación se lleva a cabo en San Diego, aunque se graba en la Ciudad de México.

En la pantalla, Cristina aparece al lado de su hijo, de su esposo Raúl, de Ezequiel y de un hombre que no alcanza a distinguirse bien y que, según la periodista belga Emmanuelle Steels, podría ser Enrique Elizalde Menchaca, todos reunidos en torno a una mesa cuadrangular. La escenografía incluye, al fondo, una conspicua bandera mexicana.

"Yo estuve secuestrada 52 días junto con mi hijo menor de 11 años", le cuenta Cristina a los periodistas franceses. Christian, a su lado, se muestra risueño. "Nunca supe quiénes eran los secuestradores porque no les vi la cara, siempre estuvieron encapuchados. Y eso a la fecha me causa terror, yo no puedo ver a una persona con capucha."

Los reporteros le preguntan por Florence. "Yo escuché su voz desde la primera casa de seguridad donde me tenían. Escuché su voz", afirma Cristina, contradiciendo sus declaraciones previas. "Y después, en la segunda casa donde me llevaron, que fue un rancho, también escuchaba ahí su voz." Un poco más adelante, se explaya: "Es injusto que una mujer extranjera que viene aquí a esta ciudad y cometa delitos se le quiera hacer pasar como que ella es inocente, una blanca paloma. Desde la primera casa yo escuché su voz. Ella nos torturaba, pero psicológicamente. Bueno, al niño; a mí, no. ¡A un menor de edad!"

Christian asegura, a su vez, que su encierro fue muy severo: "Fue muy duro porque nos ponían un... nos daban un... cinturonazo..." Y, nada más decir esto, suelta una rotunda carcajada.

Como era previsible, Ezequiel mantiene su acusación contra Florence: "Yo la vi dos veces, pero sí le vi físicamente su cara", afirma. "El primer día que me dio de comer supe que no era una persona buena. El día último que la vi, se portó increíblemente aterrorizante cuando me dio a escoger entre un dedo o un oído y no tenía nada de piedad sobre mí. Le supliqué muchas veces que me perdonara la vida y parece que no quería."

Si antes Florence quería mutilarlo, ahora planeaba su muerte.

Las autoridades incautan bienes y acciones de SSB y Sébastien se ve obligado a trasladar sus oficinas a Metepec, en el Estado de México, donde se siente menos vulnerable. A Iolany la mudanza le disgusta y las peleas entre ellos se vuelven cada vez más frecuentes. Poco después, el francés abandona la nueva casa y le advierte a su esposa que venderá la empresa.

"Yo me encargo de ella", lo contradice Iolany. "La voy a hacer prosperar y te voy a demostrar que puedo ser mucho mejor jefa que tú."

A Sébastien no le queda otro remedio que aceptar un empleo en Miami. Aunque tal vez sea el responsable de la venganza de Margolis y del arresto de Israel y de su hermana, a partir de ese momento se desvincula del caso y no volverá a tener contacto con Florence por largos meses.

7. Sonría, señor secuestrador

Los elusivos hermanos Rueda Cacho, así como su primo Édgar Rueda, son los mayores fantasmas en el caso del Zodiaco y, a la vez, los elefantes en medio de la estancia. Se les menciona desde el inicio de las pesquisas, pero jamás testifican en el proceso, manteniéndose misteriosa e inexplicablemente al margen; aunque numerosos testigos los involucran, la policía nunca los encuentra porque en realidad nunca los busca. El nombre de José Fernando reaparece cuando a principios de enero de 2006 Andrés Figueroa acude al Ministerio Público para relacionarlo con el secuestro y homicidio de su hermano Ignacio.

En su declaración, Andrés afirma que José Fernando Rueda Cacho fue compañero suyo en el Colegio Anglo Americano, que era mal estudiante y compraba las calificaciones. Cuando ambos salieron de la preparatoria, empezaron a salir dc ficsta juntos: José Fernando lo invitaba a peleas de gallos y a cantinas con un primo suyo. "En esos tiempos sucedió el secuestro de mi hermano Ignacio, a quien finalmente mataron, pero de esto yo nunca comenté nada por instrucciones de los asesores de la AFI", añade Andrés.

José Fernando le llamó para solidarizarse con él cuando se suponía que nadie sabía del crimen. Aun así, Andrés continuó frecuentándolo, en teoría por recomendación de los agentes de la AFI que lo asesoraban en el secuestro de su hermano. Para festejar los cumpleaños de ambos, se reunieron en una gallera en noviembre de

2005. "Ahí vi un Volvo blanco estacionado junto con otros cuatro o cinco coches más, los cuales decía Fernando que le recogían a la gente que no les pagaba lo que ellos prestaban con interés", asegura Andrés. "Así sucedió la fiesta a la cual también acudieron miembros de la AFI a quienes metí como mis amigos."

Una supuesta operación encubierta, del todo inverosímil, que no provocó resultado alguno. El 9 de diciembre, Israel y Florence fueron capturados en Las Chinitas y los hermanos Rueda Cacho le informaron a Andrés que se irían de vacaciones a Estados Unidos. Desde entonces no ha vuelto a saber de ellos.

Ante el Ministerio Público, Andrés proporciona otros indicios que relacionan a José Fernando con varios secuestros ocurridos entre comerciantes de la Central de Abasto. Por último, declara que conoció a Valeria durante una fiesta de los hermanos Rueda Cacho por los rumbos de Tláhuac. Todas las pistas apuntan, pues, a los Rueda Cacho. Y a un domicilio en Tláhuac que se menciona varias veces pero que nadie localiza.

En resumen: Andrés confirma haber conocido a Valeria, sospecha que José Fernando estuvo involucrado en el secuestro y asesinato de su hermano y lo relaciona con otros secuestros. Por si fuera poco, además sostiene haber visto un Volvo blanco (como el usado para el secuestro de la joven) en su gallera.

¿Y qué hace la AFI? Ya lo intuimos: nada.

El día de Reyes se presenta a declarar ante el Ministerio Público Marco Antonio Rueda Valencia, padre de José Fernando y Marco Antonio Rueda Cacho. Tras confirmar que vive con sus hijos en Moctezuma 257, detalla sus actividades: el mayor estudia en la Universidad del Valle de México y el menor en la Universidad Tecnológica. Rueda Valencia afirma asimismo que su hijo menor presta dinero a rédito y confirma que uno de sus clientes era uno de sus compañeros de la preparatoria, Andrés Figueroa.

Rueda Valencia inicia entonces un relato que vincula a su hijo con Alejandro Mejía, quien había sido su profesor en la universidad. En noviembre de 2005, José Fernando le contó que éste necesitaba 108 mil pesos y el 22 de ese mes llevó a Mejía a su casa para presentárselo. El excuñado de Israel no debió causarle muy buena impresión, pues para prestarle esa cantidad le exigió firmar un pagaré, además de entregarle los papeles del vehículo que dejaría en prenda: un Volvo s40 gris plata.

Por la mañana, Rueda Valencia se dio cuenta de que el Volvo había dejado una mancha de aceite en el suelo de su casa y le pidió a su hijo que lo encerrase en un terreno contiguo, también de su propiedad; como José Fernando no hizo caso, él mismo se encargó de depositarlo allí. El 22 de diciembre de 2005 se venció el plazo para pagar el interés por el dinero que le prestó a Mejía, pero la familia ya había programado unas vacaciones a partir del 23 de diciembre y todos salieron rumbo a Guadalajara sin preocuparse por cobrarlo. Desde entonces, no ha vuelto a saber del profesor.

Al final de su declaración, Rueda Valencia se compromete a presentar a sus hijos ante la autoridad a su regreso de sus vacaciones, pero ni José Fernando ni Marco Antonio se presentarán a declarar.

Señalo un punto importante en esta confusa historia: si en efecto el Volvo color plata (o blanco) que Mejía entregó en prenda a José Fernando Rueda Cacho estuvo estacionado en una propiedad de su padre desde el 22 de noviembre, es imposible que los agentes Escalona y Aburto hubiesen podido fotografiarlo al lado de Israel a principios de diciembre.

Como sabemos, el domingo 5 de febrero, en el programa *Punto de Partida*, Florence asegura haber sido detenida el 8 de diciembre y García Luna declara que la transmisión televisiva del día 9 fue producto de una recreación a solicitud de los medios. En la conmoción generada por estas revelaciones, Shlomo Segal, el comerciante judío secuestrado en 2003, es conducido por Fernández Medrano a la casa de la Avenida Xochimilco 54.

Un mes después de que el inmueble haya sido cateado por la policía y dos años después de haber sido liberado, el empresario encuentra allí varios objetos de su propiedad, entre ellos un CD de un cantante israelí en cuyo interior se halla el disco de otro músico, prueba inconfundible de que le pertenece. El insólito hallazgo le permite relacionar la casa de Xochimilco 54 con el lugar donde estuvo retenido en 2003.

De nueva cuenta tendríamos que suponer que, en vez de una peligrosa banda de secuestradores, Los Zodiaco son criminales *amateurs*, capaces de almacenar toda clase pruebas en su contra por dos años. Para colmo, en su declaración anterior Shlomo había asegurado que su encierro había sido en Las Chinitas y no en otra parte: es claro que no sabe dónde estuvo retenido.

En su espacio de *Primero Noticias*, el lunes 6 a Carlos Loret no le queda más remedio que referirse a lo ocurrido en *Punto de Partida*. Repite algunos fragmentos del programa de Denise Maerker y luego toma la palabra: "No me gusta ni es mi estilo hablar en primera persona. Pero hoy lo quiero hacer para decirles que yo no comparto este tipo de [hace una señal de comillas] periodismo. No lo compartimos en Noticieros Televisa y no aceptamos que una autoridad recree la realidad y con ello ponga en riesgo la impartición de justicia."

Con la misma timidez, Javier Alatorre, conductor del noticiario nocturno de TV Azteca, se limita a leer una declaración al aire: "El día de los hechos, no estaban los medios de comunicación, sólo que el operativo se repitió un día después con la actuación de los agentes para que pudiera ser grabada y transmitida a través de la televisión y reproducida en la radio y la prensa escrita."

Así dice Alatorre: *un día después*, confirmando que la detención ocurrió, como aseguran Florence e Israel, el 8 de diciembre.

Las primeras planas de varios diarios nacionales proclaman al día siguiente la mentira de García Luna, dándole carta de naturalización. "Admite la AFI que *recreó* captura de secuestradores a petición de televisoras", resume *La Jornada.*

Frente a la presión de los medios, la PGR se ve obligada a abordar el tema durante una conferencia de prensa celebrada el 10 de febrero en sus instalaciones de Reforma 211, en el centro de la ciudad. Comparecen ante los medios el procurador Cabeza de Vaca; el subprocurador Santiago Vasconcelos y García Luna. Tras una larga serie de preguntas sobre diversos temas, que van de la irrupción de los cárteles colombianos en México al estado de numerosos casos criminales, por fin un periodista se refiere a la detención de Florence e Israel. "¿Cómo afectan los montajes de la AFI las investigaciones?"

Cabeza de Vaca es el primero en intervenir: "No hay ningún montaje que haya realizado la AFI".

Otro periodista, que no evita disculparse por la pregunta que va a formular, menciona la posibilidad de que Florence haya sido detenida el 8 de diciembre.

Ahora es el subprocurador Santiago Vasconcelos quien refuta la acusación: "Es una argucia defensiva", remarca, e insiste en que hay un señalamiento directo contra la ciudadana francesa por parte de las víctimas.

"La prioridad número uno son las víctimas", coincide García Luna. "Las víctimas son los secuestrados, no los secuestradores."

Gustavo Castillo, de *La Jornada*, afirma que no intenta negar los secuestros, pero le preocupa que, al retenerse a las víctimas por más tiempo del señalado por la ley, Francia pudiese exigir la liberación de Florence.

Santiago Vasconcelos responde con una cita de Sor Juana Inés de la Cruz: "Hombres necios que acusáis a la mujer…", con la intención de echarle toda la culpa del montaje a la prensa.

García Luna lo secunda y le recuerda a Castillo que el subprocurador ya ha explicado a detalle la parte de tiempos en la averiguación previa. Otra mentira: nadie ha explicado nada.

"¿A qué hora fue detenida la señora francesa y a petición de quiénes?", se levanta otra periodista, cansada de las evasivas. "Te pedimos esa precisión: la hora, la fecha y quiénes te pidieron que accedieras."

"Usted no es de imagen", le espeta García Luna, como si éste fuera un argumento para descalificarla.

"No, soy de radio", admite la reportera.

"A ver, si me permiten, rápido nada más", se irrita Vasconcelos, "es muy difícil ahorita que el ingeniero o que su servidor les podamos dar detalles porque recuerden que tenemos la averiguación previa en curso."

"¿A qué hora fueron arraigadas?"

La reportera de radio no se arredra, pero el subprocurador es incapaz de ofrecer una fecha y una hora precisas. "Tengamos una reunión para explicar y empatar en los medios de comunicación cómo sucedió esto", exclama, casi ofendido. "Vamos a terminar y ahí vamos a ver hojita por hojita la averiguación para demostrar esto. Pero, además, si la inquietud es si incide o no incide jurídicamente: ¡no incide!" Sulfurado, Vasconcelos repite: "¡No tiene ninguna importancia, ninguna! ¡De ese tamaño!"

"Lo importante es que se capturó a los plagiarios", afirma ese mismo día el vocero del presidente Fox.

Más jocoso, a la mañana siguiente *El Universal* encabeza su artículo de primera plana con este titular: SONRÍA, SEÑOR SECUESTRADOR.

Unas horas después de la conferencia de prensa de la PGR, la acusación contra Florence recibe un raro impulso cuando Leonardo Cortés, un vendedor ambulante en cuyo puesto solía realizar sus compras Cristina, se presenta en la SIEDO. Éste declara haber visto a Florence siguiendo a su cliente y haberla reconocido tras mirar sus imágenes en la televisión. Si la policía intenta contrarrestar con ello el ridículo público, la maniobra no podría lucir más burda. El impulsivo ambulante declara que vio a Florence siguiendo a su clienta y que en vez de pedir que le pesaran los aguacates los tomaba intempestivamente... Una escena que incluso en una película hollywoodense resultaría inverosímil.

El día de San Valentín, Cristina y Christian vuelven a ampliar sus declaraciones. En esta ocasión en verdad se han mudado a California y, acompañados por Raúl, declaran por videoconferencia desde el consulado de México en San Diego, flanqueados por una bandera que ahora sí es auténtica.

En una nueva anamnesis, ella vuelve a cambiar su testimonio: si al principio dijo que no podía reconocer a ninguno de los secuestradores, ahora no tiene dudas de la culpabilidad de Israel y Florence. Por otro lado, acusa a Édgar Rueda, a quien identifica como el miembro de la banda que se hacía llamar Ángel. Y, por último, corrobora el testimonio del comerciante que acudió a la Procuraduría a denunciar a Florence.

Christian, por su lado, insiste en señalar a Florence como la mujer que le dijo "aprieta el brazo", con una erre francesa, cuando los secuestradores iban a sacarle sangre. Sin embargo, también parece más interesado en señalar la culpabilidad de su "primo" Édgar: "Cuando estábamos en la segunda casa de seguridad, mi mamá pidió unas aspirinas y el sujeto al que identifiqué como el que tenía la voz muy parecida a la de mi primo Édgar le dijo a otro sujeto que le trajera unas aspirinas para su tía. Al percatarse de que lo habíamos escuchado dijo: *chin*."

Si en su anterior declaración Christian sostuvo que había reconocido a siete secuestradores (que en realidad eran ocho), en ésta aparece uno más: "Había otro sujeto, al cual le pusimos el Ranchero, ya que este sujeto fingía la voz como de ranchero y le decía a mi mamá que no le dijera a nadie que le hablaba muy tierno, ya que si lo decía se podía agarrar a balazos con el jefe."

Para terminar, Christian relaciona a Édgar con Israel: "Al día siguiente de que fui liberado, y estando en la casa de mi primo Édgar Rueda Parra y al estar yo en el baño, escuché que Édgar le dijo a su papá que Israel tenía un deshuesadero en Iztapalapa. También recuerdo que antes de que me secuestraran, y cuando acudía a la casa de mis primos, que es la misma casa en la que vive Édgar, él me preguntaba a qué hora salía de la escuela y dónde estaba la escuela de música a la que acababa de entrar."

Para no variar, ni el Ranchero ni Édgar Rueda serán localizados por la policía o llamados a declarar por el Ministerio Público.

No es sino hasta el 22 de febrero cuando Israel al fin tiene la oportunidad de contar su propia versión de los hechos a una autoridad ministerial cuando es llamado a declarar en la investigación interna de la PGR.

Israel narra detalladamente las torturas a que fue sometido por los agentes de la AFI. También cuenta cómo lo obligaron a escribir o firmar distintos documentos: "Me hicieron hacer varias anotaciones en diferentes hojas, unas con nombres y números telefónicos y en ellas hacer anotaciones como *empleado*, *tío*, *hijo, sobrino, vecino*, otras blancas para hacer numeraciones. Una hoja especial que me llamó la atención por tener rayas y cuadros para poner nombres de los signos zodiacales con una diagonal. Me mostraron fotografías de vehículos e incluso de uno que yo ya no tengo. Me decían que Florence ya estaba como yo y que ya la habían violado."

Y señala, por primera vez de forma directa, los nombres de los responsables tanto de torturarlo como de orquestar el montaje: el comandante Israel Zaragoza y Luis Cárdenas Palomino.

Florence también comparece ese 22 de febrero para reiterar su declaración previa ante el Ministerio Público que realiza la investigación interna de la PGR. En lo esencial, su relato no se diferencia del anterior, aunque en algunos puntos procura ser más explícita, como cuando detalla el primer interrogatorio a que fue sometida, el 9 de diciembre, por parte de uno de los agentes de la AFI: "Me dijo que era de la PGR, me explicó que era agente federal de investigaciones y que la PGR era lo más alto de la autoridad. Me dijo que sabía que yo no tenía nada que ver y a Israel lo tenían checado. Me mostró unas fotos de papel, al parecer de color, preguntándome si ése era Israel. Le contesté afirmativamente. Me preguntó si usaba barba como la que tenía ahora. Le respondí que no sabía. Me preguntó a qué se dedicaba Israel. Le respondí lo mismo que antes. Me preguntó si tenía casa en Iztapalapa y también me preguntaron y yo contesté que su hermana tenía casa en Xochimilco."

"En esos momentos me dijo que Israel se dedica al secuestro y que tenía a una mamá y su niña escondidas y que Israel no les decía", continuó Florence. "Yo les dije que ése no era Israel. También me explicó que, como le iban a cortar un dedo, tenían que arrestarlo. Que habían checado que una farmacia de Topilejo le llamó a la PGR para decirles que alguien había comprado una jeringa y una anestesia. Me contó que por esa razón ya no había tiempo y que ella estaba en comunicación con los que tenían a Israel, pero no ubicaban el lugar y por eso me preguntaba si yo sabía el paradero. Me hacía preguntas con muchos detalles de las casas de la mamá de Israel en Iztapalapa y de la hermana de Israel en Xochimilco."

Este debió ser el momento en que los agentes de la AFI escucharon por primera vez de la casa de Alejandro Mejía en Xochimilco, la cual, como hemos visto, luego será azarosamente identificada por Ezequiel.

Al tratarse de una investigación interna de la PGR, las declaraciones de Israel y Florence no son tomadas en cuenta y, dejadas al margen del expediente, no tendrán incidencia alguna en sus procesos.

El 2 de marzo Ezequiel vuelve a la SIEDO. Sabe que es la pieza central de la acusación contra Florence e Israel y se empeña en mostrarse asertivo y convincente. De entrada, repite el episodio del *baby shower* de su esposa en donde vio a Jaime y al Norteño. Ante los rumores que lo acusan de haber planeado su propio secuestro junto con su madre, se apresura a culpar a su familia política: "Quiero decir que sospecho que en mi secuestro participaron mi cuñado, de nombre Arturo Castillo, quien es medio hermano de mi esposa Karen, y sospecho de mi suegra Leticia Gómez."

Ezequiel abunda: "Sospecho de la participación en mi secuestro de mi cuñado Arturo Castillo, porque tuve problemas con él derivados de problemas con mi esposa. Me amenazó, diciéndome textualmente: 'Te vas a arrepentir'. Yo sé que Arturo se junta con personas de aspecto de delincuentes, traen carros de modelo reciente y ninguno de ellos trabaja como para darse esos gastos. Sé que Arturo se dedica al robo."

El joven afirma que todos los datos que los secuestradores tenían de él coincidían con informaciones que le proporcionó a su suegra. Añade que su padre contrató un seguro de vida para él, en dólares, y que quizás éste fue el motivo por el cual su familia política planeó su secuestro.

Si la historia de Ezequiel suena complicada —un padre acusado de secuestro y las sospechas de que él y su madre quisieron aprovecharse de éste—, ahora el drama de familia cobra tintes shakespeareanos. Nadie confía en nadie. Y, mientras tanto, las autoridades se desentienden de todas estas revelaciones.

El secuestro de Ezequiel constituye uno de los mayores misterios del caso Vallarta-Cassez: un hato de contradicciones y rivalidades. Un melodrama en el seno de una familia plagada de zonas oscuras, rencores y miedos. ¿A quién creerle cuando la policía jamás se preocupa por investigar ni una sola de estas acusaciones? Me atrevo a proponer aquí una hipótesis que —advierto— no deja de ser una ficción. Una ficción cuyo único mérito es su lógica narrativa.

Elizalde Menchaca es un hombre rico; ha abandonado a su esposa y ahora tiene otra familia. Resentida, Raquel y su hijo menor imaginan una maniobra para arrancarle el dinero que no quiere compartir con ellos: un falso secuestro. Al parecer, sólo ellos participan en la maniobra, si bien es posible que Enrique Jr. y el hermano de Raquel estuviesen al tanto. Durante los primeros días el plan funciona a la perfección. Elizalde Menchaca y su hijo mayor denuncian el crimen ante la Procuraduría del Estado de México y negocian con el secuestrador. Todo cambia, sin embargo, cuando Elizalde Menchaca descubre, impulsado por una llamada anónima, que está siendo víctima de una estafa perpetrada por su exesposa y su hijo menor.

Elizalde Menchaca no es alguien que se deje burlar y, al reparar en la trampa, decide que su hijo pague por sus actos. Cuando Raquel se da cuenta de que su exmarido los ha descubierto, huye a Coahuila. Es el momento en que cesan las llamadas de los secuestradores. Quizás todo hubiese terminado aquí, pero la intervención de Karen, la esposa de Ezequiel, quien se empeña en denunciar el secuestro ante las autoridades federales, provoca que Elizalde Menchaca se vea obligado a denunciar el secuestro ante la SIEDO. Sólo entonces Ezequiel es detenido y tal vez torturado por la policía y se convierte en una auténtica víctima. El hijo desobediente recibe un castigo ejemplar. Mientras tanto, Elizalde Menchaca y su nueva familia se marchan a Estados Unidos.

Escarmentado, Ezequiel se convierte en el mayor activo posible para la AFI: hará todo lo que le pidan con tal de que no se revele la verdad. Por ejemplo, acusar a Israel y Florence. Una vez liberado, intentará proteger a su madre y, enfrentado a las sospechas de Karen y de su familia política, responsabiliza a su cuñado y a su suegra de planear su secuestro y de ser cómplices de Israel.

Hay quien añade a este revoltijo una hipótesis adicional: la posibilidad de que Ezequiel fuese uno de los secuestradores de Cristina y Christian (y acaso también de Valeria) y de que la policía le hubiese traspasado su historia criminal a Israel a cambio de que cooperase en el montaje.

¿Pudo ocurrir realmente así? Insisto: éstas no son sino ficciones en este contradictorio juego de verdades y mentiras entremezcladas.

Poco antes de que se agote el tiempo máximo de arraigo, el abogado Jorge Ochoa visita a Florence y le informa que alguien lo contactó para venderle un video en el que se ve a Cristina en el Centro Comercial Perisur en las fechas en que supuestamente estaba secuestrada. Para obtenerlo, habría que pagar 30 mil euros, le dice, una suma que ni ella ni sus padres tienen a la mano. A Florence la situación le da mala espina y rechaza la oferta. Ochoa no vuelve a tocar el tema, pero a ella le queda la sensación de que su abogado no es un hombre de confianza.

Cumplidos ochenta y ocho de los noventa días que la ley concede al Ministerio Público para arraigar a un sospechoso de pertenecer al crimen organizado, Fernández Medrano presenta sus conclusiones. Poco importa que testigos y víctimas se contradigan una y otra vez o que recuerden sucesos que no han mencionado antes. Nadie se preocupa, tampoco, de investigar a los demás sospechosos. Fernández Medrano tiene una sola misión y está decidido a cumplirla a toda costa: a fin de cuentas, la ley sólo le indica que debe asentar la *probable responsabilidad* de los acusados.

En esta lógica, el 2 de marzo se reúnen en la misma causa criminal los secuestros de Cristina, Christian,

Valeria, Ignacio Figueroa, Roberto García, Margarita Delgado, Shlomo Segal y Emilio Jafif. El día 3, se determina el traslado de Israel al Reclusorio Oriente y el de Florence a la prisión de Santa Martha Acatitla. Y el 4, Fernández Medrano solicita al juez la orden de aprehensión contra Israel y Florence, así como contra José Fernando Rueda Parra y Alejandro Mejía: un mero formulismo, pues ninguno de los dos últimos será aprehendido.

Por fin, el 6 de marzo de 2006, el Ministerio Público determina el ejercicio de la acción penal contra Israel y Florence y los consigna ante la jueza Olga Sánchez Contreras, titular del Juzgado Quinto de Distrito de Procesos Penales.

8. El Golem

Una vez consignada ante la jueza Sánchez Contreras, la noche del 7 de marzo de 2006 Florence es informada de la conclusión de su arraigo. Se viste de beige —el color obligatorio para los traslados— y, custodiada por varios hombres armados, aborda una camioneta blindada que la deposita en el patio de una inmensa construcción bardeada con alambres de púas en un barrio de casas achaparradas y vastos descampados. En cuanto desciende del vehículo, en el estacionamiento de Santa Martha, una guardiana la acompaña hasta su celda.

"La única forma de sobrevivir aquí es que te estés tranquilita", le indica la mujer, ordenándole que se refiera a ella como Jefa.

El pequeño espacio tiene apenas un camastro y un excusado, separado del exterior por una reja, de modo que los internos permanezcan siempre a la vista de los celadores. La pedestre versión mexicana del panóptico.

"Por ejemplo, ella ya entendió y está tranquila." La Jefa le señala a otra de las internas y Florence distingue a una mujer morena, delgada, de cabello arrebujado, ojos negros y vidriosos: Juana Barraza, mejor conocida como la Mataviejitas, detenida el 25 de enero de 2006 por haber asesinado a diecisiete personas, la mayor parte de ellas ancianas que vivían solas. Florence es presa de un escalofrío: a partir de ahora se verá obligada a convivir con criminales como esa mujer. Peor: será confundida con criminales como ella.

Los primeros ochenta días de encierro, Florence permanece en su celda, aconchada y temerosa, y prohíbe que sus padres y sus escasos amigos la visiten, avergonzada de que la descubran triste, desasosegada y vencida.

El 9 de marzo, al mediodía, la prisionera es introducida con otras internas en una furgoneta y, tras un trayecto lleno de baches y frenazos, es depositada ante las puertas del Reclusorio Oriente, la prisión varonil donde se encuentra Israel y donde se concentran los juzgados federales. Maniatada y aturdida por el traqueteo, atraviesa el túnel que conduce hacia los tribunales, con su asfixiante olor a orines, hasta arribar a la sala de audiencias.

Juntos de nuevo, Israel y Florence encuentran unos minutos para intercambiar unas cuantas palabras. Es entonces cuando Israel decide revelarle a su exnovia la estrategia que ha planeado para la audiencia de esa tarde; nadie más sabe lo que se apresta a hacer, ni siquiera su abogado.

"Tú sabes que esto es obra de Margolis", le susurra él al oído. "Y yo quiero decirlo. Pero me da miedo lo que él pueda hacer contra mi familia. Estuve hablando con unas personas y me dijeron que la única forma en que puedo denunciarlo sin que me acusen de haber sido su cómplice es…"

Israel le narra entonces su excéntrico plan.

"¡Pero eso es absurdo!", exclama ella. "¡Nadie va a creerlo!"

"Sólo así puedo decir lo que sé de él sin correr peligro. Sus negocios turbios, su participación en otros secuestros, sus contactos con la AFI…"

Florence no queda convencida, pero a su vez le pide a Israel que cuente otra mentira: "Mi abogado recomienda que neguemos que yo pasé la noche contigo en

Las Chinitas. Dice que, si afirmo eso, nadie va a creer que yo no sabía nada…"

"Pero, Florence", la contradice Israel, "sólo así puedes confirmar que esa mañana no había ningún secuestrado en la casa."

"Jorge Ochoa dice que es lo mejor", le suplica ella. "Además, tú también vas a mentir…"

"No es lo mismo, yo lo hago para perjudicarlo a él, no a ti." Israel calla unos segundos. "De acuerdo, Flor", accede, "¿qué tengo que decir?"

Su exnovia le cuenta la historia que ha preparado con su abogado para justificar que no pasó con él la noche del 7 al 8 de diciembre.

"Jorge también piensa que tú podrías declarar que llevaste a cabo los secuestros junto con Margolis…", se atreve a sugerirle ella al final.

"¿Estás loca?", estalla Israel. "¿Quieres que me declare culpable de algo que no hice? ¡Por supuesto que no! Tú sabes que somos inocentes. Y la verdad terminará por salir a la luz."

La historia de Israel es la historia de su voz. En televisión, oímos una voz feble, apocada, en susurros. La voz de un perro apaleado. Con esa voz reconoce su culpabilidad ante las cámaras, amagado por la policía que acaba de torturarlo. Frente al Ministerio Público, su voz sigue siendo débil mientras recita de memoria un relato de secuestros lleno de contradicciones. Poco a poco esa voz comienza a alzarse: frente a los peritos médicos, Vallarta se atreve a narrar el maltrato que sufrió. Luego, ante los investigadores que supervisan su caso, se arriesga a emplear un tono normal, más parecido al que lo caracterizó en el pasado. Y por fin, al comparecer ante el juzgado, levanta la voz no sólo para denunciar la tortura, sino para implicar directamente a quienes están detrás de cuanto le ha ocurrido. Frente a la jueza Sánchez Contreras, la voz de Israel por fin se acerca a ser *su* voz.

Declaración de Israel Vallarta, 9 de marzo de 2006

No ratifico el contenido de la declaración ministerial que me ha sido leída, si bien las firmas que aparecen al calce son semejantes a las mías.

El 8 de diciembre de 2005, aproximadamente a las 10:30, recogí a la señorita Florence en un lugar donde se comen alimentos rápidos sobre la carretera federal a la altura del kilómetro 28. Ella me llamó porque nos habíamos quedado de ver para terminar de entregarle sus muebles en su departamento. Nos vimos ya que íbamos a almorzar algo rápido, ya que ella tenía que dirigirse a su trabajo que comenzaba después de mediodía y apenas nos daría tiempo de llegar al nuevo departamento. Y, como ya no alcanzó a llegar a mi casa, ya que se descompuso el taxi en el que se dirigía a mi casa, una vez que la recogí ya no desayunamos.

En la carretera federal, con rumbo a la Ciudad de México, a la altura del kilómetro 27, había un camión de gas que obstruía el paso. Detuve la marcha del Voyager en el que transportaba los muebles. Varios vehículos particulares, sin ningún logotipo, me cierran el paso. Descendieron entre ocho y diez personas vestidas de civil. Una de ellas me dijo que pertenecía a la AFI y que sólo hacían una revisión de rutina. Revisan el vehículo, me solicitan identificarme. De mi cartera saqué mi credencial para votar. Al ver mi nombre, los agentes se comunican con claves. Ya abajo de la camioneta, me ponen una chamarra en la cabeza y me suben a otra camioneta que tenía dos filas de asientos. En la parte trasera, una persona me acostó sobre sus piernas, sin dejar de golpearme en ningún momento. Me quitan las llaves de mi casa y un juego de llaves del departamento de Florence, que me había prestado el día anterior para que pudiera entregarle sus muebles, así como mi cartera, en la cual traía veinticinco mil pesos: un día antes en el banco había retirado una parte que iba a utilizar para diversos pagos. La camioneta va descendiendo por la autopista para entrar por Viaducto Tlalpan. Al circular por Calzada de Tlalpan, observé las estaciones del metro y llegamos al Monumento a la Revolución.

En ese momento avanza la camioneta, no sin antes esposarme, y la persona que me había amenazado se sienta sobre mi cabeza y me golpea con el puño cerrado. No dejaba de insultarme junto con tres personas más. Ese avance duró entre cinco y diez minutos. Llegamos al que creo es un estacionamiento de un edificio grande. Me bajan, me quitan la chamarra, me vendan los ojos. Se me acercan más personas, a las que les dicen: "Éste es". Me cargan unos cuantos metros y siento unas escaleras hacia abajo. Estando en un nivel inferior, me desnudan totalmente, me quitan las esposas, me vendan las muñecas por la parte de atrás, al igual que las piernas a la altura de las pantorrillas, y una voz grave me cuestiona si sé de anatomía, al tiempo que me golpea en el costado derecho, haciéndome caer hacia atrás en un cartón. "Eso se llama hígado, hijo de tu puta madre."

Me tiró una cubetada de agua sobre mi cuerpo, se sentó en mi cara y me puso un trapo húmedo con una sustancia que pudo haber sido acetona o algo semejante que no me dejaba respirar. Otra persona se hincó sobre mis rodillas, colocándolas encima de mi muslo derecho y de la pantorrilla, causándome dolor. Otra persona comenzó a arrojarme agua sobre la boca y nariz, provocándome asfixia, en tanto otra persona sobre las plantas de los pies me puso un cartón y me golpeaba fuertemente con un palo de escoba en repetidas ocasiones, gritándome: "Se pasaron de verga con un cabrón bien pesado y ya están pagados".

En algunos lapsos de tiempo, que para ellos eran descansos, me recargaban contra la pared, sentado, me ponían una bolsa de plástico en la cabeza y me tapaban con la mano la boca y nariz y nuevamente sentía puñetazos en el estómago y tórax y patadas en las piernas y glúteos. Otra persona ponía sus botas a la altura del empeine de mis pies y dejaba caer su peso.

Perdí la noción del tiempo.

Escuché a otra persona quejándose porque la estaban golpeando. Gritaba que él sólo había participado un par de veces y que sólo platicaba con las personas, haciéndose pasar por otro secuestrado. Y que eso lo estaba haciendo porque su papá era un ojete y desde pequeño humillaba a su mamá, a su hermano y a él. Sabía que el dinero su papá lo conseguía comprando mercancía de camiones robados y trabajando para otras personas interceptando llamadas, y que él se había autosecuestrado porque necesitaba dinero y no tenía para el hospital de su esposa. Pero que se comunicara con su patrón y que él arreglaba todo.

Me levantaban momentáneamente la venda y me enseñaban diferentes fotografías. Me hicieron llenar una hoja tamaño bloc o esquela, no recuerdo si a cuadros o de raya, que tenía una numeración. Y alguien me dijo que pusiera nombres zodiacales, como Piscis o Sagitario. Y otra hoja, que era blanca, ya venía con escritura de computadora; parecía agenda porque tenía nombres y teléfonos y a un lado otros nombres. Me hacían escribir palabras como "hermano" o "hermana", "hijo", "empleados", etcétera. En otra hoja en blanco me hicieron escribir una numeración del 1 al 10, del 100 al mil, del 100 mil al millón y repetir consecutivamente de 1 a 10 millones.

Sobre mi pecho se cambiaba otra persona menos pesada: era una mujer. También me insultaba y me sostenía la cabeza al momento en que me tiraban agua sobre la boca. Y seguían con los golpes en las plantas de los pies con un palo de escoba. Lograron introducir una parte de este palo en mi recto, causándome dolor, diciéndome que hiciera un trato con ellos para que pudiera irme junto con la francesa. Que a ella la estaban tratando igual que a mí, que tenía muy bonita ropa interior. A través de las vendas yo veía el contorno de personas altas a las que les decían: "Identifíquelo bien, porque este puto va a pagar."

La persona que yo escuchaba que gritaba y lloraba dejó de hacerlo y la mujer que estaba sobre mi pecho me decía: "Ya ves, pendejo, aquél ya pagó y ya se lo llevan, acepta la propuesta que te van a hacer ya para que tu novia se vaya". Después se acercó una persona junto a mí y con voz amable me dijo: "Mira, Israel, te pasaste de listo con alguien muy importante; algunos de nosotros somos policías y algunos no; de que te van a chingar, te van a chingar. Ahorita va a venir una persona y le vas a decir que si tú no regresas a tu casa van a matar a unas personas."

Una de las personas que iba en la camioneta en la parte delantera cuando me detuvieron recibió una llamada telefónica y me preguntaba por la combinación de mi caja fuerte que tenía en mi recámara. Y esta persona, después de dar mi número de combinación, le ordenó a la del otro lado del teléfono que, cuando estuviera abierta, la forzaran. La persona que estaba junto a mí me dijo: "Si tú haces lo que se te dice, tu novia se va".

Yo acepté.

Después de esto me vistieron, sin quitarme las vendas de la cabeza, y, sin vendas de manos y pies, me volvieron a subir cargando por las escaleras. Esta vez me subieron a una camioneta más grande y me llevaron al tercer asiento de una Suburban. Esto fue pasada la medianoche. Se subieron unas personas, sin que sepa cuántas. Una de ellas me dijo: "Vas a hablar con tu novia". Al empezar a hablar con Florence, le dije: "Ya te vas. Hice un trato con estas personas que te van a ir a dejar a la embajada. Di que perdiste tus documentos y vete a tu país. Perdóname, quise hacerte feliz y no pude".

Después de un rato salimos de ese lugar. Se detuvieron sobre una avenida principal. Me dijeron: "Ya cumplimos, tu novia ya se fue y de ahora en adelante vas a aceptar todo lo que venga, porque si no le rompemos la madre a toda tu familia". Ahí sentí que avanzaba la camioneta con más facilidad. Me dijeron: "¿Reconoces aquí?", sobre la carretera federal a Cuernavaca, antes de llegar a mi casa. Ingresamos, ya que las puertas estaban abiertas de par en par. Una camioneta Express estaba a punto de salir; las puertas de atrás las estaban cerrando. Al terminar de acomodar un refrigerador que reconocí como mío, se retiró. Luego me pasaron a otra camioneta color blanco, tenía una banca al fondo (yo estaba esposado).

No dejaban de meter objetos de mi propiedad, una televisión, centro de entretenimiento, maletas con ropa de Florence... El vehículo tenía una especie de periscopio y, cuando me quedé solo, veía a través de ese espejo camionetas pick-up, algunas tenían el logotipo de la AFI y otras no. En ese momento bajan a una persona como de mi estatura o más alta. Los AFIS lo traían golpeado, mostraba barba crecida, y lo trasladan al interior de una cabaña que está a la entrada del terreno que habito. Empiezo a caminar hacia la cabañita, comienzo a sentirme mal y vuelvo el estómago.

Veo que llevan a Florence caminando y la meten también en esa cabañita. Le pregunto a la persona que me sostenía: "¿No que habían dejado ir a Florence?" Al abrir la puerta, veo a Florence sentada sobre un sillón que yo tenía en el garaje, junto con una televisión grande y vieja y una mesita con documentos, diplomas personales míos, diplomas de mis hijos, fotografías de mis padres que antes estaban en mi casa, así como mi pasaporte y otros documentos que antes guardaba en mi caja fuerte y fotografías de Florence que tenía en su departamento.

Me sientan junto a Florence y nos ponen una cobija sobre las piernas, esposados los dos. Dos personas de traje con abrigos largos oscuros, altos, de tez blanca, pelo corto y uno de lentes que más adelante escucho se llama Israel Zaragoza. La otra persona con abrigo largo llega directamente a golpearme en el rostro; golpeó a Florence y, jalándole los pelos, le gritó: "Eres una hija de la chingada, te hubieras quedado en tu país a hacer tus chingaderas".

Reconozco su voz como una de las personas que estuvieron torturándome horas antes, de apellidos Cárdenas Palomino (me entero porque esos apellidos se los proporcionó a unos reporteros). Cárdenas Palomino salió y volvió a entrar con una maleta oscura; en su interior me enseñó credenciales para votar sin fotografía. "Éstas vas a decir que se las vendes a los polleros." Le daba indicaciones a otras personas de en qué lugares y cómo tenían que entrar para hacer las tomas.

Cuando Cárdenas Palomino me golpeaba, escuché una voz de mujer. Gritaba: "No les peguen, ellos no nos hicieron nada". Y otra voz de hombre le contestaba: "No los defienda, son unos hijos de la chingada." Reconocí la voz de la persona que horas antes estaban golpeando en el mismo lugar donde me golpeaban a mí.

Cuando salen estas personas de abrigo largo, se queda un oficial de la AFI que traía logotipo con pasamontañas, botas y arma larga. No sin antes golpearme con el puño cerrado, me amenazó que no me pasara de listo. En ese momento enciende la televisión en el canal

2 de Televisa y empezamos a ver y escuchar la voz de Loret de Mola, que decía que se iban a enlazar para el rescate de unos secuestrados. En la primera toma, un elemento de la AFI abre la puerta con mucha facilidad y de fondo se ve la cabaña donde habito con las luces encendidas. Y, al hacer una toma general, noto que dentro del terreno ya no están las camionetas que había visto con los elementos de la AFI, y del lado izquierdo se encontraba la camioneta Express van que había salido de mi casa con objetos de mi propiedad. La toma se da hacia la derecha, dirigiéndose a la cabañita, y veo una camioneta gris, creo es una Nissan, Pilot o Pathfinder, que antes no estaba, y veo que otro elemento de la AFI se acerca a la entrada de dicha cabañita y abre sin esfuerzo y sin forzar el picaporte hacia fuera y hacia la derecha una puerta de madera vieja.

En esa toma yo alcanzo a ver al elemento de la AFI que está al fondo y la televisión encendida con los momentos que estaban filmando. En eso me levantan y me empieza a preguntar cosas alguien de la televisión con una cámara frente a mi cara y Cárdenas Palomino se coloca sobre mi costado izquierdo y me toma por el cuello para hacerme daño, recordándome que no podía retractarme. Así lo interpreté y, cuando me cuestionan qué me está pasando, yo les contesto que ese señor me ha estado golpeando y me entrega con otro elemento de la AFI que me levanta, tomando de la cadena las esposas por detrás de mí, a la altura de sus hombros. Mientras, me seguía golpeando en el estómago y rostro Cárdenas Palomino para llevarme a una camioneta blanca pick-up con logotipos de la AFI.

Ahí me suben y poco tiempo después suben a mi lado a Florence y a nuestros costados se suben dos elementos de la AFI, sin hacernos daño. Sin embargo, del lado del copiloto en diferentes ocasiones Cárdenas Palomino e Israel Zaragoza se subían para seguirnos golpeando a

Florence y a mí. En varios momentos nos bajaron de la camioneta para que nos tomaran fotografías los medios de comunicación, así como tomas para la televisión.

Después de ahí salimos de mi casa y desde ese momento la persona que va de copiloto comienza a golpearme en la cabeza y el cuello con el puño cerrado y a tomarnos fotografías con la cámara de su celular, insultándome, hasta que llegamos a las instalaciones de la SIEDO en el Monumento a la Revolución. De esta persona me pude enterar que se apellida Martínez; yo lo reconocería porque se quitó el pasamontañas en el transcurso del camino.

Cuando me ingresan a las instalaciones de la SIEDO, noto a unos elementos de la Policía Bancaria e Industrial que toman mis generales. De ahí me conducen al segundo piso y, en un cubículo, se presenta ante mí Alejandro Fernández Medrano. Me dice: "Estás metido en un pedote y tengo consigna de darte en la madre. Soy el único que puede iniciarte blandito o hundirte. Ya habían platicado contigo y te dijeron que tenías que aceptar todo lo que te pusieran y empezaste a cagarla en la televisión".

Escucho a mis espaldas la voz de la mujer que horas antes se sentó sobre mi pecho y que me torturaba, le dicen Chabelita o Isabel. Y del grupo que empieza a rendirle cuentas al Ministerio Público, reconozco voces de algunos de los que me estuvieron torturando. En ningún momento me dijeron mis garantías, solamente Fernández me dijo que no podía retractarme y, si bien me habían presentado con alguien que iba a representarme como defensor público, nunca estuvo presente en el momento en que el licenciado elaboraba mi supuesta declaración, solamente al final.

Me sacaban de esa oficina o cubículo, me llevaban a otro cuarto donde había un espejo y personas me observaban. Y me preguntaba un elemento de la AFI que diera mis generales. Accidentalmente encendieron la luz y pude ver a una persona femenina, joven, con pantalón blanco, que me miraba; en otro momento una persona de civil, alta y joven, comenzó a golpearme frente a los AFIS. De esto se enteró Fernández Medrano y en tono burlón me dijo: "Te lo mereces". Era un familiar de las víctimas.

[La joven pudo ser Valeria Cheja, mientras que el familiar que lo golpeó, Raúl Ramírez, el marido de Cristina. Luego de más golpes e insultos, Vallarta al fin fue arraigado. Al término del trámite, los agentes lo subieron a otra camioneta en compañía de Fernández Medrano.]

Ese trayecto fue hacia el oriente de la ciudad. Y al llegar a Tláhuac, Alejandro Fernández me decía que no me lo comiera solo y que pusiera a alguien que me cayera mal. Yo no reconocí ningún lugar ni accedí a lo que me proponía, lo que lo molestó y procedió a darme una bofetada y golpe de puño en la cabeza. Como no llegamos a nada, tomamos el camino de vuelta. Una persona que venía en el interior de la camioneta me dijo que él era Ministerio Público del Estado de México, me mostró una fotografía en una hoja impresa y me preguntó si lo conocía. Respondí que no. Me dijo: "Se llama Enrique Elizalde Menchaca, es secuestrador y trabaja con tu patrón interviniendo llamadas", sin yo entender a lo que se refería.

Cuando regresamos a la SIEDO, un AFI me detiene y toma fotografías con su celular. Me da un puñetazo y me dice: "El licenciado te manda decir buenas noches". Me ingresan en la galera 3 y yo quedo desfallecido. Por la mañana, a la hora que llevan el desayuno, una persona vestida de civil me levanta, me golpea y me dice: "Te manda los buenos días tu judío favorito. Ya sabes que si hablas, te mueres tú y toda tu familia", quedándome claro a quién se refería.

Yo en este momento me declaro inocente. Yo nunca participé en algún secuestro, en ninguna negociación.

A mediados del 2002, llamé por teléfono a Sébastien Cassez, amigo mío, de origen francés, para saludarlo, y me comentó que estaba iniciando un negocio y que le gustaría platicármelo, que él se encontraba con uno de sus socios en el restaurante Client, en Masaryk, y que si estaba cerca me invitaba a comer. Acepté, ya que estaba en Polanco. Al llegar, me presenta con su socio, Eduardo Margolis, de origen judío. Después de tomarme un café con ellos me despedí e intercambiamos números telefónicos. Después de un tiempo, Eduardo me marcó para saludarme, diciéndome que cuando anduviera por México pasara a saludarlo. Acepté en tono de broma, pero me dijo que nos viéramos donde nos presentó Sébastien, lugar al que llegué donde me esperaba.

Después yo le dije que tenía rentado un lugar en la carretera a Cuernavaca y que estaba remodelándolo y que yo le llamaba *mi rancho* y que con mucho gusto se lo ofrecía a él y a su familia cuando quisiera una carne asada o una reunión entre amigos. Nos despedimos y en diversas ocasiones nos volvimos a frecuentar. En una ocasión me visitó en mi rancho y le invité algo de tomar y me dijo que estaba ahí porque le recordaba a un amigo que había tenido cuando recibía entrenamiento del Mossad en Israel. Yo, sin saber qué era, le pregunto, y me dice que es un grupo de inteligencia contra los enemigos de Israel. Me pedía mucha discreción cuando le llamara por teléfono, porque había mucha gente interesada en escuchar lo que él hablaba, que más adelante él me proporcionaría un radio Nextel para tener comunicación entre nosotros.

En otra ocasión nos vimos. Tuvimos relaciones íntimas él y yo. Me empezó a tener más confianza y comentaba que él por los negocios que tiene, que son blindajes, y por la experiencia que había recibido del gobierno de

Israel, a la comunidad judía la asesoraba en casos de secuestro y les vendía aparatos sofisticados, así como vehículos y protección. Y que su posición frente a la comunidad judía le permitía saber quiénes eran secuestrables. Y que en una ocasión tuvo un problema con una persona con la que había hecho un negocio y le quedó mal, de nombre Simón Name, y que se había cobrado con su sobrino, apoyado con gente que había sido policía y servidores públicos. Que uno de ellos hacía el trabajo fuerte, que yo ya lo había conocido en una ocasión y que le di un aventón para verse conmigo, entre Eje 10 e Insurgentes, de nombre Jorge Cruz Ramírez. Junto con otras personas habían atravesado un camión de basura para detener el vehículo de esta persona en plena luz del día, en Tlalpan, sin darme los detalles. Y que al fin y al cabo, aunque habían pagado el seguro, se había cobrado.

En otra ocasión también me comentó de un judío que al parecer trabajaba y recibía rehabilitación en un centro destinado para ello y que él tenía acceso a informaciones personales de este sujeto que había tenido un accidente muy fuerte, un comerciante de apellido Cohen. En otra ocasión me hizo un comentario de que otro de sus clientes, que era dueño al parecer de Plaza Masaryk, también había estado él muy cerca de la negociación para su liberación. Y otro más de los que yo me acuerdo, de apellido Segal, que también era comerciante.

Se jactaba de que nadie se iba a imaginar la relación que él tenía en ese tipo de actividades, por lo que me di cuenta que era una persona muy peligrosa. Además de todo lo que he platicado, me amenazó y me dijo que tuviera mucho cuidado con mi boca y que nunca intentara pasarme de listo. Yo dejé de verlo por ser una persona peligrosa. Un día me pidió su Nextel porque iba a hacer un cambio de equipo y que después me lo devolvía, pero que no le llamara a su celular. Y si algo se me ofrecía, que le dejara recado con su secretaria Cocó, situación que aconteció a mediados de 2003.

Desde entonces no tuve acercamientos con él hasta que me enteré que había tenido problemas con Sébastien, en diciembre de 2004. Y en septiembre de 2004, cuando visité a Sébastien, fue cuando conocí a Florence. Y en diciembre, cuando tuvo problemas, desconozco de qué tipo, me enteré que llegó a amenazarlo con su esposa y sus hijos de que podía secuestrarlos en cualquier momento. También me enteré por otras personas que este señor tiene varias demandas en su contra, como intento de homicidio en contra de George Kuri; otra por extorsión contra la hermana de éste último, María de Lourdes. Más adelante podré aportar más datos.

Estoy seguro de que la única persona que tiene el poder tecnológico y económico es esta persona, misma que señalaban los agentes de la AFI como quien había pagado para chingarme. En el Centro de Arraigos me mandó un aviso: que si yo abría la boca o lo involucraba, toda mi familia desaparecería. Por eso pido protección para mi familia y para mí. Pido que estas personas, tanto Ezequiel Elizalde como Eduardo Cuauhtémoc Margolis, sean presentadas y se les investigue, así como otras posibles personas que colaboran con él.

"¿Por qué dijiste eso?"

Una vez a solas con Israel, el abogado Héctor Trujillo se muestra tan escandalizado como anonadado. Se refiere, por supuesto, al momento en que su cliente afirmó haber mantenido relaciones sexuales con Margolis.

Israel le explica que otros presos le recomendaron hacerlo así para protegerse en caso de ser acusado de complicidad con el empresario judío.

Trujillo no se anda con rodeos y le dice que ha cometido un grave error.

Cuando por fin le toca su turno, luego de escuchar por varias horas la confesión de Israel, Florence se limita a responder a las preguntas de su abogado. La imagino entre atónita e irritada con la disparatada confesión de su exnovio, que la convierte en cornuda ni más ni menos que a manos de Margolis.

"Que diga la indiciada desde cuándo vive en la calle de Hamburgo 316", le pide Ochoa al inicio de su comparecencia ante la jueza.

"Del 7 de diciembre del 2005 al 8 de diciembre, ya que fui detenida por agentes."

"Que diga si recuerda qué hizo el 8 de diciembre de 2005."

Aquí, Florence repite la mentira asumida ya por Israel: que se quedó de ver con él en un puesto de comida, que el taxi se descompuso, que allí vio a un hombre de abrigo negro (Cárdenas Palomino) y que Israel la recogió allí para llevar sus muebles al nuevo departamento de la colonia Juárez.

Luego, relata que ambos fueron detenidos por agentes de la AFI y conducidos a las inmediaciones de la SIEDO siguiendo paso a paso lo ya dicho por su novio o exnovio. También confirma que Israel fue torturado a lo largo de todo ese día mientras ella permanecía en una camioneta estacionada frente a las instalaciones de la Procuraduría, que la maltrataron y le pidieron que reconociera distintas personas en una serie de fotografías y, en fin, que fueron conducidos de vuelta a Las Chinitas, donde se vieron obligados a formar parte del montaje orquestado por la AFI.

Florence añade un par de detalles a su relato previo. En primera instancia, afirma que, durante el viaje de Las Chinitas a la SIEDO, los agentes aprovecharon un momento en el que ella se tropezó para acariciarla. En segundo lugar, confiesa que, cuando llegó a la Procuraduría, una persona le preguntó si conocía a Eduardo Margolis. Florence le contestó que sí, que lo había visto dos veces y que su hermano había trabajado con él. "Te vas a ir al hoyo por mucho tiempo", la amenazó el mismo sujeto.

De vuelta en su celda, Florence se deja caer en una esquina y, abrazándose las piernas, llora como una niña, convencida de que jamás saldrá de allí. Otra interna, por quien las demás parecen sentir un respeto inmediato, se presenta intempestivamente en su celda. Florence está convencida de que esta mujer, María Antonieta Rodríguez Mata, conocida en el ambiente del narco como la Generala, y a la que Florence llama simplemente Tony, le salvó la vida.

Israel se la encontró, días atrás, en el tercer piso del Arraigo. "Yo sé quién eres, te vi mucho en la televisión", le dijo al verla. "Eres narcotraficante y ya has estado en prisión."

Sabiendo que sería trasladada a Santa Martha, Israel le contó su historia y le pidió ayuda: "Florence no está preparada para la vida que va a tener allá. Yo la conozco: su cultura, su educación están muy lejos de todo eso, ella ni siquiera sabía de la existencia de Santa Martha."

"Yo no ayudo a secuestradores", le respondió Tony.

El 7 de febrero, la Generala es enviada a Santa Martha y, movida acaso por la curiosidad, de inmediato busca a Florence.

"Ábranme", ordena a las guardianas.

Tony se introduce en la celda y le entrega a Florence una bolsa del supermercado con productos de limpieza, incluido un par de guantes de plástico. "Para que limpies este lugar", la conmina. La Generala también le regala unas sandalias: "No te vayas a bañar sin éstas y no vayas a caminar descalza porque te llenarás de hongos."

Extrae un rollo de papel de la bolsa y ayuda a Florence a colocarlo en la reja para conseguir un poco de privacidad. Al terminar, le regala una rosa fresca que Florence coloca en una botella de refresco.

"La primera que la toque o le falte el respeto se las va a ver conmigo", grita la Generala para que custodios e internas puedan escucharla.

Aquella tarde, Florence se da la primera ducha con jabón desde su arresto y al fin puede secarse con una toalla limpia. Cuando termina, Tony se la lleva al descansillo de una escalera, un lugar prohibido para las demás internas.

"No sé qué quieres, pero no tengo nada que darte", se explaya Florence. "No conozco a nadie aquí, estoy perdida y no sé por qué me ayudas. Pero te lo repito: no tengo nada que darte..."

"¡Cállate!", la reprende Tony. "Vamos a hablar de tu caso. Si eres inocente, te voy a ayudar."

Florence le cuenta su historia.

"¿Entonces eres inocente?"

"Sí."

La Generala protegerá a Florence hasta que, meses después, solicite su traslado al penal de Tepepan, donde volverá a encontrarse con ella.

Cuenta la leyenda que, en el siglo XVI, el rabino Judah Loew, Judas el León, se consagró a proteger a los judíos del gueto de Praga ante las amenazas del emperador Rodolfo II. Reunió arcilla de las orillas del río Moldava, les dio una forma más o menos humana y le colocó en la frente una inscripción de papel con el *shem*, las letras sagradas que esconden el impronunciable nombre de Dios. El monstruo, al cual dio el nombre de Yossele

(José), sería mejor conocido como Golem, del hebreo *galmi*: la materia cruda con la que, según los salmos, fueron modelados los primeros hombres antes de que Yahvé les insuflara vida.

Mejor lo dice Borges:

El cabalista que ofició de numen
a la vasta criatura apodó Golem;
estas verdades las refiere Scholem
en un docto lugar de su volumen.

"El Golem de la comunidad judía de México", llamó *Enlace Judío de México* a Eduardo Cuauhtémoc Margolis. En el artículo-homenaje, May Samra, directora de la publicación, suscribe este hiperbólico elogio: "Existen hombres y existen héroes: entre estos últimos, Eduardo Margolis Sobol, una verdadera leyenda, de la cual se cuentan historias fantásticas que resultan, finalmente, siendo verdaderas. Eduardo Margolis ha sido un escudo protector para la Comunidad Judía de México. Ha sido el Golem —ese fabuloso gigante creado desde el barro para defender a los judíos desprotegidos— y, como el Golem, quien expusiera también los vicios de una sociedad, ha sido criticado y objeto de ostracismo. Cuando gran parte de una comunidad le debe la vida a un hombre que no teme ser 'instintivo, animal' cuando es necesario y que hace que un criminal prefiera abstenerse de su crimen que enfrentarse a él; cuando este hombre pone su vida en juego para defender a quienes no conoce; cuando un secuestrado, aterrorizado por sus captores y humillado por su impotencia, pide a Dios que Eduardo Margolis esté encargado de su caso —y es salvado por él en medio de una balacera...— es importante dar las gracias y reconocer."

En el homenaje que se le rindió el 13 de octubre de 2013, tras largos meses de lucha contra la leucemia, al cual asistieron decenas de miembros de la *Kehilá* (los notables de la comunidad judía de México), tampoco se escatimaron las muestras de admiración y cariño. Sus hijas Anita y Galit enumeraron las ocho virtudes que les transmitió —fortaleza mental, educación, autenticidad, valores, la necesidad de desconfiar, sencillez, autosuficiencia y amor—, mientras que su esposa Lily agradeció su ejemplo: "Nos ha enseñado a luchar hasta el final, a ser guerreros incansables, a ver más allá y caminar siempre hacia adelante."

En ese mismo homenaje se proyectó un video en el que cuenta que, para salvar a un secuestrado, tuvo que disparar. Un tiro alcanzó la pierna de la víctima, pero aun así el joven agradeció su intervención.

Este hombre alto, corpulento, calvo e impenetrable, descrito por quienes lo han tratado de cerca como una fuerza de la naturaleza, parecería ser más bien el Hombre de las Mil Caras. Si sus allegados no escatiman los panegíricos, sus enemigos no dudan de su maldad. Su red empresarial se extiende en áreas que van de los productos de belleza a las televentas y de los coches blindados a la asesoría en materia de seguridad privada. Todas las voces lo asocian con el Mossad y su actividad como guardián de la comunidad judía, asesorándola sobre todo en casos de secuestro, lo vinculó muy pronto con los cuerpos policiacos del país.

Quienes fueron sus compañeros en el Colegio Hebreo Tarbut lo recuerdan como una leyenda viva desde que, en los años que estudiaba la preparatoria, ganó el certamen de boxeo organizado por *El Heraldo de México*. Si hoy la comunidad judía mexicana sigue siendo reservada y prefiere mantener los asuntos de sus miembros a la sombra de la vida pública, en aquellos años su reclusión y su secreto eran mayores. Todos los conflictos entre sus integrantes se resolvían en su interior, al margen de la comunidad *goy*, incluyendo divorcios y disputas de negocios. Por eso resultaba tan sorprendente que de pronto un judío adquiriese semejante prominencia. Otras anécdotas de esa época: se dice que en una ocasión envió al hospital a un chico que había intentado flirtear con su novia Lily en el Deportivo Israelita y que una de sus entretenciones consistía en lanzar apuestas en las que se comprometía a *madrear* al cuarto conductor de un coche que por error se atreviese a rebasarlo.

Eduardo y su hermano Samuel quedaron huérfanos desde jóvenes —en la comunidad se rumoraba que su padre había sido un jugador empedernido— y desde entonces ambos se vieron obligados a salir adelante gracias a su propio empeño. Eduardo no logró convertirse en boxeador profesional, como hubiesen querido sus admiradores, pero él y su hermano transformaron el pequeño negocio de pinturas de su padre en una boyante empresa.

En los sesenta y setenta, la comunidad judía mexicana era víctima tanto del antisemitismo congénito de los católicos mexicanos como de los ataques vandálicos de simpatizantes de la causa palestina. En muchas partes de la ciudad sus integrantes eran amenazados y golpeados, y con frecuencia templos y negocios aparecían con pintas de suásticas o con los cristales rotos. Para enfrentar estas amenazas, se fortalecieron los grupos de autodefensa que, bajo la apariencia de organizaciones de acondicionamiento físico o *boy scouts*, recibían entrenamiento paramilitar por miembros o antiguos miembros del Mossad. Margolis tomó algunos de estos cursos en Israel y, a su regreso, se asumió como su principal promotor entre los jóvenes de la comunidad. Al mismo tiempo, diversificó sus negocios, interesándose por la importación de productos israelíes, las cadenas de restaurantes y las ventas por televisión.

Los periodistas Homero Campa y Jorge Carrasco dieron cuenta de sus negocios en un artículo publicado en *Proceso* el 20 de marzo de 2012: "Al parecer, el negocio de la seguridad es tan redituable para Margolis que en abril de 2009 amplió la razón social de otra de sus empresas: Industrias Margolis de México, S.A. Originalmente estaba enfocada al ramo de la pintura, ferretería y materiales para la construcción. A partir de esa fecha también se dedica a la impartición de cursos, talleres, exposiciones, pláticas y todo tipo de asesoría que se relacione con todas las áreas administrativas, técnicas y de seguridad en general, tanto a empresas como a personas físicas, ya sean nacionales o extranjeras."

En *Penas mexicanas*, Alain Devalpo y Anne Vigna agregan que Margolis es "un gran cliente de Televisa debido a su empresa de telecompras. Tiene garantizado su ingreso a la televisora y se beneficia de sus contactos de alto nivel en la esfera política y en las corporaciones policiacas. Es conocido por los directivos de la AFI y se mueve en la SIEDO como en su casa". Asimismo, afirman que Margolis y sus socios están "mejor equipados que la policía, sirven de intermediarios en las negociaciones con los secuestradores y no dudan en intervenir cuando la liberación es posible". Y señalan que estos empresarios contactaron a Alejandro Martí para obtener la liberación de su hijo Fernando, y participaron en las negociaciones para liberar a una familia de españoles secuestrada en 2004.

En 2015, WikiLeaks reveló que Margolis, a través de Epel, quiso fungir como vendedor del programa de vigilancia italiano HackingTeam para el gobierno mexicano y reveló sus conexiones con Stratfor, la empresa de inteligencia basada en Texas que proporciona información confidencial a empresas y gobiernos. Según la revista *Emeequis*, que recurrió al sistema de transparencia del gobierno mexicano, Epel fue una de las empresas más beneficiadas con contratos de seguridad durante la guerra contra el narco.

Aunque el empresario judío siempre se ha negado a hablar con la prensa, Emmanuelle Steels logró entrevistarlo en 2009 junto con Patrice Gouy, Anne Vigne y Léonore Mahieux.

"No tengo el poder que dice la gente", le confió a la periodista belga.

Cuando ésta la preguntó sobre su supuesto entrenamiento o pertenencia al Mossad, soltó una carcajada: "¡Gracias a eso me hice famoso y vendo más coches blindados porque piensan que soy del Mossad! Pero yo solamente soy un empresario." Nunca negó, en cambio, su papel como guardián de la comunidad judía mexicana: "Empecé porque secuestraron a mi esposa. Y después a un primo. Y después a otro primo."

Margolis creó un comando privado a su servicio, el Comité de Seguridad Comunitario, con su propia área de inteligencia y de intervención inmediata. Aun así, le dijo a Steels que se resistía a ser visto como un *vigilante* de serie policiaca.

"Algunos piensan que soy Batman, que por las noches trabajo de salvador de rehenes", se burló, pero lo cierto es que, como el Hombre Murciélago, Margolis parece tener muchas vidas.

Si en verdad Margolis se encuentra detrás de la detención de Israel y Florence, la pregunta se torna evidente: ¿por qué? ¿Para vengarse de él? ¿De Sébastien? ¿De ambos a la vez? Al hermano de Florence se la tenía jurada porque éste lo demandó y lo amenazó. Por su parte, Israel afirmó haber mantenido una relación "íntima" con él. ¿Su venganza podría deberse entonces a una disputa entre amantes? ¿O todo esto es falso, como asume Florence y me confirmó el propio Israel? Para colmo, él lo amenazó en público. ¿Sería éste el motivo detrás de su terrible venganza? ¿Y Florence? ¿Es sólo el vértice entre Israel y Sébastien a través de la cual Margolis podía dañarlos a ambos? ¿O la furia de Margolis contra Israel se debe a que éste no sólo se atrevió a confrontarlo, sino a que estaba al tanto de sus negocios ocultos? Si fuera así, se abriría otra cuestión igual de inquietante: ¿cuánto de lo que sabe Israel se debe a que, durante la época en que fue cercano de Margolis, lo vio actuar contra sus enemigos? ¿Es posible que Israel o Sébastien colaborasen en sus negocios oscuros? ¿En los secuestros en que intervenía Margolis para proteger a la comunidad judía o, en último término, en los secuestros que Margolis, según el testimonio de Israel, perpetraba contra sus antiguos socios? Como fuere, Margolis es el único personaje de esta historia que mantiene vínculos con *todos* los demás involucrados en el caso: Sébastien, Florence, Israel, García Luna, Cárdenas Palomino. Y, como veremos más adelante, acaso también con Cristina, Ezequiel y el padre de éste, Elizalde Menchaca. Una coincidencia demasiado improbable como para dudar de su participación central en el caso.

Charlotte Cassez viaja a México para ver a su hija en abril de 2006. Tras pasar un sinfín de controles en Santa Martha, los custodios le dicen que su pantalón es azul (uno de los colores prohibidos en la cárcel) y que debe cambiárselo. A Charlotte no le queda más remedio que salir a comprar un pantalón usado en uno de los tianguis de la zona. Dos horas después, al fin se encuentra con su hija.

"¡Por fin estás aquí! Ven, te llevo por allá, tengo la autorización de recibirte afuera cada vez que vengas", le dice Florence.

Las dos se instalan en una pequeña terraza; los custodios que vigilan a Florence se colocan en una mesa vecina. Charlotte le dice que está sorprendida de verla en estas condiciones.

"Por razones de seguridad, estoy completamente encerrada en mi celda desde que llegué aquí", le explica su hija. "No tengo derecho a ver a las demás internas. Por la noche, cierran mi celda con llave; en el día está abierta, pero no tengo derecho a abandonar el corredor del piso al que debo ir cuando quiero llamar por teléfono. Las otras internas descienden en el día y no tienen derecho a subir. Tengo una sola vecina, que también está todo el tiempo encerrada, Juana Barraza, La Mataviejitas. Es famosa, se habla de ella en televisión, fue arrestada unos meses antes que yo."

"¿Entonces nunca sales?"

"No. O, bueno, sólo por la noche, hacia las 23:00. Cuando todas las chicas están encerradas, me dejan pasear una media hora o un poco más con Juana en este terreno; nos vigilan desde el mirador que ilumina el terreno. Ésta es la primera vez desde mi arresto que puedo sacar la nariz en pleno día y aprovechar el sol."

"¿Te dejan sola con la Mataviejitas? ¿Pero dónde está la seguridad?"

"Tengo suerte, esa mujer me quiere bien, me dice que va a vigilar mi celda todo el tiempo que esté aquí contigo. Afortunadamente, porque es grande y fuerte: yo no hubiera podido hacer nada si hubiera decidido matarme a mí también."

Florence se declara inocente pero, ¿qué piensa de Israel, su novio o exnovio? Durante año y medio ha convivido con él y su familia; ha estado cerca de sus padres, de sus hermanos, de sus sobrinos; ha vivido en Las Chinitas, donde está segura de que jamás hubo ningún secuestrado. ¿Está igualmente convencida de la inocencia de Israel? Al tenerlo a su lado en las audiencias, cuando él le pregunta cómo se encuentra y le promete que a la larga se descubrirá la verdad y los dos quedarán libres, ella se apacigua y se reencuentra con el hombre atento y gentil de quien estuvo enamorada. En otros momentos, como cuando su abogado le dice que Vallarta está "implicado hasta el cuello", o cuando se entera de que Valeria lo ha reconocido, ya no se muestra tan segura. Quisiera creerle a Israel. Es más: sabe que Israel no es capaz de secuestrar a nadie, pero la carcoma de la duda la atormenta. Es entonces cuando acepta participar en la estratagema de su abogado y se inventa la mentira de que no pasó la noche del 7 al 8 de diciembre en Las Chinitas. Y cuando le pide o le exige a Israel que la encubra y la proteja. Él acepta mentir —una prueba más de su amor—, aunque es probable que a la amargura por la detención se sume ahora el dolor ante los resquemores de Florence. Resquemores que, sabe, él no podrá acallar.

En estos primeros meses de 2006, Florence se distancia cada vez más de su enamorado mexicano y, como le recomienda su abogado, se concentra en mirar por sí misma. Durante las audiencias deja de hablarle a Israel, lo mira con recelo, lo siente cada vez más ajeno e integrado en esa vida carcelaria a la que ella no se acostumbra. Le incomoda la familiaridad que él ha adquirido con otros presos, su forma de hablar con ellos o ese saludo que les da con el puño como si formara parte de una fraternidad de criminales. La desconfianza da paso a sentimientos más intensos: empieza a detestarlo o a detestar a ese preso que no se corresponde con el joven sencillo y afectuoso con el que convivió por tantos meses.

De su lado, Israel no se da cuenta, no quiere darse cuenta, de la repentina lejanía de Florence; trata de hablarle como antes, en las audiencias le ofrece cigarros y no entiende por qué ella los rechaza. Pero no ceja: su enamoramiento se mantiene incólume; trata de calmarla y confortarla, persevera en su inocencia. Florence se solivianta: ¿es posible que Israel la engañase con una doble vida, que a sus espaldas participase en una banda criminal, que secuestrase a todas esas personas sin que ella jamás se diese cuenta? ¿O puede ser, por el contrario, que ella sea tan cínica como para formularse estas preguntas en voz alta sabiéndose culpable?

Un equipo de psicólogos forenses se entrevista con Florence e Israel con la intención de definir sus personalidades y su criminalidad. En el estudio que se le practica a ella el 16 de marzo, los peritos determinan: "Está en contacto y relación con personas de conductas para y/o antisociales, por lo que su contaminación endógena se considera elevada, asume rol de grupo de liderazgo, busca destacar a través de la ganancia y combinación de lo material, es una persona egocéntrica y directiva, sin embargo en las relaciones de pareja muestra sumisión y dependencia. Utiliza la manipulación y fantasía como mecanismo de defensa."

Por su parte, en el examen que se le realiza a Israel el 17 de abril, se le describe de la siguiente forma: "Sujeto primario, hijo menor de una familia numerosa en la que hay antecedentes de conductas parasociales. Se relaciona con grupos contaminantes de quienes ha recibido influencia. Es un individuo con necesidad de reconocimiento y para conseguirlo exagera sus capacidades. Se le dificulta identificarse con los sentimientos y necesidades de los demás, por lo que puede dañar a terceros sin experimentar sentimientos de culpa. Por su capacidad para organizar y planear es posible que funja como líder en situaciones de grupo."

Traduzco: a Florence le gusta convivir con maleantes, es una mujer fuerte y manipuladora, aunque sentimentalmente débil. Israel, por su lado, carece de culpa y de empatía, se mueve en ambientes criminales y es un líder nato.

El retrato robot de nuestros Bonnie & Clyde.

La vida en prisión no es sencilla para nadie, menos para Florence. Lo hemos visto en un sinfín de películas y series. Pero Santa Martha es peor: en México se impone la ley de la selva o, más bien, se vive bajo una ley que no se parece a la del exterior; la ley del más fuerte y del más rico; la ley de la sumisión absoluta a la arbitrariedad de los custodios y de las internas con más influencia o poder.

Durante semanas, Florence no ve el sol: apoyada en la pared, la imagino buscando pequeños huecos para recibir un mínimo atisbo de luz. Empieza la estación de lluvias y en la Ciudad de México las tormentas no paran de abril a octubre; ella las escucha desde su celda y las interpreta como ecos de su desesperación. Una tarde, los custodios le permiten bajar su propia basura al sótano y dar un pequeño paseo al aire libre: su única recompensa.

Una interna de rasgos hombrunos, cabellos cortos, musculosa, la detiene a su regreso. "Mira bien ese pasillo, ese pasillo delante de las celdas", le susurra con una risa macabra, "porque me lo vas a limpiar completito con la lengua." ¿Se trata de una broma o una amenaza? Florence no para de llorar.

En esos días, sus padres acuden a visitarla. Florence trata de arreglarse, se peina y se maquilla por primera vez en meses. Quiere darles la impresión de que está entera. Cuando la visitan, Florence lleva un cuaderno que le regaló otra de las internas en el cual anota cuanto le pasa por la cabeza. Los tres se sientan a charlar en el patio mientras Bernard dibuja el siniestro paisaje que los rodea. Cuando se marchan, Florence guarda esos trazos como un tesoro.

A la mañana siguiente, antes de acudir a una nueva audiencia, los custodios entran en su celda y descubren el dibujo de su padre: un diseño de la prisión que, según ellos, forma parte de un plan de escape. De inmediato conducen a Florence ante la directora de la prisión, una mujer de porte masculino, siempre sin maquillar, que jamás desaprovecha la ocasión para manosearla. Según los rumores, es pareja de la Jefa, la más dura de las custodias.

"No te preocupes", le susurra la directora, insinuante, "yo puedo ayudarte..."

Florence se queda impávida, decidida a resistir cualquier aproximación, consciente de que su castigo será el apando, el peor lugar de la prisión según sus compañeras. No se equivoca.

En el apando las celdas son más pequeñas, con apenas un camastro de cemento, un agujero en el suelo y un lavabo. La historia de Florence en una nuez: a la sensación de seguridad que le proporcionó la visita de sus padres tenía que seguirle esta caída. Al ingresar en la minúscula celda, otra interna, con los ojos desorbitados, se presenta ante ella. "Hola, soy Rosa..."

"Yo, Florence", balbuce ella, muerta de miedo.

"Queremos darte la bienvenida." Florence piensa lo peor. "No te preocupes", la tranquiliza Rosa. "Vas a estar bien, yo me encargo. La primera que te moleste me lo dices y la mato. Así de simple."

Florence no comprende esta súbita muestra de simpatía y se siente aún más inquieta. ¿Qué le pedirá Rosa a cambio? La francesa pasa un mes y medio en el apando, de donde sale sólo para asistir a las audiencias, que en esa época se celebran casi a diario. Los custodios la conducen a los juzgados muy temprano por la mañana y la devuelven a su celda por la tarde, molida y agotada. Nada más regresar, cae rendida en ese cuadrángulo sin ventanas, maloliente y oscuro.

A principios de junio, un custodio le informa que será trasladada a otra prisión. Al principio teme un nuevo castigo, pero sus amigas le aseguran que estará mejor.

9. En guerra

Tras más de un año de leer una y otra vez su nombre en miles de fojas de expediente, de identificarlo en diarios, revistas y tabloides —donde sin falta se le asume culpable—, de observar su rostro amoratado en las imágenes de su falsa detención el 9 de diciembre de 2005, de escudriñar sus gestos en incontables fotografías, en particular aquellas que los agentes de la AFI le mostraron a Valeria al principio de esta historia, de imaginarlo, estudiarlo, analizarlo, entreverlo —y preguntarme en silencio quién es en verdad—, hoy, 14 de diciembre de 2016, al fin veré a Israel Vallarta de frente, lo miraré a los ojos y acaso dispondré de unos minutos para hablar con él.

Acompañado por su hermana Guadalupe y su hermano Jorge, y por los periodistas José Reveles y Emmanuelle Steels, quienes desde hace años han seguido de cerca su caso, avanzamos por un camino de terracería hacia la entrada del Centro de Readaptación Federal Número 1, la cárcel de alta seguridad mejor conocida como El Altiplano —la misma de la que se escapó y a la que volvió a ingresar el Chapo Guzmán antes de ser extraditado a Estados Unidos—, en el municipio de Almoloya de Juárez, en el Estado de México. No he visitado una prisión desde que estuve en el Reclusorio Oriente durante unas prácticas estudiantiles en la Facultad de Derecho. Bajo el agreste sol del invierno mexicano, que te calcina a la intemperie pero es incapaz de confortarte en la gélida penumbra, nos aproximamos a la enrejada detrás de la cual se aprecia un cúmulo de moles cuadrangulares, de hormigón, esparcidas en el páramo bajo la custodia de torres de vigilancia desparramadas como hongos; a la distancia, unos montes yermos ponen límites a la planicie amarillenta.

Mostramos nuestras identificaciones al primer oficial, cruzamos la verja que da paso al estacionamiento y caminamos en fila india por un pasillo al aire libre, bordeado con alambre de púas, hasta el búnker que hace las veces de recepción y sala de espera. Allí nos esperan los dos peritos que testificarán en la audiencia, programada para las 12:00, en la cual buscarán demostrar una vez más la tortura sufrida por Israel mediante el *Protocolo de Estambul*. Nos apretujamos en las escasas sillas de la sala de espera o salimos a calentarnos bajo la esquiva resolana mientras transcurren los minutos sin que se presenten el secretario de Acuerdos y el nuevo titular del Juzgado Tercero de Procesos Penales. Israel ha hecho explícito su deseo de que el juez se apersone en la audiencia; como ha insistido desde el inicio del proceso, necesita darle la cara, mirarlo a los ojos y convencerlo de su inocencia.

Pasadas las 13:00, el secretario acude a la zona de ingreso con un pesado legajo entre las manos y los demás nos apresuramos a seguirlo. Todos vestimos con colores vivos, eludiendo el beige, negro y azul prohibidos en el reglamento del penal, con zapatos sin agujetas y los bolsillos vacíos, sin siquiera una libreta para tomar apuntes. Entregamos nuestras identificaciones, firmamos los documentos que nos presentan los guardias de seguridad, atravesamos los escáneres y nos dejamos fotografiar por cámaras anónimas instaladas en el techo antes de conseguir el ingreso. Volvemos al aire libre y, bajo un sol que se ha tornado achicharrante, marchamos a toda prisa rumbo al edificio donde se celebran las vistas judiciales; me pregunto dónde estarán las barracas y dónde se hallarán los dormitorios de Israel o del Chapo.

Tras un nuevo control, subimos por una escalera para llegar a la sala 3, un aula desnuda y mal iluminada en la cual ya se han acomodado, en un pequeño templete al lado izquierdo, el secretario del juzgado y la agente del Ministerio Público. Junto a ellos se alza una pantalla para las videoconferencias. Al fondo, tras un cristal polarizado, verdoso, dividido en una suerte de tríptico —en los extremos la rejilla es densa, apretada, y sólo al centro se abre una especie de ventana donde los barrotes se espacian unos milímetros—, atisbo una silueta oscura que, fijando la vista, me devuelve los rasgos de Israel.

A diferencia de las fotos que he repasado una y otra vez en el expediente, luce más maduro, con las mejillas ensanchadas y el cabello cortado al ras, un poco como yo. Distingo su mirada firme y me sorprende cuando, al reconocerme, alza la mano y me saluda a la distancia. Los peritos se acomodan en la primera fila; José, Emmanuelle y yo en la segunda; sus hermanos en la última. El secretario toma la palabra y explica, en la deslavazada jerga de los leguleyos mexicanos, que el juez no podrá llegar por exceso en su carga de trabajo —cuando fue él quien fijó el día y la hora de la audiencia— y, para colmo, que el sistema de videoconferencia se halla ocupado y no podrá utilizarse.

Israel convoca a su abogado de oficio, un sujeto elusivo y torvo que se ha negado a intercambiar siquiera una palabra conmigo, el cual se aproxima a la ventanilla derecha, y lo instruye a posponer la audiencia. No estoy seguro de que sea la mejor estrategia, una nueva dilación tras once años de encierro, pero Israel se empeña en confrontar al nuevo juzgador. El secretario se enreda para justificarse, argumenta que éste saldrá de vacaciones en unos días y él mismo a continuación, y pospone la nueva audiencia para fines de enero de 2017.

"¿Le parece bien el 22?"

"Pues mejor pregúntele a ellos", Israel señala a los peritos, "yo de todas maneras voy a estar aquí".

Aunque sus hermanos se han referido delante de mí a su temperamento vivaz, no deja de regocijarme su negro sentido del humor. Fijada la fecha, el secretario autoriza que los demás nos acerquemos a hablar con Israel durante unos minutos. Pasan primero los peritos y Guadalupe me señala mi turno. No oculto cierto nerviosismo al apostarme junto a la rejilla.

"Qué bueno conocerte por fin", titubeo.

Israel me cuenta que me vio en la televisión mientras yo hablaba de Rafael Tovar, amigo cercano y primer secretario de Cultura del país, fallecido en noviembre. "A lo largo de este año he estudiado tu expediente", le digo, midiendo cuidadosamente cada una de mis palabras, "y estoy convencido de que deberías estar libre".

"Once años, se dice fácil, pero no lo ha sido", reflexiona Israel con los ojos acuosos. "Pero al menos estoy vivo."

Le digo que la reciente liberación de su hermano René y de sus dos sobrinos aumenta sus esperanzas. "Mi familia nunca huyó", se enorgullece, y yo recuerdo que, en efecto, ellos acudieron muchas veces a visitarlo a la cárcel, como yo ahora, antes de ser detenidos. "Yo siempre quise dar la cara." Me mira de frente, sin titubear. "Estos años me han purificado. Me han despojado de todo lo superfluo. No soy un cobarde, sé quién soy."

Israel conserva una energía casi avasalladora aun cuando se quiebra. Reconozco que me genera confianza, aunque no quiero verme cegado por la empatía que suelen desarrollar los escritores frente a los personajes criminales de los que escriben.

"Aquí he conocido gente muy valiosa. Y yo sigo amando a México. Es un país maravilloso. Y desde aquí adentro lo sigo amando."

"Yo lo que quiero es contar tu historia de la mejor manera posible", le explico y me explico.

"Mi historia no es única", me dice. "Por varias razones se conoció más que otras, pero hay muchas personas en situaciones similares."

Es la misma conclusión que yo quisiera extraer de esta labor: que la historia de Israel, con ser más conocida debido a la nacionalidad de Florence y a la decisión de su presidente de protegerla, no es excepcional: en el fondo, él no es sino uno más de los miles de mexicanos que han sufrido abusos por parte de las autoridades y han sido víctimas —sí, víctimas— de la corrupción y la desvergüenza de quienes les han impedido tener un proceso justo.

El tiempo se agota; Israel acepta que hablemos de nuevo muy pronto y me desea feliz año. "Espero que en 2017 estés ya con tu familia", le digo.

Él extiende su mano abierta del otro lado del cristal y yo coloco mi palma sobre la suya.

Instalado en el extremo sur de la ciudad, el Centro Femenil de Readaptación Social de Tepepan es una cárcel más modesta y, si puede decirse, más acogedora que Santa Martha. El número de presas es más reducido, apenas ciento veinte, y cada una tiene la oportunidad de trabajar o dedicarse a distintas labores manuales; el trato es menos severo y el aire más puro.

A principios de junio, Florence ocupa la celda número 11, en el dormitorio número 1. Tras una evaluación psicológica, se determina que necesita un lugar tranquilo y apacible. Esta zona no tiene celdas colectivas, sino que cada interna dispone de la suya. Y una sorpresa: se reencuentra con Tony, la Generala, su antigua protectora, la cual, como antes en Santa Martha, también aquí dispone de un enorme poder. A Florence su nuevo dormitorio se le figura casi una casa de huéspedes: las paredes están bien pintadas, hay cuadros y plantas, los muebles se encuentran en buen estado y sus compañeras le sonríen con buena disposición.

Para darle la bienvenida, le ofrecen una Coca-Cola y ella no tarda en hacer amistad con una colombiana, Soraya, con quien chismea sin parar. Más tarde, sus compañeras le prepararán un baño caliente y le sirven café en una taza de porcelana y no en los vasos de unicel a los que se ha acostumbrado. La imagino en el momento en que descubre que sobre su cama hay sábanas y cobijas y, encima de ellas, un regalo excepcional: una piyama nueva.

El doctor Juan Carlos Rueda, perito médico solicitado por la defensa, examina a Ezequiel en su consultorio para determinar las secuelas físicas de su cautiverio.

Su dictamen respecto a la cicatriz que presenta en el dedo es contundente: "La característica que presenta en superficie dérmica en quinta falange de mano izquierda, falange media, corresponde a una petequia y no a cicatriz por punción previa."

En otras palabras: una mancha en la piel.

También a petición de la defensa, los expertos en foniatría Sergio Nanni y Abelardo Roa comparan la voz de Israel con las de los negociadores de los otros seis secuestros con los que lo ha vinculado la policía. Su conclusión contradice a la policía: "No existe ninguna semejanza sonora ni fonética del hoy procesado con las grabaciones de las conversaciones telefónicas grabadas en los audiocasetes."

En otras palabras: nada vincula entonces a Israel con los secuestros de Shlomo Segal, Margarita Delgado, Ignacio Figueroa, Emilio Jafif o Roberto García y tampoco se le puede identificar como el secuestrador que negoció los rescates de Valeria, Ezequiel, Cristina y Christian.

*Un peligro para M*éxico. Éste es el lema elegido por un conjunto de empresarios para referirse a Andrés Manuel López Obrador, candidato de la izquierda y, a lo largo de casi toda la campaña, puntero en las encuestas, en los anuncios que comienzan a inundar las pantallas televisivas y las estaciones de radio a unas semanas de las elecciones federales del 2 de julio de 2006. Meses antes, el gobierno de Vicente Fox intentó apartar a López Obrador de los comicios, acusándolo de incumplir la orden de un juez en un pequeño asunto administrativo, pero las masivas protestas en la capital y la improcedencia del caso impidieron su inhabilitación. López Obrador comete numerosos errores durante la campaña, el más costoso de los cuales consiste en rehusarse a participar en los debates televisivos con sus contrincantes del PRI y del PAN, quienes dejan una silla vacía en el estudio. Pero nada le resta más votos que la campaña de odio orquestada por los sectores conservadores del país, quienes lo dibujan como émulo de Hugo Chávez. La intervención en su contra de Fox, prohibida expresamente por la legislación mexicana, contribuye también a aumentar la intención de voto a favor de su rival, Felipe Calderón.

La jornada electoral del 2 de julio se celebra en un ambiente de tensión extrema. Tras una larga espera, a la medianoche comparece ante los medios Luis Carlos Ugalde, presidente del Instituto Federal Electoral, el cual anuncia que no podrá dar a conocer los resultados del conteo rápido realizado por el organismo debido a que la diferencia de votos entre López Obrador y Calderón es demasiado pequeña. Los rumores en torno a un fraude electoral como el perpetrado en 1988 contra

Cuauhtémoc Cárdenas no se hacen esperar. Desoyendo las recomendaciones del IFE, tanto López Obrador como Calderón se proclaman ganadores de la contienda y exigen que el IFE confirme su triunfo.

No es sino hasta la madrugada del 4 de julio que las cifras oficiales comienzan a fluir en el sistema informático. Al inicio dan la victoria a López Obrador, pero, hacia las 07:45, la tendencia se revierte y al final del recuento Calderón aparece como vencedor con un margen de 0.33 por ciento de los votos. El 6 de julio, López Obrador afirma que no reconocerá los resultados y que se dispone a impugnarlos ante el Tribunal Federal Electoral. Dos días más tarde, durante una gran concentración en el Zócalo de la Ciudad de México, llama a sus seguidores a defender el voto popular y a no dejarse vencer por el fraude. Más adelante, sus seguidores organizarán un gigantesco plantón en el Paseo de la Reforma, una de las avenidas más importantes de la ciudad.

En plena tensión postelectoral, el 11 de julio se produce la esperada comparecencia de Eduardo Margolis ante el Juzgado Quinto de Distrito. Florence, Israel y sus abogados lo esperan desde hace varios minutos. Según Florence, Israel le pregunta quién es ese sujeto corpulento y calvo, poniendo en entredicho su cercanía con él. Israel afirma, por el contrario, que se refería a otra persona y no a Margolis.

El empresario despliega el tono y los modos de quien da la impresión de estar perdiendo el tiempo. Imposible saber si en esos momentos saborea su venganza o si los destinos de Israel y Florence le son indiferentes. En cualquier caso, nunca se rebaja a mirarlos a los ojos.

"Que diga el testigo si, teniendo a la vista a los procesados tras las rejas de prácticas, reconoce a alguno de ellos", pregunta el abogado de Israel.

"Sí", responde Margolis, "a Florence. A la otra persona no la conozco."

"Que diga si en alguna ocasión tuvo a la vista al procesado Israel Vallarta."

"No lo conozco, no lo recuerdo", sostiene.

"Que diga por qué motivo conoce a la procesada."

"Es hermana de mi exsocio Sébastien y la vi dos veces en toda mi vida, sin recordar cuáles."

"Que diga si puede manifestar el motivo por el cual acudió a la SIEDO el 13 de septiembre del 2005."

"No recuerdo a qué fui. Normalmente voy a la oficina que está frente al Monumento a la Revolución, que no sé si es esa Subprocuraduría, a ofrecer mis carros blindados a los empleados o funcionarios."

"Que diga si recuerda el motivo por el que acudió a la SIEDO el 9 de diciembre de 2005", insiste Ochoa.

"La respuesta es la misma. No recuerdo a qué fui, pero normalmente voy a ofrecer mis carros blindados a empleados y funcionarios."

"Que diga el testigo con qué personas se entrevistó el 9 de diciembre en la SIEDO."

"No lo recuerdo."

"Que diga si el 9 de diciembre, que fue a la SIEDO a ofrecer sus servicios, si se percató de la presencia de los medios de comunicación que estuvieron a las afueras de las instalaciones."

"No."

Y eso es todo.

Florence ha dejado de confiar en su abogado: le parece que éste se escurre, la evade y le da falsas esperanzas, pero el proceso lleva tanto tiempo que no se atreve a despedirlo hasta que su madre, de visita en la ciudad, le cuenta que ha conocido a un litigante que le parece mucho más serio y además está convencido de su inocencia.

La siguiente vez que Ochoa la visita en Tepepan, Florence estalla: "¡Ya no soporto más! Usted no tiene ningún entusiasmo en defenderme, lo único que le interesa es recibir su paga a tiempo. Usted nunca me ha ayudado y ya no puedo con usted. Si sigo con usted, jamás saldré de aquí, por fin lo he comprendido. ¡Váyase al diablo con su amparo final!"

"Okey, okey", tartamudea el abogado. "Quédate conmigo y te saco en la sentencia, sin esperar el amparo. Tengo una idea..."

Esta respuesta la enfurece todavía más: Florence le echa en cara sus dilaciones y su indiferencia, cuando sus padres han hecho tantos esfuerzos para pagarle y le pide que se marche.

Jesús Horacio García Vallejo, con su apariencia de funcionario y sus modelos atildados y serenos, será su nuevo hombre de confianza.

Ángel Olmos y Alma Delia Morales, los dos amigos y vecinos de Israel que tienen un puesto de quesadillas casi enfrente de Las Chinitas, acuden ante el juzgado para tratar de ayudar a sus amigos. Ambos confirman que entraron numerosas veces a la propiedad —la última vez, el 5 de diciembre— y que jamás vieron nada sospechoso. El taxista que supuestamente vio a Florence en el puesto de comida de la señora Alma Delia la mañana del 8 de diciembre también declara a favor de la pareja.

Once años después de los hechos, Alma Delia y Ángel mantienen su pequeña fonda a unos pasos de Las Chinitas y continúan defendiendo a sus amigos. "Eran muy buenas gentes", confiesa ella. "El trato personal fue muy bueno. Y por eso yo siempre los voy a defender, porque para mí fueron buenas gentes. ¿Y se imagina cuántos años lleva Israel sin sentencia? ¿Cuántos años ya le robó la chingada justicia? Y, mientras, los que los metieron, felices, gastándose el dinero que no es de ellos."

Recuerda con cariño a toda la familia Vallarta y a Florence e Israel los vio siempre felices. "Sacaban un perro bonito, bien chulo. Ella tenía unos gatitos, incluso nos iba a regalar un gatito. Todo se lo llevaron los de la AFI."

No se le quitan de la memoria las comparecencias a las que acudió ni la pelea que tuvo con Cárdenas Palomino cuando aseguró que ella vio a un hombre de gabardina, muy parecido a él, ese 8 de diciembre de 2005. Otro suceso que, como Florence me confesó, es falso.

Sin importarle que su amiga francesa los haya desacreditado, Alma Delia confirma la misma versión que dio entonces. "Yo siempre voy a defender lo que dije, en todas las entrevistas", insiste.

La defensa de Israel llama a declarar, el 20 de septiembre, al dueño de un taller mecánico en Iztapalapa, quien afirma que el 5 de junio de 2005 Israel le llevó su Volvo s40, color aluminio, modelo 2003, ya que tenía un golpe trasero del lado izquierdo y que no se lo entregó sino hasta el 15 de agosto. Según el dueño del taller, Israel volvió a llevarle el vehículo el día 27, ya que le faltaban unos detalles por reparar, y no se lo entregó de vuelta hasta el 3 de septiembre. Para probarlo, enseña las órdenes de reparación. Días después, la defensa entrega al juzgado la orden de servicio del Volvo s40, la cual establece que el vehículo permaneció en el taller entre el 30 de septiembre y el 1 de noviembre de 2005 conforme a los registros de la compañía de seguros Quálitas. Es decir: durante todo el periodo que duró el secuestro de Valeria.

El abogado de Israel presenta también una factura del Hospital St. Joseph de Guadalajara, del 29 de agosto de 2005, que demuestra que Israel estuvo con su hija ese día, así como la copia de la visa del consulado de Estados Unidos emitida el 30 de agosto del mismo año. Ello querría decir que, para secuestrar a Valeria, Israel tendría que haber viajado esa misma tarde a la Ciudad de México para llevar a cabo el secuestro, muy temprano por la mañana, a las 07:00 del día 31.

Felipe Calderón asume la presidencia de la República el 1º de diciembre de 2006 en una turbulenta sesión en el Palacio Legislativo de San Lázaro, a la cual se ve obligado a arribar mediante un complejo operativo de seguridad. Mientras los diputados del PRD intentan bloquear el acceso a la tribuna, Calderón se apresura a jurar su cargo y recibe la banda presidencial de manos del presidente del Congreso. De ahí se traslada al Auditorio Nacional para dar un mensaje a la nación sin las interrupciones de los opositores.

"Las soluciones a los problemas deben construirse por la vía de la paz y la legalidad", afirma, en un claro mensaje a López Obrador, "dentro del marco de las leyes e instituciones que nos hemos dado los mexicanos y no fuera de él."

Ratifica luego una de sus principales promesas: "Una de las prioridades que voy a encabezar en mi gobierno es, precisamente, la lucha por recuperar la seguridad pública y la legalidad." Y luego adelanta la estrategia contra el narcotráfico que está a punto de emprender: "Sé que restablecer la seguridad no será fácil ni rápido, que tomará tiempo, que costará mucho dinero, e incluso y por desgracia, vidas humanas. Peroténganlo por seguro, ésta es una batalla que tenemos que librar y que unidos los mexicanos vamos a ganar a la delincuencia."

Diez días después, el 11 de diciembre de 2006, sin que nada en su campaña lo anticipase, el nuevo presidente ordena que el ejército —una institución que gozaba de un respeto casi unánime por su auxilio a la población en caso de desastres naturales— abandone sus cuarteles y, al lado de la Policía Federal, se involucre en el combate frontal al narcotráfico. Al primero de estos Operativos Conjuntos, puesto en marcha en su estado natal de Michoacán, le siguen otros en Baja California, Guerrero, Chihuahua, Sinaloa y Durango. El 22 de enero de 2006, durante la instalación del Consejo Nacional de Seguridad Pública, Calderón se refiere por primera vez a esta estrategia con las palabras que habrán de alterar drásticamente la vida del país en los años sucesivos: cruzada y guerra.

La decisión toma a la opinión pública por sorpresa: si bien los índices delictivos en Michoacán se encuentran entre los más altos del país, el número de homicidios a nivel nacional es el más bajo en una década. Numerosos críticos señalan que la medida anunciada por Calderón parece diseñada para legitimar al presidente ante los ataques de López Obrador más que para enfrentar con eficacia al crimen organizado. En la guerra contra el narco, Calderón descubre una amenaza más inquietante que los desafíos de su rival: un enemigo que encarna el mal absoluto y que le permitirá reunificar al país en torno a una causa común. De allí el uso reiterado de esas palabras ominosas, *cruzada* y *guerra*, surgidas tanto de su catolicismo militante como de la retórica de George W. Bush tras los atentados a las Torres Gemelas. Y así, sin que nada preparase a la sociedad mexicana para lo que habría de venir, la lógica de la guerra contra el terror se traslada a la guerra contra el narco.

Durante esta primera etapa, Calderón se concentra en la captura —o el exterminio— de los líderes de los distintos grupos criminales, sin tomar en cuenta que la desaparición de los capos no hará otra cosa más que desestabilizar el precario equilibrio del sistema y alentar la lucha por el control de las distintas *plazas* entre sus lugartenientes. A cada arresto o muerte de un capo —que el gobierno celebra con un espectacular despliegue en los medios— le sucede una irrefrenable ola de violencia hasta que el cartel en turno queda en manos de un nuevo grupo o se divide en facciones enfrentadas.

Resulta difícil saber quién instiga al presidente Calderón a declarar la guerra contra el narco en 2006, pero no cabe duda de que uno de sus principales artífices es Genaro García Luna, a quien nombra como nuevo secretario de Seguridad Pública. En esta dependencia, el antiguo policía perfeccionará las estrategias que ensayó durante el arresto de Israel y Florence: la manipulación de los testigos, la tortura, la complicidad de los medios.

Cuando se cumple un año de su arresto, Florence se imagina en el fondo de un pozo, abatida por la depresión. Para colmo, en México ninguna casa, y por supuesto tampoco la cárcel, cuenta con sistema de calefacción y, si bien los mediodías de invierno son cálidos y luminosos, por la madrugada las temperaturas descienden a pocos grados sobre cero. Igual que muchos europeos, Florence pasa más frío en este país tropical que en la gélida Francia. Su único consuelo: la aparición de un gato con el cual no tarda en encariñarse.

El miedo también provoca que Florence se enfrente con la familia de Israel. A ella continúan asediándola las dudas sobre su pasado. Le pesa también el hecho de que en México nadie crea en su inocencia y que todo el mundo —incluidos los pocos periodistas que la visitan, como Jacques-Yves Tampon— estén tan convencidos de su culpabilidad. Por otro lado, le han dicho que las víctimas insisten en que había una mujer con el cabello rubio entre los secuestradores y Florence empieza a creer que la descripción podría aplicársele a Guadalupe, la hermana de Israel, quien fuera pareja de Alejandro

Mejía, dueño de la supuesta casa de seguridad en Xochimilco reconocida por las víctimas.

Durante una audiencia, un secretario le pregunta a Florence si la mujer que asiste a las sesiones es su hermana, pues se le parece mucho. En realidad se trata de la hermana de Israel. Estas afirmaciones acrecientan sus dudas. Enterada de que Florence la señala, Guadalupe la encara. "¿Crees que nos parecemos?", le reclama en tono agresivo. "Creo que tienes razón. Pero hay una pequeña diferencia: yo estoy libre. Tú, en cambio, estás aquí, y nadie sabe cuándo saldrás."

En realidad sería imposible confundirlas: fuera del cabello con mechones claros, ningún rasgo las asemeja. Guadalupe niega que se haya producido este intercambio; según ella, fue Florence quien comenzó a alejarse de su familia para desligarse de Israel. No le preocupan sus acusaciones, pues ella me dice que en cualquier momento podría demostrar que mientras ocurrieron los secuestros ella vivía en Colombia al lado de su hijo.

"Ahora sí te equivocaste", le reclama Israel a Florence durante uno de sus últimos encuentros. "A mí puedes decirme lo que quieras, pero no te consiento que trates mal a mis padres y a mi hermana."

Para Israel, ese día se consuma su ruptura: la relación se ha vuelto tóxica para ambos. Entiende su desesperación —siempre la ha considerado como la mayor víctima de esta historia—, pero no tolera que acuse a su hermana o que desprecie la ayuda de sus padres.

Del otro lado del Atlántico, Nicolas Sarkozy es elegido presidente de Francia el 16 de mayo en la segunda vuelta de las elecciones, venciendo a la socialista Ségolène Royal con el 53.06 % de los votos. A Florence la noticia le resulta casi irrelevante, como si proviniese de un mundo al que nada la une.

Aprovechando su primera gira por Europa como presidente electo, Felipe Calderón emprende una visita oficial a Francia. El 5 de junio, él y su esposa, Margarita Zavala, son recibidos en el Eliseo. La charla entre los dos mandatarios es larga y distendida y, según fuentes oficiales, el caso Cassez apenas ocupa unos minutos en la agenda bilateral. Ninguno de los dos presidentes imagina que muy pronto todo lo que los une habrá de separarlos.

Charlotte y Bernard Cassez reciben la invitación de unos amigos para la boda de su hija, pero desde el arresto de Florence no tienen ánimo para fiestas. Benoît, el padre de los prometidos, no acepta la negativa y ambos deciden asistir un momento a la misa y al vino de honor. Dan una pequeña vuelta para abrazar a los recién casados y se detienen a intercambiar algunas palabras con los anfitriones. Marie-Paule, la madre de la novia, se acerca a saludarlos, acompañada por su marido, al que los Cassez no conocen. Sólo entonces se atreven a narrar el calvario de su hija

El lunes siguiente, Marie-Paule les llama para anunciarles que tienen una cita con el diputado-alcalde de Phalempin, Thierry Lazaro, con el cual trabaja. El munícipe los hace entrar en su oficina mientras le echa un último vistazo a sus SMS. De inmediato les hace una seña para animarlos a contar el motivo de su visita y Charlotte se anima a hablar, si bien no deja de pensar que su historia es tan inverosímil que su interlocutor les hará entender que no puede ayudarlos.

Lazaro les cuenta que también tiene una hija y que, si le pasara cualquier cosa, querría que alguien la ayudase, y les anuncia que solicitará una cita directamente con el presidente Sarkozy. Tras una primera entrevista con los consejeros del presidente, Bernard y Charlotte reciben la confirmación de que Sarkozy los recibirá en el Eliseo.

Lazaro no se detiene allí y pone en marcha un comité de apoyo oficial y un colectivo parlamentario para darle mayor peso a su causa, al cual suma a Frédéric Cuvillier, diputado-alcalde socialista de Boulogne-sur-Mer. El *colectivo de los cien* reúne en poco tiempo trescientas firmas para apoyar a Florence.

"Está bien, ahora ya podemos cerrar el expediente. Vamos por la sentencia, vas a salir libre. Estoy seguro en un noventa y cinco por ciento."

El anuncio de Horacio García a Florence la deja tan entusiasmada como nerviosa, en un estado ajeno a la realidad. El 10 de octubre, el abogado solicita a la jueza Olga Sánchez Contreras que dé por finalizada la instrucción de Florence y, cinco días más tarde, ésta decreta que su proceso quede separado del de Israel.

El 8 de diciembre de 2007 se cumplen dos años de su arresto y Florence fantasea con el día en que le comunicarán su sentencia. Imagina que será por la noche: alguien se presenta en su celda y le da la buena noticia; de inmediato es puesta en libertad y a la mañana siguiente toma el avión a Francia.

Calderón y Sarkozy conversan por teléfono el 18 de diciembre. Según informa la presidencia de México, tocan diversos temas, como la puesta en marcha del Grupo de Alto Nivel México-Francia que acuerdan crear para fortalecer las relaciones entre ambos países. Asimismo, se refieren a los secuestrados por las FARC en Colombia y Francia agradece los buenos oficios de México para tratar de rescatar a la ciudadana franco-colombiana Ingrid Betancourt. Por último, Sarkozy le confirma a su homólogo su intención de realizar una visita oficial a México en los próximos meses. Nada se dice, al menos de forma oficial, sobre Florence.

El 24 de abril, Daniel Parfait, antiguo director general para las Américas y el Caribe del Ministerio de Asuntos Exteriores, es nombrado embajador de Francia en México. Egresado de la prestigiosa École Nationale d'Administration, se ha desempeñado como embajador en Colombia, donde fue pareja de Astrid Betancourt, la hermana de Ingrid, en cuyos frustrados intentos de liberación desempeñó un papel central. Con los suaves modales de un embajador de carrera y un español impecable, Parfait no entrevé que una de sus principales misiones en México vaya a ser ocuparse de Florence, sino elevar el nivel de la relación diplomática con México.

"Sarkozy quería que México fuese la puerta de entrada de Europa en América Latina, no Brasil", me confía.

Su primera iniciativa exitosa como embajador consiste en convencer al Eliseo y al Quai d'Orsay de modificar el proyecto de realizar un Año de las Independencias Latinoamericanas en Francia en 2010 para reemplazarlo con una serie de actividades dedicadas en exclusiva a México.

En febrero de 2008, Florence por fin recibe la visita de Sébastien, quien le dice que en la embajada le han aconsejado comprar un boleto de avión, pues se rumora que las conclusiones de la jueza serán a su favor. Florence pasa de la esperanza al abatimiento y del abatimiento a la esperanza en un remolino intolerable.

Tal como imaginaba, el 25 de abril un custodio se presenta en su celda para informarle que tiene una visita jurídica, lo que significa que debe bajar a la dirección para recibir al secretario del juzgado. De inmediato se traslada a la sala de juntas, donde suelen llevarse a cabo los consejos disciplinarios. Allí la espera un hombre con un pesado hato de papeles en las manos.

"Vengo a comunicarle su sentencia", le anuncia.

Florence sonríe sin saber por qué: se siente en una nube, perdida y con el corazón a toda marcha. Las frases que escucha no se corresponden con lo que ha soñado: el secretario le informa que la jueza Sánchez Contreras la ha encontrado culpable de los delitos de privación ilegal de la libertad, en la modalidad de secuestro, en perjuicio de Ezequiel, Cristina, Raúl y Christian; de violación a la *Ley Federal contra la Delincuencia Organizada*; de portación y posesión de armas y cartuchos de uso exclusivo del ejército, armada o fuerza aérea.

Incluso en sus momentos de mayor desesperación, jamás pensó en un resultado tan adverso. El miedo le impide llorar. Florence balbuce entonces la pregunta que jamás hubiera querido formular: "¿Y cuál es la pena?"

"Por Ezequiel Elizalde, veinte años. Por Cristina Ríos Valladares, veinte años. Por Christian Ramírez Ríos, veinte años. Por Raúl Ramírez Ríos..."

"¿Cuánto en total?", se impacienta.

"Veinte, cuarenta, sesenta...", suma en voz alta el secretario, añadiendo la condena por posesión y portación de armas: "En total, 96 años."

Tercera parte

Un asunto de Estado

10. Cartas cruzadas

Una vez condenada Florence en abril de 2008, ¿qué sé del caso?

Sé que, el día anterior a que Valeria fuera secuestrada, Israel estaba en Guadalajara.

Sé que, cuando Valeria fue secuestrada, el Volvo gris plata de Israel estaba en un taller mecánico.

Sé que Valeria no reconoció a Israel durante un recorrido aleatorio por el sur de la Ciudad de México, sino por las fotografías que le mostró la policía.

Sé que Valeria cambió su testimonio de haber sido secuestrada en un Volvo blanco por uno gris a sugerencia de la policía.

Sé que Valeria conocía a los hermanos Rueda Cacho y los identificó en las fotos que le mostró la policía.

Sé que los hermanos Rueda Cacho nunca declararon en el proceso contra Israel.

Sé que la policía jamás investigó el vínculo de los hermanos Rueda Cacho con Israel, con su primo Édgar Rueda o con los hermanos Figueroa Torres.

Sé que no hay prueba alguna de que Israel conociese a los Rueda Cacho ni de que hubiese ido a visitarlos antes de su captura.

Sé que la transmisión de *Primero Noticias* y *Hechos A.M.* de la detención de Israel y Florence no fue una recreación, como aseguró García Luna, pero sí una puesta en escena diseñada por la policía.

Sé que Florence e Israel no fueron detenidos a las 05:30 del 9 de diciembre de 2005, como indica el parte oficial de la policía.

Sé que la detención de Israel y Florence tampoco pudo ocurrir dos horas antes, a las 04:30.

Sé que es absurdo creer que dos secuestradores hayan dejado solas a sus víctimas a las 04:30 de la mañana.

Sé que es todavía más absurdo que a esa hora anestesiaran a una de sus víctimas para cortarle el dedo.

Sé que Florence e Israel mintieron en el proceso y que ambos pasaron la noche del 7 al 8 de diciembre en Las Chinitas.

Sé que Florence e Israel coinciden en afirmar que fueron detenidos cerca de las 10:30 de la mañana del 8 de diciembre.

Sé que Israel fue torturado antes de ser presentado ante las cámaras.

Sé que ninguna de las víctimas, Ezequiel, Cristina y Christian, ha reconocido la existencia de la puesta en escena para la televisión.

Sé que, en su primera declaración ministerial, Israel confesó haber participado en el secuestro de Ezequiel, Cristina y Christian por órdenes de un tal Salustio.

Sé que, en cuanto se sintió seguro, Israel repudió esta primera confesión, alegó tortura y se declaró inocente.

Sé que Florence *siempre* se declaró inocente.

Sé que, en sus primeras declaraciones, Cristina y Christian no reconocieron ni a Florence ni a Israel.

Sé que Ezequiel fue el único que, desde el primer momento, señaló a Israel y a Florence como sus secuestradores.

Sé que, días después de revelado el montaje, Cristina y Christian cambiaron sus declaraciones e inculparon a Florence a Israel.

Sé que Christian identificó a su "primo" Édgar Rueda como parte de la banda de secuestradores, si bien la policía jamás siguió su pista.

Sé que el secuestro de Ezequiel tiene varios lados oscuros y que distintos miembros de su familia se acusan entre sí de haber planeado este acto criminal.

Sé que la policía jamás investigó la posible responsabilidad de la familia de Ezequiel, o de su familia política, en su secuestro.

Sé que la policía jamás investigó la posibilidad de que Ezequiel o su padre perteneciesen a una banda de secuestradores y que su retención hubiese sido el producto de un ajuste de cuentas entre criminales.

Sé que la marca de aguja en la mano de Ezequiel no era producto de una inyección para anestesiársela y luego amputársela, sino una mancha en la piel.

Sé que Ezequiel no pudo haber localizado la casa de seguridad donde estuvo detenido —es decir, el domicilio de Alejandro Mejía— por casualidad.

Sé que Alejandro Mejía nunca testificó en el caso.

Sé que Sébastien Cassez fue socio de Eduardo Margolis y tuvo graves problemas de negocios con él.

Sé que Margolis amenazó a Sébastien y a su familia.

Sé que Israel amenazó a Margolis en público.

Sé que Margolis tenía vínculos cercanos con la Policía Federal, la Procuraduría y con García Luna y Cárdenas Palomino.

Sé que Margolis estuvo en la SIEDO el 8 y el 9 de diciembre de 2005, cuando Israel y Florence estaban detenidos.

Sé que Israel afirmó haber tenido relaciones sexuales con Margolis y que luego me confesó que esta declaración es falsa.

Sé que la voz de Israel no se corresponde con las de quienes negociaron los secuestros de Valeria, Cristina, Christian, Ezequiel, Shlomo Segal e Ignacio Figueroa Torres.

Y, ahora, lo que *no* sé:

No sé cuándo y de dónde fueron liberados Cristina, Christian y Ezequiel.

No sé si Ezequiel fue víctima o cómplice de los secuestradores.

No sé si el secuestro de Ezequiel fue en realidad un autosecuestro.

No sé por qué la policía decidió no seguir las demás líneas de investigación aportadas por las víctimas y nunca logró que testificasen Édgar Rueda, los hermanos Rueda Cacho, Alejandro Mejía o la familia de Ezequiel.

No sé por qué la policía jamás buscó a los supuestos cómplices de Israel.

No sé qué pasó con Díter y Charly, los dos amigos que, según Florence, se encontraban en el rancho el 8 de diciembre.

No sé si Díter y Charly son en realidad Peter (Pedro) y Juan Carlos Cortez Vallarta, un amigo y el sobrino de Israel, como afirma éste.

No sé si Israel y Margolis en efecto tuvieron una relación de amistad o de trabajo.

No sé si la banda del Zodiaco existió o fue una invención de la policía.

Desesperada ante la condena a 96 años de cárcel, Florence le llama a Jacques-Yves Tampon, uno de los pocos periodistas franceses que se han interesado por ella, y le ruega buscar el apoyo del presidente Sarkozy. Florence también se comunica con el diputado de la UMP, Thierry Lazaro, de quien sus padres no han cesado de hablarle desde que tuvieron ocasión de entrevistarse con él en su despacho.

"No te preocupes", la consuela éste, "te vamos a sacar de ahí. Francia está contigo, ya no estás sola."

Igualmente interesado en el caso, Jean-Luc Romero, diputado en el Consejo Regional de Ille-de-France, nacido en Béthune y candidato de la UMP a las elecciones municipales de París, viaja a México para encontrarse con ella. De vuelta en Francia, funda un comité de apoyo al cual bautiza *¡Liberen a Florence Cassez!*

El secretario del juzgado es quien le informa a Israel de la sentencia de 96 años que se acaba de dictar contra Florence. "No es tan mala como parece", intenta animarlo. "Las penas se purgan de manera simultánea y ninguna es mayor a veinte años."

"¿Veinte años?"

"Lo mismo que podrías esperar tú."

Israel no necesita hacer cuentas. Su juventud completa derrochada en la cárcel.

Poco después, es trasladado al dormitorio II de Población, es decir, a la zona común del Reclusorio Oriente.

En la cárcel, Israel tampoco puede quedarse quieto: se encarga de coordinar el Centro Escolar y Deportivo; toma cursos de inglés y francés, "pasta francesa" —valga la ironía—, creación literaria y desarrollo humano. Asimismo, trabaja como brigadista y supervisor de brigada; colabora como auxiliar administrativo en el Centro Escolar y en el departamento de Eventos Culturales.

De manera muy conveniente para los acusadores, a unos días de la condena de Florence a 96 años de cárcel se publica una carta abierta de Cristina en el diario *La Jornada*. Leámosla y preguntémonos si es su voz, o la voz de alguien que quiere hablar a través de ella, como un ventrílocuo.

Carta abierta de Cristina Ríos Valladares,
13 de junio, 2008

A la opinión pública,

Mi nombre es Cristina Ríos Valladares y fui víctima de un secuestro, junto con mi esposo Raúl (liberado a las horas siguientes para conseguir el rescate) y mi hijo, de entonces 11 años de edad. Desde ese día nuestra vida cambió totalmente. Hoy padecemos un exilio forzado por el miedo y la inseguridad. Mi familia está rota. Es indescriptible lo que mi hijo y yo vivimos del 19 de octubre de 2005 al 9 de diciembre del mismo año. Fueron 52 días de cautiverio en los que fui víctima de abuso sexual y, los tres, de tortura sicológica. El 9 de diciembre fuimos liberados en un operativo de la Agencia Federal de Investigación. Acusados de nuestro secuestro fueron detenidos Israel Vallarta y Florence Cassez, esta última de origen francés, quien ahora se presenta como víctima de mi caso y no como cómplice del mismo.

Desde nuestra liberación, mi familia y yo vivimos en el extranjero. No podemos regresar por miedo, pues el resto de la banda no ha sido detenida. Hasta nuestro refugio, pues no se puede llamar hogar a un lugar en el que hemos sido forzados (por la inseguridad) a vivir, nos llega la noticia de la sentencia de 96 años a la que ha sido merecedora Florence Cassez, la misma mujer cuya voz escuché innumerables ocasiones durante mi cautiverio..., la misma voz de origen francés que me taladra hasta hoy los oídos, la misma voz que mi hijo reconoce como la de la mujer que le sacó sangre para enviarla a mi esposo, junto a una oreja que le harían creer que pertenecía al niño.

Ahora escucho que Florence clama justicia y grita su inocencia. Y yo en sus gritos escucho la voz de la mujer que, celosa e iracunda, gritó a Israel Vallarta, su novio y líder de la banda, que si volvía a meterse conmigo (entró sorpresivamente al cuarto y vio cuando me vejaba) se desquitaría en mi persona. Florence narra el calvario de la cárcel, pero desde el penal ve a su familia, hace llamadas telefónicas, concede entrevistas de prensa y no teme cada segundo por su vida. No detallaré lo que es el verdadero infierno, es decir, el secuestro.

Ni mi familia ni yo tenemos ánimo ni fuerzas para hacer una campaña mediática, diplomática y política (como la que ella y su familia están realizando) para lograr que el gobierno francés y la prensa nacional e internacional escuchen la otra versión, es decir, la palabra de las víctimas de la banda a la que pertenece la señora Cassez. Pero no deja de estremecernos la idea de que Florence, secuestradora y no sólo novia de un secuestrador (con el que vivía en el mismo rancho y durante el mismo tiempo en el que permanecimos mi hijo y yo en cautiverio), ahora aparezca como víctima y luche por que se modifique su sentencia. Si lo logra o no, no nos corresponde a nosotros, aunque no deja de lastimarnos.

Esta carta es sólo un desahogo. El caso está en las manos de la justicia mexicana. No volveremos a hacer nada público ni daremos entrevistas de prensa ni de cualquier otra índole (nuestra indignación nos ha llevado a conceder algunas), pues nuestra energía está y estará puesta en cuidar la integridad de la familia y en recuperarnos del daño que nos hicieron. El nuevo vigor que cobró la interpelación de la sentenciada y el ruido mediático a su alrededor vuelve a ponernos en riesgo.

Cuando un helicóptero con un logotipo de la Cruz Roja y otro de una cadena de televisión aterrizan en la selva colombiana el 2 de agosto de 2008, Ingrid Betancourt está convencida de que será trasladada a una nueva prisión clandestina para eludir la persecución del ejército colombiano. Da inicio así la *Operación Jaque*, cuyo objetivo es hacerle creer a los guerrilleros que una agencia humanitaria los llevará al encuentro de su líder, Alfonso Cano. Dicha agencia en realidad está formada por miembros del ejército colombiano disfrazados como guerrilleros, médicos, periodistas, activistas y los tripulantes de la aeronave. Tras una breve conversación, los militares someten a los guerrilleros y liberan a las víctimas.

El 3 de agosto, Ingrid Betancourt se reencuentra con sus hijos, llegados desde Francia en compañía del ministro de Asuntos Exteriores. Ingrid declara a la prensa que en cuanto le sea posible visitará México para agradecerle a la Virgen de Guadalupe por su intercesión para liberarla. Al día siguiente, viaja a Francia y es recibida por Sarkozy en el Eliseo. Conversan sobre Florence y el presidente francés aprovecha su promesa de viajar a México para encargarle la delicada misión de servir como intermediaria con Felipe Calderón.

Durante un encuentro del Grupo Latinoamericano en París, el embajador mexicano Carlos de Icaza felicita a su homólogo colombiano, Fernando Cepeda, por el rescate de Betancourt. "Ya saliste de ésta", lo abraza De Icaza y le da una palmada. "Pues ahora sigues tú", le responde el colombiano. De Icaza interpreta este momento como el inicio simbólico de la confrontación que estallará entre México y Francia. Concluida la cruzada para rescatar a Ingrid, Sarkozy emprenderá una nueva batalla. Su objetivo: liberar a Florence Cassez.

Cuando se cumplen sus primeros seis meses en México, el embajador Daniel Parfait se pone en contacto con De Icaza y por primera vez le trasmite su preocupación por el caso. "Estoy convencido de que tenemos en las manos una bomba de tiempo", lo alerta, persuadido por las pruebas que en las últimas semanas le han presentado sus asesores jurídicos.

De Icaza promete llamarle a su primo, el procurador Eduardo Medina Mora, pero Parfait no se queda tranquilo: entrevé la próxima colisión entre los dos países y, a partir de la segunda mitad del año, multiplica sus acercamientos con todos los actores del gobierno mexicano, de la canciller Patricia Espinosa al procurador, para transmitirles la relevancia que el caso ha comenzado a adquirir en Francia.

Un careo entre Israel y Cárdenas Palomino y otros de los agentes que lo detuvieron se lleva a cabo el 25 de septiembre de 2008. La ausencia de la jueza en la audiencia provoca la airada molestia de Israel. Cárdenas Palomino hace poco más que ratificar sus dichos previos, sin proporcionar detalles sobre lo ocurrido el día del arresto, cuyo año no alcanza a recordar.

"Es un hecho tan relevante y de mucha publicidad como sucedió en mi caso, recuerdas la fecha 9 de diciembre pero no el año, pero sí recuerdas la forma en que golpeabas a Florence y a mí", le espeta Israel.

"Recuerdo que fue el 9 de diciembre porque se me leyó mi testimonial ante este juzgado", replica Cárdenas Palomino. "En caso contrario, no recordaría la fecha porque ya han pasado casi tres años y en ningún momento los hubiera golpeado a ti y a Florence."

"A mí jamás se me va a olvidar tu voz ni tu cara ni tus acciones cobardes de golpear a una mujer y a mí con las manos amarradas. Sólo te comento que todas las mentiras se sostienen mientras las verdades llegan", insiste Vallarta.

Cárdenas Palomino vuelve a negar que lo haya golpeado e insiste en remitirse a sus declaraciones previas.

Israel se carea luego con los demás agentes que participaron en su arresto. Como es habitual, el secretario del juzgado lee en voz alta sus declaraciones. El primero en comparecer es Carlos Servín.

"Es mentira que yo tuviera gente secuestrada en ningún lugar del rancho, pues no existían condiciones para eso", le reclama Israel. "Tú le llamaste, en compañía de Javier Garza, a José Aburto, preguntándome mi número de combinación de la caja fuerte. Jamás secuestré a nadie, ni encontraron armas, y tú en compañía de los demás me robaron pertenencias y dinero, así como te llevaste cosas del departamento de Flor."

"En primera, yo no conozco a ningún Javier Garza", declara Servín, negando a su superior inmediato. "Son las víctimas las que te reconocen a ti."

"Participaste en mi tortura ya por la tarde", lo acusa Israel.

"Es falso lo que estás diciendo."

"Si ustedes son tan profesionales, ¿por qué si estuviste vigilando mi salida no te percataste si alguien más estaba cuidando a los supuestos secuestrados?"

"Porque esperamos dos horas, tampoco somos superhéroes", se mofa Servín.

"No es cierto que el 9 de diciembre hayan hecho un operativo en vivo."

Servín se aferra a la respuesta oficial: "La verdad histórica está plasmada en mi puesta a disposición."

"La verdad es que, si tú hubieras estado vigilándome como refieres, te hubieras percatado que ese cuartito no estaba en funcionamiento", revira Israel. "Que solamente entraba mi familia, como mi hermano Jorge, cuando una vez acompañó a Flor; también que, de principios de noviembre a principios de diciembre, le di permiso a un amigo de vivir allí, de nombre Díter, por tener problemas con su familia, así como una reparación que en ese tiempo realizó a un vehículo y fue reparado dentro del rancho por mi hermano René y dos de sus ayudantes."

Aquí, o Israel se equivoca o miente, pues siempre dijo que su amigo se llamaba Peter, o el transcriptor escribe mal el nombre a propósito.

"Si es que tuviste amigos o hermanos que entraron en esas fechas también están implicados y vieron a las personas secuestradas", lo amenaza Servín.

"Si fuera como tú dices, ¿por qué no existen fotografías o seguimientos de las personas que según tú me ayudaron con la gente secuestrada?"

El agente no responde a esta cuestión. Después de Servín, le toca turno al agente Escalona.

"En tu oficio de informes haces del conocimiento que yo me traslado en el Volvo a diversos domicilios y destacas uno en la calle Moctezuma, donde, según tú, me entrevisto con un tal José Rueda Cacho. ¿Dónde están esas impresiones fotográficas?", le pregunta Israel.

"Ya está plasmado en el expediente informativo", contesta Escalona. Como sabemos, estas fotos no se encuentran en ninguna parte.

"Realiza un dibujo donde me expliques el lugar exacto donde tú dices que me detuviste y tu posición", lo reta Israel.

"No lo considero necesario." Escalona se niega.

"Si miento como tú dices, ¿por qué en todo este tiempo no me sostienes la mirada y contestas con evasivas?"

"Evasivas no, en virtud de que la verdad histórica se encuentra plasmada en los partes informativos."

El agente se ajusta al guion y, a cada nueva pregunta de Israel, se aferra a la misma respuesta: "La verdad histórica está en los partes informativos".

"¿A qué hora rescataste a las víctimas?", pregunta Israel.

"Como anteriormente manifesté, no es el único caso que llevo y mis actividades son diarias de diferente forma y manera, por lo cual no lo recuerdo con exactitud, pero fue en el transcurso de la mañana."

¿De la mañana? Supuestamente fue a las 4:30 de la madrugada, hora en que no hay siquiera un atisbo de luz.

"Que diga si durante el periodo de investigación se percató de la entrada y salida de otras personas y vehículos de Las Chinitas", interviene el abogado de Israel.

"Sí, como lo manifesté durante el proceso, sin que recuerde datos de esas personas, tampoco de los vehículos", se justifica Escalona.

No hay un solo registro de ello.

Los careos con los demás agentes ofrecen la misma dinámica. Israel los acusa de mentir y haberlo detenido el 8 de diciembre y ellos repiten una y otra vez que la verdad histórica se encuentra en su informe.

"Al tenerme en una de las camionetas esposado, también llevabas una maleta de ropa interior de Florence y le hablaste a tu mujer por teléfono burlándote de que habías ido a París a comprarle ropa interior y que se tenía que poner a dieta para que cupiera y pudiera lucirlos. Asimismo te robaste los gatitos siameses propiedad de Florence y le decías a tu mujer que se los ibas a regalar", le reclama Israel a Germán Zavaleta.

"En ningún momento se sacó nada", lo contradice el policía, "mucho menos ropa interior, se me hace antihigiénico. Además soy soltero y sigo estando soltero, ni siquiera vivo en unión libre."

"Nunca dije que estuvieras casado o vivieras con alguien", puntualiza Israel. "Supongo que esa observación de lo antihigiénico de la ropa interior te la hizo la persona del otro lado de la línea, porque le dijiste que con bastante jabón y agua caliente se desinfectaban."

Y, con este intercambio sobre la higiene femenina, el secretario da por concluido el careo.

Ingrid Betancourt cumple su promesa y, nada más aterrizar en la Ciudad de México, el 18 de diciembre de 2008, parte rumbo a la Basílica de Guadalupe, en el norte de la capital. "Más que pedirle, vengo a agradecer. Pero sí le voy a pedir que me ayude en la liberación de mis compañeros", explica la excandidata presidencial a los reporteros que la rodean en la entrada del templo. "Porque la próxima Navidad estén reunidos, por la paz de mi país y por México. Aquí estamos unidos por un dolor que es también el de los secuestros que hay en México. También voy a pedir mucho por estos secuestrados."

Calderón recibe a Betancourt a la mañana siguiente; ambos se conocieron en una reunión de jóvenes políticos latinoamericanos. El presidente mexicano le reitera su repudio hacia toda acción que atente contra la libertad de las personas y le promete hacer un llamado público a las FARC para que liberen a todos sus rehenes. Betancourt, por su parte, le explica que las prácticas del grupo guerrillero son lejanas a las de un movimiento revolucionario y le cuenta que durante su cautiverio observó los vínculos entre la guerrilla, el narcotráfico y el terrorismo.

Concluida la parte oficial del encuentro, Ingrid le solicita a Calderón unos instantes a solas; éste la conduce a su despacho.

"Vengo con una encomienda del presidente Sarkozy", le revela ella y le entrega un sobre con el emblema del Eliseo. La idea de la diplomacia francesa, articulada por el embajador Parfait —quien, no lo olvidemos, fue pareja de la hermana de Ingrid Betancourt durante ocho años—, ha consistido en valerse de una persona confiable para transmitir el mensaje de Sarkozy sin que el acto pueda ser percibido en México como una forma de presión.

Imagino a Calderón en su despacho cuando abre el sobre lacrado con el emblema del Eliseo; sus ojos se posan sobre el cuerpo del texto y, un poco después, sobre la traducción que su equipo ha preparado para él.

Carta de Nicolas Sarkozy a Felipe Calderón
25 de noviembre, 2008

Señor Presidente,

La confianza que caracteriza nuestras relaciones personales me lleva a hablarle de un caso delicado y doloroso.

La señorita Florence Cassez es una natural de Francia encarcelada en México desde el 8 de diciembre de 2005. Fue condenada el 25 de abril de 2008 a una dura pena de prisión por, principalmente, infracción de la *Ley Federal contra la Delincuencia Organizada* y secuestro de persona.

La situación de la señorita Florence Cassez suscita en Francia un auténtico desasosiego.

He recibido recientemente a su familia y me han señalado los elementos preocupantes que contendría el expediente, principalmente las circunstancias del arresto, los testimonios de cargo y la lentitud del procedimiento. El abogado de la señorita Cassez ha apelado la sentencia dictada en primera instancia. Una petición de libertad provisional asimismo está siendo examinada por la Suprema Corte.

Me dirijo a usted, señor presidente, para transmitirle la esperanza de la familia de la señorita Cassez de que la justicia mexicana se pronuncie respetando sus derechos fundamentales, en particular el de ser juzgada en un plazo razonable.

Desde luego, las autoridades francesas tratarán este caso como una extensión de la protección consular, respetando la soberanía de México y la independencia de la justicia.

Cuando Agustín Acosta llega a casa de su padre lo encuentra, como cada domingo, sentado frente a su tradicional taza de café, sumido en la lectura de los diarios y revistas que tanto lo absorben desde la época en que se dedicaba a la política activa. "Mira esto." Acosta Lagunes le muestra el número de esa semana de la revista *Proceso*, centrado en las irregularidades del caso Cassez. "Hijo, este es un asunto para ti, estoy seguro de que te van a buscar."

Agustín ha seguido el caso desde sus inicios; como tantos mexicanos, vio por televisión el arresto de la francesa y le pareció que había algo extraño o torcido en la operación. Educado en el Liceo Francés, siente una afinidad particular hacia su "segunda patria". Acosta estudió Historia en la Universidad de McGill, en Montreal y, a su regreso a México, Derecho en el Instituto Tecnológico Autónomo de México; pasó unos años en el sector público y luego se asoció con Víctor Carrancá, Juan Araujo y Carlos Riquelme en el despacho Consultores Legales, centrado en asuntos de derecho penal, administrativo y financiero.

"Te recomiendo una cosa", le advierte su padre. "El dinero es lo de menos, es un caso importante y será muy bueno para tu carrera."

Las palabras del exgobernador de Veracruz resultan premonitorias y su hijo no tarda en ser convocado en la embajada de Francia para entrevistarse con Frank Berton, el abogado que acaba de tomar las riendas de la defensa de Florence por intervención directa del presidente Sarkozy.

Con un semblante duro, marcado por unas profundas ojeras y las picaduras del acné, amplias entradas en la frente y el cabello relamido, Berton es uno de esos hombres que no se permiten dudas ni aspavientos. Le bastan unos minutos con Acosta, el cual a primera vista no parecería un candidato natural para el caso —no es de izquierdas ni se ha distinguido como defensor de derechos humanos— para convencerse de que será su mejor aliado en los tribunales mexicanos.

"¿Tiene usted el apoyo del Quai d'Orsay?", le pregunta Agustín, preocupado por las implicaciones políticas del caso.

"No", se jacta Berton. "Del presidente Sarkozy."

Meses atrás, los socios del despacho habían discutido la posibilidad de defender a un grupo de narcotraficantes detenidos en el estado de Tamaulipas y entonces Acosta argumentó que no debían vincularse con el crimen organizado. Ahora es él, sin embargo, quien propone a sus socios tomar el asunto de la secuestradora francesa.

"Sólo quieres lucirte", le reprocha Araujo. "Si viviéramos en la época de Maximiliano, estarías con los franceses."

Acosta asegura que será una gran oportunidad para el despacho y convence a sus socios de sumarse a la causa. Berton le pide que visite a Florence cuanto antes, pues el plazo para presentar la apelación está por agotarse. El abogado se traslada de inmediato a la prisión de Tepepan y, casi sin darle oportunidad de hablar, le pide a Florence que le resuma el caso.

"¿Pero no me va a preguntar si soy inocente?", le dice ella en francés, la lengua que usarán a partir de entonces.

"No pensaba hacerlo", replica Agustín, "ahora lo importante es estudiar el expediente para preparar el escrito de agravios".

"Pues yo quiero decirle que soy inocente."

Acosta introduce los pesados volúmenes del expediente en varias bolsas de basura, se los lleva a su despacho y le encarga un resumen de los puntos más relevantes a uno de sus mejores abogados. Los socios de Agustín saben que un despacho estadounidense ha pedido a los padres de Florence quinientos mil dólares sólo por leerlo, pero, siguiendo la recomendación de su padre, Agustín los convence de cobrarles veinte mil euros.

Acosta presenta la estrategia que piensa seguir ante sus socios y les pide que trabajen con él durante el fin de semana para estudiar el expediente. Carrancá le explica que tiene planeado irse con sus hijos a Cuernavaca, pero accede a echarle un vistazo al expediente. "Esto no sale en la apelación", le advierte horas después, "chance, pero tampoco es probable, en amparo directo."

Agustín le ruega que lo revise con un poco más de calma.

"Por lo que puedo ver aquí", resume Carrancá, "Florence no recibió asistencia consular, violando un sinfín de preceptos legales y tratados internacionales." Y, tras indicarle este camino, se marcha de vacaciones.

Sumando su nombre al de Horacio García Vallejo, a principios de enero de 2009 Acosta presenta la apelación ante el Primer Tribunal Unitario de Circuito en contra de la sentencia de primera instancia que condenó a Florence a 96 años de cárcel. La demanda aduce que la jueza no tomó en cuenta que Florence fue detenida de forma ilegal, sin que existiese orden de aprehensión en su contra y sin que se supiese el día y la hora de su detención; que no valoró los videos del montaje y no le importó que, al presentarla en televisión cuando fue detenida, la policía hubiese violado sus derechos subjetivos; que no tomó en cuenta que la policía no la pusiera a disposición del Ministerio Público de manera inmediata, como marca la ley; que no valoró la infracción a las reglas establecidas para los careos con los testigos que la acusaban; y, en fin, que no le importó que la policía violase su derecho como extranjera a recibir el auxilio de su embajada.

El 22 de enero, al llegar al Altiplano —la cárcel de máxima seguridad a la que ha sido trasladado de manera irregular—, a Israel le viene a la memoria una fábula que le contó un viejo amigo suyo, ya fallecido. Una mañana de invierno, un pájaro recién nacido cae de su nido. Tirado en el suelo, a merced del frío y el viento, parece condenado a morir. De pronto, una vaca deposita sobre su cuerpo entumecido una enorme boñiga. El calor de los excrementos revive al pajarito, que comienza a cantar. Por desgracia, sus trinos atraen la atención de una zorra, la cual avanza a toda prisa hacia él... y lo devora.

La fábula, que Israel me repite con una sonrisa en los labios, tiene una doble moraleja. La primera, me explica, es que no siempre quien te zurra encima es para hacerte daño. Y la segunda es que, cuando estás en medio de la mierda, lo mejor es quedarte callado. Con esta anécdota justifica Israel su decisión de permanecer en silencio, al margen de cualquier disputa, en la cárcel de máxima seguridad.

Felipe Calderón envía su respuesta a la misiva que le dirigió Sarkozy. Imagino ahora al presidente francés, en su despacho del Eliseo, mientras uno de sus asesores le traduce en voz alta las palabras de su homólogo mexicano.

Carta de Felipe Calderón a Nicolas Sarkozy,
6 de febrero de 2009

Señor Presidente,

Me refiero a su atenta carta de 25 de noviembre, relativa a la situación de la ciudadana francesa Florence

Marie Louise Cassez Crepin, y de la cual me he mantenido informado. Sin menoscabo de la independencia del Poder Judicial, puedo decirle que estoy convencido de que las instancias competentes resolverán el caso con estricto apego al debido proceso legal y a los derechos humanos de la señora Cassez.

Por lo pronto, resulta fundamental que concluya la fase de apelación ante el Tribunal Unitario que conoce del caso. A partir de ese momento se podrá tener certeza de las penas que podrían ser impuestas y de la manera de compurgarlas conforme a la legislación mexicana.

En segundo lugar, una vez que la defensa de la señora Cassez Crepin agote los recursos que la legislación mexicana le concede, y en caso de quedar firme una sentencia condenatoria, se podrá explorar la aplicabilidad del *Convenio sobre Traslado de Personas Condenadas*, adoptado en Estrasburgo, Francia, el 21 de marzo de 1983. Este Tratado, del cual México y Francia son Estados partes, permite el traslado del sentenciado a su país de origen para cumplir la sentencia siempre y cuando la señora Cassez Crepin así lo solicite expresamente.

Mientras los dos presidentes intercambian estas amables cartas, en distintas salas de la Ciudad de México se estrena el documental *Presunto culpable.* Dirigido por una joven pareja de abogados, Layda Negrete y Roberto Hernández, la película ha realizado un largo recorrido por festivales de cine.

La cinta retrata el caso de José Antonio Zúñiga, un comerciante de Iztapalapa detenido por la policía el 14 de diciembre de 2005 —apenas unos días después de Florence e Israel—, acusado de homicidio. Al darse cuenta de que el abogado de oficio de Zúñiga litigó con una cédula falsa, Negrete y Hernández logran que se repita el juicio y obtienen la autorización para filmar las audiencias. En el documental, tanto el juez que lleva el caso como los ministerios públicos que acusan a Zúñiga quedan retratados como burócratas autoritarios y sin la menor preparación.

Estrenado en plena guerra contra el narco, la película desata una indignación casi unánime: por primera vez miles de personas contemplan las dilaciones, torpezas y yerros cometidos en un proceso judicial, y eso que la corrupción se mantiene ausente en este diagnóstico frío y certero de los vicios de la ley y las pifias de las autoridades ministeriales y judiciales.

Los defensores de Florence no tardan en vincular su caso con el de Zúñiga: ambos son *presuntos culpables* injustamente acusados por la policía.

Como respuesta a la misiva de Calderón, que le ha parecido muy alentadora para la causa de Florence, Sarkozy envía un emisario especial a México, su amigo Jean-Claude Marin, quien se desempeña como procurador de la República en París desde 2004. En cuanto aterriza en México, el 2 de marzo, Marin se entrevista con el procurador Eduardo Medina Mora.

Secretario de Seguridad Pública durante el último tramo del gobierno de Vicente Fox, se le ve como uno de los hombres más sólidos en el gabinete de Calderón. La relación de Medina Mora con García Luna, quien fue su subordinado en el sexenio anterior, lleva meses deteriorándose ante la indecisión de Calderón para determinar si la Policía Federal, recién creada, debe quedar en el ámbito de la nueva Secretaría de Seguridad Pública o permanecer bajo el control del Ministerio Público. Durante los últimos meses, estas tensiones han aumentado, agravadas por la infiltración del narcotráfico en ambas corporaciones, y Medina Mora ya baraja la posibilidad de abandonar su cargo.

Pequeño, con una voz un tanto atiplada y modales sibilinos, Medina Mora me recibe en su despacho de la Suprema Corte, a la cual accedió como ministro en medio de las protestas de numerosos defensores de derechos humanos. Recuerda que su encuentro con Marin se llevó a cabo en un ambiente muy cordial y me asegura que en ese momento él se mostró de acuerdo con la posibilidad de que Florence Cassez cumpliese su sentencia en Francia.

"Según la legislación mexicana", le explica a su colega francés aquella tarde de 2009, "son necesarias dos condiciones. Primero, que la sentencia sea firme, es decir, que ya no sea motivo de apelación. Y, segundo, que la propia Florence Cassez presente la petición."

A Marin ambas condiciones le parecen razonables.

"Si es así", le promete Medina Mora, "el gobierno mexicano no tiene inconveniente en que la ejecución de la pena se lleve a cabo conforme a la legislación francesa."

Ello significa que, si bien Florence puede quedar sometida a cualquier beneficio asumido por las leyes de aquel país, el sentido de la sentencia no puede ser cuestionado. Por tanto, no podría otorgársele ni una declaración de inocencia ni un perdón presidencial, pero sí podría ser objeto de una liberación anticipada.

"Lo único que les pediríamos", le solicita Medina Mora a su colega, "es quc, si la sueltan, no sea de inmediato."

El procurador de París pregunta entonces cuándo se dictará la sentencia de segunda instancia. Medina Mora responde que no ve probable que sea pronto y que de seguro no será antes de la visita del presidente Sarkozy a México. Ambos funcionarios acuerdan seguir en contacto, satisfechos ante una solución aceptable para los dos países.

Poco antes de abordar el avión de vuelta a Francia, Marin le llama directamente a Sarkozy. "Misión cumplida", le anuncia.

Para sorpresa de todos, salvo quizás de García Luna, el 3 de marzo de 2009, el magistrado Jorge Fermín Rivera, titular del Primer Tribunal Unitario del Primer Circuito, dicta sentencia sobre el recurso de apelación presentado por Florence. Su resolución desestima todos los conceptos de violación presentados por los abogados de Florence, se limita a declararla inocente del secuestro de Raúl Ramírez, confirma su responsabilidad en los de Ezequiel, Cristina y Christian y le impone por cada secuestro veinte años de prisión. Asimismo, la considera responsable de portación y posesión de arma de fuego de uso exclusivo del ejército y responsable de la comisión del delito de delincuencia organizada.

En términos absolutos, la nueva resolución es aún más severa que la de primera instancia: si la sentencia anterior permitía que a Florence sólo le fuese aplicada la pena más grave —es decir, veinte años—, la nueva suma las distintas condenas hasta llegar a setenta años, de modo que Florence se verá obligada a cumplir el máximo autorizado por la ley, que es de sesenta.

La mañana del miércoles 4 de marzo, Calderón le concede una entrevista a la corresponsal en México del diario *Le monde*, Joëlle Stolz, y a Jean-Pierre Langellier, quien acaba de llegar de Río de Janeiro para dar seguimiento a la inminente visita de Sarkozy.

"A propósito de la lucha contra el narcotráfico, usted ha dicho: 'Son ellos o nosotros'. Un ministro avanzó la idea de que el próximo presidente mexicano podría ser un narco. ¿El Estado ha perdido el control de una parte de su territorio?", le preguntan los periodistas franceses.

"Por supuesto que no", replica Calderón. "Nuestro esfuerzo está encaminado precisamente a preservar la autoridad del Estado, es decir, el monopolio del uso de la fuerza y el de la ley ante un fenómeno que, es verdad, había comenzado a extenderse a diversas regiones. Pero no hay un solo punto del territorio nacional que escape del control del Estado."

Los periodistas franceses lo cuestionan sobre diversos temas y finalmente le preguntan qué opinión tiene de su homólogo. "Aprecio mucho al presidente Sarkozy", les confía Calderón. "Su liderazgo ha revigorizado no sólo la política europea, sino mundial. Será recibido con enorme calidez, puesto que nuestros dos países pueden ser puentes entre América Latina y Europa."

Aquí termina la entrevista que publicará *Le Monde* el 8 de marzo, pero los dos periodistas conversan con Calderón todavía unos minutos más. "¿Cree usted que el caso Cassez podría contaminar la visita?", le pregunta Stolz.

El presidente se embarca en un largo discurso para restarle importancia al caso y repite las mismas frases en torno a la independencia judicial y el imperio de la ley que ha convertido en su respuesta habitual a los cuestionamientos sobre Florence. "En cualquier caso", concluye Calderón, "habrá que esperar la decisión del Tribunal."

Los periodistas se quedan de hielo. Tras un instante de incertidumbre, Stolz se atreve a decir: "Pero, señor presidente, la decisión del Tribunal se dio a conocer ayer. Y es de 60 años de cárcel."

Lívido —pagaría por ver su semblante—, el presidente continúa la conversación como si no le concediese importancia a lo que acaba de escuchar. A Stolz no le cabe duda de que el presidente no está al tanto de la sentencia. En ese momento, el corresponsal de la agencia France Presse entra a la sala y la conversación se dirige, para fortuna del presidente, hacia otros temas.

Cuando Stolz y Langellier regresan a sus oficinas, ella recibe una llamada del encargado de prensa para medios internacionales del gobierno mexicano. "Verás que es para hablarme de Cassez", le susurra a su compañero, convencida de que la oficina de Comunicación del presidente tratará de corregir la impresión dejada por Calderón en la entrevista.

Sin referirse siquiera a lo que acaba de suceder, el funcionario sólo quiere asegurarse de que ella ha comprendido bien una frase del presidente sobre el PRI. Un asunto de política interna, como si la inminente confrontación con Francia no estuviese en las miras de Calderón.

Stolz y Langellier se quedan convencidos de que García Luna le ha puesto una trampa al presidente.

Procuro imaginar el rostro de Jean-Claude Marin cuando aterriza en el aeropuerto Charles de Gaulle y se entera de la resolución del Tribunal Unitario, hecha pública tres días antes de la visita de Sarkozy a México. Tras su conversación con Medina Mora, el amigo de Sarkozy no puede interpretar lo ocurrido sino como una abierta provocación del gobierno mexicano.

Igualmente irritado, el embajador Daniel Parfait envía un cable al Quai d'Orsay y al Eliseo recomendando cancelar la visita. Sarkozy, en cambio, no se arredra: sostiene que aún confía en la palabra de Calderón —la que, en su versión de los hechos, le ha trasmitido en su carta de febrero— y confirma el viaje, decidido a conseguir el traslado de Florence a una prisión francesa a toda costa.

La vida pública de Ignacio Morales Lechuga se divide en dos mitades: antes y después de su periodo como embajador de México en Francia entre 1993 y 1995. El orden y el aprecio por la justicia de los franceses cambió su visión del mundo y, a su vuelta a México en 1995, renunció al PRI y se sumó a las fuerzas que arroparon la candidatura de Fox. Su intención, sin embargo, era dejar de ser un político como todos y renunció a ocupar cualquier otro cargo público.

En medio de la controversia que se avecina entre Francia y México, su amigo Jorge Castañeda, antiguo canciller de Fox, lo recomienda con el embajador Parfait para que emita una opinión sobre el caso Cassez. Morales Lechuga accede a leer el expediente y, como todos los que hemos tenido la paciencia de estudiarlo, se topa con un cúmulo de irregularidades. Lo primero que le sorprende es que el montaje no aparece por ningún lado, diestramente eludido por el Ministerio Público.

Morales Lechuga se entrevista con Agustín Acosta y se queda con la impresión de que, siguiendo las instrucciones de Berton y el Ministerio de Asuntos Exteriores francés, éste se decantará por la aplicación de la Convención de Estrasburgo. En su condición de intermediario, Morales Lechuga viaja luego a París y se entrevista con Damien Loras, el consejero del presidente Sarkozy, y con Élisabeth Beton-Delègue, la directora de las Américas y el Caribe del Ministerio de Asuntos Exteriores, así como con otros funcionarios del Quai d'Orsay y del Eliseo.

"¿Qué pasa con este asunto?", le preguntan todos ellos.

"México, en un año electoral, es muy difícil para el presidente", explica el antiguo procurador. "El secuestro se ha convertido en un tema muy sensible en nuestro país, sobre todo por los casos de la Señora Wallace y Fernando Martí. En el corto plazo, no creo que las noticias vayan a ser buenas."

Desde su llegada a México como nuevo director de la Agencia France Presse a principios de febrero para sustituir a Gérard Vanderberghe, Jean-Claude Boksenbaum anticipa que una de sus principales misiones consistirá en cubrir el caso Cassez. No ha acabado siquiera de desempacar cuando se entrevista con Agustín Acosta y Frank Berton y, dos días después de la sentencia del Tribunal Unitario, visita a Florence en la prisión de Tepepan.

Boksenbaum la encuentra devastada, rota, sin esperanzas. De vuelta en el hotel donde se aloja, Jean-Claude le cuenta a su esposa Sylvie la conversación que ha tenido con Florence y le dice que ella lo convenció de su inocencia. Sylvie también se apresura a visitarla y, asumiendo un papel casi maternal, a partir de entonces regresa a Tepepan cada semana para llevarle cartas, libros y platillos franceses que ella misma prepara con esmero.

Esta historia, la historia de Israel y Florence, jamás habría llegado a nosotros sin la actuación de unos pocos personajes imprescindibles. A algunos ya los conocemos: en primera instancia, Yuli García y Denise Maerker; luego, Frank Berton y Agustín Acosta. A los que ahora se suma Jean-Claude Boksenbaum. Otra figura clave es Anne Vigna, una periodista francesa, briosa e incombustible, con una apariencia algo *hippy*, residente en Amatlán, en el estado de Morelos. Tras estudiar el caso a detalle, ella es la primera persona que confía plenamente en la inocencia de Florence y, tras numerosas visitas a la cárcel para entrevistarse con ella, no descansa hasta ganar para su causa a Laurence Pantin y otros miembros de la embajada de Francia, los cuales a su vez convencen al embajador Parfait, un tanto escéptico hasta entonces, de defenderla a toda costa.

Para los defensores de Florence, Vigna es un incordio: a diferencia de la mayor parte de los mexicanos, dice las cosas claramente, con una vehemencia inusual, y se consagra de tiempo completo a su labor. Es ella quien tiene la iniciativa de invitar a otras dos periodistas extranjeras en México, la francesa Léonore Mahieux y la belga Emmanuelle Steels, a formar un grupo de trabajo. Un poco en burla y un poco en serio, a las tres se les conoce como *Drôle de dames*, el título que tuvo en Francia la serie *Los Ángeles de Charlie.* Las tres visitan a Acosta, le piden una copia del expediente y se dividen su lectura. Nadie antes de ellas se ha dedicado, con tanta minuciosidad y tanto celo, a leer sus miles de fojas.

Ellas son las primeras en detectar las groseras contradicciones del caso: no sólo las ya avistadas por Yuli respecto a la hora y el día de la detención, sino el cúmulo de fechas irregulares y pifias de la policía. También son ellas quienes, al revisar los libros de ingreso de la SIEDO, reportan la presencia de Margolis el día de la detención de Florence e Israel, así como las de Cristina, Christian y Ezequiel poco antes de que alterasen sus testimonios para acusar a la francesa. Con artículos publicados en medios mexicanos y franceses —*Libération*, *Marianne*, *Le Monde Diplomatique*, *Proceso*—, estas Ángeles de Charlie documentan primero que nadie las infinitas lagunas y enredos del caso, dejando claro que ni Florence ni Israel han contado con un proceso justo.

11. Una visita incómoda

Ni Sarkozy ni Calderón son altos. No es el único rasgo que los asemeja. Ambos se hicieron con el poder tras una larga carrera en los grandes partidos de derecha de sus países, superando obstáculos y conspiraciones, medrando y calculando con paciencia, hábiles corredores de fondo que supieron torcerle la mano a sus antiguos jefes —Vicente Fox y Jacques Chirac— para erigirse en sus sucesores. Ambos provienen de entornos de clase media conservadores y católicos y desde muy jóvenes se impusieron como meta no sólo la conquista del poder sino una reforma de la moral pública.

Paradójicamente, la vertiente que más los aproxima provocará la colisión entre ambos: su obsesión por la seguridad pública. En cuanto llegó al Ministerio del Interior en 2002 como número dos del gobierno, Sarkozy se impuso una agenda que numerosos críticos juzgaron extremista pero que aumentó su popularidad a cotas inusitadas. Con la *Ley de seguridad interior* de 2003 extendió el uso de la tecnología de ADN a los delincuentes (excepto los de cuello blanco) e impuso severas medidas carcelarias a los reincidentes. Ya como ministro de Estado de Dominique de Villepin —con quien mantuvo un pulso épico—, Sarkozy dirigió sus miras contra el terrorismo, endureciendo la vigilancia policiaca y las penas ("hay que limpiar nuestras ciudades", declaró), aproximándose a los ideales del Frente Nacional. Cuando estalló la "revuelta de los suburbios" en 2005, en la que cientos de hijos de inmigrantes de los alrededores de París quemaron automóviles y montaron barricadas, anunció una política de tolerancia cero. En esa misma época reformó la ley de inmigración, haciéndose eco de los sectores más reaccionarios del país.

Siendo ya presidente, Sarkozy no tardó en enfrentarse a la magistratura por considerarla indiferente ante el aumento de la violencia e impuso por fin una nueva ley sobre criminales reincidentes. Al mismo tiempo, su obsesión mediática, reforzada tras su matrimonio con Carla Bruni, lo incitó a asumir un papel protagónico en distintos asuntos públicos y, si bien por momentos buscó la apertura, incorporando a independientes y socialistas en su gobierno, nunca dudó en acercarse al populismo de derechas.

Calderón también convirtió la seguridad en objetivo central de su gobierno y, cada vez más centrado en la retórica bélica contra el narco, mantendrá una alta popularidad hasta su último día de gobierno a cambio de una cifra de víctimas que rozará los setenta mil muertos y veinte mil desaparecidos. No debe extrañar, pues, que dos hombres tan parecidos en su forma de ejercer el poder y tan similares en sus conductas públicas —su faceta de redentores— terminen por enemistarse: a la hora de definir su popularidad interna, uno y otro se valdrán del caso Cassez para fincar sus ambiciones.

Sin saberlo, Florence, Israel (y la familia de éste) están a punto de convertirse en rehenes en un duelo de egos presidenciales.

Un exclusivo y romántico hotel —así lo describe la prensa— en Playa Tamarindos, Jalisco, al cual se llega a través de un angosto empedrado, es el lugar propuesto por el gobierno mexicano para que Nicolas Sarkozy y su esposa, la cantante Carla Bruni, pasen unos días de vacaciones antes de emprender su visita oficial a México.

En cuanto aterriza en el aeropuerto de la capital, el jueves 5 de marzo de 2009, la pareja es trasladada a Manzanillo y de ahí, por tierra, a este lugar de descanso. La prensa del corazón reproduce numerosas fotos de ambos en traje de baño, tomados de la mano mientras pasean por la tersa arena del Pacífico. Dos pequeñas naves de la marina mexicana vigilan discretamente la zona.

En un primer desencuentro, Francia asegura que la invitación ha corrido a cargo del gobierno mexicano, mientras que éste insiste en que se ha tratado de un viaje privado a cargo del gobierno francés. Una tercera versión sale al paso para asegurar que un grupo de empresarios con intereses en ambos países ha cubierto todos los gastos de la pareja.

El domingo 8 de marzo, Sarkozy y su esposa vuelan de Manzanillo a la Ciudad de México, donde son recibidos por los embajadores Parfait y De Icaza. Dos helicópteros de la Fuerza Aérea Mexicana conducen a su comitiva a la Ex Hacienda de San Juan Tlacatecpan, en el Estado de México; allí los esperan Felipe Calderón y su esposa, Margarita Zavala. Los cuatro realizan un breve recorrido por el lugar y presencian un espectáculo de charrería, que incluye un desfile tradicional, la presentación de una escaramuza —un jineteo llevado a cabo por mujeres con toros y yeguas— y una suerte llamada Manganas a Pie.

Durante el almuerzo, Sarkozy no deja ni un instante de incordiar al presidente mexicano con su exigencia, por momentos altisonante y abrupta, de aplicar la Convención de Estrasburgo tal como Calderón le prometió en su carta. Conforme a fuentes diplomáticas mexicanas, el presidente francés llega a plantearle la idea de llevarse consigo a Florence al término de su visita y, cuando esta estrategia falla, le exige a su colega que presione a los jueces para obtener su libertad. La diplomacia francesa niega que Sarkozy haya planteado una exigencia tan directa y afirma que únicamente le pidió a Calderón cumplir con la palabra empeñada por Medina Mora ante el procurador de París.

Calderón, conocido por su irascibilidad, hace hasta lo imposible por contenerse y mantiene la cortesía propia de su papel como anfitrión, pero la relación entre los dos presidentes adquiere tonos de franca hostilidad en varios instantes del encuentro. Ostensiblemente incómodas, las dos parejas presidenciales visitan la zona arqueológica de Teotihuacán, ascienden las pirámides del Sol y de la Luna, prodigando sonrisas y fingiendo una complicidad que no sienten, pasean por la Ciudadela y recorren el Museo de Sitio como si fuesen amigos de toda la vida.

Al llegar a su habitación en el Hotel Four Seasons, en Paseo de la Reforma, Sarkozy le llama por primera vez a Florence a la prisión de Tepepan. Antes de comunicarla con el presidente, el consejero de prensa, Frank Louvrier, le pide a la cautiva mantener la conversación en el más estricto secreto.

"Florence, va a ser necesario que me tengas confianza, es como si fueras de nuestra familia, te prometo que te vamos a sacar de allí", le promete el presidente antes de pasarle a su esposa.

Imagino a Florence, ansiosa y anonadada, mientras escucha las palabras presidenciales. Ha dejado de ser una simple delincuente: ahora se asume como una prisionera de Estado.

"Quería irte a ver", se excusa con ella Carla Bruni, "pero Nicolas me dice que no es recomendable. Estoy muy decepcionada, pero me comenta que esto te haría más mal que bien. No sabemos cómo lo tomaría la opinión pública mexicana."

¿Cuándo iba a imaginar Florence que una celebridad global como la cantante querría visitarla en su encierro?

Al día siguiente, Sarkozy y su esposa atraviesan el Paseo de la Reforma, engalanado con banderolas con los colores de los dos países, hasta llegar a Palacio Nacional. El presidente Calderón lo recibe con las siguientes palabras: "Para México es motivo de alegría recibir al presidente de la República Francesa, a su esposa y a la comitiva que le acompaña en este Palacio Nacional, que es el corazón político de México."

"Señor presidente de los Estados Unidos Mexicanos", le responde Sarkozy, "querido Felipe; señora; permítanme decirles, ante todo, el placer que sentimos Carla y yo de estar por fin en México para mi primera visita en la América hispanohablante." Consciente de la importancia que su anfitrión le concede a la seguridad, Sarkozy no deja de respaldarlo: "Quisiera insistir, hoy, diciendo hasta qué punto apoyamos su valeroso y determinado combate emprendido contra el crimen organizado."

Calderón y Sarkozy pasan entonces a la sala en la que firmarán acuerdos en el sector aeronáutico y de seguridad, mientras Margarita Zavala y Carla Bruni se dirigen a las actividades de su agenda paralela. Concluida la firma de los convenios, los dos presidentes comparecen ante los medios de comunicación en un templete montado en uno de los patios del edificio que simboliza el poder central en México; a sus espaldas ondean las banderas de ambos países.

"Quiero decir que Francia comparte totalmente la lucha emprendida por el presidente Calderón y su gobierno contra el crimen organizado y estamos dispuestos a ayudar a las fuerzas policiales mexicanas al servicio de una mayor eficacia y nuestra colaboración en la materia no tiene límites: policía científica, orden público, policía judicial", reitera Sarkozy. "Seremos totalmente solidarios con el pueblo mexicano frente a esta horrorosa epidemia de secuestros y en su lucha contra el crimen."

El francés cambia de tema: "He propuesto, efectivamente, un Año de México en Francia en el 2011. México, de aquí a unas semanas, será el invitado de honor de la Feria del Libro. México en octubre presentará una gran exposición también en el Museo de Artes Primarias en París. Así que, como pueden ver, el presidente Calderón y su servidor deseamos una auténtica asociación estratégica en todos los planos: diplomático, político, económico."

A Calderón no le queda sino agradecer el gesto.

Tras la ceremonia de bienvenida, Sarkozy y su comitiva se trasladan al edificio del Senado, una antigua casona ubicada en la calle de Donceles, en el centro de la ciudad, adonde el presidente francés ha sido invitado a participar en una sesión solemne.

El presidente del órgano legislativo, Gustavo E. Madero —sobrino nieto del primer presidente revolucionario—, le llamó el día anterior al embajador Parfait para solicitarle que Sarkozy no hablase desde la tribuna de Florence Cassez. "No hay nada sobre el tema", lo tranquilizó el embajador francés, quien había revisado el discurso preparado por el Eliseo. De modo que cuando se abre la sesión, a las 12:04, Madero confía en que no se produzca ningún incidente incómodo.

"Se abre la Sesión Solemne para recibir la visita del señor Nicolas Sarkozy, presidente de la República Francesa", declara y procede a designar a la comisión de senadores que saldrá a recibirlo.

A su llegada a la casona de Donceles, Sarkozy y su esposa —la prensa destaca su elegante vestido rosa pálido— realizan una ofrenda en el monumento a Belisario Domínguez antes de ingresar al hemiciclo.

"Honorable Asamblea, nos acompaña en esta sesión solemne el señor Nicolas Sarkozy", anuncia Madero en medio de fuertes aplausos. Pequeño y menudo como su tío abuelo, Madero se enzarza en un largo discurso protocolario al término del cual Sarkozy sube por fin a la tribuna.

El presidente francés se dispone a realizar una delicada labor de equilibrismo: mostrar la buena voluntad de su gobierno hacia México y pedir justicia para Florence Cassez sin incomodar demasiado a sus anfitriones.

"Señoras y señores senadores", comienza, "es para mí un inmenso placer estar en México con motivo de la primera visita de Estado de un presidente francés en diez años."

Sarkozy recalca la amistad entre los dos países y, tras un pausado recorrido por la historia común de los dos países que culmina con la rememoración de la visita a México del general De Gaulle, insiste en integrar a México entre las grandes naciones del mundo y proclama los "cuatro nuevos soles" de la alianza entre los dos países: política, económica, de medio ambiente y de seguridad.

En el "cuarto sol", el de la seguridad, comienza con un elogio a su homólogo mexicano: "Quisiera aquí brindar un homenaje al presidente Calderón, quien ha emprendido por la seguridad una lucha necesaria y valerosa", anuncia en plena guerra contra el narco. "Y he venido aquí a decirles que les apoyamos en esta lucha porque no podemos transigir con los criminales, pactar con ellos sería rendirse. Y he venido aquí a decirles que contra ese enemigo ustedes no están solos, pueden contar con Francia."

Tras el espaldarazo, la crítica: "Quisiera decir que dos ciudadanos franceses fueron hace poco víctimas en México de la salvaje barbarie de estas mafias. Estos crímenes no nos alejan de México, todo lo contrario. Nos comprometen para luchar juntos contra la criminalidad, contra los criminales."

Sarkozy toma aire y hace una pausa repentina. Abandona el discurso que tiene ante sus ojos, levanta los ojos hacia donde se encuentran el embajador Parfait y su comitiva y comienza a improvisar.

"Y, para que quede todo muy claro, me dijeron que no tenía que comentar, lo cual me da muchas ganas de comentarlo: la política no puede ser lo único. No soy quien defienda la impunidad para nadie. Pero, al mismo tiempo, tengo una responsabilidad frente a mis conciudadanos, hayan hecho lo que hayan hecho. Y pido que se respete este equilibrio. No soy de los que tienen un discurso para unos y otro para otros, tengo la responsabilidad de ocuparme de todos los franceses, sean quienes sean. Pero no por ser francés y no para defender la impunidad. Cuando se es una gran democracia, hay que aplicar los convenios internacionales."

Trastabillando, se lanza a hablar de Florence Cassez aunque sin atreverse a pronunciar su nombre: "En México hay polémica. Quédense tranquilos, en Francia también tenemos polémicas. Pero esto no creará una brecha entre México y Francia, ni tampoco me alejará de mi camino. Yo seguiré siendo solidario en su lucha contra el crimen, solidario de su voluntad de proteger y defender a las víctimas, y a la vez asumiré, señor presidente, mi deber, que es ocuparme de mis conciudadanos, como cualquier edil de México tiene el deber de preocuparse de sus conciudadanos. Y última cosa: si debiéramos ocuparnos únicamente de aquellos conciudadanos que no lo necesitan, que son ricos, poderosos, honestos y que nunca, nunca cometieron un delito, entonces el oficio de presidente de la República sería muy fácil, pero es difícil justo porque los principios están hechos para explicar y respetar los derechos de los culpables."

Una de cal y una de arena. Tratando de dulcificar su arenga, concluye: "Señoras y señores, hay un quinto sol. Este quinto sol es la fuerza de nuestras culturas, este lugar magnífico que visitamos con mi esposa ayer, la cultura surge de la educación y la investigación. Cuando debemos mirar al futuro, Francia, como México, son países con mucha historia, pero para el futuro queremos ser países jóvenes. Entonces, queridos amigos del Senado mexicano, acepten esta mano tendida, la de una nueva alianza entre Francia y México. ¡Que viva México! ¡Que viva Francia! ¡Y que viva la amistad entre México y Francia!"

Los aplausos no ocultan la incomodidad que sus palabras han suscitado entre los integrantes del gobierno mexicano presentes en la sala.

Con la tensión al máximo, la visita de Estado de Sarkozy prosigue en el Club de Industriales, ubicado en el segundo piso del Hotel Marriott, en Polanco, con la apertura de un encuentro empresarial entre los dos países al cual asisten los miembros del Grupo de Alto Nivel México-Francia que reúne a funcionarios, empresarios y actores de la sociedad civil de ambos países.

Es en la conferencia de prensa posterior a este acto cuando la animadversión entre los dos presidentes alcanza su punto más dramático.

"La semana pasada el presidente Sarkozy tuvo un encuentro con el padre y el abogado de Florence Cassez, diciendo que va a intentar encontrar una solución para este caso", comienza un periodista. "¿Qué solución se ha encontrado?"

"Primero, quiero decir que entiendo muy bien la emoción del pueblo mexicano y de las víctimas de los secuestros", responde Sarkozy. "Eso es lo que me va a conducir a mí a recibir esta tarde a la Asociación de las Víctimas de Secuestro. Francia quiere expresar su solidaridad completa y total con las víctimas. Total. Este asunto despierta una gran sensibilidad en México, eso lo entiendo muy bien. También en Francia. Y, si un padre no defiende a su hija, pues quién lo va a hacer. Y eso lo entiendo yo perfectamente bien. Y entiendo muy bien al padre de Florence Cassez. Existen tratados y acuerdos. Entre estos tratados y estos acuerdos, hay uno, el tratado de Estrasburgo de 1983, que prevé la posibilidad de transferir a un detenido francés a Francia; a un detenido mexicano, detenido en Francia, a México. Si la señora Cassez lo solicita, y creo que va a solicitar, la aplicación de este tratado, Francia solicitará que esta convención sea cumplida. ¿Para qué? Para que Cassez pueda cumplir su pena en Francia."

El presidente hace una pausa y realiza un anuncio que sorprende tanto a la prensa como a los defensores de Florence: "Decidimos, con el presidente Calderón, implementar un grupo de trabajo que sea jurídico, porque es una cuestión jurídica, que se reunirá a partir de mañana. Cuando este grupo de trabajo tenga sus conclusiones, nosotros estamos comprometidos, el presidente Calderón y yo, a respetar las conclusiones."

"Agradezco mucho la solidaridad del presidente Nicolas Sarkozy con las víctimas de los secuestros en México y particularmente con las víctimas de los secuestros de esta banda a la que, en opinión tanto del juez, como del Tribunal Unitario, pertenecía la señora Florence Cassez, antes de ser desmantelada", revira Calderón. "Coincido en lo fundamental, de un respeto irrestricto a las decisiones de la justicia, y así como México respeta a la justicia francesa, agradezco el respeto que el presidente Sarkozy ha manifestado a las decisiones de la justicia mexicana. También esta solidaridad, además la refrendo, con las garantías no sólo a las víctimas de esta banda, a las mujeres y hombres que vivieron meses de cautiverio, a los menores de edad a los que se les amenazó con amputarles un dedo o una oreja si no pagaban las condiciones económicas de sus captores, sino a los cientos de víctimas en México…"

Calderón se refiere entonces a la Convención de Estrasburgo, amagando por primera vez con una posible negativa a su aplicación: "La reserva consiste en que Francia se reservó para sí el derecho de revocar, modificar, reducir o incluso cancelar las sentencias conforme a la justicia francesa. Me parece que la comisión examinará y con detalle este punto, que preocupa a los familiares y al presidente de México."

"La pregunta va para los dos presidentes", interviene otro periodista, amarrando navajas. "Primero, para el presidente Sarkozy. El asunto es netamente jurídico, el de Florence Cassez. Obviamente, pero, a estas alturas, ya no se puede negar que se ha politizado; es decir, está en boca de todos y en opinión de todos. ¿Hasta qué punto va a alcanzar la cuestión jurídica sobre la cuestión política en relación a las dos naciones? Y, por otro lado, también preguntarle, directamente al presidente Calderón, ¿cómo se van a integrar estas comisiones, qué tipo de personas las van a integrar, abogados, especialistas de ambas naciones, diputados?"

"Ya he hecho referencia al caso de la señora Florence Cassez", contesta Calderón, cada vez más irritado. "Será una comisión definida por nuestras cancillerías que examine los alcances jurídicos de este tratado de Estrasburgo, la solicitud que en su caso llegue a formular la señora Cassez."

"Señor", interviene Sarkozy, "lo que hay que entender aquí es que el deber de un jefe de Estado es asumir la responsabilidad de sus conciudadanos, sea cual sea la índole de las situaciones en las que se han encontrado o los hechos que han cometido. Mi iniciativa en torno a Florence Cassez no presupone ni su inocencia ni su culpabilidad. Hablé por teléfono con la señora Cassez. Me informó de su decisión de pedir la transferencia; transferencia que no es un invento del señor Calderón o del señor Sarkozy, es un tratado internacional. Dos demócratas que somos, nadie puede decir que habrá impunidad porque se aplica el Convenio de Estrasburgo. Hay que confiar en la justicia francesa, como yo confío en la justicia mexicana, y no pienso ni mucho menos que el señor Calderón o su gobierno han influido en algo en el anuncio de la decisión dos días antes de mi llegada."

Sin ocultar el sarcasmo, Sarkozy añade: "Yo creo que es nuestra responsabilidad como jefes de Estado mantener la cabeza fría, no caer en las polémicas y en excesos y procurar hacer lo mejor posible, respetando los derechos de las personas, incluso los condenados. Pero no se soluciona este sufrimiento sin aplicar un texto internacional. Y si el presidente Calderón quiere estudiar las reservas emitidas por Francia", aquí aprovecha para deslizar una respuesta a la provocación del mexicano, "pues yo haría lo mismo en su lugar. Tenemos compromisos uno con el otro. Somos hombres de honor, de palabra y respetaremos nuestros compromisos. Así se gestionan los problemas y no en la excitación del momento, porque todos sufren."

"Una pregunta para el señor Sarkozy sobre el mismo tema", toma la palabra un periodista francés. "Siempre se ha presentado como un defensor de las víctimas y hoy habló del drama sufrido por los mexicanos en los secuestros. ¿Está dispuesto a tomar compromisos con relación a la opinión pública mexicana para asegurar que la señora Cassez, si hay transferencia, va a purgar su pena?"

"Sí, de acuerdo, entiendo que eso les apasione", Sarkozy también se incomoda. "La señora Cassez pide su transferencia y yo pido la aplicación de la Convención de Estrasburgo. Si es transferida, será transferida de una prisión mexicana a una prisión francesa. La cosa es perfectamente clara. Ya no diré una palabra más. Es suficientemente complicado encontrar una solución."

El presidente mexicano tampoco añade nada —lo imagino apretando los puños hasta dañarse la piel— y la conferencia de prensa se mueve hacia otros derroteros.

Mientras sus esposos disimulan su creciente animadversión, Margarita Zavala acompaña a Carla Bruni en una serie de actos paralelos que incluyen una visita a la Casa de la Sal, institución que brinda atención a niños y adultos con VIH/SIDA, así como un recorrido por la zona de murales de Palacio Nacional y el Museo del Templo Mayor.

La agenda oficial de Sarkozy en México prosigue con una reunión en el Hotel Four Seasons, incluida en la agenda por petición expresa de Calderón, con un grupo de familias mexicanas víctimas de secuestro, encabezadas por Alejandro Martí e Isabel Miranda de Wallace, dos activistas que sufrieron en carne propia este delito. A todos ellos, Sarkozy les ofrece su solidaridad, al tiempo que reitera su rechazo al crimen organizado y su apoyo al presidente Calderón. A nombre de los presentes, la Señora Wallace insiste en que Florence debe cumplir su condena en México.

Sarkozy y su esposa se trasladan luego a las instalaciones del Liceo Franco-Mexicano, en Polanco, donde mantienen una reunión con la comunidad francesa. En el patio central, adonde no ha podido acudir la sección mexicana de la escuela, el presidente vuelve a referirse a Florence. "Soy el presidente de los franceses que nunca han cometido errores, pero también el de los que los han cometido", recalca.

En Tepepan, Florence se mantiene pegada al televisor para observar las imágenes de la visita de Sarkozy. "Los dos presidentes, cada uno en su estrado, cada uno a su modo, hablan de mí delante de decenas de periodistas, cámaras y fotógrafos", escribe. "Nicolas Sarkozy parece querer dejar de dramatizar y Felipe Calderón se mantiene firme, recordando que fui condenada y por lo tanto soy culpable. Los oigo anunciar la creación de una comisión encargada de trabajar sobre el asunto de mi traslado a Francia. Eso no estaba previsto. Veo la imagen e intento escuchar y comprender, ya que la televisión está lejos."

Florence deja por un momento la sala de televisión y le llama por teléfono a su madre. Ésta le recomienda preparar sus cosas porque le han dicho que quizás vayan a transferirla a otra prisión. Florence no entiende. "Hay otro lugar de detención, son apartamentos", la tranquiliza Charlotte, "estarás mejor."

Cuando regresa a la sala, en la pantalla aparecen Nicolas Sarkozy y Carla Bruni en el Liceo Francés, acompañados por varios empresarios. El locutor resalta la presencia del presidente francés en el Senado mexicano mientras aparecen las imágenes en las que éste dice: "Me dijeron que no tenía que comentar..." Florence se entusiasma y le llama a Frank Berton. Éste le dice que no sabe nada de la comisión que acaba de crearse y que sólo parece tener como objetivo ganar tiempo.

"Póngase guapa, Florence", le advierte al final de la charla, y le anuncia que pronto tendrá una visita inesperada.

Un custodio le indica un poco más tarde que un hombre, Damien Loras, ha llegado a verla.

"Hemos dejado que digan algunas cosas que no pensamos, Florence, pero es mejor así", le explica el consejero de Sarkozy. "No lo olvide, estamos convencidos de su inocencia. El resto es estrategia." Loras le repite la tesis de Berton: la comisión ayudará a ganar tiempo para que todo se calme. Antes de marcharse, le da dos besos. "Esperanza, confianza, valentía", le susurra al oído.

Calderón y Sarkozy son dos gallos de pelea. Ninguno piensa dar su brazo a torcer. Detrás de las banalidades diplomáticas, ambos juegan sus fichas. Florence (y por supuesto Israel) de pronto son accesorios: lo que importa es derrotar al adversario. Calderón sale al ataque: tras prometer la aplicación de la Convención de Estrasburgo, encuentra todo tipo de obstáculos para impedir su aplicación. Sarkozy revira: solicita apoyo a la Iglesia Católica, que sabe muy influyente en México, para mediar en el caso. Calderón responde con toda la fuerza del Estado y ordena conseguir pruebas que demuestren sin atisbo de duda la culpabilidad de Florence. García Luna hará cualquier cosa con tal de conseguirlas.

Mientras los dos presidentes se enfrentan por Florence, la Dirección de Operaciones Especiales de la SIEDO informa la detención de un grupo de secuestradores encabezado por un tal Carlos Palafox, el cual mantenía secuestrado a un joven. No nos olvidemos de este anuncio porque, si bien nada parece ligar a estos sujetos con Florence o Israel, muy pronto la policía encontrará elementos para resucitar a la temible banda del Zodiaco.

Poco antes de dirigirse a la cena de Estado, la esposa del presidente le concede una entrevista a Jorge Fernández Menéndez, un periodista cuyas posiciones suelen estar cerca del gobierno, en Radio Imagen.

"No sé si me puedes contestar, Margarita, o no, pero dentro de una hora es la comida… la cena oficial con el presidente Sarkozy y con la señora Carla Bruni", le dice Fernández Menéndez. "¿Cómo has percibido todo este debate sobre el caso Cassez? Es una mujer acusada, en última instancia, de secuestros y abusos contra otra mujer. ¿Cómo lo ves?"

"Bueno, son varias las víctimas", afirma Zavala. "Sí. Claro. No, además son varias personas que fueron secuestradas por esa banda. Y especialmente, bueno, desde luego una mujer que, además, incluso es violada. Es decir, los secuestros hacia las mujeres luego además son muy violentos."

"Sí, con una cantidad de abusos brutales", recalca el periodista.

"Sí, exactamente. Que también reflejan esa expresión de violencia hacia las mujeres. Y también hay un menor. Yo la verdad me quedaría con lo que ha dicho el presidente muy claramente el día de hoy", se enreda la Primera Dama. "Contestaría porque me parece que se trató como tema y yo, desde luego, bueno, pues espero que no sea el asunto que defina o que decida una relación de un pueblo al que se le quiere como Francia, y con el que históricamente hemos tenido no sólo diferencias, sino también muchas coincidencias y, bueno, mucho que ver con ellos. Así es que espero que eso, en términos de justicia, y lo que el propio presidente Calderón, o sea

Felipe, el presidente dijo el día de hoy claramente, y me parece que es el sentimiento del mexicano."

¿Qué será lo que el presidente mexicano dijo tan claramente que su esposa no logra siquiera articularlo?

Los dos presidentes se encuentran por última vez en la cena de Estado en Palacio Nacional con decenas de banderas francesas y mexicanas a la luz de los reflectores que iluminan las escalinatas y los murales de Rivera. Dos enemigos —para entonces ya no hay duda de ello— que, si sueñan con apuñalarse por la espalda, no tienen más remedio que fingir buenas maneras ante su público.

"Señor presidente, estimado Felipe, estimada Margarita", comienza Sarkozy, "ya nos aproximamos al final de la visita, visita demasiado corta, pero en instrucciones fuertes y en resultados. Quisiera manifestarle todo el respeto que me inspira el compromiso valiente en México y su compromiso personal, señor presidente, en la lucha contra la criminalidad y en pro del Estado de Derecho. Como le dije a las familias que recibí, familias de las víctimas de los secuestros, quisiera decirles que comparto su dolor y que rindo tributo a estas familias. Francia está a su lado, amigos mexicanos, en la lucha contra el crimen." Tras esta muestra de apoyo, no evita una feroz crítica contra la justicia mexicana: "Quisiera decir únicamente que se lucha contra el crimen con las reglas de la República y de la democracia; no se lucha contra el crimen con las reglas de los criminales."

Terminada su lección sobre democracia, Sarkozy regresa al guion diplomático: "Para concluir, quisiera, si me lo permiten, decir que el hecho de que pronto haya un Año de México en Francia será maravilloso. Va a haber amistad, afecto, estima, aprecio del pueblo francés por su cultura, por su país y por su pueblo. La patria de los derechos humanos que rendirá homenaje a la democracia mexicana, poco frecuente en este continente que se haga esto. Estamos en un gran país que ha conocido tantas pruebas, tantas violencias. Va hacia adelante porque se afirma como una de las grandes democracias del mundo. Estimados amigos mexicanos: mi esposa Carla y yo mismo, mi comitiva, vamos a salir para Francia con el sentimiento de que aquí dejamos a unos amigos, pero más que la amistad diré que tenemos hermanos con los cuales compartimos la misma ambición, los mismos valores, los mismos ideales. ¡Viva México! ¡Viva Francia! ¡Viva la amistad entre ambos países!"

Esa noche yo me encuentro también allí, en una mesa lateral en el patio de Palacio Nacional, atento a la confrontación entre los dos presidentes.

Unos metros más adelante, en la mesa presidida por la secretaria de Relaciones Exteriores, Patricia Espinosa, y en la cual se sientan el embajador Daniel Parfait y varios miembros de la comitiva de Sarkozy, la funcionaria resume la irritación mexicana: "Si tenemos que tener una crisis diplomática con Francia por este tema, la tendremos."

En otro de los extremos del patio, Denise Maerker, quien pocas veces acude a este tipo de convivios oficiales pero que esta vez no ha querido dejar pasar la oportunidad de ver juntos a los dos presidentes, mira de reojo al secretario de Seguridad Pública, convenientemente sentado lejos de Sarkozy. "García Luna tiene secuestrado a Calderón", piensa la periodista.

A la mañana siguiente, Sarkozy y Bruni toman el vuelo de regreso a París. Como era previsible, Florence no los acompaña.

En una entrevista concedida a TV Azteca en San Luis Potosí el 13 de marzo, Calderón se refiere al caso Cassez con una postura cada vez más inflexible.

"Yo le dejé muy claro al presidente Sarkozy que tiene que garantizarnos Francia que esta mujer no burle la acción de la justicia mexicana por el hecho de trasladarse a Francia", declara. "Yo no puedo exponer a esta violación a la ley y a los jueces mexicanos por la sola posibilidad de que una autoridad, un juez o un gobernante en Francia, por razones incluso políticas, pueda burlar y cancelar la sentencia de los jueces mexicanos. Mientras no existan estas garantías evidentemente no daremos la autorización, en cumplimiento además del tratado que tenemos. Porque el tratado dice claramente que se requiere la autorización, en este caso, de México."

"Después de la visita presidencial", escribe Florence, "tengo la impresión de estar sola, lejos de mi familia que me apoya del otro lado del océano. Aislada en un país donde todo el mundo me es hostil, donde me puede pasar cualquier cosa en cualquier momento. Me derrumbo de nuevo. Pero intento pensar en la carta de la que me hablaron Frank Berton y mis padres. Una carta secreta, me dicen, en la cual el presidente Calderón propone aplicar la Convención de Estrasburgo antes de que nadie se lo pidiera. Hoy, parece estar súper en contra de la idea..."

Florence no entiende bien lo que sucede y pide al personal de la embajada que le explique el cambio de actitud de Calderón. "Sin duda, el presidente mexicano fue sincero cuando le escribió a Nicolas Sarkozy en febrero. No tenía ninguna razón de ser desagradable y deseaba una relación cordial con Francia a fin de salir de la hegemonía estadounidense en el plano económico. México busca comerciar con otros países poderosos y no de manera casi exclusiva con Estados Unidos como lo hace hoy en día", le explica el consejero. "Si cambió de opinión es porque alguien lo convenció de hacerlo. De nuevo, se habla de Genaro García Luna, quien parece tener una gran influencia sobre mucha gente, incluso su presidente."

"Es demasiado para mí", anota Florence en las páginas que ha comenzado a preparar con la idea de publicar un libro. "Miro las paredes de mi celda durante horas, me quedo en la cama sin poder hacer nada más que llorar y pensar que pasaré el resto de mi vida aquí."

12. La Casa de las Torturas

La consecuencia inmediata de la turbulenta visita de Sarkozy a México, más allá de la crisis diplomática, es la decisión de García Luna de reabrir la investigación del caso Vallarta-Cassez, abandonada u olvidada desde principios de 2006. Su objetivo: probar la existencia de la banda del Zodiaco y el papel preponderante que Florence desempeñó en ella. El reinicio de las pesquisas no obedece a una lógica policiaca o judicial, sino política. Para lograr su objetivo, la SSP da la instrucción de seguir y detener a otros miembros de la familia Vallarta —los mismos que durante años se han presentado una y otra vez a los juzgados para apoyar a Israel— y de conectarlos con toda suerte de delincuentes o falsos delincuentes a fin de dar la impresión de que se trata de una organización criminal coherente y articulada.

Me parece difícil hallar un momento más aciago en esta historia plagada de engaños y abusos de autoridad: el instante en que, impuesta la razón de Estado, a un montaje se le suma otro y, para satisfacer al presidente, el gobierno mexicano utiliza todo su poder contra una sola familia.

En sus declaraciones formuladas entre el 21 y el 23 de marzo de 2009, Carlos Palafox, el presunto líder de la banda de secuestradores que lleva su nombre, detenido durante la visita de Sarkozy, involucra a otros dos sujetos en su organización criminal, Sergio Islas y Eugenio

Méndez, alias el Parejita o la Güera, y afirma que se dedicaban a secuestrar a miembros de la comunidad judía mexicana. En su testimonio, jamás menciona a Israel u otros miembros de la familia Vallarta, pero sí a un tal David, "gordo, de cabello chino, medio cacarizo, moreno claro".

En un tianguis en el sur de la ciudad, un comerciante que tiene la mala fortuna de llamarse David y ser gordo y cacarizo no sabe que está a punto de convertirse en la pieza que le hace falta a la policía para armar el rompecabezas que resucitará a la banda del Zodiaco.

Irritado ante la sentencia del Tribunal Unitario, Morales Lechuga emprende una investigación paralela del caso y recurre a los servicios de un antiguo colaborador suyo, Fernando de la Sota. Este expolicía judicial, que antes ha trabajado en la Dirección Federal de Seguridad, carga a sus espaldas una larga y enrevesada historia con la justicia, luego de ser acusado y exonerado por participar en el homicidio del candidato a la presidencia Luis Donaldo Colosio en 1994.

Al cabo de unas semanas de trabajo, De la Sota le informa a Morales Lechuga que, según los datos que pudo recopilar, tanto Florence como Israel son inocentes de los secuestros que se les imputan —aunque el segundo sí habría custodiado autos robados— y le asegura que su captura fue producto de una venganza por parte del empresario Eduardo Margolis.

Otros datos recogidos por De la Sota resultan menos predecibles. Según el informe que le presenta a Morales Lechuga, Cristina trabajó como ama de llaves de Margolis y fue amante de Israel en la época en que éste estaba casado con Claudia Hernández. Conforme a su extravagante relato, en una ocasión Claudia viajó de Guadalajara a la Ciudad de México y descubrió a la pareja *in fraganti*. Su reacción fue abofetear a Cristina: el episodio que luego ésta le adjudicaría a Florence en sus declaraciones. Por otro lado, De la Sota le confirma a Morales Lechuga que Ezequiel es hijo de un secuestrador y que éste lo entregó como rehén a una banda rival. Por último, le revela que el conflicto entre Margolis y Sébastien se debió a que el primero estaba enamorado del segundo.

"Trato de ver a Jesús en el rostro de los presos."

Con sus ojillos siempre alerta en un rostro sereno y rubicundo, vestido de blanco y negro, sombrero de ala ancha y bastón —una infección bacteriana contraída en un reclusorio obligó a los médicos a amputarle una parte del pie—, Pedro Arellano recuerda a un monje medieval. En ninguna medida a uno de clausura, consagrado al estudio o a solitarias plegarias en una cartuja, sino a uno de esos misioneros dispuestos a la acción. En la división que él mismo hace entre clérigos y pastores —es decir, entre funcionarios eclesiásticos y auténticos sacerdotes del pueblo—, se ubica entre los segundos pese a su condición seglar.

Tras la visita de Sarkozy a México, la embajada de Francia le pide su ayuda en el caso de Florence. Con años de experiencia en el universo carcelario, nadie parece tener mejores credenciales para encabezar otra investigación sobre el caso. Arellano consigue la autorización de su superior inmediato, monseñor Gustavo Rodríguez Vega, entonces obispo auxiliar de Monterrey y responsable de la Comisión Episcopal para Pastoral Social y de la vertiente mexicana de Cáritas, para encargarse del caso. Su anuencia —que Rodríguez Vega hoy no reconoce—, implica tanto el uso de recursos materiales como humanos de la Conferencia Episcopal. Arellano también obtiene el visto bueno de Christophe

Pierre, nuncio apostólico del Vaticano, el cual le solicita que su nombre no aparezca en la investigación, pues su nacionalidad francesa lo colocaría en un claro conflicto de interés.

Su jefe inmediato en el periódico católico *Desde la Fe*, el padre Hugo Valdemar, vocero de la Arquidiócesis de México, reacciona de modo opuesto y le dice que García Luna y Cárdenas Palomino han prestado invaluables servicios a la Iglesia y le insinúa que sería mejor abandonar cualquier investigación que pudiera involucrarlos. Por si fuera poco, le revela que *Desde la Fe* se reparte en vehículos oficiales de la Secretaría de Seguridad Pública y le recuerda el conocido dicho mexicano que anima a no patear el pesebre.

En los primeros tiempos de la Iglesia, cuando los creyentes eran perseguidos por los emperadores romanos, éstos avanzaban por las catacumbas a través de túneles que los conducían hacia el área donde el sacerdote oficiaba misa y al salir debían caminar de espaldas, de modo que no pudiesen saber el paradero de los demás feligreses. Con esta técnica en mente, Arellano pone en marcha tres grupos de investigadores —veintisiete personas en total— que no se comunican entre sí: abogados, criminalistas y criminólogos.

Él mismo estudia los videos que le ha proporcionado la embajada de Francia y se entrevista con distintos personajes involucrados en el caso. Acude, entre otros, con Cárdenas Palomino. "¿Esa es su mano?", le pregunta, refiriéndose a la mano que aparece en el video del 9 de diciembre de 2005 en el cual un policía tortura a Israel Vallarta en vivo. Cárdenas Palomino asiente, aunque le asegura que Florence e Israel son culpables.

Uno de los equipos de investigadores de Arellano se entrevista con dos de los policías que intervinieron en la captura el 9 de diciembre de 2005 en Las Chinitas: ambos se muestran dispuestos a hablar, pues experimentan lo que el catolicismo denomina "temor de Dios", es decir, el miedo ante las consecuencias ultraterrenas de una falta grave. "¿Falsear las declaraciones es un pecado?" Los dos policías piden hablar bajo secreto de confesión, pero Arellano les explica que necesita usar sus nombres en el informe que remitirá al papa. Les promete, eso sí, el mayor sigilo: según las normas vaticanas, su investigación sólo podrá hacerse pública cuando hayan transcurrido cincuenta años desde su entrega. Esta es la razón que Arellano aduce, cuando me encuentro con él en un Vips del centro de la Ciudad de México, para no proporcionarme detalles concretos de sus pesquisas.

Provisto con el testimonio de los dos agentes, el investigador eclesiástico acude un par de veces más con el nuncio para presentarle el plan de trabajo de sus tres equipos; éste le concede recursos adicionales: los juristas que ha contratado lo hacen *pro bono* y el pago que le ha ofrecido a criminalistas y criminólogos es casi simbólico, pero Arellano debe cubrir una cantidad importante a un laboratorio en Estados Unidos, autorizado por el FBI, para certificar ciertas pruebas forenses.

Al cabo de unas semanas, los tres grupos le presentan sus conclusiones. Sin haberse comunicado entre sí, coinciden en que Florence e Israel son inocentes. Asimismo, le aseguran a Arellano que detrás de la conjura para inculparlos se halla Eduardo Margolis, en connivencia con García Luna y Cárdenas Palomino. Los investigadores también descubren otros detalles que coinciden con la investigación de Fernando de la Sota: ellos también certifican que Cristina fue ama de llaves de Margolis, a quien le habría robado una valiosa cubertería de plata (quizás el motivo de su venganza), mientras que Ezequiel es hijo de uno de sus empleados.

La mayor pasión de Alejandro Cortez Vallarta, cuando niño, eran los insectos. Nunca pensó que, como el protagonista de *La metamorfosis*, terminaría convertido en uno de ellos. De niño le gustaba salir al jardín de su casa en el Pedregal de Carrasco, en el sur de la ciudad, o a los parques y camellones de la zona, para observar las hormigas que ascendían en fila india por los troncos de los árboles, los escarabajos que se escudaban bajo las hojas secas, las orugas enrolladas en cámara lenta o las arañas que revestían a sus invitados antes de devorarlos. Su admiración por esas pequeñas criaturas no sólo lo llevaba a estudiarlas y analizarlas, sino a convivir con ellas; sin importar su especie —no entendía que a los demás les diesen asco o miedo— acariciaba sus lomos y antenas o los domaba con los dedos y luego los colocaba en la palma de su mano, atónito ante el cosquilleo de sus patas. Arañas y ciempiés nunca le parecieron peligrosos. La primera vez que vio un alacrán, jugueteó con él como de costumbre; el piquete le dolió como un demonio, pero tuvo la compostura suficiente para llamar a Locatel —no había ningún adulto en casa— y seguir las indicaciones que le dio un médico vía telefónica. Otro día, Yolanda, su madre, lo descubrió con las colas de dos alacranes bajo la nariz como si fuesen los bigotes de Salvador Dalí.

Tres años mayor que él, su hermano Juan Carlos no tenía aficiones tan arriesgadas; lo suyo era el deporte: primero el atletismo —llegó a ganar varias competencias de velocidad—, luego el futbol y, a partir de la adolescencia, los ejercicios y rutinas que repetía con disciplina militar en el gimnasio. Los dos acudieron a la primaria Tlamatini y a la Secundaria 15 de Marzo, donde había estudiado su tío Israel. Éste apenas le llevaba seis años a Juan Carlos, pero seis años en la infancia son un abismo: cuando Alejandro estudiaba los primeros años de la primaria, Israel ya había pasado a la secundaria. En su mejor recuerdo compartido, los tres regresan a casa en patines. Más que un tío, un primo o un hermano mayor, Juan Carlos y Alejandro veían a Israel como un amigo al que podían hacerle confidencias, atentos a sus consejos y chistes.

El temprano abandono de su padre, cuando Sergio era un recién nacido, los hizo aún más cercanos a la familia de su madre y en particular a doña Gloria, su abuela, quien se esmeró en cuidarlos desde pequeños. Juan Carlos soñaba con estudiar medicina, pero se le pasaron las inscripciones al Politécnico y se decantó por Derecho, aunque desde muy joven empezó a trabajar en la Secretaría de Hacienda luego de realizar su servicio social —señalo la paradoja— en la Procuraduría General de la República.

Tras vagabundear por diversos trabajos, que lo llevaron de Pepsi-Cola a la Volkswagen, Juan Carlos reunió el capital para financiar el negocio que anhelaba desde joven: un spa-gimnasio. Para 2005 ya había montado dos y todo parecía acomodarse para él, sobre todo desde que se comprometió con M., su novia de varios años. Aunque uno de sus anhelos era convertirse en padre, la infertilidad de ella no le impidió continuar a su lado; la consideraba el amor de su vida y estaba dispuesto a soportar esta prueba si Dios —los Cortez Vallarta fueron educados como fervientes testigos de Jehová— así lo había decidido.

A diferencia de su hermano mayor, más abierto y extrovertido, Alejandro se consideraba un *nerd*; al menos todos sus amigos de la escuela lo eran y eso debía incluirlo en esta categoría. En la vocacional, Alejandro había conocido a Ana, con quien entabló una larga amistad que culminó en un romance febril. En 2004 nació su hijo mayor y Alejandro decidió consagrarse a su familia. Su trabajo en el campo de las artes gráficas lo llevó a conocer a varios miembros del PRD en el municipio de

Chalco y empezó a participar en las campañas de este partido. Esta tarea lo acercó al antiguo presidente municipal, quien lo nombró su secretario particular y le prometió que, si llegaba a ganar las elecciones en el verano del 2009, lo convertiría en director de Obras Públicas.

Los dos hermanos habían seguido con enorme inquietud la detención de su tío Israel, si bien en los últimos años apenas habían ido a visitarlo a la cárcel. Una fotografía de Juan Carlos, muy joven y con barba de candado, figuraba en el expediente desde 2005 (al parecer, Cárdenas Palomino y sus agentes se disfrazaron de empleados de Telmex para tomarla), pero su abogado le explicó que no existía ninguna acusación en su contra y podía quedarse tranquilo.

El 7 de mayo de 2009, los Vallarta se reúnen a comer en el taller de René, en Iztapalapa. Acuden al encuentro familiar don Jorge y doña Gloria, Yolanda y dos de los hijos de ésta, Juan Carlos, de 35 años, y Alejandro, de 32. Pasan largas horas charlando hasta que, cerca de las 17:00, Juan Carlos le pide a su hermano que lo acompañe a buscar unos faros nuevos para su coche. Alejandro apenas ha tenido tiempo de comerse un par de tacos y Juan Carlos ni eso, pero no quieren arriesgarse a que la refaccionaria esté cerrada.

A unas cuadras del taller, en la Calzada Ermita-Iztapalapa, un par de automóviles les cierra el paso. Un tropel de sujetos armados, unos con uniformes y otros de civil, unos encapuchados y otros con el rostro descubierto, rodean el automóvil y, en medio de gritos, insultos y golpes, los obligan a bajarse. "¡Salte y tírate al piso, hijo de tu pinche madre!", grita uno de los sujetos.

"Tranquilo, tranquilo", exclama Juan Carlos, bajando los brazos y tirándose al suelo. Los miembros de la AFI esposan a los dos hermanos.

"¿Qué pasa?", pregunta el mayor. La respuesta viene en la forma de un golpe que casi lo noquea. Un agente les arrebata sus carteras en tanto otro sujeto, al que luego reconocerán como David Bernal, el jefe del grupo, levanta a Juan Carlos y lo arrastra de mala manera del brazo y de los cabellos.

"¡Levántate rápido!", le grita. "¡Ah, son los Vallartas! ¡Son Vallartitas! ¡Pues ya se los cargó su pinche madre! ¿Dónde está su tío, su tío René?"

"En su taller", confiesa Juan Carlos.

Bernal toma su radio. "¡Jálense todos para el taller!"

Los agentes obligan a Juan Carlos y a Alejandro a abordar otra camioneta y, sin dejar de golpearlos e insultarlos, los llevan de regreso al taller de su tío, a unos quinientos metros de distancia. Los agentes irrumpen por la fuerza en el lugar; allí todavía se encuentran doña Gloria, don Jorge y Yolanda, quienes atestiguan el despliegue de violencia contra sus familiares. En el interior de la camioneta, Alejandro y Juan Carlos alcanzan a escuchar gritos y ruidos. Minutos después, los mismos oficiales abren la puerta trasera e introducen a empujones a René y a dos de sus empleados. "Éste no", ordena Bernal, refiriéndose a uno de los trabajadores, y sus subordinados lo bajan.

La camioneta avanza unas cuadras y da vuelta en *u*. "Ya le traemos a cuatro Vallartas", anuncia Bernal por la radio, confundiendo al empleado de René con Sergio, el otro hermano de Alejandro y Juan Carlos. "Preparen todo, vamos para allá."

Obligado a tenderse en el suelo de la camioneta con el brazo izquierdo sobre el metal incandescente, René sufre severas quemaduras pero, sin hacer caso a sus gritos de dolor, los oficiales le impiden moverse. "Nos vale madres, de todos modos te vas a morir."

Los vehículos toman la carretera México-Puebla y luego la Avenida Solidaridad. Apretujados en la camioneta, esposados y vendados, los Vallarta no saben adónde los conducen, aunque piensan que a un lugar cerca de la delegación de la PGR en Chalco, al cual ahora se refieren como la Casa de las Torturas. Las camionetas se detienen frente a un amplio zaguán y los agentes obligan a Alejandro y al empleado de René a descender del vehículo. Un hombre de facciones gruesas, de civil, con saco y camisa blanca, se queda a cuidar a Juan Carlos. "No me mires, hijo de tu pinche madre", aúlla el policía. Otros dos agentes, Enrique Montiel y Misael Ávila, lo bajan de la camioneta y lo llevan a un pequeño cuarto en el interior. "¿De qué religión eres?", le preguntan.

"Soy testigo de Jehová."

"Pues ni Jehová te va a salvar de ésta", se mofa el agente Montiel, empujándolo sobre un tapete de plástico negro.

"Te vamos a quitar las esposas, pero no se te ocurra hacer nada", le ordena otro policía.

Bernal lo obliga a quitarse la ropa. "¡La trusa también!", aúlla. Cuando Juan Carlos está completamente desnudo, los agentes lo atan de manos y pies y le vendan los ojos. "Vas a tener que aflojar ahorita, porque cabrones más mamados que tú han aflojado, así que afloja por las buenas."

Los policías le mojan la cara con una jícara con agua helada al tiempo que le piden sus datos. Entre los agentes hay un par de mujeres y Juan Carlos se siente denigrado con que ellas lo vean desnudo. "Te tenemos bien investigado desde hace años", lo amagan. "¿Cuál es tu domicilio?"

"¿No que me tenían bien investigado?", los reta Juan Carlos, sólo para recibir un nuevo golpe en el estómago.

Las mujeres continúan el interrogatorio, centrado en su relación con Israel y Florence: "¿Qué es de ti Israel Vallarta?"

"Es mi tío."

"¿Y Florence?"

"La novia de mi tío."

"¿En dónde está él?"

"En Almoloya."

"¿Y qué hace ahí?"

"Está procesado por un supuesto secuestro."

"¡No te hagas pendejo!" Un hombre vuelve a golpearlo y Juan Carlos cae al piso, de frente. "¡Levántate, pendejo!"

"¿Y cómo me voy a levantar si estoy amarrado?"

A regañadientes, los agentes le ayudan a incorporarse. "¡A ver si no vas a aflojar ahorita, hijo de tu pinche madre!"

Bernal se hinca y coloca la cabeza de Juan Carlos entre sus piernas y rodillas y le pone una franela sobre la boca, al tiempo que Ávila se monta en sus pies. Bernal deja caer un chorro de agua sobre su rostro, le aprieta la nariz y le formula una y otra vez las mismas preguntas. Juan Carlos responde, medio ahogado, que no sabe nada de la vida de su tío Israel y que no está al tanto de sus actividades ni de las de Florence. "Te vamos a soltar", le dice una de las mujeres, "sólo tienes que aceptar que eres secuestrador."

A diferencia de lo que ocurrirá con su hermano y su tío, Juan Carlos resiste y no acepta inculparse. Al cabo de una hora, cuando está ya absolutamente fatigado, le pasan un tubo de metal caliente por la cara y el pecho, lo bajan por su cadera y lo dejan caer sobre su pierna. Juan Carlos siente como si un hachazo le partiera el muslo. "Va a haber pedo por lo que acabas de hacer", se escandaliza uno de los agentes, pero el torturador no se detiene. "¡Acepta que eres secuestrador!", insiste, sin éxito.

Una de las agentes ordena terminar la tortura y sus compañeros levantan a Juan Carlos del suelo. "El que sigue…"

Juan Carlos apenas puede moverse; tiene la pierna al rojo vivo, cubierta de sangre. Los policías le ayudan a vestirse y lo trasladan a una silla. "Llévenselo a la camioneta y bajen al tío, ése sí va a aflojar. ¡Ése es el bueno!"

Montiel y Ávila se llevan a Juan Carlos. "Oiga, señor, ¿y mi hermano?", pregunta éste mientras los otros lo arrastran de vuelta a la camioneta.

"Ése no aguantó, se lo cargó su puta madre", le responde Bernal.

Juan Carlos por fin se hunde. ¿Qué cuentas podrá darle ahora a su madre? Sabiéndolo más frágil, piensa que en efecto han matado a Alejandro y, sin poder contener el llanto, se pone a orar en silencio.

"Llora, llora todo lo que tengas que llorar", le susurra uno de los oficiales que lleva el rostro descubierto. "Desahógate. Ahora sí se pasaron éstos. Yo no te hice nada, veme bien…"

"No, señor, no hay problema."

"Estas personas van a tener pedo."

A Alejandro lo tratan del mismo modo. Luego de bajarlo en la casa de seguridad en Chalco, los agentes también lo obligan a desnudarse, le vendan los ojos y la nariz y lo bombardean con las mismas preguntas sobre Israel y Florence. "No te hagas pendejo. Aquí hay dos salidas, la corta y la larga…"

Igual que a Juan Carlos, le ponen un trapo sobre la cara y le echan agua helada por todo el cuerpo hasta llegar a la boca. Varios sujetos se le montan encima, en las piernas y el vientre, y lo hacen vomitar. "¡Di que eres secuestrador, hijo de tu pinche madre!"

Los agentes deslizan un tubo incandescente cerca de sus testículos y, como si jugaran, lo pasan después alrededor de su sexo, sus ingles y sus axilas.

"Tengo tres años investigándote", le anuncia una mujer.

"Señorita, ¿qué quiere que le diga?"

"Pues que eres un secuestrador, y te soltamos."

Alejandro apenas puede hablar, abatido por la asfixia y el dolor, pero ellos no paran de golpearlo. Cuando se cansan, lo ayudan a ponerse de pie. "¡Tú eres de la banda de Los Zodiacos y tu signo es libra!", le grita a la cara una de las mujeres. "Sí, es mi signo, porque es al mes que corresponde cuando nací, pero yo no tengo nada que ver con ninguna banda."

"Tú te llevas cincuenta mil pesos por secuestro..."

Alejandro vomita de nuevo. Y, debido a los golpes en el vientre, no logra contener sus intestinos. "Éste ya se cagó", se burla uno de los oficiales.

"Ahora recoge lo que te cagaste", le ordena otro.

A Alejandro no le queda más remedio que hincarse y limpiar sus propias heces con los dedos, llorando como un niño.

"¿Verdad que eres un secuestrador?"

"Sí", musita al fin.

"¡Ya aceptó!", celebran los agentes.

Los policías esperan unos minutos a que se recupere y le arrojan encima su ropa. Mientras tanto, Montiel y Ávila suben a Juan Carlos de nuevo a la camioneta, donde se encuentra con René, quien ha sufrido los mismos golpes y maltratos. Tiene el brazo en carne viva. "¿Sí sabes por qué están aquí?", le pregunta otro de los oficiales a Juan Carlos.

"No, señor."

"Llevamos tiempo investigándolos. ¿Qué te pasó en la pierna?"

"Ustedes saben lo que me hicieron. Me quemaron."

"Pues mira, voy a ser bien claro. Quiero que digas que tú te quemaste jugando futbol. Y que a tu tío lo llevaban al hospital y es cuando los detuvimos. ¿Está claro? Es lo único que van a decir."

La camioneta arranca rumbo a la delegación de la PGR en Azcapotzalco, en el norte de la capital. Antes de llegar a su destino, el vehículo se detiene para dejar subir a un hombre corpulento, de bigote, que les toma varias fotografías a René y a Juan Carlos, y a una mujer, quien se presenta como agente del Ministerio Público y lleva consigo una computadora y una impresora portátil con la que imprime las imágenes que acaban de hacerles.

Cuando arriban a las instalaciones de la PGR, dos oficiales cargan a Juan Carlos en hombros y lo depositan en un cubículo, donde lo recibe un médico legista. "¿Te pegaron, verdad?", le pregunta en cuanto comienza a auscultarlo. Juan Carlos no se atreve a decir la verdad porque sus torturadores siguen a su lado. "Desnúdate, hijo." El médico comprueba que la quemadura que tiene en la pierna supura sangre. "¿Te quemaron, verdad? Aquí ya no te pueden hacer nada. Lo voy a asentar en el parte."

"No, espere, doctor", intenta disuadirlo uno de los agentes.

Sin permitirle replicar, los policías se llevan a Juan Carlos a otra sala, donde se reencuentra con René y con Alejandro. Este último está muy golpeado y tiene la vista perdida, además de que huele muy mal. Juan Carlos se alegra al verlo: al menos está vivo.

Los agentes los suben a una camioneta Express y se los llevan a las instalaciones de la SIEDO, frente al Monumento a la Revolución. Al llegar, Alejandro reconoce al empleado de su tío. Los federales lo bajan del vehículo y le dicen que se puede ir. "Dale gracias a Dios."

"¿Me van a soltar también?", pregunta Alejandro.

"La verdad, no sé", le confiesa otro policía.

Entretanto, un agente se lleva a Juan Carlos a testificar ante un agente del Ministerio Público federal.

"¿En qué mes naciste?"

"En septiembre."

"¿Y qué signo eres?"

"Virgo."

"Pues entonces tú eres el Virgo de la banda de Los Zodiacos…"

"Yo no quiero declarar nada", se queja Juan Carlos. "No está mi abogado conmigo."

"¿Y esta arma la reconoces?", el Ministerio Público le señala unas pistolas y unos rifles presentados como evidencias en su contra.

"Por supuesto que no."

El Ministerio Público parece no oírlo y sigue escribiendo.

"Ésa la traía ese oficial", Juan Carlos señala a Montiel.

"¿Qué te dije, hijo de tu pinche madre?", el policía lo toma del calzón y se lo levanta violentamente. Indiferente al maltrato, el agente del Ministerio Público le muestra a Juan Carlos una serie de fotografías, de entre las cuales sólo logra reconocer a René, a Israel y a Florence.

"Yo no quiero declarar nada hasta que no tenga un abogado."

Al final del interrogatorio le permiten hacer una llamada a su madre. Juan Carlos le pide que busque a un médico, pues los tres han sido torturados. En cuanto pronuncia estas palabras, un agente lo obliga a colgar y lo conduce a un separo, donde ya se encuentran Alejandro y René. Los tres están tan adoloridos y fatigados que se duermen de inmediato.

Al despertar a la mañana siguiente, después de un sueño intranquilo, Alejandro piensa que se ha convertido en un insecto.

La declaración ministerial de Juan Carlos no se lleva a cabo hasta el 8 de mayo de 2009. Lo imagino allí, firme e impertérrito; aunque adolorido por la tortura, mantiene su inocencia.

"Que diga el declarante si conoce o ha escuchado de la persona de nombre David Orozco Hernández, alias el Géminis", le pregunta el Ministerio Público.

"No."

"Que diga si conoce o ha escuchado de Carlos Palafox."

"No."

"Que diga si conoce o ha escuchado de Agustín Ávalos."

"No."

"Que diga si conoce o ha escuchado de alguien apodado el Parejita."

"No."

"Que diga si conoce o ha escuchado de la persona apodada Omar el Dólar."

"No."

"Que diga si conoce o ha escuchado de la persona apodada el Rabaida."

"No."

"Que diga si conoce o ha escuchado de la persona apodada el Ojitos o el Mago."

"No."

"Que diga si conoce o ha escuchado de la persona apodada la Francesa."

"Con ese apodo, nunca."

"Que diga si conoce o ha escuchado de la persona llamada Marie Louise Cassez Florence."

"Es la novia de mi tío Israel o fue su novia."

"Que diga desde cuándo conoce a Marie Louise Cassez Florence."

"En casa de mis abuelos, en un desayuno, hace años."

"Que diga si sabe dónde vive o vivía Marie Louise Cassez Florence."

"No sé, no deseo seguir contestando."

Con el escozor de las quemaduras en el brazo, René también realiza su declaración ministerial el 8 de mayo. "Cuando me detuvieron estaba yo en mi negocio con un trabajador mío de nombre Mario Hernández y otro, de nombre Alejandro Tovar, en el área de barcos donde reparo transmisiones, lugar en el que también estaba mi papá, Jorge Vallarta, mi mamá, Gloria Cisneros, mi hermana Yolanda Vallarta. Nos subieron a una camioneta blanca a mí, a Juan Carlos Cortez y a mi otro sobrino, Alejandro Cortez", declara. "Posteriormente, me llevaron con el médico y después nos trajeron a estas oficinas. De la misma forma deseo declarar que no conozco a ninguna de las personas que declaran en mi contra."

René habla de su hermano Israel y refiere algunos datos de su vida pasada: "Sé que cuando Israel se encontraba en Guadalajara tenía una clínica de belleza en la que trabajaba con su esposa, que después convirtieron en un centro de masaje. Posteriormente la esposa de Israel le fue infiel y él se dio cuenta, por lo que comienza a venir más seguido a la Ciudad de México. Yo conocí a Flor, que es la novia de mi hermano, ocho meses antes de que detuvieran a Israel."

Cuenta de otras dos veces en que vio a Florence —por la que le preguntan insistentemente— y de cómo se enteró de la detención de ella y de su hermano. Tras formularle distintas preguntas sobre Israel, el agente del Ministerio Público regresa a su supuesta participación en la banda del Zodiaco.

"Que diga si conoce o conoció a Carlos Palafox."

"No."

"Que diga qué signo zodiacal es."

"Virgo, y casi todos mis familiares son Virgo."

Un médico legista confirma que tiene una quemadura con desprendimiento de epidermis en un área de veintiún por diez centímetros en la cara externa del brazo izquierdo; equimosis color rojo a la altura del pecho izquierdo, cerca de la axila; una quemadura en la pierna izquierda; equimosis en la nariz; y dolor de abdomen por hernia. "Me las provocaron los policías al momento de mi detención", explica René, sin arredrarse y luego cuenta lo que les hicieron en la casa de seguridad. "Por cuanto a las lesiones, deseo presentar querella en contra de los elementos que me presentaron, porque además me dijeron que si decía algo le iban a hacer algo a mis hijos."

Para Alejandro, la detención resulta aún más dolorosa que para su hermano o su tío, no sólo por haberse quebrado durante la tortura, sino porque, a los pocos días de su detención, su esposa Ana le comunica que está embarazada de cinco semanas. Intento imaginarlo en ese momento, golpeado y adolorido, ante la paradójica felicidad de saber que volverá a ser padre.

Una vez trasladado con su hermano a la prisión de Tepic, Ana se ve obligada a viajar diez horas en autobús desde la Ciudad de México para visitarlo; a veces lleva a su hijo mayor y en otras ocasiones tiene que dejarlo encargado con Yolanda. La necesidad de viajar la obliga a renunciar a su trabajo como contadora y la obliga a empeñarse en pequeñas labores de costurera. El estrés ante la detención de Alejandro y de los viajes le desata una preclamsia, aunque a fin de cuentas logra tener a su hija tras un parto de emergencia.

Para su hijo mayor la situación se vuelve insoportable: cada vez que visita a su padre, luego de diez horas de trayecto, se ve obligado a soportar las mismas revisiones exhaustivas de los adultos y lleva particularmente mal el momento en el que los custodios lo obligan a desnudarse ante ellos. "Ya vámonos, papi!", llora siempre al final de cada visita.

Cuando las pesadillas del niño se tornan insoportables, Ana toma la decisión de no visitar más a su marido.

Pese a lo duro de la medida, Alejandro está de acuerdo en que será lo mejor. No volverá a ver a su hijo, y sólo conocerá a su hija al cabo de siete años, cuando finalmente recobre la libertad.

Las consecuencias emocionales del encierro también serán muy arduas para Juan Carlos. Pese a los esfuerzos que realiza para continuar con M., la mujer a quien considera el amor de su vida, a las pocas semanas de ingresar en la cárcel ella termina por reconocer que se ha enamorado de alguien más.

Para justificar el arresto de los familiares de Israel, el 12 de mayo la Secretaría de Seguridad Pública da a conocer un video en el que, tras su propio logo animado, aparece un sujeto que afirma pertenecer a la banda del Zodiaco y conocer directamente a Florence, a Israel y al resto de la familia Vallarta. Se trata de un hombre moreno, de facciones y complexión gruesa, cabello chino y un incipiente bigote, vestido con una reluciente playera blanca. A nadie en la PGR parece importarle que un testimonio tomado sin la presencia de un abogado, que atenta contra cualquier principio de seguridad jurídica y sea una clara violación a los derechos humanos, sea difundido por la dependencia de manera oficial.

"¿Cómo te llamas?", pregunta una voz en *off*.

"David Orozco Hernández."

"¿Cuántos años tienes?"

"37."

"¿Estado civil?"

"Casado."

"¿A qué te dedicas?"

"Soy comerciante y secuestrador."

"¿Cuándo conociste a Israel Vallarta?"

"En el 2000, en la colonia Progresista."

"¿Cómo lo conociste?"

"Él patrocinaba juegos de futbol y así lo conocí. Posteriormente me invitó a trabajar como..." Orozco duda, hace una pausa y levanta los ojos: "Lavador de dinero. Después a trabajar como secuestrador."

"¿Cuál era tu sobrenombre dentro de la organización de Israel Vallarta?"

"Géminis."

"¿Cuántos eran los integrantes de esta organización?"

"Estaban Israel Vallarta..." Aquí se advierte un corte en el video. "René Vallarta, todos ellos hermanos. Alejandro Vallarta, Juan Carlos Vallarta, sobrinos..." Otro corte. "Y la francesa que era su novia de Israel Vallarta."

"Okey", murmura el entrevistador. "¿Cuál era la participación de cada uno de ellos?"

"Israel Vallarta y la Francesa eran los que planificaban y cobraban los secuestros. A veces la Francesa participaba cuidando a las víctimas." Otra edición. "René participaba en los levantones, Juan Carlos, Alejandro Vallarta y yo cuidando..."

"¿En cuántos secuestros participaste con esta organización?"

"En cuatro."

"Descríbelos."

"El primero, un zapatero donde..., este..., me tocó cuidarlo y me dieron cincuenta mil pesos. El segundo que fue..., este..., un gasolinero alto, güero, barba y pelo chino." Los ojos de Orozco se mueven con insistencia. "La señora con un hijo y otra señora. Por ellos, este, se hizo el operativo del AFI, y no se realizó el cobro."

Orozco dice claramente: "la señora con un hijo y otra señora" para referirse al secuestro de Cristina, Christian y Ezequiel.

"¿Durante el secuestro en el que fue detenido Israel Vallarta tú estuviste cuidando entonces?"

"Sí", duda otra vez, "salí un día antes."

"¿Cuánta gente estaba cuidando?"

"Artur…", se corrige, "este, Israel Vallarta con la Francesa."

"Después de la detención de Israel Vallarta, ¿qué pasó con todos los miembros de su organización?"

"Se hicieron dos grupos." Orozco mira hacia arriba en un gesto característico. "Uno donde estaba toda la familia y el otro donde estuvieron todos los conocidos."

"¿Quiénes son los que se quedaron con el grupo de la familia?"

"Alejandro." Corte. "Juan Carlos Vallarta, sobrinos." Corte. "Y René Vallarta, hermanos." Así, en plural.

"¿En cuántos secuestros participaste en esta organización?"

"En tres."

"¿Cuáles fueron? Descríbelos."

"Es una maestra y me tocaron cincuenta mil pesos. Mi función fue vigilarla y levantarla. Una señora Margarita." Corte. "Este..., mi función fue levantarla y me tocaron cincuenta mil… Y un niño, que desconozco su nombre, pero me tocaron veinte mil."

Se refiere, presumimos, a Margarita Delgado, cuyo secuestro fue vinculado con Israel en 2005.

"¿Cuál era la función de cada uno de ellos ya dentro de esta nueva organización?"

"Teníamos funciones diferentes. Diario nos decían qué hacer. A veces los cuidábamos y a veces levantábamos. A veces hacíamos tapones."

"¿Qué son los tapones?"

"Cerrarle el paso a los vehículos traseros."

"¿Cuándo se integra la Francesa a la organización de Israel Vallarta?"

"A mediados del 2004."

"¿Qué realizaba la Francesa dentro de la organización?"

"Planificaba y hacía levantones con Israel. A veces cuidaba a las víctimas. Cuando ella llegó, entró la discordia entre todos los miembros de la organización porque ella quería tomar el mando junto con Israel, cosa que los demás miembros no estábamos de acuerdo. Y ella invitó a Israel a hacer dos levantones. Uno de un señor que no conozco su nombre y otro de un señor que se llama Ruiseñor. Ellos hicieron ese trabajo."

El corte es aquí aún más abrupto.

"Y cuando la Francesa llegó a la organización", continúa Orozco, "empezó a haber discordia. Incluso, hasta los hermanos de este Israel se hicieron a un lado, aludiendo que Israel era el que debería llevar la batuta junto con ella porque él era el más inteligente, que él era el que debía llevar todo. Ella le aconsejó no dar informes de lo que se cobraba y de lo que nos iba a dar. Incluso ella llegó a hacer dos trabajos con él. Ella ya organizó lo que se le iba a dar a cada quien, lo que le tocaba a algunos y eso fue lo que no tuvo de acuerdo a la organización."

El video se cierra con el reluciente logo de la SSP.

Imagino al mando policiaco que tuvo la brillante idea de realizar este video. ¿Y si lo grabamos en vivo diciendo que toda la familia Vallarta, y desde luego Florence, eran parte de Los Zodiaco? Una ocurrencia que, en ese momento, debió parecerle genial. ¿Qué mejor forma de ganarse el favor de su jefe inmediato, de Cárdenas Palomino, de García Luna? ¿Qué mejor forma de satisfacer al presidente? Y ahí vemos de nuevo a la Policía Federal transmutada en canal de televisión (en esa época aún no se ha popularizado YouTube). Algún oficial recibe el encargo de redactar el guion. Que los inculpe a todos, instruye el jefe. ¿De qué? Pues de todo: de todos los secuestros. Otro policía, devenido en *coach* de actuación, obliga a Orozco a aprenderse sus líneas de memoria. Lástima que, aturdido por los golpes, el improvisado actor no resulte muy convincente. De seguro no ganará un Oscar, se burla alguien; da igual: lo importante es que cumpla su papel. Un oficial enciende la cámara mientras otro acomoda las luces. No hay, queda claro, un buen maquillista a la redonda. Por fin empieza la grabación. Sólo que Orozco, ya lo advertimos, no es confiable: trastabilla y se equivoca. Ni modo. A empezar de nuevo. Y otra vez. Hasta que a nuestros improvisados émulos de Tarantino se les agota la paciencia. Mejor ya nos lo echamos como va, propone uno de ellos. Total, lo editamos. Y eso es lo que hacen en un proceso de posproducción que no podría ser más chapucero. No tendrá calidad profesional, pero, ¿quién se va a preocupar por eso ahora?, se jacta el de la idea. Vas a ver el impacto. Los jefes quedarán retecontentos. Igual hasta nos ascienden. Lo peor es que quizás tiene razón.

Florence descansa en su celda de Tepepan cuando otra interna le dice que vaya de inmediato a la sala de televisión; hace meses que intenta no ver ese aparato que tanto daño le ha causado. En uno de los noticieros que a lo largo del día no se ha cansado de retransmitir el video de la SSP, oye cómo ese sujeto al que jamás ha visto, David Orozco, declara que ella es la auténtica líder de Los Zodiaco. Su primera reacción es odiarlo con todas sus fuerzas.

"¿Cuánto le pagaron? ¿Por qué miente así?", se pregunta en voz alta. Justo ese día había pactado, por intermediación de Agustín Acosta, una entrevista con Denise Maerker, pero, cuando la periodista accede a la prisión, a Florence le tiemblan las manos y apenas logra expresarse con coherencia.

"Sacaron el video hoy porque sabían que vendrías a verla", le explica Acosta a la periodista. Al abogado no le queda más remedio que encerrarse con Florence, dejando a Maerker en el vestíbulo. Al cabo de un rato, le comunica que no podrán hacer la entrevista ese día.

"Consiguieron lo que querían", piensa la conductora de *Punto de Partida* antes de marcharse.

Seis días antes de la presentación del video, el 6 de mayo, los agentes Fernando Neir, Hipólito Carreño y nuestro viejo conocido Germán Zavaleta habían realizado el arresto de Orozco. Según los policías, cuando el sujeto salió de su casa, el 5 de mayo a las 22:30, lo detuvieron amparándose en una orden de presentación en su contra. "Mostró un poco de asombro", aseguraron sus captores, "y al preguntarle su nombre dijo llamarse David Orozco Hernández y que nos acompañaría sin problema alguno para aclarar su situación."

Nada, fuera de su nombre, relaciona a este David Orozco con el David mencionado por Carlos Palafox. Escuchemos ahora su declaración ministerial, tan mal ensayada como su debut en video.

Declaración ministerial de David Orozco,
6 de mayo de 2009

Efectivamente me dedico al secuestro. En el año 2000 conocí a Israel Vallarta, toda vez que era mi vecino, ya que vivíamos en la colonia Progresista, en Iztapalapa, e Israel tenía un equipo de futbol en donde yo jugaba. Israel organizaba cascaritas con los equipos de la misma colonia, por lo que al terminar los partidos convivíamos, ya que Israel organizaba las comidas ya fuera en su casa, ubicada en Venustiano Carranza, o en el campo. Israel decía que se dedicaba a la compra-venta de autos, compraba autos de aseguradora y los restauraba y sé que Israel y sus hermanos tenían un taller en la avenida Ermita-Iztapalapa, el cual todavía tienen y atiende René Vallarta con todos sus chalanes.

Y, como en ese tiempo yo me dedicaba a la venta de artículos de textil (ropa de varios tipos) que vendía en el tianguis de Pericoapa, que es el lugar donde conocí a Agustín Ávalos, quien es mi compadre, y él en ese tiempo vendía playeras en el mismo tianguis. Y como yo vendía ropa, Israel me ofreció financiarme, dándome la cantidad de doscientos mil pesos en el mes de octubre de 2002 para regresarle la cantidad de trescientos mil pesos para el mes de enero del año 2003. Lo que buscaba Israel con esta operación era que le lavara su dinero que obtenía de los secuestros, porque yo desde que lo conocí supe que se dedicaba al secuestro y efectivamente le regresé los trescientos mil. Esta operación la volví a hacer el año 2003. En el mes de mayo o junio, Israel me volvió a dar la cantidad de doscientos mil pesos y en enero de 2004 yo le regresé la cantidad de trescientos mil, siendo esta la última operación que hicimos en relación al lavado de dinero.

Ese mismo año de 2004, al regresarle el dinero, Israel Vallarta me invitó a trabajar con él en el secuestro, a lo que yo le dije que sí. Y entré en la organización de sus secuestradores, encabezada por Israel Vallarta y su novia, una francesa a quien detuvieron junto con Israel, esta organización que estaba conformada por Mario Vallarta, René Vallarta, Arturo Vallarta (a quien mataron pero no recuerdo en qué año, sólo que lo encontraron muerto en su carro), Israel Vallarta, su novia la Francesa, Alejandro Vallarta, Sergio Vallarta, Juan Carlos Vallarta, Carlos Palafox, Méndez El Parejita, Omar el Dólar, Rabaida, Agustín Ávalos y yo. Fue Israel Vallarta quien me comenzó a decir el Géminis, porque es mi signo zodiacal, y sólo sé que a Israel Vallarta le decían el Tauro; a los demás no sé cómo les decían.

Para el mes de febrero de 2004, participé en mi primer secuestro, fue un fabricante de zapatos de León,

Guanajuato. Para esto Israel Vallarta habló por teléfono, me dijo que me fuera al rancho Las Chinitas, el cual yo ya conocía, ya que Israel me había llevado antes para conocerlo, ya que ahí también hizo juegos de futbol. Llegué a ese lugar, no recuerdo la fecha, pero recuerdo que era la tarde. Cuando llegué me recibió Israel Vallarta, también estaban en el rancho René Vallarta, Mario Vallarta, Carlos Palafox, Méndez El Pareja, El Ojitos a quien también le decían Mago, Rabaida, Agustín Ávalos, quien buscaba los vehículos que iban a utilizar para los secuestros y también se encargaba de rentar las casas de seguridad, y la Francesa, quien siempre andaba muy bien vestida, aunque fuera de mezclilla se veía muy bien, usaba zapatillas. Ella traía una camioneta Voyager blanca, ella iba y venía del rancho, siempre andaba junto con Israel.

En la recámara que se encontraba a la entrada al lado derecho, en desnivel, se encontraba la víctima, el cual estaba encerrado con llave y sólo tenía los ojos vendados. Me dijo Israel que yo iba a cuidar a la víctima, por lo que ese día me quedé yo solo con la víctima. Se fueron todos y me quedé dormido en la sala viendo la televisión. Me la pasé toda la noche así, viendo el cable, y la víctima no me pidió nada, toda la noche estuvo tranquila. Al día siguiente, aproximadamente a las 08:00, llegó Israel Vallarta y su novia la Francesa, me despidieron, me dijeron que yo me fuera a descansar y en el rancho se quedaron ellos dos nada más.

Como a los cinco o seis días de esto, Israel me volvió a llamar a mi celular, me dijo que estuviera al pendiente porque lo iba a acompañar, nada más así me dijo y, ya como a los diez días, me citó Israel en Periférico a la altura del metro Constitución. Yo llegué a las 21:00. Allí ya estaba Israel en una motoneta y nos fuimos rumbo a Cuemanco. Antes de llegar a Canal de Chalco, donde pasa un arroyo de aguas negras, Israel me dijo que estuviera pendiente con un carro, que iba a apagar dos veces las luces. Como el vehículo iba delante de nosotros, Israel le aventó las luces altas y del vehículo tiraron una bolsa del súper, no sé si era de La Comercial, la recogí y se la di a Israel.

Después regresamos adonde habíamos dejado mi carro. Israel me dijo que después me llamaba. Cuando me volvió a llamar, me citó en la colonia Progresista, en la calle Álvaro Obregón y Ana Karenina, que es la esquina donde yo vivo. Recuerdo que era en la tarde. Israel iba en su Voyager blanca. Yo me metí en su camioneta e Israel me dijo: "Aquí están cincuenta mil", y me dio un paquete, por lo que yo me bajé y él se fue. Ese dinero me lo fui gastando en diversas cosas.

Después, como por el mes de septiembre del 2004, me volvió a llamar Israel a mi celular. En esta ocasión, me dijo que me fuera al rancho Las Chinitas para cuidar a tres personas que estaban allí, por lo que me fui al rancho en mi carro Ibiza. Llegué al rancho Las Chinitas a las 08:00, a esa hora iba llegando también Carlos Palafox, quien llegó sin carro. Cuando llegamos al rancho estaban adentro de la casa la Francesa, Israel Méndez el Pareja, el Ojitos o el Mago e Israel. Israel nos dijo que ahora nos tocaba cuidar a Carlos y a mí y les dio salida a los otros. Yo vi que en la recámara que está a la entrada del lado derecho, en desnivel, se encontraban tres víctimas. Era un muchacho alto, una señora que no vi bien y otra señora de pelo ondulado.

Supe que el muchacho era hijo de un señor dueño de gasolineras. Estas víctimas tenían vendados los ojos, no estaban amarrados pero los teníamos con llave. Ese día Carlos Palafox y yo estuvimos jugando baraja, viendo televisión, yo les hice de comer para todos huevo con longaniza. En la casa había una despensa, yo hice la comida y Palafox entró a la recámara a darles de comer como a las 13:00 y otra vez ya en la noche. Palafox se hacía cargo de llevarlos al baño. Durante la noche no hubo ningún problema. Al día siguiente, siendo aproximadamente las 08:00, llegaron al rancho Las Chinitas Israel y la Francesa en la camioneta blanca. Volvieron a hacer la misma operación. Nos despidieron luego y ellos se quedaron. De ahí me fui yo solo, ya que Palafox se fue hacia el pueblo, ya que, según me comentó, iban a pasar a recogerlo.

Al día siguiente, a mi salida del rancho Las Chinitas, me enteré que habían detenido a Israel y a la Francesa en un operativo. De esto me enteré por las noticias de la mañana del canal 2 y posteriormente, como a las 08:00, Palafox me llamó para informarme que él había hablado con Israel para avisarle que afuera del rancho había camionetas de la AFI y que él se dio cuenta porque fue al rancho ya que Israel le había hablado para que llevara películas y comida. Y que Israel le dijo que estaba bien y colgó, por lo que Palafox, al ver el operativo, tiró el teléfono y se fue.

Deseo agregar que, desde el primer secuestro en el que participé cuidando al zapatero, me di cuenta que había problemas en la organización, ya que la Francesa le decía a Israel Vallarta que no nos deberíamos de dar cuenta nadie de lo que ellos cobraban en los secuestros, ni de lo que hablaban sobre personas que iban a secuestrar. Que esa información sólo la tenían que saber ellos dos como jefes de la organización, lo que ocasionó molestias entre los hermanos de Israel, ya que se dieron cuenta del cambio y desde allí se empezaron a dividir.

Y supe que Israel y la Francesa trabajaron en dos jales juntos, uno desconozco a la persona y otro sólo supe que era un tal Ruiseñor. Palafox me comentó que esos dos secuestros los trabajaron nada más Israel Vallarta y la Francesa. Después de la detención de Israel y la Francesa, los hermanos y sobrinos de Israel Vallarta, Mario, René, Sergio, Alejandro y Juan Carlos Vallarta, formaron su propia organización delictiva dedicada al secuestro, y Carlos Palafox, Méndez el Pareja, El Mago o el Ojos, Rabaida, Dólar, Agustín Ávalos y yo formamos nuestra propia organización a la que después se agregaron Sergio Islas y sus primos, a los cuales nunca los vi, porque ellos hacían trato directo con Sergio Islas durante un año después de la detención de Israel.

El relato de Orozco es del todo incoherente. En primer lugar, nada dice del secuestro de Valeria: es un episodio en el que no participó o pasa inadvertido. Si en verdad este testimonio estuvo preparado por la policía, ni siquiera guarda la mínima relación con la secuencia de hechos consignada en la investigación. Igual que en el video, Orozco afirma que había tres secuestrados en Las Chinitas, pero insiste en que las víctimas eran un hombre joven —acaso Ezequiel— y *dos* mujeres. Una de ellas podría haber sido Cristina, pero Orozco nunca habla de un niño y la posibilidad de confundir a Christian con "una señora de pelo ondulado" es absurda. La secuencia temporal tampoco es correcta: afirma que Israel lo llamó a cuidar de las víctimas, al lado de Carlos Palafox, en septiembre de 2004 (cuando quiso decir, en el mejor de los casos, 2005), y que tres días después capturaron a Israel y la Francesa, pero como sabemos ellos fueron capturados el 8 de diciembre.

Entrevistada en 2005 por el periodista Daniel Ruiz, la activista Isabel Miranda —a quien llamaremos como mejor se le conoce: Señora Wallace— reconoce haber estado en las oficinas de la Procuraduría, acompañada por Ezequiel, mientras David Orozco realizaba su declaración. El público perfecto.

"Tuve la oportunidad de ver la entrevista cuando lo estaban entrevistando al Géminis", acepta la activista, casi con orgullo. "Yo estaba en ese entonces en AFI. Hay dos salas, una donde los entrevistan los policías. Había como un cristal, desconozco si sigue existiendo esa oficina. Y yo estaba del otro lado con Ezequiel escuchando el interrogatorio que le estaban haciendo al Géminis. Ahí dijo todo lo que aparece luego en el video en el juzgado. Y yo vi que eso lo declaró el Géminis de manera espontánea."

Espontánea, afirma la Señora Wallace. Si esto es verdad, es probable que tanto ella como Ezequiel hayan presenciado la tortura de David Orozco o al menos que lo hayan visto poco después de que éste la hubiese padecido. No parece que a la Señora Wallace le haya impresionado que Orozco declarase que las víctimas eran dos mujeres en vez de una mujer y un niño.

Imagino a Israel, en El Altiplano, cuando alguien le informa de la detención de sus familiares. Siempre pensó que podría soportar el encierro si no se atrevían a molestar a sus parientes. Furioso, impotente, desesperado, el 10 de junio le escribe una carta a Felipe Calderón para quejarse por la detención de sus familiares. Creo que no demasiados secuestradores tendrían la desfachatez de dirigirse directamente al presidente de la República.

"Le hago mención que jamás en mi vida he participado en hechos delictivos", escribe Israel. "Sé de antemano que el delito de secuestro es detestable ante la sociedad y las leyes mexicanas, mismo que también desapruebo. Como oportunamente usted ha informado al pueblo mexicano, que durante el tiempo que dure su gobierno no tolerará la impunidad y que ninguna persona está por encima de las leyes mexicanas. En base a eso, denuncio ante usted: los delitos de abuso de autoridad, privación ilegal de la libertad y tortura por parte de servidores públicos que en tiempo pertenecían a la AFI y a la SIEDO, siendo los siguientes." Y concluye: "Le suplico su intervención para llegar a la verdad histórica de los hechos y poner al descubierto las falsas acusaciones que dolosamente nos han imputado a la señorita Florence Cassez, a mi persona y, ahora, a mi familia, por malos servidores públicos que en este momento nos representan y que, por medio de engaños, proporcionan falsa información, enardeciendo con ello la opinión del pueblo mexicano."

Envalentonado por las detenciones realizadas por García Luna, Calderón dirige un mensaje a la nación el 2 de junio. De pie ante un podio con el escudo nacional y un gran letrero con el nombre de México, anuncia su decisión final. "El gobierno de la República ha llegado a la determinación de que no existen condiciones que permitan otorgar su consentimiento para el traslado de la ciudadana francesa Florence Cassez a Francia, su país de origen, y al cual hace referencia el Convenio de Estrasburgo", afirma el presidente, muy firme y orondo. "En consecuencia, Florence Cassez pagará su condena de 60 años de prisión en México por los crímenes cometidos en agravio de diversas personas en nuestro país."

El Ministerio de Asuntos Exteriores francés reacciona con un lacónico comunicado: "Lamentamos que esta nueva propuesta para seguir el diálogo, y así superar nuestras divergencias de opinión sobre el tema de la adaptación de la pena de Florence Cassez haya sido también rechazada por las autoridades mexicanas".

"Para mí, es la muerte", declara Florence a la prensa en cuanto se entera del mensaje de Calderón. "Frank Berton quiere que sigamos luchando. Que él siga si quiere, pero yo ya no puedo más", escribe en el libro que prepara. "Le ha dicho a los periodistas que me he convertido en un rehén político y que ahora la justicia internacional deberá tomar decisiones. Vuelve a anunciar su denuncia contra García Luna y los preparativos que le está haciendo a sus argumentos, así como el recurso del Estado francés contra el Estado mexicano ante la Corte Internacional de Justicia. Qué más da, en el punto en el que están sus relaciones." Berton y Acosta le piden que conceda nuevas entrevistas, retomando, por ejemplo, la que quedó pendiente con Denise Maerker, pero Florence se siente demasiado abatida.

A las pocas horas, unos custodios llegan a su celda y la obligan a recoger sus cosas. Con el pretexto de que podría atentar contra su propia vida tras el anuncio de que no será trasladada a Francia, Florence es llevada a Santa Martha Acatitla. Allí le informan que no podrá regresar a Tepepan hasta que su celda haya sido reforzada con cámaras de video para vigilarla día y noche.

Acompañada por Ezequiel, el 13 de junio la Señora Wallace celebra otra de sus habituales conferencias de prensa. "Las víctimas no podemos permitir que en México, donde solamente es sentenciado el uno por ciento de todos los secuestradores, ese uno por ciento salga libre por presiones políticas o de otro tipo", afirma. Tanto ella como Ezequiel aplauden la decisión de Calderón de negar la repatriación de Florence: "No importa dónde vayan a apelar. La sentencia es de 60 años de prisión y fue ratificada por un tribunal. Ella puede pedir un amparo, pero esperemos que se lo nieguen."

"Debe pagar las consecuencias de sus actos", interviene Ezequiel.

Presentes en la conferencia de prensa, las periodistas Anne Vigna, Léonore Mahieux y Emmanuelle Steels —*Los Ángeles de Charlie*—, cuestionan a Elizalde sobre sus declaraciones ante el Ministerio Público en las cuales acusaba a miembros de su familia política de haber formado parte de los secuestradores.

"El joven reconoció la voz y el rostro de la secuestradora", responde por él la Señora Wallace, "y ese es un hecho claro y contundente que se debe castigar a los responsables. Si hubiera sido enviada a Francia, en ese país la pena máxima es de 30 años de prisión, apenas la mitad de su sentencia, y el gobierno francés podría haberla indultado."

La SPP informa, en un comunicado de prensa, el 11 de julio, la detención de otro grupo de secuestradores. Según la Secretaría, con ello ha logrado desarticular tres peligrosas bandas de secuestradores: Los Japos, Los Tablajeros y Los Palafox, todas ellas ligadas con la más peligrosa de todas: Los Vallarta.

A principios de julio de 2009, Florence recibe la indicación por parte de la embajada de llamar a un número en el Eliseo. Ese día Sarkozy volverá a recibir a sus padres y su abogado quiere que ella participe en la conversación.

"¿Cómo está, Florence?", escucha de pronto. "Estamos en mi oficina con Frank Berton, Thierry Lazaro y sus padres, pongo el teléfono en altavoz. Las cosas no están saliendo como lo pensamos, Florence. ¡Nos están tomando el pelo!"

Florence escucha una voz que le pide al presidente que se contenga.

"Yo, Nicolas Sarkozy, le digo, Florence, que no la defraudaré. Sí, sé que nos están escuchando", se enfurece. "¡Pues que escuchen bien!"

Florence le dice que Berton pretende demandar a García Luna y le habla de la maniobra de Cárdenas Palomino para inculparla a través de David Orozco.

"Sabemos lo que hizo con el taxista", estalla Sarkozy, refiriéndose al pasado de Cárdenas Palomino, quien, a decir de la periodista Anabel Hernández, participó en el asesinato de un taxista, en compañía de otros amigos, cuando era muy joven. "Si tengo que decir que México es un país fuera de la diplomacia, ¡lo haré! Es inadmisible que no apliquen la Convención de Estrasburgo."

Al día siguiente, 10 de julio, Sarkozy aprovecha la rueda de prensa que celebra con motivo de la próxima reunión del G-8 en Madrid para volver a exigirle públicamente a Calderón el traslado de Florence.

Cuando finalmente es presentado ante un juez en Tepic, David Orozco desmiente el 29 de julio todo lo que ha dicho antes y se deslinda del video preparado por la SPP. "Yo no reconozco a estas personas", señala a René, Alejandro y Juan Carlos. "Fui torturado física y psicológicamente."

Conforme a su nuevo testimonio, el martes 5 de mayo del 2009 estaba trabajando en el tianguis de San Buenaventura cuando, cerca de las 09:00, se presentó un albañil que había quedado de hacerle un presupuesto para arreglar las paredes de su casa. "El maestro tirolero ya no tarda en llegar", le anunció. Cuando éste lo alcanzó, los tres se dirigieron a casa de Orozco. El albañil le dio el presupuesto del arreglo y luego le pidió a David que lo regresara a él y a su empleado de vuelta al tianguis. Transitaban por el bulevar San Buenaventura cuando una camioneta blanca tipo Eurovan con cristales polarizados les cerró el paso y cinco sujetos armados descendieron de ella.

"Ya chingaron a su madre", gritó alguien. Orozco distinguió un coche beige y uno azul. De los vehículos salieron más sujetos armados, los cuales amagaron a los albañiles. A David lo subieron en la camioneta, le dijeron que fuera boca abajo, lo esposaron y le colocaron un periódico en la cara. Los secuestradores dieron vuelta en *u* para salir de la unidad habitacional y circularon unos 25 minutos, a lo largo de los cuales no dejaron de interrogarlos.

Orozco les dijo que era comerciante desde los 15 años, que estaba casado y tenía una casa en San Buenaventura. A los albañiles les quitaron las credenciales de elector, les preguntaron si en verdad eran de ellos y leyeron sus nombres en voz alta. "Ahora sí, cabroncito, somos la última letra del abecedario, estás aquí por un encargo. Vas a trabajar para nosotros y queremos veinte mil mensuales. ¿Entendiste?"

Como Orozco se negó, lo golpearon y le aseguraron que eran miembros de los Zetas, la peligrosa banda de narcotraficantes que asolaba el norte del país, y le dijeron que a partir de entonces tendría que trabajar para ellos. "Desde este momento tu casa es nuestra. Vamos a dejarte la mercancía por la mañana y por la tarde pasamos por ella."

"No entiendo", musitó Orozco. Como respuesta, lo golpearon en las costillas y en los oídos. "Vas a vender droga en tu casa, por la ventana que tienes en la parte de atrás." Orozco les explicó que su casa daba a un módulo de policía. "Ése es tu problema. En un minuto te vamos a bajar y vas a hablar con el mero bueno."

Cuando descendió de la camioneta, escuchó que abrieron una puerta. Lo introdujeron en una casa, le quitaron las esposas y lo obligaron a desvestirse. Al preguntarles por qué, lo golpearon en el abdomen, en la cara y en los oídos. Una vez desnudo, le vendaron las manos hacia atrás. Orozco escuchó que dejaban caer agua y, tras colocarlo sobre un tapete, le ordenaron acostarse y le amarraron los tobillos. "Ahora sí, cabrón, ¿quién es Israel Vallarta?" Al responder que lo ignoraba, volvieron a golpearlo.

Una voz femenina pidió que le pasaran un trapo y se lo introdujo en la boca. Le pegaron en el vientre y enseguida vertieron el agua sobre su rostro mientras le preguntaban de forma reiterada quiénes eran Israel Vallarta y la Francesa, asegurándole que Carlos Palafox había afirmado que Orozco conocía a toda la organización. Cuando terminaron, lo dejaron en el suelo, semiconsciente. Orozco escuchó los gritos de los albañiles en otro cuarto mientras gritaban "¡Ya no, ya no!". Entonces una voz varonil lo conminó a cooperar. "Me siento mal de ver todo esto", le aseguró. Regresaron las personas que lo habían torturado. "¿Ya estás dispuesto a cooperar? Tenemos vigilados a tu esposa y a tu hijo."

David escuchó que pasaban unas hojas y se secreteaban entre sí. "No, primero que diga Israel y luego la Francesa…", oyó decir.

Uno de los policías llamó a casa de David, puso el altavoz y preguntó los precios de distintos productos; Orozco identificó las voces de su esposa y su hijo, pero aun así se negó a colaborar. En represalia, recibió una descarga eléctrica en las piernas. Se encogió y recibió más golpes y patadas; luego saltaron encima de sus rodillas. Los torturadores volvieron a abandonar la habitación y Orozco oyó la misma voz femenina de antes. Él insistió en que no era secuestrador sino comerciante. "Vamos a tirar a estos cabrones, porque si este güey se aferra ya no nos va a dar tiempo de levantar a su vieja", dijo alguien.

A Orozco y a los albañiles los vistieron y volvieron a subirlos a la camioneta. Después de unos veinte minutos de trayecto, dejaron bajar a estos últimos, indicándoles donde estaba su vehículo. "Si dan aviso a su familia o levantan un acta, ya tenemos sus datos registrados."

Reanudaron la marcha durante unos cuarenta minutos hasta llegar a otro lugar, donde volvieron a torturar a

Orozco, haciéndole las mismas preguntas de antes. David escuchó que alguien hablaba por radio y decía que se llevarían a su esposa y a su hijo. Fue entonces cuando aceptó cooperar. Los sujetos le indicaron lo que querían que declarara y le proporcionaron los nombres que debía decir a cuadro. También lo obligaron a aprenderse los datos de los vehículos y las cantidades de dinero que debía mencionar cuando se lo ordenasen.

Poco después, otra persona le pidió que repitiese todos los datos en orden, pero cada vez que Orozco titubeaba, lo golpeaban en los testículos. Cuando ya no pudo más, aceptó someterse a ellos. Los agentes grabaron el video, en el cual él se limitó a repetir lo que le habían indicado. Al terminar, un médico lo revisó someramente y luego lo pasaron a un cuartucho donde estaba un Ministerio Público. Permaneció allí, siempre vigilado, mientas rendía su declaración ante los agentes Tinoco y Lobato. Un tal licenciado López le dijo que tenían cinco años siguiéndolo, le ordenó declarar lo mismo que había dicho en el video y le advirtió que, si se negaba, involucrarían a su esposa, desaparecerían a su hijo y se encargarían de sembrar droga o incluso cuerpos en su casa. "Pues si con ello aclaran mi inocencia, háganlo", se atrevió a replicar.

Orozco le pidió a López hablar a solas con él, pero éste se rehusó. No fue sino hasta las 06:00 cuando le permitieron llamarle a su madre. Volvieron a ser amables y le ofrecieron un desayuno. Una hora después, llegó a visitarlo un defensor de oficio, el cual revisó la computadora del Ministerio Público.

Con su declaración en la mano, Tinoco y Lobato le indicaron a quién tenía que reconocer y por qué motivos. Por la tarde lo trasladaron al Arraigo, en la colonia de los Doctores, y esa misma noche la Secretaría de Seguridad Pública difundió el video que incriminaba a la familia de Israel y a Florence.

Al día siguiente, como a las 16:00, Tinoco y Lobato volvieron a visitarlo. "¿Quién te tomó ese video?", le preguntaron.

"Los de la Secretaría de Seguridad Pública."

"Eso no se vale", Lobato fingió enfadarse. "Voy a investigar qué sucedió con ese video, gallo, porque eso se salió de mis manos. Yo te prometí no meterme con tu familia ni con tu casa y hasta ahora he cumplido."

"Por las razones que he expuesto", concluía el testimonio de Orozco en Nayarit, "desconozco y no ratifico la declaración ministerial y deseo precisar que desde hace 15 años soy comerciante, que he trabajado en tianguis ubicados en Pericoapa, Tepito y Mexicalco, y que tengo clientes de mayoreo de hace muchos años, tengo taller de maquila, por lo que si me dedico a vender tres días en los tianguis, tres o cuatro días en la maquila, me dedico a llevar a mi hijo al box y a mi hija a la escuela, ¿a qué hora cometí esos delitos que me imputan? Cuento con credenciales de los tianguis mencionados, así como testigos de mis operaciones."

El 31 de julio, el presidente Felipe Calderón le otorga a Luis Cárdenas Palomino la Medalla al Mérito Policiaco, especialmente creada para él.

Jean-Luc Romero, presidente del comité de apoyo *Liberen a Florence Cassez*, pide a sus compatriotas boicotear a México evitando viajar a ese país en tanto no se respete el Estado de Derecho. "México es *Midnight Express*", sentencia.

Se equivoca: es *El proceso*.

13. El espíritu de Dunkerque

Entre el 27 de mayo y el 4 de junio de 1940, 338 mil soldados británicos, franceses, polacos y belgas fueron evacuados rumbo a Gran Bretaña desde las playas de Dunkerque a bordo de 861 naves. Tras la llamada *drôle de guerre* o guerra boba, el ejército alemán comandado por el general Gerd von Rundstedt había invadido con facilidad Holanda y Bélgica y se disponía a marchar sobre Francia. La superioridad militar alemana había logrado dividir los cuerpos aliados cuando, en una decisión que sigue debatiéndose, el alto mando nazi ordenó detener el avance hacia Dunkerque. Aunque se pensó que la orden fue dictada por el propio Hitler, ahora sabemos que fue dada por Von Rundstedt. Este *impasse* permitió la retirada del ejército aliado que, si bien perdió casi todos sus pertrechos, consiguió llegar a Dover en una operación que aún resuena entre los ingleses como el "espíritu de Dunkerque", engrandecido en la última película de Christopher Nolan.

Mi llegada a Dunkerque, por tren, vía Lille —la hermosa capital del Flandes francés, región conocida hoy como Nord-Pas de Calais—, resulta menos gloriosa. El 4 de marzo de 2017, un cielo grisáceo y tenue se extiende sobre el norte de Francia y yo me dispongo a encontrarme con Florence, quien desde hace unos años se ha instalado en este puerto histórico, a pocos kilómetros de la frontera con Bélgica, donde vive con su hija en un pequeño departamento en el mismo edificio de sus padres. He quedado de verla en la estación de tren; nos saludamos con timidez o desconfianza y ella decide llevarme a esa misma playa. Caminamos unos pasos —el océano plúmbeo y moroso, la arena delgada y blanquecina, el cielo encapotado— hasta el Tchin (Tchin Tchin, se llama un lugar), un lánguido café a la orilla del mar.

Nos sentamos en un gabinete en la parte posterior del café, lejos del ruido; le cuento de mi interés por su caso y el sentido que intentaré darle a este libro. La madurez ha acentuado sus rasgos: lleva el cabello —más güero que pelirrojo— recogido en una cinta; blusa negra, chamarra de cuero roja y, al cuello, una bufanda multicolor. Para romper el hielo, ella misma hace referencia a que en Francia todo mundo viste de oscuro, mientras México es siempre colorido. Sus ojos tienen el tono entre gris y verde descrito en el expediente, mientras que sus manos no son en absoluto delicadas y blancas, como aseguró Christian al acusarla, sino más bien rosadas, maltrechas, cubiertas de pecas. Irradia una seguridad inusitada, una especie de calma adquirida después de tantos sobresaltos.

Me cuenta —aunque yo lo he leído ya en el reportaje de Joëlle Stoltz en el magazine de *Le Monde*— que se ha divorciado de Fausto A., el mexicano con quien se casó en Francia semanas después de su liberación, y que ahora su vida está centrada en su trabajo en una empresa de búsquedas de empleo en Calais, adonde conduce a diario por espacio de una hora, y sobre todo en su pequeña hija de dos años, a la que cuida ayudada por sus padres, quienes viven en el piso de abajo en una construcción modernista cuyo techo imita los ángulos cerrados de las antiguas viviendas flamencas.

"Si viviera en Islandia podría olvidarlo todo", se lamenta cuando le pregunto en qué medida su pasado sigue presente en su vida actual. "Me despierto y no pienso en eso, pero muchas veces me reconocen en la calle: 'Tú eres Florence Cassez, ¿verdad?'."

Durante mucho tiempo tuvo miedo de salir a la calle, pero a raíz de su divorcio al fin se siente autónoma. De la prisión pasó directamente al matrimonio y su marido no dejó de sobreprotegerla; era él quien cocinaba, quien hacía las compras y quien se empeñaba en resguardarla contra el mundo. No habían pasado ni dos meses de su regreso cuando le entregó un anillo de compromiso —el día de San Valentín de 2013— y luego las llaves del apartamento en Annecy adonde se mudó con él. De vuelta en Dunkerque con sus padres, Florence se siente al fin libre.

"Ahora soy muy feliz." Su sonrisa no admite dudas.

Su español es excelente (mejor que mi francés) y prefiere que nos valgamos de este idioma que perfeccionó en la cárcel. La conversación fluye de su presente a su infancia; de su vida actual, de madre soltera e independiente, a su niñez tímida y retraída, pasando por su adolescencia rebelde y ese periodo de su juventud, de los 19 a los 29 años, en que fue en verdad independiente y que ahora se esfuerza en recuperar. Un preámbulo para llegar a México y a su encuentro con Israel.

"Si pudiera regresar en el tiempo, me habría gustado no conocerlo."

"¿Por lo que pasó después o por tu relación con él?"

"Las dos cosas."

Me explica que no quiere, que no *puede* separar una cosa de la otra: "Pasé siete años en la cárcel por su culpa." Sus ojos se llenan de lágrimas. "No puedo verlo de otra forma. Preferiría no haberlo conocido nunca."

Florence afirma que jamás vio algo raro en el comportamiento de Israel o en su familia: unida, humilde, con dificultades para llegar al fin de mes. Él nunca le hizo regalos costosos y jamás lo vio tener un nivel de vida fuera de lo normal, con la excepción de los coches que tanto presumía. Al mismo tiempo, siente que no llegó a conocerlo, que había algo turbio en su vida y que Israel nunca le contó toda la verdad. Le incomoda la historia, no verificada, según la cual Arturo, el hermano de Israel, murió en un operativo policiaco —versión que la familia Vallarta niega— o que Mario, otro hermano de Israel, le haya dicho, en una audiencia, que él también pasó un tiempo en la cárcel.

"Si llegaras a decirme que Israel es culpable, lo creería", exclama con enfado, "lo mismo que si me dices que es inocente."

Tras esta confesión, se quiebra. Se levanta a fumar, da una vuelta y regresa casi de inmediato. Los dos bebemos nuestros cafés en un silencio opresivo. "Fui atacada como mujer. En todo lo que soy", me dice.

A estas alturas no contiene las lágrimas. "Me han juzgado todo el tiempo: ¿Por qué no lo vio?" Y ella misma se contesta. "Pero, ¿había algo que ver? Llevo siete años buscando respuestas, odiándome a mí misma. ¿Por qué no has visto nada?, me pregunto como un reproche. Hasta que no tenga las respuestas, mi coraje es hacia esa familia. Aquí la única que se desnuda soy yo. Estoy harta de esos hombres con egos enormes, esos hombres mexicanos autoritarios, manipuladores. Ya no puedo con ellos. Con esos machos. Tengo coraje contra Israel, que no ha tenido la hombría, el valor para decir todas las cosas y contestar todas mis dudas."

Hablamos durante toda la mañana, primero en ese café y luego en un restaurante aledaño hasta que llega la hora de visitar a sus padres. Los amplios ventanales del apartamento de Charlotte y Bernard Cassez se abren sobre el cielo grisáceo de Dunkerque mientras cae la tarde. Su padre, un hombre rubicundo, de ojillos punzantes y cabello blanco, me ha traído unos *manchons* —unos tubos de praliné enrollados en chocolate— de Aux Doigts de Jean Bart, una reconocida pastelería local, cuyo nombre honra al prócer de la ciudad, y nos sentamos en torno a la mesa, adonde pronto se incorpora Charlotte, una mujer menuda, de brillantes ojos azules. Mientras converso con ellos, Florence y su hija, una pequeña muy despierta, de cabello negro y mirada pícara, juguetean en el suelo al lado de nosotros.

A diferencia de Florence, que aún se muestra muy perturbada o más bien enfadada por lo que ha vivido, Bernard y Charlotte tienen una actitud más apacible, sosegada en ella, risueña en él: al fin y al cabo son los padres que han recuperado a su hija y para ellos la ordalía ha quedado atrás. Reunidos allí, no parecen muy distintos a otras familias del norte de Francia: sobrios, gentiles, adaptados a los pequeños placeres de la vejez en compañía de su hija y de su nieta. No le guardan rencor a México; aunque no se atrevan a decirlo, a la postre se sienten satisfechos con el papel que desempeñaron para liberar a su hija.

Bernard me cuenta que proviene de una familia dedicada a los textiles, una profesión típica de esta zona de Flandes que se ha mantenido pese a la modernización y la competencia china —la fábrica familiar, una de cuyas fotos pende en el porche de su departamento, fue fundada en 1904—, y que se casó con Charlotte poco después de conocerse en un baile. Hasta la detención de su hija, la suya había sido la prototípica existencia de una familia burguesa de la zona, con sus pequeños gozos y desventuras.

Poco después de las 17:00, Bernard y Charlotte concluyen el repaso de su historia, de cómo ellos vivieron y participaron en la defensa de su hija y, tras agradecerles su hospitalidad, les digo que ha llegado la hora de marcharme. Florence sigue jugueteando con su hija, la cual se esconde detrás de sus piernas, y Bernard se ofrece a llevarme a la estación. Una vez allí, me doy cuenta de que el tren parte a las 18:08, lo cual me dará unos minutos para pasear por el centro de esta ciudad que no conozco.

Sigo el camino de la estación, pensando en cómo habría sido este lugar antes de los bombardeos de la segunda guerra mundial, observando las mismas tiendas, restaurantes de comida rápida y pastelerías que proliferan en toda Francia. Me quedan unos minutos para contemplar la catedral y acercarme a la Torre del Armamento y a la alcaldía, el único edificio monumental que quedó en pie tras los bombardeos, y vuelvo a toda prisa a la estación. Antes de marcharme pienso que quizás en la determinación de Bernard y Charlotte por liberar a su hija quedó anidado el "espíritu de Dunkerque".

En la prisión de alta seguridad de El Altiplano, Israel mantiene su estrategia de hablar poco y causar los menores problemas posibles.

"¿Estás deprimido?", le pregunta uno de los custodios. "Tienes que hacer un esfuerzo por rehabilitarte."

"¿Rehabilitarme de qué?", piensa Israel. "No asesiné a nadie, no cometí ningún crimen. No bebo y no consumo drogas."

Más que eso: conforme a la reforma judicial de 2008, dado que no se le ha condenado, sigue siendo inocente. Y los inocentes, en efecto, no tienen nada de qué rehabilitarse.

Aunque la posición de los franceses no es unánime, gracias a Sarkozy, Florence se convierte en una suerte de ídolo pop. Frédéric Ponthieux, profesor de guitarra en el Conservatorio de Arres, graba una canción que escribió en 2008 para ella titulada *Douce inocente* ("Dulce inocente"):

Querida inocente, ¡en tu virtud cree!
Marianne lo grita: ¡Más allá del océano,
Más allá de la distancia, existe un apoyo!

Ponthieux crea el grupo United Artists for Florence Cassez, al que se suman distintos cantantes y músicos franceses. Michel Sánchez, guitarrista y productor del conjunto Deep Forest, lega las regalías de *Man Kind*, una pieza que no alude el caso Cassez, para su causa. Por su parte, el cantautor Bonillo escribe *Rendez-nous Florence.* Al proyecto se suman piezas instrumentales, como *Lettre pour Florence* ("Carta para Florence"), de D. Patteyn, y *Pour Florence*, de P. Verraes. El cineasta canadiense Michel Fénollar incluye fragmentos de "Dulce inocente" en sus documentales *Florence Cassez: rehén político* y *4 años sin luz*. A su vez, Laurence David canta "Inocente":

Creo saber que en ocasiones
Siento estar harta por todo y tenerles que explicar
A cada uno de ellos, hasta el cansancio,
Que no he cometido nada de lo que me incriminan…
Soy fuerte, ¡oh, sí!, pero lo soy gracias a ustedes.

La poesía comprometida nunca se ha caracterizado, como puede comprobarse con estos ejemplos, por su alta calidad lírica, pero cumple el objetivo de popularizar el caso de Florence entre sus compatriotas.

En esos días de otoño, Florence conoce a Fausto A., un mexicano residente en Annecy que una década atrás fue víctima de secuestro. Aprovechando un viaje familiar, éste la visita en México y comienzan una asidua relación epistolar.

Encabezada por Charlotte y Bernard Cassez, Frank Berton, Thierry Lazaro y Jean-Luc Romero, una pequeña multitud se congrega el 8 de diciembre de 2008 en la Place d'Iena y avanza hacia la Rue du Président Wilson con el objetivo de plantarse ante la embajada de México en solidaridad con Florence. Junto a sus padres se acomodan Yolanda Pulecio y Astrid Betancourt, madre y hermana de Ingrid.

"Sé lo que es extrañar a una hija", le explica Pulecio a la prensa. "Sé lo que es preguntarse si ella podrá soportarlo. Sé también lo reconfortante que es tener al lado gente en la que uno pueda apoyarse."

Charlotte agradece el gesto, aunque le parece que la situación de Ingrid y la de su hija no se parecen demasiado. "No es el mismo caso", le susurra a su marido. "Ingrid era rehén de unos bandidos...", le contesta Bernard. "O quizás sí, Florence también es una rehén..."

En cuanto llegan a las puertas de la embajada, un imponente edificio en el distrito más caro de París, el jefe de Prensa, Alberto del Río, sale a conversar con ellos y les anuncia que el embajador está dispuesto a recibirlos. Un tanto sorprendidos, los principales miembros de la comitiva acceden al interior del inmueble y se amontonan en la sala de juntas.

"Aquí estoy para escucharlos", les anuncia el embajador de Icaza.

"¿De verdad quiere oírnos?", le pregunta Charlotte Cassez.

"Por supuesto. En México, los funcionarios públicos no estamos autorizados a comentar expedientes judiciales abiertos, así que perdonarán que yo no hable. Pero es mi obligación escucharlos y les prometo que haré llegar todo lo que me digan a las autoridades mexicanas correspondientes."

Un tanto incómodos, los padres de Florence y Berton lo confrontan con las irregularidades del caso.

Jorge Ramos, una de las estrellas de la televisión en español en Estados Unidos, entrevista a Ezequiel en los estudios de Univisión en Miami el 27 de enero de 2010. Con su estilo sobrio y directo, Ramos se limita a presentarlo como una de tantas víctimas de secuestro en México. "México es el país del mundo donde se realizan más secuestros, más que en Irak, más que en Colombia", comienza el periodista, de pie en el estudio, mientras el nombre de Elizalde aparece en una gran pantalla a sus espaldas. "El propio Congreso mexicano reconoció que, en ese país, se secuestra a dieciocho personas diarias. Uno de esos secuestrados se llama Ezequiel Elizalde, quien estuvo en cautiverio más de dos meses y quien vivió para contarlo. Su caso ha creado un conflicto binacional entre México y Francia y ésta es la entrevista que nos concedió aquí en exclusiva."

En la siguiente toma, Ramos y Elizalde se hallan sentados frente a frente con una pequeña mesita entre ambos. Más histriónico que nunca, Elizalde, vestido con un saco negro y una pulcra camisa blanca, habla con enorme seguridad, repitiendo la misma historia que empezó a contarle a los medios en 2005.

"Tú ya no vives en México, vives en Estados Unidos. ¿Pediste asilo político?", le pregunta Ramos.

"Al principio sí, y me lo otorgaron."

"¿Tienes miedo que te maten?"

"Como fui un testigo clave en la investigación y fui el único que vio a Florence físicamente, temo por mi seguridad. Hace unos meses atrás se empezó a desarticular ya la banda. Fui a México para reconocer a su hermano, a sus sobrinos y a parte de los otros secuestradores", afirma mientras en la pantalla aparecen imágenes del 9 de diciembre de 2005.

"Florence ha dicho que es inocente. El presidente francés Nicolas Sarkozy ha pedido que se la lleven a Francia y el presidente Felipe Calderón hasta el momento se ha negado a hacerlo", afirma Ramos.

"Creo que el presidente Felipe Calderón se puso muy firme y dio una buena decisión para el país y para nosotros, las víctimas, diciendo que Florence se queda."

"¿Por qué te atreves a hablar tú en un medio de comunicación como éste? Corres peligro."

"Yo sé que es difícil, es peligroso, pero si no nos ponemos las pilas no podremos avanzar en ese paso. Hay que darle voz a las víctimas." Ezequiel se descubre como un héroe: "Hay que darle a la lucha contra este crimen. Tenemos que alzar la voz para que esta voz sea escuchada por las autoridades."

Guillermo Osorno, director editorial de la revista *Gatopardo* —un proyecto colombiano centrado en el desarrollo del periodismo narrativo—, conoce a Agustín Acosta desde el kindergarten. Por eso le sorprendió tanto que su antiguo compañero defendiese a Florence, cuya culpabilidad no pone en duda. Como el despacho de Acosta y las oficinas de la revista se encuentran en la misma colonia, no es extraño que ambos se encuentren en los restaurantes del barrio. Una de esas veces, el abogado aprovecha para explicarle su posición y, ante el escepticismo de su viejo amigo, lo invita a leer el expediente.

Osorno lo revisa con cierto cuidado y de inmediato se da cuenta de que en sus páginas anida una gran historia, y sobre todo una historia que los medios de comunicación no han referido. Entusiasmado con su reacción, Acosta convence a Osorno de visitar a Florence en la prisión de Tepepan —hasta entonces ella ha recibido casi exclusivamente a periodistas franceses— y lo anima a viajar a Béthune, para entrevistar a sus padres, y a Niza, donde ahora vive Sébastien.

Como ocurre muchas veces con Florence, que tiene lados tan encantadores como ariscos, Osorno no se lleva muy buena impresión de ella. Le parece seca y dura. Al término de su entrevista, ella le cuenta que ha comenzado a escribir un libro sobre su historia en colaboración con el periodista Éric Dussart y le pide ayuda para encontrar un editor mexicano. Osorno accede a llevarle el manuscrito a Rogelio Villarreal, director de la editorial Océano, quien un poco a regañadientes acepta publicarlo.

"Una revisión a fondo del proceso de Florence Cassez", escribe Osorno en su reportaje de *Gatopardo*, "arroja suficientes dudas sobre su participación en los secuestros por los que ha sido juzgada y sentenciada. Un repaso por la historia política de su caso muestra que ella es rehén de muchas fuerzas, entre otras, una policía con necesidad de legitimarse y dos presidentes con intereses en conflicto", escribe Osorno en el artículo que publica en el número de febrero de *Gatopardo*.

La extraña unanimidad que hasta entonces reina en la prensa mexicana, contraria a Florence e Israel, comienza a fisurarse gracias a este texto que en cambio a ella no le gusta demasiado, pues no reivindica explícitamente su inocencia y se limita a revelar las numerosas contradicciones del expediente y a exponer las motivaciones políticas del caso.

Cuando descubre que Alejandro Cortés, su nuevo abogado, se ha aprovechado de él y le ha arrebatado a su familia sus últimos ahorros, obligando a su padre y a su madre a vender su casa para pagar sus honorarios, Israel decide empezar a representarse a sí mismo. A instancias suyas, su nueva defensora de oficio presenta el 4 de marzo de 2010 una serie de alegatos, los cuales incluyen citatorios para decenas de testigos.

El 12 de marzo, Israel escribe otra carta a los medios en la que se queja de la actuación de Raúl Plascencia, presidente de la Comisión Nacional de Derechos Humanos, quien en días pasados ha asegurado que nunca tuvo conocimiento de las torturas sufridas por él tras su detención: "¿Por qué el actual presidente de la CNDH no ha hecho público que tuvo conocimiento pleno de mi tortura antes de ser descubierto el polémico montaje?", se pregunta Israel, refiriéndose tanto a los dictámenes médicos como a los informes presentados en su momento por el personal de la Comisión.

Durante la Sexta Cumbre de Jefes de Estado y de Gobierno de América Latina y del Caribe-Unión, celebrada en Madrid entre el 17 y el 19 de mayo, Calderón y Sarkozy se vuelven a topar en una breve reunión bilateral. El presidente francés le insiste a Calderón que Florence sea trasladada a Francia; éste le responde que, por razones de política interna, esa salida se ha vuelto absolutamente imposible, pero le asegura que la vía judicial está abierta para que ella presente un amparo y le garantiza que no intervendrá en la resolución que el Poder Judicial tome al respecto. Bien escarmentado, Sarkozy no le cree una palabra.

En su repentino afán por integrar a todos los supuestos miembros de la banda del Zodiaco en un mismo expediente, la SIEDO resuelve el 20 de julio el ejercicio de la acción penal en contra de Édgar Rueda y José Fernando Rueda Cacho —los cuales no han sido detenidos, a los que desde hace años no se busca y esta vez tampoco se detendrá— por el delito de delincuencia organizada; de Israel Vallarta, por el secuestro de Shlomo Segal; y de Hilario Rodríguez, René Vallarta, Juan Carlos Cortez Vallarta, Carlos Palafox y/o Juan Carlos Camarillo Palafox y/o Juan Carlos Cerecero (las autoridades insisten en que ha usado todos estos nombres), alias el Palafox, Ulises Zenil y David Orozco por el secuestro de Cristina, Christian y Raúl.

Asimismo, la SIEDO hace válida una vieja orden de aprehensión, dictada el 21 de julio de 2008 —más de dos años atrás—, en contra de un grupo de personas identificadas sólo por sus apodos y a los cuales relaciona, sin prueba alguna, con los Vallarta. El batiburrillo de nombres no alcanza a tener un orden claro, los presuntos criminales son acusados de secuestros intercambiables y las víctimas jamás confirman las sospechas de la policía, como si la SIEDO se hubiese limitado a pegar todas estas tramas dispersas con el único fin de crear una poderosísima organización criminal, Los Zodiaco, que jamás ha existido.

En esta época llena de tensiones, Cristina vuelve a ampliar su declaración. Tendría que ser más preciso: no la amplía, sino que la cambia drásticamente. Nada o casi nada queda de su relato inicial del 9 de diciembre de 2005. Cinco años después, sus recuerdos se han trastocado; nuevos episodios surgen de su memoria, o al menos así lo asegura ella, sin que yo pueda saber si hay trazos de verdad en sus palabras o si su relato se ha convertido en una de esas falsas memorias que suelen acompañar a las víctimas de un trauma continuo y, en este caso, doble: haber sido secuestrada al lado de su hijo y luego haberse visto obligada a comportarse como un peón de la policía. Sigamos atentamente su estremecedor relato para tratar de distinguir el ruido de la furia.

Ampliación de Cristina Ríos, 25 de agosto, 2010

En la ocasión que rendí mi declaración por tercera vez, yo declaré que Israel Vallarta abusaba de mí física y sexualmente y me tenía amenazada con que si yo no accedía a lo que él me pedía se iba a desquitar con mi hijo y yo le obedecía en todo. En una ocasión, en el cuarto donde estábamos mi hijo y yo, lo hizo sacar para abusar de mí, pero su mujer, Florence Cassez, lo sorprendió y tuvieron un fuerte pleito, saliéndose del cuarto, diciendo ella que me iba a matar. Me decía "perra" y que también se iba a desquitar con el niño. Pasaron como tres días e Israel Vallarta no iba a la casa, no sabía nada de él, y, cuando regresó, me dijo que su jefe estaba muy enojado por lo que había visto, yo me supuse que era ella, porque el líder era él, y después de eso me empezó a tratar muy mal, me pegaba, me envolvía en cobijas para que no se vieran los golpes.

Esta señora no iba seguido, ya que en el mes que estuve en ese domicilio llegaría como cuatro veces. Cuando se dirigía a los sujetos que me cuidaban y se encontraban en el otro cuarto y éstos le contestaban, me di cuenta de que eran diferentes. Algunos de esos sujetos se identificaron conmigo, uno me dijo que lo llamara Ángel y otro Gabriel. Israel Vallarta me dijo que le llamara Hilario.

Gabriel cuando llegaba al cuarto se dirigía a mí y me decía que nos teníamos que bañar por separado. Él llegaba por mí y no me llevaba a la casa grande, sino a un baño que estaba pegado al cuarto donde me tenían, el cual no contaba con regadera. Cuando me encontraba en ese lugar me daba un recipiente para que tomara agua de unas cubetas grandes de plástico que tenían agua tibia. Mientras me bañaba, dicho sujeto se quedaba en el baño, él era quien me daba el jabón o el champú en la mano, ya que yo no podía ver porque tenía los ojos vendados. Cuando terminaba de bañarme le pedía una toalla y me la negaba, porque me decía que él me iba a secar. Cuando me empezaba a secar me hacía tocamientos y posteriormente me violaba, diciéndome que no fuera a gritar ni a decirle a sus compañeros o a Israel Vallarta, porque se desquitaría con mi hijo. Este sujeto me violó como cuatro veces durante el tiempo que estuve secuestrada en Las Chinitas.

Había uno que ya era una persona de edad a quien le decían Hilachas [un apodo nunca antes mencionado] o por un signo del horóscopo el cual no recuerdo, pero en una ocasión escuché que lo llamaban Hilario. Era otro de los sujetos que, cuando yo lo pedía, me llevaba al baño para hacer mis necesidades. Y fue otro de los sujetos que en dos ocasiones me violó. También había otro sujeto como de 60 años que también me violó como cuatro veces en el mismo baño; por el tono de voz, pienso que dicho sujeto era el papá de Édgar Rueda Parra, quien es sobrino de mi esposo. Lo curioso es que cuando fui liberada y me encontraba en compañía de mi esposo, llegó el papá de Édgar, quien tenía el mismo tono de voz del sujeto que me violó en el rancho. Además lo reconocería por el aliento de una persona excesivamente fumadora.

Otro de los sujetos que me violó fue uno que por el tono de voz le pusimos mi hijo y yo el Ranchero. Este sujeto me violó a diario durante el tiempo que estuve privada de mi libertad. Otro sujeto que me violó casi a diario durante el tiempo que estuve secuestrada en el rancho se hacía llamar Ángel. También otro sujeto que responde al nombre de Édgar Rueda Parra me violó como diez veces en el rancho.

Al término de su declaración, el agente del Ministerio Público le muestra a Cristina un juego de siete fotografías; ella dice reconocer distintos lugares, como el exterior de Las Chinitas y el baño que usó, así como a los distintos miembros de la banda, entre ellos a un sujeto al que identifica como Miguelito, quien le pedía "que lo besara y le lamiera la cara" y a otro al que ella apodaba Margarito porque su voz se parecía al de este personaje de la televisión. El Ministerio Público también le hace oír varias grabaciones y ella reconoce las voces de Hilario Rodríguez, René Vallarta, Juan Carlos Cortez Vallarta, Juan Carlos Cerecero (a quien identifica con el Ranchero) y Ulises Zenil (a quien identifica con Gabriel). Asimismo, el agente le presenta tres videos y Cristina identifica a David Orozco (a quien, según ella, llamaban Géminis).

Conforme a este nuevo testimonio, Cristina vivió un horror indescriptible. Fue violada a diario por el Ranchero y casi a diario por Ángel; diez veces por Édgar Rueda Parra y cuatro por el padre de éste; dos por el Hilachas; cuatro por Gabriel; y otras tantas por Israel. No tengo dudas de que Cristina (y su hijo Christian) fueron víctimas de secuestro, pero no logro discernir cuántos de los horrores que narra fueron ciertos y cuántos ella simplemente ha terminado por creer que lo fueron. Sin atreverme a juzgarla, no me quedan dudas de su sufrimiento.

14. El Año de México

El 30 de agosto de 2010, los abogados de Florence presentan una demanda de amparo directo ante los magistrados del Tribunal Colegiado en Materia Penal del Primer Circuito en contra de la sentencia del Tribunal Unitario que redujo su condena de 96 a setenta años de cárcel, obligándola a cumplir 60. Para fundamentar su petición, la demanda contiene una detallada revisión del caso, escrita en primera persona, que casi puede leerse como un largo monólogo de Florence. Reproduzco aquí amplios fragmentos para darle voz.

Demanda de amparo directo, 30 de agosto de 2010

El 8 de diciembre de 2005, aproximadamente a las 10:30, fui detenida arbitrariamente en la carretera federal México-Cuernavaca por agentes de la Policía Federal de Investigación, incomunicada por espacio de veinte horas y luego trasladada al rancho Las Chinitas en la madrugada del 9 de diciembre. Ese 9 de diciembre, hacia las 06:47, sin haber sido puesta a disposición del Ministerio Público, fui fotografiada y filmada, contra mi voluntad, por los medios de comunicación en lo que se hizo aparentar una liberación en directo de personas secuestradas en el rancho. La noticia y las imágenes que ahí se exhibieron fueron ampliamente difundidas en los principales noticiarios de la televisión, matutinos y en demás horarios.

Finalmente, ese día, a las 10:16, fui puesta a disposición del Ministerio Público adscrito a la SIEDO. En el acuerdo de puesta a disposición, la autoridad ministerial omitió ordenar la notificación inmediata de mi detención al Consulado General de Francia por mi condición de ciudadana francesa.

Ese mismo día, a las 15:15, sin haber sido enterada del derecho a la información sobre asistencia consular, rendí mi declaración ministerial. El 10 de diciembre de 2005, a las 12:10, la autoridad ministerial se comunicó vía telefónica a la representación diplomática de Francia. A las 15:45, recibí la visita del cónsul general de la República Francesa en México. Ese mismo día, la autoridad judicial decretó mi arraigo por noventa días.

El 16 de diciembre de 2005, el periódico *La crónica* publicó un encabezado con el título: "La secuestradora francesa iba por 7 clientes VIP del Fiesta Americana", una nota sin vinculación con el expediente. El 19 de diciembre de 2005 designé defensor al abogado Jorge Ochoa Dorantes, quien logró ingresar al Centro de Arraigos el 28 de diciembre sin poder acceder al expediente de averiguación.

El 5 de febrero de 2006, en el programa *Punto de Partida*, conducido por la periodista Denise Maerker, el director general de la Agencia Federal de Investigación reconoció que las escenas televisadas de mi supuesta detención no habían sido "en vivo" y que en la detención real no hubo presencia de medios de comunicación.

El 10 de febrero de ese mismo año, el procurador general de la República, el subprocurador de la SIEDO y el director general de la AFI ofrecieron una conferencia de prensa y confirmaron que las escenas de televisión no fueron un operativo "en vivo"; en tal ocasión, los servidores públicos no pudieron precisar una fecha de detención y explicaron el operativo televisado como respuesta a una petición de los medios. Ese mismo día, dos testigos, que originalmente no me reconocieron, ingresaron a la sede de la SIEDO y se entrevistaron varias horas con servidores públicos; en el expediente no consta declaración ni actuación correspondiente a su visita.

El 14 y 15 de febrero de 2006, en la ciudad de San Diego, California, en los Estados Unidos de América, en las oficinas de Subagregaduría de la PGR, dos testigos, Cristina Ríos Valladares y su hijo menor, Christian Ramírez, rindieron declaración en la que cambiaron sus versiones y, ante una fotografía mía y un registro de mi voz, manifestaron reconocerme.

El 21 de febrero de 2006 firmé un escrito en el que reclamé no estar enterada de quiénes deponían en mi contra y el hecho de que mi abogado no había podido siquiera consultar la indagatoria. Mi defensor pudo protestar el cargo el 27 de febrero de 2006.

El 3 de marzo de 2006, el Ministerio Público de la Federación ejercitó acción penal en mi contra por los delitos de privación ilegal de libertad en la modalidad de secuestro, delincuencia organizada y portación de arma y cartuchos exclusivos del Ejército, Armada y Fuerza Aérea.

El 2 de marzo de 2007, la AFI, por conducto de su Dirección General Adjunta de Asuntos Jurídicos, reconoció ante la CNDH, y a instancia del reportero Pablo Reinah, a quien tocó transmitir las escenas televisadas del 9 de diciembre de 2005, que en el "operativo desarrollado por elementos de la AFI no se precisó que la detención de las personas ocurrió antes de su llegada y por lo tanto no se le proporcionó información completa, objetiva y veraz."

El 25 de abril de 2008, fui condenada a 96 años de cárcel.

El 2 de marzo de 2009, el tribunal de apelación, Primer Tribunal Unitario en Materia Penal del Primer Circuito, modificó la sentencia y redujo la pena a 60 años, al tenerme responsable de los delitos de secuestro, portación de arma de uso exclusivo y delincuencia organizada.

El 13 de mayo de 2009, la Policía Federal presentó a los medios de comunicación un nuevo video en el que aparece una persona que dijo llamarse David Orozco, ser secuestrador y haberme conocido como cómplice; el video es ampliamente difundido. El 3 de junio de 2010, se da a conocer el contenido de la declaración judicial del mismo David Orozco, quien declara ante la autoridad judicial no conocerme y haber sido torturado para incriminarme.

Acumulo 1,726 días de injusta cárcel. He sido condenada por efecto de un montaje televisivo y de la manipulación de mala fe de testimonios que han mudado al compás de las necesidades publicitarias de la acusación. La realidad de un proceso paralelo de orden mediático y la manipulación que éste ha exigido, han anulado el debido proceso y el principio de inocencia y me han privado de una oportunidad efectiva de defensa.

SOY INOCENTE.

No gocé ni en la averiguación previa ni en el proceso penal 25/2006 instruido en mi contra, ni en la alzada, de las garantías de un debido proceso y de un juicio justo e imparcial. La acusación en mi contra rompió el principio de la buena fe ministerial. Es gravísimo que la autoridad encargada de descubrir la verdad produzca, construya y difunda una mentira. Y eso fue precisamente lo que sucedió con la actuación que empezó en el montaje y culminó en el proceso que hoy me condena a sesenta años de cárcel.

En mi detención, la policía despreció la buena fe y abandonó toda fidelidad a la verdad. La mentira y su encubrimiento recorren el expediente y los vicios que de ahí devienen han torcido el proceso de averiguación de la verdad histórica. El 9 de diciembre de 2005, los noticieros de las dos televisoras nacionales, Televisa y TV Azteca, difundieron unas imágenes que mostraban lo que parecía ser la entrada "en vivo y en directo" de fuerzas especiales de la Policía Federal a una casa de seguridad en cuyo interior se encontraban supuestamente tres víctimas y sus captores. Y sí, ahí estaba yo, Florence Cassez, puesta ahí contra mi voluntad por la AFI. Las imágenes fueron ampliamente difundidas. Los videos que contienen esas imágenes, especialmente el que muestra el operativo reporteado por Pablo Reinah para el programa matutino *Primero Noticias* y que empezó a rodar a las 06:47, son piezas del expediente.

La presente demanda de garantías hace obligada la vista y análisis de ese video como primera pieza de estudio, para luego proceder a su contraste con las testimoniales y demás piezas escritas del expediente.

La admisión del simulacro generó casi inmediatamente nuevas comparecencias ministeriales de dos testigos, la señora Cristina Ríos Valladares y su hijo Christian Ramírez, pretendidas víctimas, en las que ambos, madre e hijo, modificaron sustancialmente su primera versión de los hechos.

La mudanza de su testimonio no puede entenderse más allá de una reacción a la revelación del escándalo mediático. La testigo, Cristina Ríos Valladares, empezó a modificar el sentido de su dicho, y digo empezó, porque su testimonio no dejará entonces de mudar. Así lo hizo en todas sus ampliaciones, agregando e incluso contradiciendo el sentido de su primer dicho.

Los videos, especialmente el supuesto reportaje en vivo, son piezas esenciales y deben ser estudiados por la autoridad judicial con extremo detenimiento. Ciertamente, el video no es una prueba que me incrimine. Empero, me causa agravio que el Tribunal Unitario responsable lo ignore como una prueba sin eficacia.

Las contradicciones e inconsistencias son legión. La primera pieza que contradice abiertamente el video es el parte informativo de puesta a disposición de la policía investigadora federal, suscrito por los agentes aprehensores ese 9 de diciembre de 2005. En ese oficio quedó muy claro que yo, Florence Cassez, no fui detenida en el interior de una casa de seguridad, mucho menos junto a personas secuestradas.

Una imagen me muestra en el interior de una casa de seguridad. Es decir, ese video buscaba otorgarle al hecho un carácter irrefutable: Florence estaba ahí y al lado de personas secuestradas, apenas liberadas. ¿Qué se puede, qué prueba, qué argumento valen contra el poder de esa imagen?

En las primeras imágenes, aparece en el interior de la casa de seguridad un mando de la AFI que sostiene la puerta para facilitar la irrupción de las fuerzas federales. Me explico: adentro, y apostados viendo una televisión, agentes federales dirigían la escena, en espera de la llegada de sus compañeros. Adentro de la construcción, el coacusado Israel Vallarta yace en el suelo, esposado y golpeado. Empero, se suponía que en ese momento ocurría su detención. Más adelante, en otra escena, el mismo alto mando se ufana ante las cámaras al doblegar e infligir dolor al detenido.

Las testigos, con los rostros borrados por efecto de la tecnología televisiva, conceden con percibida calma entrevistas a los reporteros de las televisoras. Horas más tarde, en sus declaraciones ministeriales, todos ellos eluden cualquier mención al episodio mediático y omiten cualquier detalle sobre su anuencia e intervención en el montaje. Abiertamente, faltaron a la verdad al decir que, apenas rescatados, fueron trasladados a las oficinas del Ministerio Público. Los testigos participaron en un reportaje que a la postre resultó falso. Eso técnicamente los convierte en actores de la escenificación y en cómplices, voluntarios o involuntarios, de la irrealidad urdida por la Policía Federal.

En lugar de ser puesta, sin demora, a disposición ante el Ministerio Público, fui puesta, a la fuerza, en el rodaje de un simulacro policial cuya finalidad era incriminarme. Las escenas delatan además que la policía permitió a los periodistas interrogarme en absoluto olvido de mis derechos fundamentales.

El video es, pues, pieza clave para apreciar la conducta de la parte acusadora, su desprecio a los derechos humanos y su desapego a la verdad, y sobre todo para valorar la credibilidad de los testimonios que ahora me incriminan. El video pesa en contra de la parte acusadora. No obstante, la autoridad responsable eludió alcanzar las conclusiones a las que ineluctablemente conducen semejantes irregularidades y optó por ignorar la dimensión probatoria de lo que muestran y significan esas imágenes.

Los testigos que me incriminan faltaron a la verdad. Bien vistas, sus declaraciones arrojan numerosas contradicciones que demeritan su credibilidad. Más aún, la mudanza de sus dichos se explica y está ligada a la falsedad más flagrante del expediente, a saber, el montaje.

Acaso convenga empezar por decir que las primeras declaraciones de los tres testigos que me incriminan no se verificaron ante el agente ministerial, sino ante los micrófonos y las cámaras de la televisión. Luego, sus ampliaciones no son el resultado de una recuperación de memoria o de un sosiego hallado tras un hecho traumático. El tribunal responsable no sometió a una crítica razonable la credibilidad de esos testimonios acusatorios. Y, en efecto, la valoración de los testigos debió haber empezado por el enlace obligado con la escenificación del rescate y luego la revelación escandalosa que supuso. En ese sentido, el tribunal responsable debió haber pesado el contexto y el impulso motivador de los testigos. No lo hizo.

El video explica en buena medida las violaciones que plagan el sumario. Más aún, por efecto del montaje fui sometida a un trato degradante que anuló el debido proceso y la presunción de inocencia. Sin entrar, por lo pronto, al debate sobre la fecha de mi detención, es indubitable que fui retenida por la policía investigadora y constreñida a salir frente a las cámaras de televisión. Ese hecho constituye una violación a mis derechos fundamentales.

Mi retención para efectos de la escenificación es ilícita y bajo ninguna óptica puede justificarse. Fotografiar a una persona que no ha sido puesta a disposición del Ministerio Público constituye un acto de molestia. En el presente caso, la molestia fue mucho más grave. Yo, Florence Cassez, fui retenida contra mi voluntad y colocada en un lugar distinto al de mi detención para ser fotografiada, filmada e incluso interrogada indebidamente por los medios de comunicación.

Ahora, la violación que expongo en este apartado deviene tanto más grave cuando se considera que en realidad no fui detenida el 9 de diciembre de 2005, sino un día antes, el 8 de diciembre sobre la carretera.

La parte acusadora afirmó que yo fui detenida el 9 de diciembre de 2005 a las 05:30. Luego, cuestionada por la prensa, aclaró que tenía que revisar la averiguación "hojita por hojita" y "empatar" las cosas en los medios de comunicación. El 10 de febrero de 2006, la autoridad ministerial no podía contestar una sencilla pregunta y ofrecer una explicación a la opinión pública. Yo, por mi parte, he sido consistente y he sostenido haber sido detenida el 8 de diciembre aproximadamente a las 10:30. Fui detenida arbitrariamente, sin existir flagrancia y sin estar en posesión de armas y luego retenida ilegalmente por espacio de 24 horas.

El tribunal responsable tuvo por buena la fecha que postuló la acusación, sin embargo, existen indicios de peso que inclinan la balanza hacia el 8 de diciembre. Esos indicios se hallan en diversas piezas de la averiguación.

El parte de policía pugna directamente con las imágenes de televisión. Una vez descubierto el montaje, la cronología del informe resultó tan incongruente como insostenible. El escándalo mediático obligó a componer la cronología. Ese hecho explica que, al 10 de febrero, la autoridad era incapaz de proporcionar un día y una hora ciertos de mi detención.

Desvelada la irrealidad, la autoridad no tuvo más remedio que abrir expediente administrativo. Los cuatro agentes que firmaron el parte informativo de puesta a disposición original habían ratificado su contenido ante el Ministerio Público. Lo hicieron el mismo 9 de diciembre. Ninguno de los cuatro observó error alguno. Luego, casi tres meses más tarde, el 1º de marzo de 2006, los mismos comparecieron por segunda ocasión, ahora ante la Visitaduría General. Entonces, todos se apresuraron en coincidir que su informe contenía un error en las horas y que la vigilancia había empezado una hora antes, no a las 05:00, sino a las 04:00 y que mi detención había ocurrido hacia las 04:30. Las aclaraciones de los agentes traicionan falta de credibilidad. Dadas las circunstancias, las declaraciones reflejan aleccionamiento para salir al paso del cuestionamiento sobre la escenificación y proporcionar una nueva versión lo más creíble y congruente posible.

Otro dato de la nueva versión pugna con la cronología y resulta incongruente. Conforme a la nueva versión, "el rescate" habría ocurrido entre las 06:20 y las 06:30. Ninguno de los agentes dice haberse percatado de la presencia de los medios, empero entre la liberación y la hora registrada del videotape median apenas 17 minutos. Esto significa que: ¡en tan sólo un cuarto de hora, la AFI tuvo tiempo suficiente de ingresar al rancho, liberar rehenes, asegurar inculpados y revisar la otra casa! Tal versión, por simple sentido común, resulta inverosímil. No obstante, las evidentes contradicciones entre el parte original, el video y las ampliaciones de los agentes, el tribunal responsable concedió a la segunda versión policial peso probatorio y la tuvo por fidedigna.

Otro dato de la averiguación previa opera en mi favor y en contra de la versión del día 9, se trata de las lesiones que presenta Israel Vallarta. Esas lesiones no pueden explicarse conforme a los tiempos que proporcionaron los agentes de la Policía Federal. ¿Cuándo y cómo se producen esas lesiones? La lista es extensa y su existencia confirma elementos de las declaraciones de los indiciados. ¿En qué momento se producen esas lesiones? ¿En el tiempo de espera en la camioneta? ¿En el rancho? Israel Vallarta narró al médico de la CNDH que en el arraigo fue bien tratado, que la violencia física, los golpes y las vejaciones se produjeron precisamente antes de la puesta a disposición, entre el 8 y el 9 de diciembre.

Predeciblemente, ningún agente aceptó haber causado lesiones a Israel Vallarta. Las respuestas de los agentes no son creíbles. Las lesiones no se explican bajo la mecánica de un simple tomar de manos o una maniobra de inmovilización. Los tiempos descritos por los policías tampoco encajan con las lesiones. Esas lesiones revelan que el tiempo de detención necesariamente fue más prolongado y que la mecánica de lesiones fue algo más que un agarrar de manos. Las lesiones son indicio de una retención ilegal que implicó la incomunicación necesaria para violentar al detenido e inferirle quemaduras eléctricas.

Mi detención no fue comunicada de inmediato a la representación consular de mi país, Francia. Conforme a constancias, a las 10:16 del 9 de diciembre de 2005, fui formalmente puesta a disposición del Agente del Ministerio Público adscrito a la Unidad Especializada en Investigación de Secuestros de la SIEDO.

En la fecha y hora señaladas arriba, obra un acuerdo del agente del Ministerio Público de la Federación. Por mérito de ese acuerdo, quedé formalmente a disposición de una autoridad mexicana, y en ese momento, dada mi condición de extranjera, el Ministerio Público debió, de inmediato, haber comunicado mi detención a la representación diplomática de Francia. Sin embargo, no lo hizo. Así, la autoridad ministerial omitió cumplir su obligación de comunicar de inmediato mi detención a la representación diplomática o consular francesa. Las consecuencias de esta omisión no son menores. Esta obligación ministerial es correlativa del derecho de notificación consular. La violación vulneró la posibilidad de organizar adecuadamente mi defensa en una averiguación previa conducida por agentes del Estado mexicano.

No fue sino hasta el 10 de diciembre de 2005 a las 12:20, pasadas más de veinticuatro horas después de mi puesta a disposición oficial y después de haber rendido declaración ministerial, que finalmente el Ministerio Público avisó a la representación diplomática.

Ese mismo día, a las 15:45, recibí la visita del cónsul general de la República Francesa en México. Ese mismo día, la autoridad judicial decretó mi arraigo por noventa días. Para ese entonces, la asistencia era extemporánea. El impacto adverso sobre mi defensa, especialmente durante el trámite de la averiguación previa, consta en los mismos autos de la indagatoria.

SOY INOCENTE Y SIGO ACUMULANDO DÍAS DE PRISIÓN INJUSTA.

En Casa Lamm, un importante centro cultural ubicado en la colonia Roma, el 22 de septiembre de 2010 se presenta la traducción al español del libro de Florence, *A la sombra de mi vida*, publicado por la editorial Océano, con la presencia de su madre, de la escritora y periodista Guadalupe Loaeza —muy ligada a Francia y a partir de entonces una de sus mayores defensoras— y de su abogado, Agustín Acosta. El libro resultará un fracaso de ventas (nadie en México parece dispuesto a leer las palabras de una "maldita secuestradora") y sólo conseguirá que su editor, Rogelio Villarreal, reciba decenas de cartas amenazantes que lo acusan de haber publicado a una delincuente.

El 8 de octubre de 2010, en la Sala Tronetto del Vaticano, localizada entre la antecámara secreta y la biblioteca papal, Benedicto XVI recibe al presidente Sarkozy en una audiencia privada que dura poco más de media hora. Tras un primer encuentro con su comitiva, ambos pasan a la Biblioteca para una breve charla en privado. "Tengo un favor qué pedirle, Santo Padre", le ruega Sarkozy al papa. "Tengo una protegida en México que ha sido condenada a 60 años de prisión."

"¡Oh, la pobrecita!", exclama el papa alemán que a muchos, al compararlo con su predecesor, les parece inconmovible. "¿Qué puedo hacer para ayudarla?"

Sarkozy comienza a resumirle el caso, pero el pontífice lo detiene: "¡Nadie merece sesenta años de prisión!"

"Si hizo una tontería", la justifica Sarkozy, "es una tontería que la Iglesia puede comprender. Se enamoró de la persona equivocada en el momento equivocado. El amor no es un pecado..."

Otra vez la tesis de que la pobre Florence no se dio cuenta de que se había enamorado de un criminal. Dos simplificaciones en una.

Con una sonrisa, Benedicto le promete comunicarse con su nuncio apostólico en México, acaso sin saber que éste ya ha dado la autorización para que el equipo de Arellano trabaje a favor de la francesa.

Para reemplazar al socialista Bernard Kouchner tras una remodelación de su gobierno, el 14 de noviembre Sarkozy nombra como nueva ministra de Asuntos Exteriores a Michèle Alliot-Marie, quien hasta el día anterior se había desempeñado como ministra de Justicia y Libertades —el cargo que en Francia se conoce como Garde des Sceaux—, alineando su cuarto ministerio. De modales rudos y ariscos, directa y algo sombría, Alliot-Marie no encarna el rostro más amable de la diplomacia francesa.

Del otro lado del Atlántico, el 19 de noviembre la cónsul general de Francia en México, Vera Valenza, y la primera teniente de alcalde de París, Anne Hidalgo, visitan a Florence en la cárcel de Tepepan. La primera le expresa la solidaridad de su jefe, el respetado socialista Bertrand Delanöe, con quien Florence ha hablado ya por teléfono y quien había prometido visitarla.

Provisto con las tres carpetas con las conclusiones de los equipos jurídico, criminalístico y criminológico —sumado al nuevo visto bueno del nuncio Christophe Pierre tras la visita de Sarkozy al papa—, Pedro Arellano se presenta a fines de noviembre en la oficina del magistrado Carlos Hugo Luna Ramos, el responsable de preparar el proyecto de sentencia sobre el amparo promovido por Florence ante el Tribunal Colegiado.

Tras un momento de desconfianza —el magistrado se declara masón y afirma desconfiar de la Iglesia—, Luna Ramos le promete a Arellano estudiar sus resultados y llama a su secretario de Acuerdos para que tome notas sobre lo que han hablado; Arellano interpreta el gesto como una buena señal. Al término de la parte oficial del encuentro, la relación se ha vuelto tan cordial que Arellano y Luna Ramos deciden irse a comer juntos.

"Han hecho un muy buen planteamiento", lo felicita el magistrado dándole a entender, o al menos esa es la impresión inicial de Arellano, que su visión respecto a Florence ha dado un giro.

Como si trabajasen al alimón, Ignacio Morales Lechuga también visita al magistrado Carlos Hugo Luna Ramos en esos días.

"Está claro que todo fue producto de un montaje", le explica el antiguo procurador. "El expediente está lleno de hechos falsos. Está en riesgo la relación bilateral. Usted tiene la oportunidad histórica de evitar un grave conflicto entre México y Francia y la cancelación del Año de México. Pero creo que existe una salida que podría ser conveniente para todos."

"Lo escucho."

"Esto ya lo he hablado con el lado francés y me han asegurado que la propia Florence estaría dispuesta a aceptarlo", propone Morales. "Una sentencia que rebaje sustancialmente su pena, considerando que nunca participó en los secuestros y establezca que, por su relación sentimental con Israel Vallarta, simplemente lo encubrió."

"¿Está seguro que Florence y los franceses lo aceptarían?", pregunta el magistrado.

"Sin la menor duda", le asegura Morales Lechuga, quien le asegura que ha hablado previamente con el embajador Parfait. "Una preliberación en estas condiciones sería aceptable para todos."

A propuesta de Calderón, el 23 de noviembre la Comisión Nacional de Derechos Humanos otorga a la Señora Wallace el Premio de Derechos Humanos 2010.

Mientras la atención de los medios se centra en Florence, el caso de Israel se enreda en las oscuridades burocráticas del sistema de justicia mexicano. Esta será la paradoja permanente de esta historia: cada vez que ella gana visibilidad, él la pierde. Declarado culpable sin jamás haber sido declarado culpable —al menos hasta el momento de escribir estas líneas—, sin contar con una pléyade de abogados que lo respalden y encerrado en una prisión de máxima seguridad, Israel libra una batalla que nadie ve. Que nadie quiere ver.

¿Qué piensa entonces? ¿Que el revuelo podría beneficiarlo? ¿Que el traslado de Florence a Francia, como lo exige Sarkozy, ayudará a su causa o, por el contrario, que con ella lejos ya nadie más se acordará de él, de su hermano René, de sus sobrinos Alejandro y Juan Carlos? Israel se difumina, no por voluntad propia, sino porque parece imposible que un mexicano prototípico compita en estos momentos con la fama global de la "pobrecita" francesa —como la ha llamado el papa— cuyo único pecado fue enamorarse de él.

Una conferencia de prensa un tanto deslucida, el 3 de febrero de 2011, sirve para que el embajador francés Daniel Parfait, acompañado de la secretaria de Turismo, la subsecretaria de Relaciones Exteriores —la secretaria se ha negado a asistir— y varios funcionarios mexicanos del ámbito de la cultura anuncien el próximo inicio del Año de México en Francia.

"Un año que tiene éxito es un año en el curso del cual dos pueblos se reencuentran", afirma Parfait con un eco al conflicto que separa a los dos países. "Un año que debe suscitar un formidable entusiasmo para el país invitado."

El semanario *Proceso*, siempre crítico con el gobierno, informa que, el 10 de febrero, Roberto Gil, secretario particular del presidente Calderón, se reúne a desayunar en la sede de la Suprema Corte de Justicia con su presidente, el ministro Juan Silva Meza y el ministro Guillermo Ortiz Mayagoitia, a quienes acompañan los magistrados Carlos Hugo Luna Ramos, Ricardo Ojeda y Manuel Bárcena, es decir, los tres miembros del Tribunal Colegiado que horas después dictará sentencia en torno a la solicitud de amparo presentada por Florence. Aunque tanto la Corte como el Consejo de la Judicatura niegan el encuentro —o afirman que se trata de una práctica habitual entre los poderes Ejecutivo y el Judicial—, *Proceso* asegura que Gil Zuarth presiona a los magistrados al insistirles en que la sentencia que habrán de tomar debe ser vista como una decisión de Estado: la liberación de la francesa, les insinúa el funcionario, equivaldría a poner en duda toda la lucha del gobierno de Calderón contra el crimen.

Apenas unas horas más tarde, los magistrados Carlos Hugo Luna Ramos, Ricardo Ojeda Bohórquez y Manuel Bárcena Villanueva se reúnen en sus oficinas y votan por unanimidad su resolución.

En un comunicado, el Consejo de la Judicatura informa que los integrantes del Tribunal consideraron los conceptos de violación formulados por la quejosa infundados e inoperantes, pues estimaron que es inexacto que Florence haya sido detenida de forma ilegal, dado que en caso de flagrancia cualquier persona puede ser detenida y los policías la descubrieron en posesión de un arma reservada para el ejército.

Respecto a que no existe certeza de la hora y día de su detención, el Colegiado consideró que, en su declaración ministerial de 9 de diciembre de 2005, Florence negó su participación en los hechos, circunstancia que revela que no fue presionada ni inducida a inculparse y declaró con entera libertad, asistida de su defensor y traductor, sin que haya referido nada relativo a que hubiera sido detenida desde el día anterior a su declaración.

El Colegiado advirtió que el Unitario no tomó en cuenta el contenido de los videos que fueron transmitidos en los programas de televisión ni en perjuicio ni en beneficio de la quejosa. Por esta razón, estimó que no le causó agravio haber aparecido ante las cámaras. Asimismo, consideró que, si bien Florence no fue puesta de inmediato a disposición del Ministerio Público, se debió a que la policía debió dirigirse a su domicilio para rescatar a las tres víctimas.

Los magistrados consideraron que el Tribunal Unitario no violó garantías de Florence al no practicarse las diligencias de confrontación con las víctimas, ya que, si bien las víctimas nunca vieron el rostro de la quejosa, sí proporcionaron algunas características que coinciden con las de Florence, como la textura y color de la piel de sus manos, el color del cabello, su voz y su acento.

Por último, el Colegiado consideró que, si bien es cierto que la detención de una extranjera debió de ser comunicada de inmediato a su representación diplomática o consular, el Ministerio Público trató de comunicarse con la embajada. Por todas estas razones, el Tribunal Colegiado decide no ampararla ni protegerla y mantiene firme la sentencia anterior.

Con el cabello entrecano y modales pausados, Ricardo Ojeda se considera, con orgullo, un juez de la vieja guardia. Oriundo de Oaxaca, igual que Olga Sánchez Contreras —la jueza responsable de condenar a Florence en primera instancia—, ascendió por todo el escalafón judicial hasta convertirse en magistrado de Circuito. Once años después de la decisión sobre Florence, Ojeda me dice que no tiene dudas de su culpabilidad o la de Israel. Gran defensor del sistema inquisitivo que hasta hace poco regía todos los procesos penales mexicanos ("en el expediente se funda la mayor seguridad jurídica, es diez veces más seguro que el sistema acusatorio oral"), afirma que él y sus compañeros analizaron concienzudamente el caso antes de tomar una determinación.

Ojeda niega que Florence e Israel hayan sido detenidos el día anterior. "Si fue así", exclama, "sus abogados no lo probaron en el expediente." Y para él, no me cabe duda, el expediente lo es todo. El magistrado acepta, en cambio, que sí hubo un montaje: García Luna le parece un personaje que sólo buscaba protagonismo y se prestó a la maniobra. Pero, en su opinión y la de sus compañeros, esta maniobra no afectó en lo esencial el desarrollo del proceso. Afirma que en su sentencia dejaron abierta la puerta para que se acusara a los culpables tanto de planearlo como de llevarlo a cabo: es decir, tanto a García Luna como a Loret de Mola. Según él, al secretario de Seguridad Pública no le gustó esta parte de la sentencia, por más que a la postre nunca fuese acusado por el montaje.

"Esta decisión va a pesar sobre nuestras relaciones bilaterales. Las condiciones en que esta decisión fue tomada son inadmisibles. Ninguno de los elementos fundamentales del derecho o de los hechos presentados por la defensa de Florence Cassez fue tomado en cuenta como lo habría sido en un Estado de Derecho", declara Michèlle Alliot-Marie, la nueva ministra de Asuntos Exteriores de Francia.

Esa misma tarde, Sarkozy le llama a Florence a Tepepan para sopesar la posibilidad de anular el Año de México en Francia como respuesta ante la decisión del Colegiado. Irritada y deprimida, Florence le dice que no quiere que se olviden de ella y acepta la posibilidad de la anulación, aunque preferiría encontrar otra salida. En una entrevista con *Le Monde*, afirma: "Tengo miedo de que se produzca una crisis diplomática entre Francia y México. No quiero la anulación del Año de México en Francia."

Acompañado por Bernard y Charlotte, el presidente francés da a conocer el 13 de febrero su posición sobre el Año de México en una conferencia de prensa en París. "El pueblo de Francia es amigo del pueblo de México y nosotros haremos la diferencia entre el pueblo mexicano y algunos de sus dirigentes", sostiene, refiriéndose a Calderón. "Anular el Año de México en Francia sería una ofensa para el pueblo mexicano."

Sarkozy exige la transferencia de Florence a una prisión francesa para acercarla a su familia y, siguiendo la petición de Florence de no olvidarla, propone que el Año de México en Francia esté completamente dedicado a ella.

"Pido que cada oficial que tenga la ocasión de tomar la palabra en estas manifestaciones comience hablando de Florence Cassez."

Me gustaría imaginar cómo habría sido ese Año de México propuesto por Sarkozy de este modo, a la ligera. Se inaugura, digamos, una exposición de cinco fotógrafos mexicanos en una galería en Marsella. Antes del *vernissage*, alguien (¿pero quién se prestará a la maniobra, un curador, un diplomático del Quai d'Orsay enviado en misión especial, un enviado del Eliseo, un diputado local, un miembro de la alcaldía?) lee una comunicación oficial sobre Florence, pidiendo su traslado a Francia. Y lo mismo antes de cada obra de nuevo teatro mexicano; de cada función del Ballet Folklórico de Amalia Hernández; de cada sesión de rancheras o cada recital de Rolando Villazón; de cada exposición de Frida o de Rivera; de cada muestra de arte contemporáneo; de cada presentación de una novela (imagino una de las mías), un libro de cuentos o un ensayo; de cada conferencia de un académico, un profesor o un investigador sobre México… Y eso en París tanto como en Lille o en Toulouse. Una idea tan absurda como impracticable, tan populista como ajena a la realidad. No me extraña que nadie en la comunidad cultural francesa o mexicana, por más indignado que estuviese por el caso de Florence, secundase la ocurrencia de Sarkozy.

La subsecretaria de Relaciones Exteriores, Lourdes Aranda, es la primera en recibir la noticia oficial, por parte del Ministerio de Asuntos Exteriores francés, sobre la decisión de Sarkozy de dedicar el Año de México a Florence. "México no negocia su política exterior con secuestradores", replica Aranda con firmeza.

Poco después, la Secretaría de Relaciones Exteriores reacciona con un comunicado igual de duro: "Es realmente sorprendente que un jefe de Estado tome una decisión de política exterior que afecta los vínculos entre dos pueblos y gobiernos en consulta con una persona condenada por la justicia mexicana por delitos de naturaleza particularmente grave", afirma el texto.

Y cierra: "A la luz de las declaraciones del presidente Nicolas Sarkozy, el gobierno de México considera que no existen las condiciones para que el Año de México en

Francia se lleve a cabo de manera apropiada y que cumpla con el propósito para el cual fue concebido."

Como única muestra de apoyo a la decisión de Sarkozy, el 15 de febrero un centenar de miembros de la Asamblea Nacional francesa se reúne con los padres de Florence y con Frank Berton.

"Nicolas Sarkozy se ha convertido en un dictador bananero", afirma en cambio Carlos Fuentes, antiguo embajador de México en Francia y francófilo de cepa. "Ha convertido el caso Cassez en un asunto de Estado nacional porque su prestigio anda muy bajo, porque las encuestas demuestran que tiene una popularidad muy reducida."

La declaración de Fuentes resume el sentimiento de la buena parte de la clase intelectual mexicana, tan en contra de Calderón como de Sarkozy.

Para aliviar las heridas provocadas por la decisión del Colegiado, el activista Alejandro Martí organiza una cena en su casa a la que invita tanto a Agustín Acosta y al embajador Daniel Parfait como a la Señora Wallace y al abogado Juan Velázquez, quien tras revisar el expediente también está convencido de la culpabilidad de Florence.

"Hay que tratar de reiniciar el Año de México", le propone la Señora Wallace a Parfait. "Si se logra, yo me comprometo a que México no se oponga a que ustedes presenten su queja ante la Comisión Interamericana de Derechos Humanos."

Estupefactos, Acosta y Parfait no aciertan a creer que de pronto la Señora Wallace sea quien dicte la política exterior de México.

La activista se acerca entonces a la silla del embajador y en tono zalamero le insiste en que las relaciones entre México y Francia deben volver a su cauce. En cierto momento, la Señora Wallace detecta una pelusa en la solapa de Parfait y, mientras insiste en la reconciliación, intenta arrancársela hasta que Acosta le explica que se trata de la escarapela de la Legión de Honor.

Cuarta parte

Debido proceso

15. Dreyfus

Invitado por el vicepresidente del Senado francés a la ceremonia en que se anunciará el 31 de mayo de cada año como Día de América Latina, el embajador mexicano en Francia, Carlos de Icaza, le señala a su interlocutor la tensión que prevalece entre los dos países.

"No deje de venir", le insiste su contraparte.

"Le agradezco", replica De Icaza, "pero déjeme decirle algo. En estos días la ministra Alliot-Marie ha realizado muchas declaraciones en torno al caso Cassez y no quisiera que ello interfiriera en este evento."

"Tenga la seguridad de que no habrá problema. La tradicional amistad entre México y Francia es lo más importante."

Sin quedarse tranquilo, De Icaza le llama a la directora general para las Américas y el Caribe, Élisabeth Beton-Delègue.

"Estoy un poco preocupado", le explica el mexicano, "porque la señora ministra ha estado haciendo declaraciones en torno al caso Cassez y no quisiera que eso enturbiara la relación entre los dos países."

Con frialdad, Beton-Delègue le dice que toma nota de su preocupación y que se la transmitirá a la ministra. Por la mañana, De Icaza recibe su respuesta.

"Señor embajador, le tengo un mensaje de la ministra", le comunica Beton-Delègue. "Ella también acudirá al acto de esta tarde en el Senado. Y quiere informarle que, si usted asiste, hablará del tema de Florence Cassez. De modo que le parecería mejor que usted no fuera."

En los códigos del mundo diplomático, esta *desinvitación* no puede ser tomada del lado mexicano sino como una ruptura de puentes. "Entre países amigos, la clave es nunca romper la comunicación", me explica De Icaza, prototipo del diplomático de carrera. Reunido con su "cuarto de guerra", se apresura a llamarle a Patricia Espinosa, la secretaria de Relaciones Exteriores.

"Creo que en estas circunstancias debo asistir y, en caso de que la ministra toque el tema de Florence Cassez, levantarme e irme", le expone su plan a la canciller. "Por supuesto, le comunicaríamos esto a las autoridades francesas. ¿Me autoriza a decir que he recibido instrucciones suyas, y de la más alta autoridad de mi país, para tomar esta actitud?"

La secretaria accede y De Icaza vuelve a hablar con Beton-Delègue: "Dígale a la señora ministra que acabo de recibir instrucciones de mi gobierno de no desairar la invitación que me ha hecho el Senado y el Grupo Latinoamericano. Dígale también que la invito a dedicar sus palabras al objeto del acto, que es la amistad entre América Latina y Francia. Si la ministra toca el tema de Florence Cassez, por favor dígale que tengo instrucciones de mi gobierno de levantarme de la sala."

De Icaza se comunica asimismo con el vicepresidente del Senado y con cada uno de los senadores que tomarán la palabra en la ceremonia para exponerles su posición. Entretanto, Del Río convoca a la prensa y la previene de que algo importante podría ocurrir esa tarde.

Cerca de las 18:00 del 15 de febrero de 2011, el embajador mexicano llega al Palacio de Luxemburgo y los responsables de protocolo lo llevan al segundo balcón central, donde sus colegas del Grupo Latinoamericano, igualmente prevenidos, le ceden un lugar al lado de la decana, la embajadora de Guatemala.

Tras abordar otros temas —entre ellos la crisis de Túnez que tanto incomoda a la ministra—, el presidente del Senado le concede la palabra a Alliot-Marie.

"Señor presidente, señoras, señores senadores, la proposición de resolución que se presenta hoy, por iniciativa de Jean-Marc Pastor, marca ciertamente una nueva etapa en la amistad entre Francia, por una parte, y América Latina y el Caribe, por la otra."

Alliot-Marie hace entonces una pausa dramática, semejante a la de Sarkozy en el Senado mexicano, levanta la vista y, por unos instantes, mira fijamente hacia el balcón central donde se encuentra De Icaza.

"Francia se mantiene al lado de América Latina y el Caribe para afrontar los desafíos de nuestro futuro común", exclama la ministra. "La actualidad, no podríamos olvidarlo, se concentra ahora sobre la situación de Florence Cassez..."

Con la mayor lentitud posible, de modo que su acto no sea percibido como una simple rabieta, De Icaza se yergue y emprende el camino hacia la salida, donde ya lo espera el encargado de protocolo.

Sin inmutarse, Alliot-Marie prosigue: "Tenemos amistad y respeto por México y el pueblo mexicano. Conocemos la gravedad de la situación en materia de secuestros. Respetamos la independencia de la justicia, en México como en todas partes. Nuestra movilización a favor de Florence Cassez se basa justamente en los valores de la justicia y del apego al Estado de Derecho que compartimos. De nuevo, ésta no pone a prueba nuestra amistad con el pueblo mexicano. Y no enturbia en absoluto nuestra voluntad de confrontar los lazos con los pueblos de América Latina y el Caribe."

Afuera del Palacio de Luxemburgo, un grupo de reporteros se precipita sobre el embajador mexicano, quien lamenta que la ministra haya empleado la tribuna para hablar de un asunto judicial en vez de reforzar los lazos entre Francia y América Latina.

El 17 de febrero de 2011, la Secretaría de Relaciones Exteriores de México reafirma que Florence no será trasladada a Francia para cumplir su sentencia conforme al Convenio de Estrasburgo. "Al contrario de lo que han afirmado fuentes anónimas, el jefe de Estado mexicano en ningún momento se comprometió a la realización del traslado solicitado", reza el comunicado que, como sabemos, no refleja fielmente la verdad. "Como se puede constatar en el texto de la carta, el compromiso se limitó a explorar la aplicabilidad del Convenio de Estrasburgo. En junio de 2009, después de que la comisión binacional sesionó por tres meses, el gobierno de México concluyó que no existen las condiciones que permitan otorgar su consentimiento para el traslado de Florence Cassez a Francia."

Morales Lechuga y Boksenbaum se reúnen en la Ciudad de México ese mismo febrero, preocupados por el futuro de Florence. El primero está convencido de que, a pesar de los reveses, los abogados deben apelar la nueva sentencia ante la Corte, una medida que el gobierno francés juzga del todo inútil.

"Florence no puede más", se lamenta Boksenbaum.

"Lo peor que puede hacer ahora es quedarse a medio camino", le insiste Morales Lechuga. "Hay que dar esta última batalla."

"Pero ¿por qué apelar?", le pregunta el director de la AFP.

"Por principio."

Su contundencia basta para convencerlo.

Al salir de uno de sus múltiples encuentros con Florence en Tepepan, Agustín Acosta repara en que en el libro de visitas de la prisión aparece recurrentemente el nombre de otra abogada, Liliana Cruz Morales. Sospecha algo extraño y, sin quitarse la incomodidad de la cabeza, se lo cuenta por teléfono a Frank Berton.

"Algo no marcha", lo previene éste, "están intrigando contra ti."

Al día siguiente, un sábado, Acosta le llama al embajador Parfait.

"*Il faut s'expliquer*", se excusa el diplomático desde un campo de golf y lo convoca el lunes a un desayuno en la embajada.

A Acosta lo acompaña en esta ocasión su socio Juan Araujo.

"Yo no soy abogado de Francia ni de la embajada", Acosta le muestra su enfado al embajador, "sino de Florence."

"Sí, sí." A Parfait le tiembla la voz. "Ustedes han hecho un gran trabajo, sin duda... pero un recurso ante la Corte no va a tener éxito..."

"Yo entiendo que, si Florence tiene que escoger entre el apoyo de su país y el de su abogado, prefiera a su país", exclama Acosta, un tanto resignado. "Yo mismo se lo recomendaría..."

"Lo que estamos pensando es intentar un reconocimiento de inocencia", se explaya el embajador. "Pero para ello hay que pedir que se elimine todo el proceso e ir a la Corte Interamericana..."

A Acosta y a Araujo sus argumentos les parecen absurdos: para empezar, ese reconocimiento de inocencia ni siquiera existe en la legislación mexicana. Lo único que les queda claro es que la embajada y el gobierno francés están considerando dejar a Acosta fuera del caso, sustituyéndolo por Cruz Morales, para que sea ella quien lleve la queja ante la Comisión Interamericana.

Semanas después, Berton y Acosta se rencuentran en California; el primero ha ido a San Francisco por motivos personales y el segundo viaja expresamente para encontrarse con su colega en Los Ángeles. La idea es decidir si presentarán el recurso de revisión.

"Las posibilidades de que la Corte acepte el recurso son mínimas", aventura el mexicano ante su colega. "Quizás un 1%."

Al término del encuentro, aún no han decidido qué hacer.

Exaltado tras su plática con Morales Lechuga, Boksenbaum se apresura a visitar a Florence en la prisión de Tepepan para insistirle en que siga el camino de la justicia mexicana hasta el final. Entiende que Berton y Acosta estén fatigados y furiosos por las derrotas sucesivas, pero la idea de acudir a la CIDH le parece una pérdida de tiempo. Al salir de la prisión, el director de la AFP hace un pedido urgente a la Fnac de París de tres ejemplares de *L'affaire,* de Jean-Denis Bredin, uno de los libros clásicos sobre el caso Dreyfus; uno lo conservará él mismo, otro será para Acosta y el último piensa regalárselo a Florence. No duda del paralelismo entre los dos escándalos judiciales: ambos, Dreyfus y Florence, son percibidos como extranjeros perniciosos, él, judío en Francia; ella, francesa en México.

El 1º de marzo de 2011, Boksenbaum vuelve a visitar a Florence junto con un reportero de Radio France. Para entonces se ha entrevistado también con Pedro Arellano, el responsable de la investigación eclesiástica, quien ha despejado sus últimas dudas sobre la inocencia de la joven.

"Vas a hacer lo que te digo." Boksenbaum usa un tono perentorio. "Una persona que clama su inocencia debe usar todos los recursos legales a su disposición. Si no lo hace, no reclama su inocencia. Si no lo haces, tú decides tu condena." Y le explica que la opinión pública mexicana ha comenzado a dar un vuelco y, según una encuesta pagada por la embajada de Francia, al menos un 40 por ciento de los intelectuales mexicanos —el llamado círculo rojo— considera que debe ser trasladada a Francia. Al final, para animarla a continuar su lucha, le entrega el ejemplar de *L'affaire* que ha comprado para ella.

Después de hablar con Boksenbaum, Florence instruye a García Vallejo, a Acosta y a Berton para que presenten el amparo ante la Corte.

"Muy bien", accede el abogado francés, sabiendo que tendrá que desafiar la posición oficial de su país. "¡Vamos con el recurso!"

A diferencia de un amparo directo, en un amparo directo *en revisión* Acosta y su equipo deberán demostrar que la interpretación de la Constitución realizada por el Tribunal Colegiado viola los derechos de Florence. Según el escrito que prepara junto con García Vallejo, Acosta considera que éste interpretó erróneamente seis preceptos constitucionales:

Primero. El Colegiado le resta importancia al montaje, interpretando que no representa una violación a los derechos humanos de Florence.

Segundo. El Colegiado interpreta erróneamente el precepto constitucional de poner a los detenidos a disposición de las autoridades *sin demora*.

Tercero. El Colegiado violenta el principio constitucional de exclusión de prueba ilícita al negarse a reconocer la tortura sobre el testimonio de Israel.

Cuarto. El Colegiado juzga fundada la violación sobre el derecho de Florence a ser informada de la asistencia consular, pero lo estima inoperante, interpretando incorrectamente el derecho a la asistencia consular.

Quinto. El Colegiado interpreta de modo inexacto el alcance de la garantía de acceso a la justicia y equilibrio procesal. Con ello, los abogados se refieren a que el Colegiado no aprecia las contradicciones de los testigos.

Sexto. El Colegiado interpreta de manera incorrecta el principio de presunción de inocencia.

Acosta presenta el escrito en la sede del Tribunal Colegiado; sólo una avispada periodista de *Reforma* lo espera allí, pues, sin conocer los procedimientos judiciales, el resto de la prensa ha ido a la Suprema Corte.

El 10 de marzo de 2011, el embajador Parfait es quien le anuncia al abogado que el recurso ha sido admitido por unanimidad en el pleno de la Corte y que le corresponderá a Arturo Zaldívar, el más liberal de los ministros, la redacción del proyecto de sentencia.

Esa mañana Florence se levanta de la cama con un terrible dolor de encías; durante el desayuno no puede probar bocado y ni siquiera tomar agua. Solicita una cita con el médico, quien la remite con el dentista de la prisión.

"Es necesario operar", dictamina el especialista después de encontrarle un absceso. "Usted sufre de una descalcificación de los huesos. Si no la opero, se le van a caer los dientes uno tras otro."

Cuando le adelanta que el procedimiento será costoso, Florence hace un mohín de disgusto. "Para los que no tienen dinero, está el Ave María", se incomoda el odontólogo.

"¿Perdón?"

"Sí, una plegaria para que los dientes no se caigan."

"Pero yo no quiero ser operada aquí", exclama Florence, reparando en el pésimo estado del dispensario. Pero el absceso aumenta y ella no tiene otro remedio que regresar con el dentista para rogarle que la opere.

"No, no, comprendo que nosotros no estamos lo suficientemente bien equipados para usted", se niega el especialista, irónico. "Usted me lo dijo la otra vez: hay que buscar otro sitio mejor que éste."

Florence se ve obligada a disculparse y es operada a la mañana siguiente.

La secretaria de Arturo Zaldívar le llama a Acosta para informarle que, haciendo caso a su petición, su jefe le concederá veinte minutos en su despacho de la Corte. Un tanto intimidado, el abogado sube la escalinata del imponente edificio, observa los nuevos murales de Rafael Cauduro que se han sumado a los de Orozco —escenas de injusticias ancestrales— y al fin llega a la sala de espera del ministro; previendo una larga espera, lleva consigo el libro que le obsequió Boksenbaum.

En cuanto Zaldívar lo recibe, Acosta comienza a detallarle su demanda de amparo, pero el ministro le pide que se concentre en el montaje.

"¿Qué está leyendo, abogado?", le pregunta de repente Zaldívar, mostrando curiosidad por el libro.

"Es sobre el caso Dreyfus", le contesta Acosta y, poniéndolo en sus manos, le refiere los paralelismos entre los dos asuntos.

Zaldívar lo escucha con atención y los veinte minutos que le había concedido se transforman en cincuenta.

"Cuando salí", le cuenta Acosta a Florence durante su siguiente visita a Tepepan, "me sentí confiado. Creo que tenemos una oportunidad en la Corte. Quizás no para la libertad inmediata, pero al menos para que se deseche la sentencia y se abra un nuevo proceso."

La sede de la embajada de Francia en Washington es el lugar elegido por los funcionarios de ese país para definir su nueva estrategia en el asunto Cassez. Berton y Acosta son citados en el último momento, como si los diplomáticos franceses casi hubiesen preferido no convocarlos.

"Vamos a ver qué pasa", le comenta el mexicano al francés, cada vez más incómodo.

"Así aprovecho para visitar a mi hijo y hacemos un poco de turismo", trata de calmarlo Berton.

Además de ellos, se reúnen en la embajada Parfait y Pierre-Henri Guignard, observador permanente de Francia ante la Organización de Estados Americanos; el consejero del presidente Sarkozy, Damien Loras; el consejero de la embajada en México, Florian Blazy; y la directora de las Américas y el Caribe del Ministerio de Asuntos Exteriores, Élisabeth Beton-Delègue, así como una invitada que Berton y Acosta no esperaban: Liliana Cruz Morales.

Tras la irrupción personal de Sarkozy y su enfrentamiento frontal con Calderón —cuyo resultado fue la cancelación del Año de México en Francia—, la diplomacia francesa busca un cierto control de daños y, sin expresarlo de manera abierta, prefiere aliviar la confrontación con uno de sus principales aliados latinoamericanos. No somos Sarkozy, es el mensaje que ahora busca transmitir el Quai d'Orsay. La idea, que ya conocemos, es olvidarse de la justicia mexicana, al menos hasta que concluya el gobierno de Calderón, y acudir a la Comisión Interamericana de Derechos Humanos.

"Pero ¿quién tiene experiencia aquí litigando en la CIDH?", pregunta Acosta, en francés, refiriéndose oblicuamente a Cruz Morales, quien no habla el idioma. La respuesta es que ninguno de los presentes.

"¿Es posible acudir ante la CIDH aunque no se hayan agotado todos los recursos de la justicia mexicana?", interviene Parfait.

"Es una pregunta demasiado técnica", admite el abogado mexicano.

Berton y Acosta se sienten cada vez más excluidos, como si sus opiniones no contasen, obligados a seguir dócilmente las directrices políticas francesas. El mexicano ni siquiera recibe una invitación para la cena de esa noche. Desconcertado, le llama a Boksenbaum. El director de la AFP está convencido de que no continuar con el recurso de revisión ante la Suprema Corte sería una traición elemental a los valores franceses y a la justicia; pide hablar directamente con Berton y al final le queda la sensación de que incluso el fiero abogado de Lille ha comenzado a plegarse a los dictados diplomáticos de su país.

Para dirimir si es posible acudir de manera simultánea a la Comisión y a la Corte mexicana, Acosta visita a Claudio Grossman, decano del departamento de Derecho de la American University y miembro del Comité de Naciones Unidas contra la Tortura.

"En efecto, es una pregunta demasiado técnica", le responde el académico chileno. "Pero yo sé quién puede responderla."

Le llama entonces a uno de sus exalumnos, experto en estos temas, pero no lo encuentra en su despacho.

"Déjeme decirle algo", reflexiona entonces en voz alta. "Hay tres países que detestan a la Comisión Interamericana: Estados Unidos, que la cree un límite a su poderío; Venezuela, que la considera un instrumento del imperialismo yanqui; y Brasil, pues piensa que frena su condición de líder de América Latina. ¿Y México? Los mexicanos son iguales: siempre dicen que sí, pero nunca dicen cuándo. Y, cuando algo les incomoda, lo sabotean. ¿Quiere mi consejo?"

Acosta asiente.

"¿Por qué la Suprema Corte admitió el recurso?"

"Porque don Juan Silva Meza, su presidente, es una persona íntegra", le responde Acosta.

"No me haga a mí explicarle cómo funciona la justicia mexicana", lo contradice Grossman. "Lo admitió porque tiene una agenda política... De modo que, si tienen abierto el camino de la justicia mexicana, síganlo. Será más efectivo que la Comisión."

Mientras la diplomacia francesa dirime su confusa estrategia en Washington, en México la Policía Federal revela un nuevo as bajo la manga. Entre los delincuentes que ha arrestado en las últimas semanas se encuentra Dither Camarillo Palafox, hermano de Juan Carlos Camarillo Palafox: conforme a sus pesquisas, ellos son Díter y Charly, los amigos de Israel que, conforme a una declaración de Florence, se encontraban en Las Chinitas el día en que fueron detenidos.

Frente al Ministerio Público, Dither afirma conocer a Israel, Mario y René Vallarta, ser mecánico y haber trabajado varias veces en su taller y en Las Chinitas. "A veces llegaba Florence Cassez", recuerda. "Era una persona muy altiva, no hablaba con nosotros y apenas nos saludaba."

Dither asegura haber conocido en el rancho a otros dos de los detenidos por la policía, el Méndez y el Ojos o el Ojón, también mecánicos.

"En el transcurso del año 2004, una vez sorprendí a mi hermano Juan Carlos Camarillo Palafox con dinero, eran como ciento cincuenta mil pesos, y no me supo decir qué era", sostiene Dither. "Después, en agosto de 2005, me encontraba en mi taller de Ermita Iztapalapa y me habló Israel, que quería hablar conmigo a solas. Me dijo que se dedicaba al secuestro y que cómo era posible que a mí me faltaran huevos para ayudarle. Que si lo ayudaba y trabajaba con él me iba a dar mucho dinero y me iba a ir bien. Yo le dije que no. Cuando le dije esto se puso muy agresivo, me amenazó, me dijo que debería aprender de mi hermano Carlos, que a él sí le gustaba el dinero y sí tenía huevos. Me dijo que no dijera nada porque sólo los pendejos están en la cárcel. Realmente nunca le hice caso, pero le seguía reparando autos, por necesidad, en mi taller."

Dither declara que después de eso se fue a vivir a Cancún y en diciembre de 2005 se enteró, de vuelta en la Ciudad de México, de la detención de Israel y Florence, por lo que volvió al sureste mexicano, temeroso de sus represalias. No obstante, afirma que jamás vio a ningún secuestrado en Las Chinitas.

René, el hermano mayor de Israel, es el primero de los supuestos miembros de la banda del Zodiaco en realizar su declaración ante el Juzgado Primero de Distrito de Nayarit, adonde ha sido trasladada su causa, el 15 de junio de 2011.

"Niego todos los hechos que se me imputan", afirma, "ya que es totalmente falso lo que me están imputando porque nunca en mi vida he secuestrado a ninguna persona y tampoco he conocido a ningún grupo delictivo que se dedique al secuestro. Soy una persona honesta y trabajadora y tengo tres hijos a los que les he dado educación y principios. Nunca me dedicaría a hacer absolutamente nada en contra de nadie. No sé por qué me imputan todo esto. Es todo lo que tengo que manifestar."

Le corresponde luego el turno a Juan Carlos Cortez Vallarta, su sobrino: "Es mi deseo manifestar que niego rotundamente las imputaciones que se hacen en mi contra, ya que soy totalmente ajeno a los hechos que se me imputan porque nunca he participado en ningún tipo de delito. Me declaro totalmente inocente y no conozco a ninguno de mis coacusados, excepto a mi tío René Vallarta, porque nunca los había visto hasta en este centro de reclusión. Niego de gran manera el haber participado en algún secuestro. Nunca fui mencionado anteriormente por las personas que me acusan, así es que solicito prórroga para que se resuelva mi situación jurídica. Es todo lo que deseo manifestar."

Los demás inculpados también niegan las acusaciones. Tras la presentación de los alegatos, pruebas y careos, el 20 de junio el juez no encuentra demostrada la responsabilidad de René, Juan Carlos y los demás acusados en los secuestros de Cristina, Raúl y Christian. El juez funda su decisión en que, según el expediente, el 9 de diciembre de 2005, madre e hijo dijeron nunca haber visto a sus secuestradores y en las contradicciones en sus testimonios.

Tras la apelación por parte del Ministerio Público, el Juzgado Decimoquinto de Procesos Penales del Distrito Federal estima que sí han quedado acreditados los elementos para acusarlos del delito de delincuencia organizada. En un nuevo revés para las autoridades, el 4 de noviembre, el Cuarto Tribunal Unitario del Segundo Circuito del Estado de México confirma la libertad de René, Alejandro, Juan Carlos y los demás acusados por los secuestros de Cristina, Christian y Raúl. Todos permanecen en prisión, sin embargo, por la acusación directa de Ezequiel.

El 3 de julio de 2011, varias personas armadas se presentan en la casa de Mario, otro de los hermanos de Israel, y, provistas con credenciales de policías federales, le dicen que tienen una orden de aprehensión. Después de eso, se lo llevan por la fuerza y lo mantienen dos días en cautiverio. Para dejarlo libre, los supuestos o falsos agentes le piden diez millones de pesos. Cuando Mario alega que no tiene esa cantidad, se llevan de su casa joyas por un valor aproximado de cuarenta mil pesos, mil dólares en efectivo y una camioneta. Guadalupe consigue treinta mil pesos y se los entrega. Todos los miembros de la familia Vallarta se dan cuenta de que este extraño secuestro es el preludio de un nuevo embate contra ellos.

En el penal de alta seguridad de El Altiplano, Israel recibe la visita de sus hermanos Jorge y Guadalupe, acompañados de su padre. Desde el primer momento nota sus rostros compungidos. Don Jorge le pide ir al baño, nervioso. A su regreso, todos permanecen sumidos en un penoso silencio.

"¿Qué pasa?", grita Israel y por primera vez dice una grosería enfrente de su padre. "¡No soy ningún pendejo, díganme qué pasa! ¿Dónde está mi mamá?"

Guadalupe le informa que doña Gloria falleció el 25 de julio de 2011 y le confiesa que la sepultaron al día siguiente. Adolorido y furioso, Israel quisiera gritar, pero se contiene. "En este lugar nada se puede", murmura para sí. "Si eres débil todos acaban contigo." Sólo cuando sus familiares se han marchado se retira a su celda, se acuesta en la cama, se tapa con las cobijas y llora en silencio, cuidándose de que los demás internos no escuchen sus sollozos.

Convencido por Boksenbaum, Acosta busca a su propio Zola. ¿Qué intelectual mexicano podría cumplir con la labor de socializar la injusticia cometida contra Florence? El embajador Parfait sugiere al historiador Enrique Krauze, director de *Letras Libres*, pero Acosta sabe que no es el tipo de batallas que suele encabezar. Piensa entonces en *Nexos*, la publicación rival, dirigida por el novelista e historiador Héctor Aguilar Camín, y le envía una carta abierta para que la publique en sus páginas.

A regañadientes, Aguilar Camín y el subdirector de la revista, Héctor de Mauleón, reciben a Acosta en sus oficinas de la colonia Condesa. El abogado no logra convencerlos de la inocencia de su defendida, pero los dos se muestran lo suficientemente intrigados por el caso como para invitarlo a un restaurante cercano. Al calor de una botella entera de Glenlivet, De Mauleón se compromete a escribir un artículo sobre el asunto, aunque se niega a recibir el expediente de manos del abogado y busca directamente a García Luna.

En el búnker de la Secretaría de Seguridad Pública, en Avenida Constituyentes, el secretario lo acompaña en un recorrido por sus instalaciones, orgulloso de enseñarle los sofisticados equipos de escuchas telefónicas y análisis de información en línea con que cuenta la dependencia, en la cual trabaja más de un centenar de especialistas. Cuando al fin lo conduce a su despacho, le reitera que no tiene dudas de que Florence es culpable. Y, para demostrárselo, accede a entregarle una copia del expediente.

"Tuvimos una atención para los medios", le explica sobre el montaje, "y simplemente repetimos la captura."

Cuando De Mauleón empieza a hojear el primer volumen, repara en que la mayor parte de los nombres propios aparece tachada con tinta negra. Le llama entonces a Acosta para que le haga llegar una versión sin enmendaduras.

"Si García Luna lo hubiera leído", me comenta De Mauleón once años después, "de seguro no me lo habría dado."

Aunque en su calidad de reportero está convencido de que encontrará pruebas sobre la responsabilidad criminal de Florence, ocurre lo contrario: el cúmulo de inconsistencias y pifias le resulta tan abrumador que, al término de su lectura, ya no tiene la menor certeza sobre los hechos. Tampoco es que sea capaz de certificar la inocencia de Florence —a la fecha sigue sin estar del todo seguro de ella—, pero se da cuenta de que las autoridades han manipulado los hechos hasta desfigurarlos por completo.

"Tengo que prevenirte para que no te asustes", le dice Anne Vigna a Florence por teléfono. "De Mauleón se parece mucho, físicamente, a Genaro García Luna. Pero es necesario que lo veas. Ha leído el expediente y va a publicar un artículo en *Nexos*, una revista muy importante."

Florence se ríe de las palabras de la periodista francesa, pero, al recibir al subdirector de *Nexos* en el patio de Tepepan, descubre el mismo rostro cuadrangular, el mismo cabello entrecano y el mismo torso corpulento de su archienemigo. Es la primera vez que De Mauleón visita una cárcel de mujeres y se sorprende ante la belleza de muchas de ellas, de seguro asociadas, piensa él, con capos del narcotráfico. A Florence, en cambio, la nota cansada, ojerosa, trastabillante y no evita señalarle que tiene los ojos muy rojos. "Nos desvelamos ayudando a limpiar la celda de una compañera", se justifica ella.

De Mauleón procura mostrarse distante y ni siquiera extiende la mano para saludarla; de entrada, ella le parece fría, rápida, inescrutable. Le formula las preguntas que tiene preparadas y repara en que Florence responde sin titubear. Al salir de la entrevista —no ríspida, pero sí tensa—, el periodista se lleva otra impresión, seducido por el lado encantador en Florence, aunque al día de hoy sigue convencido de que había algo en ella a lo que no pudo tener acceso.

"¿Sabía?", se pregunta De Mauleón cuando deja atrás la cárcel de Tepepan: la misma pregunta que se hacen desde entonces todos los que comienzan a simpatizar con ella. Es decir: ¿sabía Florence que Israel era un secuestrador?

En el número de *Nexos* de julio de 2011, De Mauleón publica su largo artículo con el título de "La verdad secuestrada".

El texto viene antecedido por la siguiente advertencia editorial: "El expediente del caso Florence Cassez, uno de los más célebres de la justicia mexicana reciente, consta de trece tomos y millares de páginas. *Nexos* ha tenido acceso pleno a él. Héctor de Mauleón ha leído esos tomos en busca de la verdadera historia del caso con el propósito de reconstruir lo que sucedió. Luego de dos meses de lectura y relectura del expediente, abultado con declaraciones de testigos que dicen cosas distintas cada vez, luego de identificar testimonios clave olvidados o no tomados en cuenta por el juez en ninguna de las instancias, el relato que De Mauleón ha podido construir no es la crónica de un caso sino la metáfora perfecta de un pobre sistema de acusación judicial: un laberinto de fabricaciones."

La crónica empieza con estas palabras, que resumen su sentido: "Todo lo que el expediente dice puede ser verdad, salvo que mucho de lo que el expediente dice es contradictorio, y el conjunto, paso a paso, una verdad digna de sospecha o una mentira digna de indignación. Al final de la historia, los únicos hechos comprobables del expediente son la manipulación sistemática, la impunidad de origen en el trato de acusados y testigos, el manejo de los medios para construir versiones *ad hoc*. De las siguientes páginas no espere nadie un relato de lo que sucedió. Espere sólo un juego de espejos de las verdades a medias y las mentiras sin testigos que genera el proceso de investigación y acusación vigente en México."

Las conclusiones del periodista se resumen en estas líneas: "No podemos saber por vía de los expedientes judiciales que la acusan si Florence Cassez es culpable o inocente, si los secuestrados fueron efectivamente secuestrados y si dicen la verdad en su primera, en su segunda o en su tercera declaración; no podemos saber siquiera si existió la organización delictiva sobre la que está construido el caso, aunque es claro que la parte fundamental de esta banda se encuentra libre, que hubo víctimas, que hubo verdugos y que en muchos momentos los verdugos fueron los investigadores del caso, que operan en la opacidad, torturan, inducen declaraciones, alteran los hechos del momento y montan espectáculos para los medios. Lo que sigue no es el relato de un secuestro y su investigación, sino el relato de una investigación que no conduce a la verdad del caso sino a la evidencia de su manipulación, es decir, de su secuestro."

Buena parte de los lectores de *Nexos* reciben el texto con escepticismo o frialdad y la redacción se inunda con cartas y correos electrónicos —muchos de ellos idénticos— que acusan a De Mauleón y a la revista de defender a una secuestradora. Florence tampoco queda satisfecha con su enfoque, pues, como le ocurrió antes con el texto de Guillermo Osorno para *Gatopardo*, el artículo no sostiene firmemente su inocencia. Es Acosta quien le hace notar la relevancia de la publicación: quizás De Mauleón no sea Zola, pero gracias a su artículo numerosos intelectuales y abogados han comenzado a cambiar su opinión sobre ella.

Aun si la opinión pública mexicana continúa decantándose de manera abrumadora por la culpabilidad de Florence, "La verdad secuestrada" abre la primera grieta profunda en la monolítica verdad oficial.

La campaña iniciada por Agustín Acosta a favor de Florence se prolonga el 15 de noviembre, cuando uno de los programas más prestigiosos de la televisión francesa, *Le monde d'en face*, de France 5, presenta *L'ultime recours*, un documental realizado por Othello Khahn, un antiguo compañero del abogado mexicano, junto con el documentalista Patrice du Tertre.

En pantalla, la presentadora Carole Gaessler realiza una mínima presentación del caso y luego el documental se inicia con un testimonio de Florence, cuyo último recurso, se subraya, se encuentra en manos de la Suprema Corte mexicana. Con especial atención hacia el montaje, se suceden entrevistas con Sébastien, Charlotte y Bernard Cassez; los periodistas Yuli García y Anabel Hernández, así como el activista José Antonio Ortega (un defensor de derechos humanos cuyo hijo con síndrome de Down fue acusado falsamente de secuestro), Frank Berton, Pedro Arellano, el propio Acosta, Súper México (un luchador que deambula por el centro de la capital mexicana tratando de convencer a los paseantes de la inocencia de Florence) y, por primera vez en un medio internacional, con Alma Delia Morales y Ángel, su marido, quien muestra a las cámaras una llave de Las Chinitas.

El programa incluye asimismo el testimonio de un empresario francés residente en México, no identificado por razones de seguridad, quien se refiere a Eduardo Margolis y sus vínculos con García Luna y el crimen organizado. El documental insiste en que las víctimas fueron encontradas en la casa que Guadalupe Vallarta compartía con Alejandro Mejía, en Xochimilco, y en que ninguno de ellos ha sido llamado a declarar.

En la contraofensiva, el vocero del episcopado mexicano, Hugo Valdemar, anuncia el 28 de noviembre la remoción de Pedro Arellano de la secretaría adjunta de la Pastoral Social. Ello significa que dejará de ser portavoz de Pastoral Penitenciaria y enlace con el gobierno federal. "Tenemos divergencias sobre ese reporte que exculpa a Cassez", explica Valdemar a la prensa. "No es de nuestra competencia, de nuestra Iglesia, decir si alguien es culpable; eso depende de las autoridades."

Entrevistado por *Proceso*, Arellano responde: "Yo no sé si el padre conoce nuestra investigación. Es el vocero de la Arquidiócesis de la Ciudad de México y es natural que no la conozca porque lo que hicimos fue a nivel episcopal, a nivel nacional."

Cuatro años después de haber sido despedido sin que monseñor Gustavo Rodríguez, su superior en la Pastoral Social, acudiese en su defensa, Arellano me confiesa su amargura por el trato que le dispensó la Arquidiócesis luego de tantos años de trabajo por los presos.

"A veces la Iglesia puede ser una prostituta", reconoce con cierta melancolía, "pero es mi Iglesia y yo la quiero."

2011 termina con una nueva nota desfavorable para los Vallarta cuando, el 29 de diciembre, René es condenado por el secuestro de Ezequiel junto con David Orozco. Sin tomar en cuenta las declaraciones iniciales de Elizalde, según las cuales nunca pudo ver los rostros de sus captores, el Juzgado Primero de Distrito los encuentra culpables de los delitos de delincuencia organizada y privación ilegal de la libertad en la modalidad de secuestro.

16. Efecto corruptor

Hoy, que tanto se habla de la *posverdad* —un término tan elástico como inconsistente—, pienso que el caso Vallarta-Cassez, como quizás la mayor parte de los asuntos criminales en México, prefiguraba su lógica. Si la *posverdad* existe, tendríamos que imaginarla no como el ámbito donde los poderosos mienten, y ni siquiera donde mienten de modo sistemático, sino aquel donde sus mentiras ya no incomodan a nadie y la distinción entre verdad y mentira se torna irrelevante. Aquí, a nadie parece importarle que la AFI, la Policía Federal y la PGR hayan mentido una y otra vez o que hayan tramado esa argamasa de verdades y ficciones que hemos llamado el montaje o la puesta en escena. Al contrario: al reconocimiento de una primera mentira (que Florence e Israel no fueron detenidos en Las Chinitas la mañana del 9 de diciembre), García Luna añadió otra (la *recreación* a solicitud de los medios) y, en vez de que ello hubiese acabado con su carrera, Calderón lo nombró secretario de Seguridad Pública y lo convirtió en su mano derecha en la guerra contra el narco. Con Cárdenas Palomino ocurrió lo mismo: tras operar el montaje o la puesta en escena en 2005, también estuvo detrás de la detención de René Vallarta y sus sobrinos, orquestando un segundo montaje, y por sus servicios el presidente Calderón le entregó la Medalla al Mérito Policial. Varios de los agentes involucrados en el caso, incluidos los responsables de torturar a Israel, a su hermano y a sus sobrinos, no sólo no fueron castigados, sino ascendidos. Último extremo de la *posverdad* mexicana: tras escudar a Ezequiel, cuyo papel en esta historia es cuando menos ambiguo, y de presenciar el interrogatorio a David Orozco poco después de que fuese torturado, la Señora Wallace recibió de manos de Calderón el Premio Nacional de Derechos Humanos y, unas semanas después, la candidatura del PAN a la jefatura de Gobierno del Distrito Federal.

"Mencionabas que tienes muy buena relación con la Comunidad Judía de México", le dice la reportera de la revista *Enlace Judío* a la Señora Wallace, recién investida candidata. "¿Nos podrías ampliar un poco sobre esto y tus amistades de la Comunidad?"

"Mi mejor amigo dentro de la comunidad judía, y con el que hemos librado batallas en conjunto, es Eduardo Margolis", afirma la activista sin ruborizarse, "él es una persona a la cual yo aprecio, quien además tiene un baluarte en el tema de la seguridad, es un hombre comprometido, es un hombre que no sólo ha luchado contra los delincuentes, sino que ha roto esquemas como yo, él es uno de los muchos amigos que tengo dentro de la comunidad judía."

Frank Berton viaja de nuevo a México en febrero de 2012 y se entrevista con Arellano, pues Florence le ha revelado que su equipo tiene pruebas claras de su inocencia y el abogado quiere conocerlas a toda costa.

"Este informe es secreto", le explica el investigador eclesiástico, "porque ciertos testimonios, sobre todo de policías, fueron recibidos bajo el secreto de confesión. Esas personas nos dijeron que no nos liberarían del secreto de confesión en tanto García Luna y Cárdenas Palomino estuvieran cerca del poder. Más tarde quizás podríamos hacerlos públicos."

Dos días después, el abogado francés le entrega una copia de la carta que el presidente Sarkozy le ha enviado a Benedicto XVI para pedirle explícitamente protección para él. Arellano agradece el gesto, pero mantiene el informe en secreto.

"La Corte dictará su resolución de un momento a otro. Imagine que allí verdaderamente hay pruebas...", se lamenta Berton con Florence cuando la visita en Tepepan. "Como un *bluff*, he tratado de decirle a Pedro que yo lo dudaba. Que en mi opinión él no tenía nada. Pero, viéndome a los ojos, me respondió: *Le juro que tenemos pruebas*."

El amparo directo en revisión promovido por Florence le corresponde por turno a la ministra Olga Sánchez Cordero, pero, al revisarlo someramente, Javier Mijangos, coordinador del equipo de trabajo —que en el argot judicial se conoce como *ponencia*— del ministro Arturo Zaldívar, detecta que invoca la falta de protección consular, un tema que le ha interesado desde que era estudiante en la Universidad de Iowa, y consigue que le sea turnado a su jefe.

Entre septiembre y octubre de 2011, el expediente permanece abandonado sobre su escritorio, entre un alud de papeles, y sólo a partir de esa fecha apresura a sus colaboradores para elaborar el proyecto de sentencia.

Mijangos recibe varias veces durante esas semanas a Agustín Acosta, con quien entabla una relación cada vez más cordial. Cuando más presionado se siente por la insistencia de los franceses de acudir a la Corte Interamericana, el abogado de Florence le confiesa sus dudas sobre la conveniencia de haber presentado el recurso ante la Corte. "Ser pendeja todavía no es delito en este país", lo tranquiliza Mijangos, dejándole ver que no ve prueba alguna de que Florence participase en las actividades criminales de su novio o exnovio.

Una semana antes de la publicación del proyecto, Mijangos es víctima de un sofisticado robo —alguien rompe el vidrio de su camioneta para sustraer los documentos que lleva en un portafolios—, al tiempo que su jardín se ve inundado con estiércol: un par de sucesos que no puede desligar del asunto Cassez.

El activista Eduardo Gallo, víctima a su vez del secuestro y asesinato de su hija, ofrece a la Suprema Corte un *amicus curiae* el 3 de marzo. "He dedicado una quinta parte de mi vida a buscar la verdad y la justicia para mi hija y para cientos o miles de personas más", les plantea a los ministros. "Después de revisar las evidencias de los hechos, conversado con personas que tienen conocimiento de los mismos, revisado y analizado documentos contenidos en el expediente, como las diversas versiones de las declaraciones de las 'víctimas', de los testigos y de los policías que actuaron en el caso, revisado partes policiales, conversado a profundidad con la sentenciada, etc., estoy convencido que la participación de Florence Cassez en la comisión del delito de secuestro por el que se le sentenció no está probada y, no sólo eso, sino que además existen múltiples irregularidades en su detención, arraigo y procesamiento que implicaron violaciones a sus derechos humanos y le impidieron gozar de un debido proceso como lo deben tener todos los acusados de un delito, por grave que éste sea. Finalmente, si no se prueba que una persona cometió un delito resulta aberrante sentenciarla por ello."

El abogado Miguel Carbonell tuvo su primer contacto con el caso cuando recibió un correo electrónico de

Sébastien, en 2010: el hermano de Florence le contaba que ella había quedado muy impresionada con una de sus intervenciones televisivas a favor del debido proceso y le pedía escribir el prólogo para el libro que estaba preparando, pero Carbonell declinó el ofrecimiento. Meses después, el asesor jurídico de la embajada de Francia le pidió una cita para exponerle la posición de su país y lo invitó a un desayuno en la residencia oficial con Parfait. Antes de despedirse, el asesor jurídico le dijo a Carbonell: "La señora le manda saludos y pregunta que cuándo la va a visitar."

A los pocos días, la secretaria de Carbonell recibió una llamada en el Instituto de Investigaciones Jurídicas desde la prisión de Tepepan; asustada, colgó en dos ocasiones antes de avisarle a su jefe. Por supuesto era Florence. A partir de ese día, el especialista en derecho constitucional empezó a visitarla con frecuencia. En esa época, Carbonell era miembro del Consejo Ciudadano de la Secretaría de Seguridad Pública de García Luna y juzgó que en este carácter podría tener alguna incidencia en su proceso.

El 7 de marzo de 2012, Carbonell se dirige en metro hacia el centro de la ciudad para asistir a una conferencia del jurista italiano Luigi Ferrajoli en la Suprema Corte cuando una llamada de último minuto le aclara que se ha equivocado de lugar, pues la charla se llevará a cabo en la sede alterna, en el sur de la ciudad, y no en el Zócalo. Dándose cuenta de que no llegará a tiempo, sigue su camino hacia la Corte para visitar a Jorge Ordóñez, quien trabaja con Javier Mijangos.

"Te voy a enseñar algo que te va a gustar mucho", le dice su amigo al recibirlo en su despacho y, con autorización de Mijangos, le comparte el sentido del proyecto elaborado por el equipo de Zaldívar.

"¿Puedo darla a conocer?", le pregunta Carbonell.

"Pronto se hará pública", responde Ordóñez.

En cuanto sale de la Corte, el abogado marca el número de la embajada de Francia; la directora de Comunicación le indica que el embajador se encuentra en una reunión, de modo que toma un taxi y se dirige directamente a Polanco. En cuanto Carbonell les cuenta a Parfait y a su primer secretario lo que sabe, los dos funcionarios se abrazan con lágrimas en los ojos.

"¿Y esto exactamente qué supone?", pregunta el embajador.

No hay certeza de que el proyecto vaya a obtener mayoría, le explica Carbonell, pero se trata de la primera buena noticia para Florence en mucho tiempo. Quince minutos más tarde, la responsable de Comunicación entra en el despacho de Parfait y anuncia que *El Universal* acaba de publicar el sentido del proyecto. Conforme a la versión oficial, un supuesto error de la dirección de Comunicación Social de la Suprema Corte provocó que el texto de Zaldívar fuese distribuido a los medios.

El proyecto de sentencia elaborado por el equipo de Zaldívar es uno de los textos jurídicos que mayor atención han recibido en México en las últimas décadas. Comienza con una larga introducción que revisa las sentencias de primera y segunda instancias y el amparo ante el Tribunal Colegiado hasta llegar al Estudio de Fondo. Allí adelanta sus conclusiones: "Como se expondrá a continuación, los agravios vertidos por la parte recurrente resultan fundados, por lo que procede revocar la sentencia recurrida y otorgar el amparo a la quejosa."

En primer término, el proyecto estudia los agravios identificados como 4 y 2 en la demanda presentada por Acosta, los cuales se refieren a la violación al derecho a la asistencia consular y a la puesta a disposición sin demora de un detenido. En ambos casos encuentra que resultan fundados para otorgar el amparo. El proyecto lamenta que el Colegiado haya determinado que esta demora no provocó una violación de derechos y sostiene que la escenificación tuvo como objetivo transmitir "hechos ajenos a la realidad", lo cual implicó los siguientes acontecimientos:

1. La transmisión de un operativo policial de rescate de las víctimas de un secuestro que se estaba realizando en esos momentos;

2. La detención, en ese mismo lugar, de Florence e Israel —el proyecto no lo menciona por su nombre—, los cuales supuestamente se encontraban relacionados con los hechos;

3. El interrogatorio, en ese mismo lugar, a Florence e Israel por parte de los medios de comunicación que habían sido invitados a transmitir la escenificación; dicho interrogatorio fue permitido y favorecido por los miembros de la AFI;

4. Las declaraciones, por parte de la autoridad, en el sentido de que Florence pertenecía a una banda de secuestradores;

5. Las declaraciones, por parte de la autoridad, de que Florence e Israel habían sido identificados por las víctimas como sus captores;

6. Las declaraciones, por parte de los miembros de los medios de comunicación presentes en ese momento, de que Florence e Israel habían sido identificados por las víctimas como sus captores;

7. La identificación de los nombres, edad y nacionalidad de Florence e Israel, por parte de la autoridad y de los medios de comunicación;

8. La declaración simultánea de las víctimas del supuesto delito; y

9. La exposición de estas imágenes, desde ese momento y hasta nuestros días, por parte de la autoridad y de los medios de comunicación, asumiendo que Florence e Israel eran responsables de los hechos investigados.

El proyecto llega entonces a su punto medular y establece que las violaciones al debido proceso hacen imposible conocer la verdad y no son, por tanto, subsanables. En otras palabras, determina que un amparo para efectos, que implicaría la reposición del proceso sin los elementos que lo viciaron, se torna imposible ante la deformación absoluta del caso auspiciada por las autoridades.

El proyecto se ocupa luego de los agravios identificados como 1, 5 y 6 de la demanda y concluye que también resultan suficientes para otorgar el amparo. Las diversas violaciones sufridas por Florence, así como el montaje, tuvieron un efecto "devastador" en el proceso. Aparece entonces el argumento toral para otorgar el amparo: "A juicio de esta Primera Sala, la violación a la presunción de inocencia, derivada a su vez de las violaciones al derecho a la asistencia consular y a la puesta a disposición inmediata ante el Ministerio Público, generaron en el caso concreto un *efecto corruptor* en todo el proceso penal y viciaron toda la evidencia incriminatoria en contra de la recurrente."

Este *efecto corruptor* —un término jamás empleado antes en un amparo— produce una falta de fiabilidad en el testimonio de las víctimas, ya que la deformación de la realidad provocada por la AFI los transformó en actores, de modo que resulta imposible considerar sus declaraciones como pruebas sin traicionar la presunción de inocencia.

"Por todo lo anterior", confirma el proyecto, "esta Primera Sala de la Suprema Corte de Justicia de la Nación considera que el *efecto corruptor* imbuyó en todo el proceso penal, sobre todo en el material probatorio incriminatorio, el cual es la base de todo proceso penal y que en este caso se tradujo, esencialmente, en el testimonio de personas que fueron parte de la escenificación ajena a la realidad y que pudieron verse influenciadas por aquélla."

Poco después de la publicación del proyecto de Zaldívar, Sarkozy le llama a Florence a Tepepan. "Es la primera buena noticia en cinco años", le dice. "Pero no quiero decir más para no influir en una situación ya muy tensa."

Imagino, por primera vez, la sonrisa de Florence: es, en efecto, la primera buena noticia que recibe en años.

Desde el momento en que el proyecto se hace público, la prensa se inunda con incontables artículos a favor y en contra. En su mayor parte se oponen a la posición adoptada por Zaldívar, pero también aparecen algunos que la defienden —buena parte de ellos escritos por ese grupo de intelectuales a los que el ministro José Ramón Cossío llamará *los afrancesados*—, sea porque reivindican la importancia del debido proceso, sea porque las acciones de la embajada de Francia los han convencido de la inocencia de Florence. El intercambio entre los defensores de una y otra posición se transformará en una auténtica guerra, con ataques y contraataques que caldearán la discusión pública durante los siguientes meses.

Agotado por su insistencia, al ministro Zaldívar no le queda más remedio que recibir en su oficina de la Corte a Isabel Miranda de Wallace. Cuando la activista sube en el elevador hacia el despacho del ministro, acompañada por Ezequiel, no repara en que la persona que se encuentra a su lado es ni más ni menos que Javier Mijangos. "¡Si hay que llorar, tienes que llorar!", le ordena la Señora Wallace a Elizalde. "Tenemos que pelear por las víctimas…", recuerda haber oído el secretario.

Una vez en la oficina de Zaldívar, la Señora Wallace palidece al darse cuenta de quién era su compañero de elevador, pero ello no le impide levantarle la voz al ministro. "¡Esa bandera te obliga a proteger a las víctimas!", ordena la activista, señalándole la pequeña insignia tricolor que tiene a sus espaldas.

Como parte de este juego de saques y reveses, la politóloga Denise Dresser publica el 11 de marzo de 2012, en el periódico *Reforma*, un artículo titulado "25 razones para liberar a Florence Cassez" que resultará muy influyente en esos días. En contraposición, Ezequiel y la Señora Wallace celebran una nueva conferencia de prensa el día 12, acompañados, de manera por demás insólita, por Raúl Plascencia, presidente de la Comisión Nacional de Derechos Humanos.

Cuando Ezequiel termina de detallar su calvario, la periodista francesa Léonore Mahieux lo increpa. "Señor Elizalde", le pregunta, "¿por qué no denuncia públicamente lo que denunció en su declaración? Declaró contra miembros de su familia, usted designó a su cuñado y a su suegra como sus secuestradores. También señaló a Jaime y al Norteño. En su declaración judicial habla de estas personas, pero públicamente no toca este tema. Son personas que no fueron investigadas, que siguen en libertad..."

"Mire, yo le entiendo a usted", se irrita Elizalde, "como reportera, usted busca una respuesta. Usted hace una pregunta y busca una respuesta. En Francia también existen delincuentes, ¿no?"

"Sí."

"Podrían ser mexicanos, franceses, colombianos, de lo que sea. Pero usted póngase a pensar tantito. Si la policía... pero yo no voy a hablar por la parte policiaca, porque yo no soy policía, soy una víctima que reclama sus derechos. Lo que usted me pregunta, ya contesté, eso ya no me concierne a mí si la policía investigó o no investigó. Si se investigó, la policía tiene que hacer consecuencia de eso. Pero yo nada más le pido a usted, escúcheme, yo soy una víctima y estoy aquí para reclamar mis derechos. ¡De Florence Cassez salen videos donde ella anda bien libre en la cárcel!"

En plena campaña electoral, el Partido Socialista Francés envía como emisario a México al antiguo ministro Michel Vauzelle con la misión de reparar la relación entre los dos países. Sarkozy critica ásperamente el viaje, aduciendo que se trata de usar a Florence para fines electorales. Los padres de Florence hacen público su enfado ante la actuación de los socialistas, que en su opinión podrían enturbiar la estrategia emprendida por el presidente a favor de su hija.

Al final, el candidato socialista François Hollande declara que Vauzelle no lleva ningún mensaje particular a México sobre el caso Cassez y que la labor del antiguo ministro se limitará a preparar la reunión del G-20 en Los Cabos entre el 19 y 20 de junio de 2012.

Por tercera o cuarta vez en la misma semana, la secretaria privada del ministro Zaldívar recibe una llamada amenazante. Angustiada, no se atreve a repetirle el alud de insultos a su jefe, pero sí le informa que le han dado los horarios de la hija del ministro, sus desplazamientos cotidianos, la marca y el modelo de su coche.

"Si Zaldívar insiste en liberar a la secuestradora", le gritan al teléfono, "será su familia la que pague."

Durante una reunión del Consejo Ciudadano de la Secretaría de Seguridad Pública que se lleva a cabo en el búnker de Constituyentes, García Luna encara a dos de sus miembros: "Aquí hay varias personas que defienden a los delincuentes", se queja con voz temblorosa, llena de rabia. A los presentes no les queda duda de a quiénes se refiere: la académica Ana Laura Magaloni y Miguel Carbonell. El constitucionalista se acerca a García Luna y le pide cinco minutos en su despacho.

"¿Cómo es posible que la defienda?", vuelve a increparlo el secretario de Seguridad Pública.

"Revisé todo el expediente y jurídicamente no hay pruebas en su contra", revira Carbonell.

"¡Es una secuestradora! Yo tengo pruebas contundentes, sólo que no están en el expediente. Tengo grabaciones de Florence negociando con las familias de las víctimas. Aquí mismo las tengo."

"Si es así, déjeme escucharlas", lo provoca Carbonell, "y yo me comprometo a hacerlas llegar a los ministros de la Corte."

García Luna titubea y aduce que en realidad no las tiene allí, pero que las buscará y se las hará llegar.

"No, mejor ahorita", insiste Carbonell.

"Yo te busco", se evade el secretario.

"Se me ocurre otra posibilidad", aventura entonces el abogado. "¿Cómo verías si le proponemos a Florence que se someta al polígrafo? Podemos pedirle a cualquier gobierno amigo, neutral, que lleve a cabo el procedimiento. Yo me comprometo a proponérselo a Florence y a la embajada de Francia."

"¡Va!", exclama García Luna. "¡A lo que toque!"

Cerca de las 10:30, Carbonell le llama a Parfait para hacerle la propuesta. "Es algo muy delicado", le responde Parfait, "tendría que consultarlo con Florence y con el Quai d'Orsay."

Carbonell se da cuenta de que en Tepepan es día de visita y toma un taxi rumbo a la prisión. Una vez frente a Florence, le hace la misma propuesta.

"¿Y qué tan confiable es el polígrafo?", pregunta ella.

Carbonell le explica lo mismo que a Parfait: que podría pedírsele que lo conduzca a una agencia extranjera como el Mossad, Scotland Yard o los servicios de seguridad alemanes, sin intervención de la policía mexicana.

"¿Y García Luna aceptó?", se sorprende Florence.

Carbonell asiente.

"¡Entonces no!", se enfada. "¡Si él está dispuesto es porque debe haber algo en mi contra!"

En su segundo libro autobiográfico, Florence ofrece la versión contraria: dice que ella aceptó el polígrafo y que García Luna se rehusó a practicárselo.

Dos días antes de que los ministros de la Suprema Corte se reúnan para discutir el proyecto de Zaldívar, Calderón realiza una visita de trabajo a Veracruz. Al inaugurar un nuevo complejo penitenciario, el presidente aprovecha para pronunciar una larga arenga sobre el caso:

"Al Poder Judicial le corresponde, además de cumplir la ley, proveer justicia, como su nombre lo indica. Justicia es dar a cada quien lo que le corresponde de acuerdo a su propio derecho. Cumplir la ley, desde luego, sí. Pero, también, y, sobre todo, hacer justicia en México. Justicia. Justicia para las víctimas de los delitos." Calderón toma aire y se pregunta: "Justicia, ¿qué implica? Justicia para los padres, a los que les han arrebatado a sus hijos. Justicia a los hijos que no volvieron a ver a sus padres secuestrados o asesinados. Justicia para las viudas. Justicia para los que sufren extorsión. Justicia para los que sufren secuestro. Justicia para los que sufren violencia y que, con toda razón, a todos, a todos los servidores públicos nos exigen no sólo cumplir la ley sino, además, hacer justicia, proveer seguridad y cumplir el bien común. Porque si no hay justicia, no habrá seguridad, ni tampoco el bien común de México."

Por la mañana, Agustín Acosta le señala a la prensa que el discurso de Calderón es una clara intromisión en las decisiones del Poder Judicial: "Me preocupa la manifestación el día de ayer del señor presidente de la República que, a mi juicio, y lo digo con mucho respeto, es contraria al espíritu de la división de poderes, porque el que el titular del Ejecutivo salga a manifestarse evidentemente se entiende como una presión", le dice a la revista *Proceso*.

Horas más tarde, el propio presidente de la Corte, Juan Silva Meza, reitera la necesidad de que se respete la autonomía del Poder Judicial.

De entre todos los ministros, Zaldívar sólo le consulta a Olga Sánchez Cordero, a quien considera una cercana amiga, el sentido que piensa darle a su voto.

"Yo estoy contigo", le confía la ministra, "pero sólo por la falta de asistencia consular."

Y le insinúa que prefiere no adentrarse en las irregularidades del proceso o en denunciar el montaje por temor a una venganza de García Luna.

17. Decisión dividida

Más que dividirse en grupos antagónicos de liberales y conservadores como en Estados Unidos, los ministros de la Suprema Corte de Justicia mexicana —que en rigor debería llamarse Corte Suprema de Justicia— se dividen entre quienes tienen una larga carrera como jueces o magistrados y quienes han arribado a la institución desde otros ámbitos, como el litigio o la academia, o bien por su primacía doctrinal, entre quienes consideran que no existe nada por encima de la Constitución y quienes opinan lo contrario. En el momento en que el recurso de amparo directo *en revisión* arriba a la Primera Sala de la Corte —la encargada de los asuntos civiles y penales—, ésta se halla integrada por los ministros Olga Sánchez Cordero, Guillermo Ortiz Mayagoitia, José Ramón Cossío y Jorge Pardo, con Arturo Zaldívar como presidente en turno.

Atendiendo a los criterios anteriores, tanto Mayagoitia como Pardo poseen largas trayectorias en el aparato de justicia; Sánchez Cordero posee una distinguida trayectoria como notaria y Cossío proviene del ámbito académico, mientras que a Zaldívar lo respalda su labor como litigante en materia de amparo, lo cual los coloca en el lado más abierto de la institución. Sus caracteres son, asimismo, contrastantes. A Sánchez Cordero, una mujer elegante, de voz enérgica, se le ha vinculado siempre con las reivindicaciones feministas y una visión garantista llevada a sus últimas consecuencias, aunque algo reservada en cuestiones sociales. Dotado de un fino sentido del humor, erudito y brillante, con una barba al ras que le confiere la apariencia de actor de carácter, Cossío ha sido el ministro más liberal de la Corte hasta que la llegada de Zaldívar, un hombre más corpulento, de voz un tanto atiplada, menos apegado a las instituciones y a las formas, le arrebató esa condición con una serie de proyectos que lo convirtieron en el consentido de la izquierda. Aunque podría decirse que Cossío y Zaldívar, quienes fueron grandes amigos en su juventud, comparten posiciones ideológicas no demasiado distantes, su rivalidad personal, acentuada a raíz del caso Cassez, los ha enfrentado incontables veces, dividiendo irremediablemente al sector liberal de la Corte. Ortiz Mayagoitia, un juez veterano y chapado a la antigua, acaso el más fino analista de la ley, encarna los valores más tradicionales de la judicatura. Pardo, por su lado, casi siempre vota en el mismo sentido que el decano.

Durante las semanas previas a la sesión que definirá el destino de Florence, todos ellos se ven sometidos a un sinfín de presiones explícitas o implícitas. Articulada por la embajada de Francia en México, una exitosa campaña a favor de Florence lleva a numerosos intelectuales —los *afrancesados* de Cossío— a visitar a los ministros para exponerles las razones por las que deben liberarla. Por su parte, el gobierno de Calderón presiona con toda la energía posible para que ella permanezca en la cárcel. La tensión en la Corte se torna extrema. Los especialistas aguardan las posiciones finales de Cossío y Zaldívar para aventurar la decisión final: de la posibilidad de que los dos ministros logren ponerse de acuerdo depende la suerte de Florence, pues, si suman sus votos al de Sánchez Cordero, vencerían al frente legalista de Ortiz Mayagoitia y Pardo, pero la enemistad entre ambos augura una decisión dividida.

Los ministros de la Corte mexicana suelen decidir los asuntos en dos sesiones, una privada y otra pública, llevadas a cabo de manera sucesiva. Por lo general, en la privada los ministros expresan el sentido que tendrá su voto en la pública. El miércoles 21 de marzo de 2012, el presidente de la Primera Sala, don Guillermo Ortiz Mayagoitia, reúne en su despacho a sus integrantes y cada uno expresa, por turnos, su opinión sobre el proyecto de sentencia.

El primero en hablar es Zaldívar, quien decide no argumentar nada adicional a lo que ya asienta su proyecto.

"Yo estoy a favor", se suma Olga Sánchez Cordero.

"Aunque creo que hubo violaciones, no me parece que éstas influyeran en el proceso", anuncia Pardo. "Mi voto es en contra."

"En contra del proyecto también", admite don Guillermo.

Sólo falta el voto crucial de José Ramón Cossío.

"Me reservo el sentido de mi voto para la sesión pública", exclama sin más, aumentando el suspenso.

En Tepepan, Florence se sienta frente al televisor para seguir en directo, a través del Canal del Poder Judicial, la transmisión de la sesión de la Suprema Corte que decidirá su caso. El cónsul general de Francia, Gérald Martin, le cuenta que la embajada le ha reservado un boleto para el vuelo a París de las 21:00 en caso de que se le conceda el amparo liso y llano y le confirma que, cualquiera que sea el resultado, acudirá a la cárcel para estar con ella.

Los cinco ministros descienden al salón principal de la Corte para dar inicio a la sesión pública ordinaria de la Primera Sala.

El reloj marca las 12:15.

Bajo el retrato de Benito Juárez, a quien flanquean dos de sus frases célebres, *La justicia es primero* y *El respeto al derecho ajeno es la paz*, cada ministro ocupa su sitial frente al amplio estrado de madera oscura. En su condición de presidente en turno, Zaldívar ocupa el centro.

"Adelante, secretario", ordena don Guillermo.

Mijangos lee las conclusiones del proyecto, que implican la liberación inmediata de Florence. A continuación, Zaldívar le concede la palabra a José Ramón Cossío a fin de que despeje la incógnita que prevalece sobre su voto.

El ministro se enzarza en la lectura del texto preparado por su equipo. En primer lugar, opina que, de los cinco argumentos referidos en el proyecto de Zaldívar, sólo los puntos relativos a la interpretación de *sin demora* y a la asistencia consular son cuestiones relacionadas con la interpretación directa de la Constitución. Conforme al criterio de Cossío, se trata entonces de los únicos puntos que deben ser estudiados por la Corte y adelanta que en ambos detecta violaciones constitucionales. "De ahí que estime que el recurso es procedente, aun cuando de manera más acotada a como está señalada en el proyecto", aduce.

Cossío solicita que se retiren del proyecto las páginas en donde aparece el testimonio de Florence dando cuenta de los hechos, pues le parece que, al ser presentados así, podrían ser tomados como una verdad incontrovertida o asumida por la Corte. Tras esta crítica a la técnica de Zaldívar, detalla su posición respecto a la misión de la Corte. "En cuanto al fondo del asunto", agrega, "estoy de acuerdo con la concesión del amparo, pero no para la inmediata y absoluta libertad de la quejosa, ya que considero que el amparo debe concederse por razones y para efectos distintos a los que se nos están proponiendo."

Tal como temía Zaldívar, Cossío sólo está a favor de un amparo *para efectos*, que no concede la libertad inmediata, sino que obliga a repetir el proceso eliminando las partes viciadas. A Cossío siempre le incomodó el término *efecto corruptor* empleado por su colega y rival: un argumento que jamás se ha utilizado en un proyecto de sentencia de la Corte y que, a sus ojos, no es sino otro de los *slogans* de Zaldívar para llamar la atención de los medios.

Los *efectos* que Cossío solicita incluyen que se retiren del expediente las declaraciones de Cristina y Christian viciadas por el montaje. Por último, se refiere al tema de la asistencia consular: "Estoy de acuerdo con la concesión de amparo por la falta de asistencia consular como una violación procesal grave. Sin embargo, no coincido en que la violación tenga una trascendencia mayor que la anulación de las actuaciones que se realizaron en el transcurso de la misma."

"Gracias, señor ministro Cossío", interviene Zaldívar con sequedad. "Señor ministro Ortiz Mayagoitia."

La opinión de Ortiz Mayagoitia es muy clara: no considera que el Tribunal Colegiado haya realizado interpretación alguna de un precepto constitucional y, por tanto, la Corte no tiene facultad de cambiar su sentencia. "En el tema de asistencia consular", precisa, "tampoco estoy de acuerdo que se analice por esta Primera Sala, por ser de mera legalidad."

El ministro decano piensa que, si bien la policía violó las garantías de Florence durante la averiguación previa, éstas fueron subsanadas durante su juicio, asegurando el debido proceso.

"Gracias, señor ministro", apunta Zaldívar. "Señor ministro Pardo."

"Aunque coincido en alguna parte de los pronunciamientos de esta ponencia", anuncia el ministro, "estimo que no comparto lo esencial de la misma, que son los efectos que se proponen a las violaciones que se destacan."

Pardo se inclina a creer que sí hubo violaciones en el proceso, pero que éstas no tuvieron ningún efecto en la resolución del Colegiado. Respecto a la falta de asistencia consular, también está de acuerdo en que existió una violación, aunque piensa que no tuvo ningún efecto en el proceso, puesto que Florence siempre se declaró inocente.

"¿Cuál es el *efecto corruptor* del montaje?", se pregunta en voz alta. "Yo debo decirles que ese montaje al final de cuentas fue evidenciado y fue reconocido por las propias autoridades que lo ordenaron y lo llevaron a cabo. Yo no acepto que estas violaciones generen este *efecto corruptor* en relación con todas las personas que intervienen en el proceso. A mí me parece que el *efecto corruptor* que se maneja en el proyecto no tiene un sustento constitucional sólido."

"Gracias, señor ministro Pardo", vuelve a tomar la palabra Zaldívar. "Señora ministra Sánchez Cordero."

"Señores ministros", empieza la única mujer en la Primera Sala, "coincido con el sentido propuesto en el proyecto del ministro Arturo Zaldívar, a quien, como ya dijo el ministro Pardo, le expreso mi sincero reconocimiento y adicionalmente le pido que lo haga extensivo a su equipo de trabajo."

Zaldívar agradece el gesto inclinando la cabeza.

"Una verdadera protección de los derechos de las víctimas pasa necesariamente por la protección del debido proceso de los inculpados. Para mí, resulta motivo suficiente para la concesión del amparo liso y llano el haber sido violado, en perjuicio de la quejosa, el derecho de asistencia consular, que es para mí una forma especial del derecho de defensa adecuada."

"Gracias, señora ministra", exclama Zaldívar, a quien le corresponde el turno de hablar sobre su propio texto.

El ministro presidente analiza los comentarios de sus colegas y luego se niega a modificar su proyecto: "Yo siempre llego a las sesiones de pleno y de salas con la mayor apertura para modificar mis puntos de vista de acuerdo a lo que escucho de mis compañeros ministros y ministras; en este caso vengo también con esta idea, que siempre trato, cuando soy ponente, de construir mayorías, porque creo que el hacer posiciones de la Corte nos obliga a ceder en los extremos para poder avanzar. Sin embargo, en este caso en particular, me resulta jurídicamente imposible poder modificar los extremos de mi proyecto. En esos términos, agradeciendo a la señora y los señores ministros sus observaciones, sus comentarios y su disposición también para que pudiéramos acceder a una posición diversa, le pido secretario que se sirva tomar votación nominal a favor o en contra del proyecto."

"Sí, señor presidente", obedece Mijangos.

"En contra del proyecto", inicia Pardo.

"Estoy a favor del otorgamiento del amparo con efectos diversos", se pronuncia Cossío.

"En contra del proyecto", reitera Ortiz Mayagoitia.

"Yo estoy a favor del proyecto, con sus efectos, sólo me hice cargo de una de las violaciones que es la asistencia consular, porque para mí es suficiente para conceder el amparo liso y llano, sin dejar de reconocer que las demás violaciones, que están en el proyecto, las comparto", aclara Sánchez Cordero.

"Con el proyecto", reitera Zaldívar.

"Informo a la Sala que hay mayoría de tres votos a favor del proyecto", recuenta el secretario. "Dos votos a favor de los efectos propuestos en el proyecto y un voto en contra del ministro Cossío."

"Una pregunta al ministro Pardo", interviene Zaldívar, buscando una última oportunidad. "¿Usted estaría a favor por la concesión para efectos?"

"No, señor presidente."

"¡Ah, perfecto!", exclama Zaldívar, decepcionado. "Entonces, en tal virtud, tenemos una mayoría de votos porque hubo violaciones constitucionales. Sin embargo, en cuanto a los efectos, el proyecto no alcanza la mayoría necesaria, porque la ministra y un servidor estamos con el proyecto; el ministro Cossío sostiene un amparo para efectos y el ministro Pardo, según entiendo, llega a la conclusión de que, aunque hubo estas violaciones, por tratarse de un recurso de amparo directo en revisión, ya no hay posibilidad de que tengan un efecto jurídico. ¿Es así?"

"Así es", remata Pardo.

"En consecuencia, al no haberse alcanzado los votos necesarios en cuanto al sentido del proyecto, se desecha el proyecto y en su oportunidad se turnará al ministro que por estricto turno le corresponda."

Ese ministro, en este caso ministra, será Olga Sánchez Cordero.

Para explicar su decisión de votar por un amparo para efectos, Cossío me cuenta que ese mismo día recibió una llamada de su madre diciéndole que no comprendía nada de lo que había hecho.

"¿Te acuerdas de *Cinema Paradiso*?", le pregunta él. "El sacerdote les cortaba los besos a las películas. Cortaba una parte y luego la volvía a pegar. Eso es lo que quiero que pase en este caso. Que el Unitario vuelva a juzgar viendo ya sólo la película sin cortes."

"Te voy a colgar para podérselo explicar a tus tías", le responde su madre.

En Tepepan, Florence ni siquiera ha terminado de ver la sesión televisiva del Canal de la Corte cuando, desolada, se precipita al teléfono para marcarle al cónsul Gérald Martin, quien ya la espera a la entrada de la cárcel.

"¿Vendrá ahora mismo?", le suplica. "Lo necesito conmigo."

Al llegar a la sala de visitas, Florence descubre que su padre también está allí; arribó la víspera, de improviso, para darle una sorpresa, confiado en que iba a ser liberada. Bernard la abraza mientras ella se echa a llorar.

"No quiero que me vean así", le susurra al oído.

Pronto se les suman Gérald Martin y Damien Loras, pero la directora de la prisión no le permite a Florence quedarse con ellos y la convoca a su oficina.

"No se te ha concedido la libertad, Florence", le advierte con estudiada suavidad. "Pero podría ser peor, ¿o no? Podrías estar en Santa Martha..."

Florence regresa a su celda y llora toda la noche. Por la mañana la visitan Sylvie Boksenbaum, su padre y Acosta.

"No todo está perdido", la anima su abogado. "Cuatro ministros han reconocido que tu proceso está lleno de vicios de procedimiento. A la larga se pondrán de acuerdo para devolverlo a un tribunal de apelación sin las pruebas falsas. Es sólo una cuestión de lenguaje jurídico. La ministra Sánchez Cordero es la nueva responsable de redactar un proyecto y ella encontrará la manera de obtener el apoyo de los demás... Hay que tener confianza, Florence."

"¿Y cuánto durará todo esto?"

"Varios meses", reconoce Acosta. "Habrá sin duda que esperar hasta el otoño, por lo menos..."

Florence vuelve a echarse en brazos de su padre.

Dos días después de la sesión de la Corte, el papa Benedicto XVI aterriza en la Ciudad de México para su primera visita apostólica a un país hispanófono. Quienes apoyan la causa de Florence esperan que intervenga a su favor.

"La dignidad de la persona humana", declara en una de sus alocuciones, "no debe ser nunca despreciada."

Esta frase es la única que podría ser interpretada como una delicada muestra de apoyo del pontífice a la "pobrecita" Florence.

A falta del apoyo del papa, a principios de abril Florence recibe en Tepepan a Marion Cotillard y las dos conversan durante varias horas.

"Marion y yo nunca hablamos de un proyecto de película", declara Florence a la agencia France Presse tras la partida de su nueva amiga. "Hablé por teléfono con ella desde hace un mes. Fue ella quien se presentó ante el comité de apoyo en Francia. Le llamé por teléfono por primera vez el 25 de enero para agradecerle. Después nos hemos telefoneado regularmente, porque entre nosotras surgió una gran amistad. Fue un hermoso encuentro entre amigas que no queremos mediatizar. Somos simplemente dos mujeres de la misma edad, compartimos los mismos valores, los mismos deseos, tenemos muchos puntos en común..."

Florence también le revela a la agencia que desde hace meses está en contacto con Alain Delon, quien le expresó su apoyo durante la ceremonia de Miss Francia, en noviembre de 2011, y quien le ha prometido visitarla pronto.

"¿Y ahora qué hago con esto?", le pregunta la ministra Sánchez Cordero a Javier Mijangos.

"Esperar la jubilación de don Guillermo y confiar en que ocupe su lugar un ministro más proclive a votar por el amparo", le responde el secretario de Zaldívar.

18. El último recurso

A la revelación del montaje o la puesta en escena, García Luna respondió con la mentira de la recreación. A la encendida defensa de Sarkozy de su compatriota, produjo un nuevo montaje o una nueva escenificación —el video de David Orozco y las detenciones de un hermano y dos sobrinos de Israel— para probar la existencia de la banda del Zodiaco y el liderazgo de Florence. Una y otra vez la misma actitud, el mismo *estilo*: jamás reconocer un error y, a la develación de una mentira, responder con una mentira todavía mayor. Conforme a este plan, al reconocimiento explícito por parte de cuatro ministros de la Suprema Corte de las trampas de la policía no podía seguirle sino una nueva actuación policiaca contra la familia de Israel.

Un antiguo policía federal lo visita en El Altiplano el 20 de abril de 2012, menos de un mes después de la decisión de la Corte sobre Florence. "Me mandan decir que retires la demanda, que tu familia la retire", lo increpa, refiriéndose a la que su abogado ha presentado contra García Luna y los agentes que participaron en su detención. "Y que no se te vuelva a ocurrir pedir que comparezca Garza Palacios en el juzgado. Tú ya sabes que con testigos falsos podemos hacerte todo y podemos involucrar a tu familia. Por ejemplo, la que viene a visitarte."

La amenaza no tarda en cumplirse: la mañana del 27 de abril, su hermano Mario y su sobrino Sergio Cortez Vallarta son detenidos por la Policía Federal cuando se encuentran en una gasolinera de camino a la casa del primero para festejar el cumpleaños de uno de sus hijos.

Al no tener noticias de ellos durante quince horas, Guadalupe y don Jorge acuden a la CNDH para dejar constancia de su desaparición. El personal que los atiende les explica que deben esperar setenta y dos horas antes de poder realizar la denuncia. Ante la insistencia de Guadalupe, el visitador adjunto llama a la Procuraduría, donde le informan que ninguna persona con esos nombres figura en sus registros.

Por la tarde del día 28, al fin se hace público que la Policía Federal ha puesto al hermano y al sobrino de Israel a disposición de la SIEDO. Guadalupe de inmediato se traslada a la Subprocuraduría y, después de varias horas, alcanza a entrever a su hermano en una cama, convulsionándose por el dolor. Mario tiene la espalda en carne viva.

"¿Qué le hicieron?", se desgañita Guadalupe.

Un agente del Ministerio Público le informa que la Policía Federal lo depositó en ese estado. Por la tarde, por fin consigue hablar a solas con ellos. Sergio le confirma que fue torturado mientras Mario, muy herido, apenas consigue balbucir unas palabras. Según el informe sobre integridad física que se le realizó el 27 de abril, Mario presenta numerosas contusiones y un oído reventado. Al día siguiente, el responsable de Otorrinolaringología del Hospital Torre Medica detalla: "Perforación Timpánica Postraumática Izquierda, que amerita tratamiento quirúrgico de timpanoplastia en quirófano y bajo anestesia general".

No es sino hasta el 1º de mayo que la PGR anuncia en un comunicado que Mario Vallarta, alias el Chaparro o el Enano, hermano de Israel Vallarta, el Cáncer, fundadores de la banda de secuestradores Los Zodiaco, a la que pertenecía Florence, fue arrestado junto con tres de sus cómplices. Según la dependencia, Mario y

Sergio forman parte de la organización criminal conocida como Los Vallarta.

En el video que la PGR distribuye a la prensa horas después, simplemente se ve cómo unos policías uniformados obligan a salir a un grupo de personas de un zaguán metálico —a Mario Vallarta se le aprecia adolorido— y las introducen por la fuerza en distintas patrullas.

Según la PGR, en su declaración ministerial Mario acusó a Florence de ser el verdadero cerebro de la banda, repitiendo lo dicho por David Orozco, pero en su auténtico testimonio, tomado el 28 de abril, en realidad negó tener conocimiento de la participación de su excuñada en ningún acto criminal. "La vi una sola vez en el rancho Las Chinitas", reza su testimonio. "Yo estaba afuera de la cochera arreglando mi coche y me dijo que se iba a dormir y que por favor cerráramos bien. No recuerdo la fecha de esto."

Tras la detención de sus familiares, la Dirección de El Altiplano le informa a Guadalupe, sin justificar los motivos, que Israel ha sido sancionado y no podrá recibir visitas durante los siguientes doce días. Sergio, entretanto, es trasladado al penal de alta seguridad de Puente Grande, en Jalisco, lejos de sus hermanos Alejandro y Juan Carlos y dc sus tíos Mario y René.

Tras las detenciones de Mario y Sergio, ocurridas a unos días de la decisión dividida de la Corte, la SSP vuelve a la carga en su empeño por demostrar la existencia de Los Zodiaco y la responsabilidad de Florence. Varios medios afines al gobierno reciben información de "inteligencia", en la cual la PGR detalla el supuesto entramado de diversas bandas de secuestradores.

El diario *Excélsior* publica, por ejemplo, un largo reportaje donde se revela la supuesta organización interna de Los Zodiaco, Los Palafox, Los Tablajeros y Los Japos, un cúmulo de organizaciones criminales surgidas de la nada y convertidas por obra de la PGR en una de las redes delictivas más peligrosas del país.

Conforme a esta versión, Los Zodiaco comenzaron a operar desde 2001 en la Ciudad de México, el Estado de México y Morelos. "Su actividad ilícita abarca un periodo de ocho años, en los cuales se realizaron veintisiete detenciones de personas probablemente relacionadas con veinte casos de secuestro." Según el diario, tras la captura de Florence e Israel, la banda se desarticuló en tres células: Los Japos, Los Palafox y Los Tablajeros. "Sus integrantes fueron detenidos entre 2006 y 2009", afirma la policía. "El último de Los Zodiaco fue detenido en 2011, en Cancún, y finalmente su líder, Mario Vallarta, alias el Chaparro, fue detenido en abril del 2012 en la Ciudad de México durante un operativo en la delegación Iztapalapa."

Además de escritora, en estos agitados días Florence también revela su faceta como artista plástica. Sesenta obras suyas son expuestas, a partir del 29 de junio, en La Galerie, ubicada en el 75 de la rue Saint-Honoré, en París, gracias a los esfuerzos de la periodista Mélissa Theuriau, quien unos meses atrás la visitó en México con el fin de obtener fondos para la Asociación Florence-Inocente. Entre las personalidades que acuden a la inauguración, al lado de los padres de Florence, figuran el actor Jamel Debbouze, Frank Berton y el presidente electo de la República, al lado de su compañera, la periodista Valérie Trierweiler.

"Encantado de conocerlos", saluda François Hollande a Bernard y a Charlotte. "Quedan invitados al Eliseo para un café."

Unos minutos después de la partida de la pareja presidencial, Alain Delon se presenta en La Galerie y da inicio la subasta. El primer cuadro en venderse se titula *Morenita*, y es adjudicado por mil quinientos euros.

"Florence ha dicho que *El árbol negro* es el símbolo de la fuerza, de la vida, es negro, está deprimido, fatigado, muerto", anuncia el maestro de ceremonias. "¿Quién empieza? Alain, la subasta comienza con trescientos euros. ¿Qué dice?"

"Yo no he dicho nada", responde el actor en tono socarrón. "¿Por qué yo? ¡No estamos en el cine Cornette!"

Tras una puja entre Jamel, esposo de Theuriau, y Delon, al final éste se queda con la acuarela por cinco mil euros. El comediante, por su parte, compra *Soledad*, un pequeño óleo en donde figura una pequeña casa escondida, por mil euros.

En el contexto del proceso electoral mexicano de 2012, los allegados a la causa de Florence establecen contacto con los distintos candidatos a la presidencia. Pedro Arellano, quien ha trabajado de cerca con López Obrador, obtiene de éste el compromiso de liberar a Florence si llega al poder.

Daniel Parfait acude por su parte con Manlio Fabio Beltrones, uno de los principales operadores políticos del PRI, el cual le asegura que, de ganar, Enrique Peña Nieto se compromete a ser neutral en el juicio y a no ejercer presión alguna sobre los ministros de la Corte.

La única candidata que se niega a aceptar cualquier compromiso ante Pedro Arellano, a quien conoce desde joven por intermediación de su hermana, es Josefina Vázquez Mota, del PAN, quien, pese a su distancia cada vez mayor de Felipe Calderón, lo propone el 28 de junio de 2012 como procurador general de la República en su eventual gabinete.

Las elecciones federales mexicanas se llevan a cabo el 1º de julio de 2012. Pasada la medianoche, el Instituto Federal Electoral anuncia los resultados preliminares, los cuales terminan de confirmarse en los días subsecuentes. Conforme a las cifras oficiales, el ganador es Peña Nieto, del PRI, con 38.21 de los votos; en segundo lugar, López Obrador, del PRD, con 31.59; y en tercero, Vázquez Mota, del PAN, con 25.41. Aunque López Obrador denuncia irregularidades y compra de votos, en este caso termina por aceptar los resultados, pues, a diferencia de lo ocurrido en 2006, la ventaja de Peña Nieto asciende a más de tres millones de votos.

"Es momento de alentar la reconciliación nacional y de ver hacia adelante, en plena normalidad democrática", declara Peña Nieto esa noche desde el auditorio Plutarco Elías Calles, en la sede nacional del PRI. "Hoy los mexicanos han elegido una nueva alternancia." Al referirse a su estrategia de seguridad, desmiente a quienes han afirmado que su partido siempre tuvo vínculos con los narcos: "Frente al crimen organizado, ni pacto ni tregua".

Además de escritora y pintora, Florence también muestra sus dotes de poeta. El grupo de rock francés La Jarry estrena, el 27 de agosto, una canción cuya letra ha sido escrita por Florence desde la cárcel, titulada "Marques d'amour" ("Marcas de amor"). La letra dice:

A quoi ça sert une innocente en prison ?
A qui profite autant de douleurs ?
Ces gens-là n'ont-ils pas de cœur ?
Tout cela m'est insupportable.

¿De qué sirve una inocente en prisión?
¿A quién le beneficia tanto dolor?

¿Es que esa gente no tiene corazón?
Todo esto me es insoportable.

El pleno del Senado aprueba, el 22 de noviembre, el nombramiento de Alfredo Gutiérrez Ortiz Mena y Alberto Pérez Dayán como nuevos ministros de la Suprema Corte. Al primero se le asocia con el nuevo presidente, Enrique Peña Nieto, mientras que al segundo con el expresidente Felipe Calderón. Por desgracia para Florence, le corresponderá a Pérez Dayán incorporarse a la Primera Sala, donde habrá de dirimirse su caso.

En su cuenta de Facebook, Luis Cárdenas Palomino anuncia su retiro de la policía: "Después de 23 años de servicio público he tomado la iniciativa de integrarme laboralmente a la iniciativa privada", escribe, "por lo que a través de la presente hago del conocimiento público que he presentado mi renuncia a la titularidad de la División de Seguridad Regional y solicitado mi baja de la Policía Federal, con fecha 31 de diciembre de 2012." Al final añade: "Con toda claridad puedo decir a mis hijos, colaboradores y a quienes han depositado su confianza en mí, que mi convicción y actuación como policía ha sido tal, que dejo esta institución con la frente en alto, sin haber cometido un acto del que pueda arrepentirme."

Días antes, el 28 de noviembre, el narcotraficante Édgar Valdés Villarreal, alias La Barbie, había declarado que Genaro García Luna era uno de los funcionarios que recibía dinero del crimen organizado a través de Cárdenas Palomino. Asimismo, el 4 de diciembre, el diario *Reforma* informa que el brazo derecho del secretario de Seguridad es dueño de una colección de noventa y nueve armas de fuego, setenta y dos de las cuales son de calibre de uso exclusivo del ejército.

A partir del 1º de enero de 2013, Cárdenas Palomino se integra a la iniciativa privada como jefe de seguridad en TV Azteca.

Un movimiento inesperado se produce en la Suprema Corte el 3 de enero de 2013. En la ceremonia en que toman posesión de sus cargos, el presidente de la Suprema Corte, Juan Silva Meza, asigna a Alberto Pérez Dayán a la Segunda Sala y a Alfredo Gutiérrez Ortiz Mena a la Primera, invirtiendo el orden por el que habían sido nombrados. Corresponderá al segundo, más asociado al PRI que al PAN y cuya orientación ideológica parece incierta, el voto definitivo sobre el caso de Florence.

"No es un penalista", le explica Acosta a su defendida, "tiene 44 años, es muy joven para ser ministro de la Corte. Hizo sus estudios en Estados Unidos y ha sido fiscalista. Es el nieto de un antiguo secretario de Hacienda... Creo que es una buena noticia. Sin duda, una garantía de independencia."

El miércoles 9 de enero, la Corte anuncia que el proyecto de la ministra Olga Sánchez Cordero será discutido el 23 del mismo mes. A diferencia de lo ocurrido con Zaldívar, ella se niega a hacer público el sentido de su sentencia.

"La ministra no propone su liberación inmediata", le confía Acosta a Florence, haciéndose eco de las filtraciones. "Pide sobre todo que se anulen las pruebas viciadas y que se devuelva el expediente a un tribunal de apelación. Un expediente sin vicios, Florence. Eso significaría tu libertad."

"Tal vez", piensa Florence, pero ella estaba entusiasmada con la posición del ministro Zaldívar: libertad inmediata y sin condiciones.

"Es evidente que la ministra Sánchez Cordero se ha comportado de esta forma para que puedas salir", intenta calmarla Acosta. "Otros habrían pensado primero en su prestigio, dejando que se supiera el contenido de su proyecto y discutiéndolo todo el día en televisión."

"Es cierto que el nuevo presidente parece confiable", le dice Berton a Florence, "¿pero no quedan restos del círculo de influencia del antiguo poder? En marzo pasado nos dijeron que un tercer ministro iba a votar en tu favor…"

"Un nuevo proceso es una de las posibilidades", concluye Acosta, "pero hay otras. Una liberación inmediata sin duda también es posible, pero también que tengamos una gran desilusión. No sería la primera…"

La ministra Sánchez Cordero le confía a Javier Mijangos su desazón ante la posibilidad de que su proyecto sea votado negativamente por sus cuatro colegas. Aunque su intención ha sido acercar las posiciones de Zaldívar y Cossío, ambos le han manifestado su intención de votar en contra, lo mismo que Pardo. La única incógnita sigue siendo Gutiérrez Ortiz Mena, el nuevo integrante de la Corte.

"¿Y ya le preguntó cómo votará?"

"No, pero me lo imagino", se resigna la ministra. "Viene de Hacienda, lo propusieron el PRI y el PAN. Seguro votará en contra…"

"No esté tan segura", la rebate Mijangos. "Es muy joven. Y mire a quiénes ha nombrado en su ponencia. Una bola de *hippies*. Jóvenes de escuelas privadas. Académicos que nunca han estado en el sistema de justicia… Quizás sea más liberal de lo que imaginamos…"

Morales Lechuga visita a tres de los cuatro ministros que habrán de decidir el amparo presentado por Florence. Primero habla con Sánchez Cordero, notaria como él, cuya posición ya conoce; se encuentra luego con Gutiérrez Ortiz Mena, quien le confía que también votará por el amparo, aunque sin revelarle si será para efectos o por la libertad inmediata. Cossío, en cambio, no da una respuesta clara.

Samuel González Ruiz, antiguo funcionario de justicia que ahora trabaja con la Señora Wallace, y ella misma, le piden una cita. A Morales Lechuga le resulta extraña su presencia, pues la activista ha hablado en repetidas ocasiones en su contra. Ambos le sugieren una salida para el caso: que Florence reconozca su culpabilidad como cómplice, de modo que se rebaje su condena y pueda salir libre sin vulnerar a la justicia mexicana. Morales Lechuga les aclara que esa opción estuvo sobre la mesa en el pasado, pero Florence ha cambiado de opinión y no aceptaría esa propuesta en ningún caso. "Preferiría morirse en la cárcel."

Cuando sus visitantes se marchan, Morales Lechuga le llama al embajador Parfait. "Se nota que están desesperados. Creo que vamos a ganar."

El 20 de enero de 2013, *El Universal* publica una entrevista con Jorge Alberto Ferreira. De 29 años, el joven fue acusado de homicidio, torturado e inculpado por las autoridades. El 25 de agosto de 2010 la policía entró en su casa, en la calle Vía Láctea, en Prado Churubusco, y lo acusó falsamente de homicidio y extorsión. Tras ser torturado, fue condenado a cincuenta años de cárcel; pasó casi dos en prisión, aunque al final fue exonerado en segunda instancia y fundó una asociación civil para ayudar a quienes son acusados injustamente por las autoridades.

"¿Eres Jorge A. Ferreira?", le pregunta el reportero Jorge Medellín en cuanto el activista contesta el teléfono.

"Sí."

"¿Eres el novio de Florence Cassez?"

"Sí..., yo soy..."

"¿Cómo se conocieron?"

"Ella me vio en televisión, vio el caso y pidió que la visitara para conocer más de lo que me había ocurrido."

"¿Qué ves en ella?"

"Lo que más me gusta de ella es que es un gran ser humano. Es una persona sumamente amorosa, noble. Es la mejor pareja del mundo. La verdad es que la adoro, además de que es una luchadora en todo aspecto y hay algo que siempre le digo y es algo clave: es un alma inquebrantable."

Según el reportero, fuentes del penal de Tepepan le confirmaron que Florence está muy enamorada y le aseguraron que la visita íntima fue muy positiva para su conducta.

Siguiendo el consejo de Mijangos, la ministra Sánchez Cordero celebra una comida en su casa con los ministros Alfredo Gutiérrez Ortiz Mena y Arturo Zaldívar. Los acompaña un amigo del primero, el líder de la bancada del PRI en el Congreso y uno de los políticos más poderosos del país, Manlio Fabio Beltrones. Es clara la intención de la anfitriona de entrever el sentido del voto del nuevo ministro.

"Me inclino por el amparo", le confía éste en los postres, "pero aún no sé si para efectos o liso y llano."

Su actitud cordial y relajada permite entrever, sin embargo, lo segundo.

Carlos Loret aborda el caso Cassez en su espacio de *Primero Noticias* el lunes 21 de enero de 2013 y ofrece una disculpa pública por la colaboración de su equipo en el montaje o la puesta en escena.

"Y hay también un asunto que tiene que ver con el papel que en este caso jugaron los medios de comunicación", anuncia en pantalla luego de comentar la polémica surgida entre detractores y defensores de Florence. "Esto último nos atañe directamente a Noticieros Televisa y a su servidor como conductor de *Primero Noticias*. El caso de Florence Cassez implicó una sacudida para todos los que trabajamos en *Primero Noticias*. El 9 de diciembre de 2005 nos tocó transmitir la información de su captura y, luego supimos, se trató de un montaje. A la ciudadana francesa la habían detenido un día antes, y la autoridad fingió y simuló un operativo como si estuviera sucediendo en vivo. Con lo que yo estaba viendo en mi pantalla en ese momento, que es lo mismo que se estaba viendo al aire en la señal de Televisa; con la información que estaba dando al aire el reportero; con la supervisión encargada a los jefes de las áreas de producción y contenidos, que no me alertaron de nada extraño, yo no me di cuenta de este montaje. No me di cuenta de esta trampa. En retrospectiva, con un análisis más minucioso de todas las imágenes, creo que pude haber descubierto el engaño. Al calor de la noticia, como el árbitro de futbol que no tiene acceso a la repetición y debe decidir de botepronto, no lo hice, y lo lamento."

A diferencia de los ministros de la Corte, Loret aquí sostiene que Florence e Israel sí fueron detenidos el 8 de diciembre de 2005.

El conductor se refiere luego a la revelación del montaje realizada por Denise Maerker, en *Punto de Partida,* como si fuera suya: "Para nosotros, el asunto no quedó ahí. El primer medio de comunicación que documentó públicamente este montaje montado por la autoridad fue justamente Noticieros Televisa. Unas semanas después, el 5 de febrero de 2006, lo exhibimos y lo denunciamos."

Como sabemos, en realidad lo exhibió y denunció Denise a partir de las investigaciones de Yuli García, quien se mantiene convencida de que Loret estaba al tanto del montaje.

"A partir de ese caso", concluye el conductor, "en Noticieros Televisa tomamos medidas e hicimos protocolos para que una cosa así no volviera a suceder. El montaje orquestado por la AFI para la captura de Florence Cassez no fue, desde luego, la única irregularidad de este caso. En la averiguación previa se establece que la ciudadana francesa no tuvo derecho a solicitar de inmediato, como marcan las leyes internacionales, el apoyo de su embajada; le negaron un traductor; hubo cambios en las declaraciones de los testigos. Las denuncias de que se violaron los derechos humanos de la detenida han llegado hasta la Suprema Corte de Justicia de la Nación, que, pasado mañana, miércoles, debe resolver el controvertido caso de Florence Cassez."

Ante la posibilidad de que Florence sea liberada, Ezequiel no puede quedarse callado y le dirige una carta al presidente Peña Nieto.

Carta de Ezequiel Elizalde a Enrique Peña Nieto

Señor presidente Enrique Peña Nieto,

De la manera más atenta posible y de la forma más respetuosa le suplico me escuche: Usted ya conoce este caso sobre la ciudadana francesa Florence Cassez y de la banda Los Zodiaco. Y dichos integrantes.

En 2005 fui secuestrado por esta organización criminal, de la cual era Florence Cassez integrante y partícipe de esta organización. También quiero mencionar que reconozco plenamente y sin temor a equivocarme a

Cassez como mi secuestradora y que fue ella quien me diera de comer en la primera casa de seguridad y que fue ella misma quien me inyectara el dedo de mi mano izquierda para amputármelo y ser método de presión sobre mi familia, para el pago del rescate.

El 9 de diciembre fue un día en el cual tres personas volvimos a nacer y tener una segunda oportunidad, aquel día nunca lo olvidaré porque fue lo más maravilloso de nuestras vidas, el salir de una pesadilla en la que vivimos 65 días de temor y de angustia, vivimos los tratos más horribles que se le pueden hacer a un ser humano y vivir la humillación a suplicar por nuestras vidas a cada instante.

Hoy le doy gracias a Dios por esta nueva vida, y el permitirme seguir adelante y luchando por cambiar algo que es posible (un cambio).

Señor presidente, esta gente nunca se tentó el corazón y nunca nos dio el derecho de hablar con nuestras familias ni nada; hoy le suplico y le imploro, con el corazón en la mano se lo digo: no permita salir a una criminal de prisión sabiendo que tiene todas las pruebas en su contra.

Todavía recuerdo su cara y el odio con la que ella me daba a escoger entre un dedo o una oreja.

Ella tiene todo el apoyo de su país y de mucha gente e incluso la de mi país, y no es posible que esta gente que lastimó y que dejó marcadas a muchas familias mexicanas por este doloso delito, esté por salir libre de una condena que es muy corta y que es insignificante por todo el daño que hizo.

Se ratificó su culpabilidad y se tienen las pruebas necesarias para que permanezca en prisión por los delitos de secuestro.

Aun estando lejos de mi país, sigo luchando por nuestros derechos como ciudadanos y como gente que tiene miedo al rechazo de nuestras autoridades.

Bernard Cassez aterriza en México el 21 de enero para estar al lado de su hija cuando la Corte anuncie su decisión. Parfait lo hospeda en la residencia oficial y, la noche del 22, organiza una cena en su residencia, a la cual asisten Damien Loras, Agustín Acosta y Frank Berton. Todos se muestran cautamente optimistas: el cambio de gobierno en los dos países aventura una liberación inmediata, aunque no descartan tampoco un amparo para efectos que obligue a repetir el proceso.

Por la mañana, la comitiva de la embajada, encabezada por Bernard y el cónsul Gérald Martin, emprende el camino hacia la prisión de Tepepan, adonde llega cerca de las 11:00. En las afueras del centro penitenciario se congrega una multitud de periodistas y curiosos, y el padre de Florence y Martin tienen que hacer un gran esfuerzo para esquivarlos. En una pequeña salita preparada especialmente para ellos encuentran sándwiches, pasteles, bebidas e incluso un par de botellas de champaña.

Cerca del mediodía de ese 23 de enero, los ministros que integran la Primera Sala de la Suprema Corte de Justicia abandonan sus despachos y se reúnen para la sesión privada en torno al proyecto de la ministra Sánchez Cordero. El ambiente es tan tenso como en la ocasión anterior, agravado por la incertidumbre ante la posición que tomará el ministro Gutiérrez Ortiz Mena. Siguiendo la costumbre, el presidente en turno de la sala, Jorge Pardo, pide a los demás que expresen el sentido que darán a su voto.

"En contra del proyecto", admite Zaldívar, el cual insiste que, por coherencia, no puede cambiar sus convicciones. En realidad, se siente un tanto agraviado o traicionado por su amiga, quien ha querido acercarse a la posición de Cossío y ha propuesto un amparo para efectos.

"A favor de un amparo para efectos, como lo expresé en la ocasión anterior, pero distintos de los que propone el proyecto", anuncia Cossío, echando por tierra esta posibilidad.

"A favor del amparo para efectos", asegura también Pardo, cambiando su voto frente a la vez anterior, "pero en un sentido distinto al del proyecto."

"Yo estoy con el ministro Zaldívar", apunta entonces Gutiérrez Ortiz Mena, sorprendiendo a los demás, "por un amparo liso y llano."

Para Sánchez Cordero no fue sencillo articular el proyecto que ha presentado y de pronto los otros cuatro ministros se han manifestado en contra suya, por distintas razones, uno tras otro. Desde la sesión anterior, ella estaba convencida de que lo correcto era la liberación inmediata de Florence, pero se vio obligada a proponer un amparo para efectos con la idea de atraerse el voto de Cossío y acaso el de Pardo. Su misión era conseguir los votos de al menos dos ministros y no tiene ninguno.

Sólo en ese instante se da cuenta de que, si altera el sentido del proyecto que acaba de presentar, decantándolo por un amparo liso y llano, sumará los votos suficientes para la mayoría. Acalorada, así se lo anuncia a sus colegas.

"Pero ¿entonces qué proyecto vamos a votar?", se sorprende Pardo.

Valiéndose de su larga experiencia en la Corte, la ministra revisa el *tambache* con el que ha llegado a la sesión privada y extrae el proyecto de sentencia desechado en la sesión de noviembre de 2012.

"Hago mío el proyecto del ministro Zaldívar", declara.

Ninguno de los presentes ha imaginado una solución semejante. Y, al menos en ese momento, nadie la objeta.

Las versiones sobre lo ocurrido esa mañana difieren radicalmente. Mientras Zaldívar y Sánchez Cordero aseguran que se trató de una solución tan audaz como repentina, Cossío está convencido de que existió un acuerdo previo entre ambos. Esta segunda versión la confirma Javier Mijangos, entonces subordinado de Zaldívar y hoy más cercano a Cossío, quien asegura que su equipo y el de la ministra se reunieron el 22 de marzo, una vez que sus jefes les revelaron la posibilidad de que Gutiérrez Ortiz Mena podría votar por un amparo liso y llano. Según él, fraguaron entonces la estrategia que le permitiría a la ministra *rescatar* el proyecto de Zaldívar y someterlo a una nueva votación al hacerlo suyo. La prueba de esta versión, según Mijangos, es que Sánchez Cordero lo extrajo de su *tambache* ya engargolado. Zaldívar insiste en que, si él y la ministra se hubiesen puesto de acuerdo, ella hubiese alterado su proyecto desde el principio.

Cuando los ministros descienden a la Primera Sala, se topan con una afanosa multitud de periodistas, observadores y curiosos. Entre los asistentes destacan, de un lado, figuras como Frank Berton y Agustín Acosta y, del otro, Isabel Miranda de Wallace. De pronto todos callan, nerviosos.

"Se abre la sesión pública correspondiente a esta Primera Sala de la Suprema Corte de Justicia de la Nación", empieza Pardo.

El reloj marca las 12:40.

"Dé usted cuenta con el primer asunto listado de la ministra Sánchez Cordero, si es tan amable."

La secretaria Ana Carolina Cienfuegos lee el dictamen original de la ministra Sánchez Cordero que propone el amparo para efectos.

"Está a discusión el asunto", anuncia Pardo. "Señor ministro José Ramón Cossío, tiene la palabra."

Cossío agradece la intención de la ministra de incorporar sus opiniones en el nuevo proyecto, pero de inmediato reprueba su técnica jurídica y su afán por defender los derechos humanos sin tomar en cuenta las reglas del amparo directo en revisión. Al ministro le parece que el argumento de Sánchez Cordero para asumir la procedencia del caso se realiza *ad hominem*, pensando específicamente en Florence. Tampoco comparte la idea de que la Corte pueda entrar en el fondo del asunto; más allá de que reconozcan las violaciones al proceso, considera que éstas debieron subsanarse en otras instancias.

"Creo que aquí lo que tendríamos que determinar es que efectivamente esas filmaciones que se llevaron a cabo afectaron o contaminaron de modo muy especial cierto tipo de declaraciones, pero eso, me parece, no tiene un efecto que lleve ni a una afectación generalizada de presunción de inocencia, ni a una contaminación generalizada de otras declaraciones o de otros elementos probatorios que se fueron dando en el propio proceso."

Cossío repite los argumentos que presentó contra el proyecto de Zaldívar y pide devolver el asunto al Tribunal Unitario, eliminando del expediente las partes de las declaraciones de Florence que se contaminaron a causa del montaje.

"Si bien podía dar la impresión de que por puntos resolutivos coincido con el proyecto de la señora ministra", concluye, "no puedo coincidir con los efectos; y, consecuentemente, me veo obligado a votar en contra, aun cuando, insisto, yo también estoy proponiendo el otorgamiento del amparo, pero por razones distintas, como también lo señalé en la sesión primera en que vimos este asunto."

"Gracias, señor ministro Cossío", interviene Pardo. "Tiene la palabra el ministro Zaldívar."

"En marzo del año pasado", comienza, "yo presenté un proyecto en el cual, debido a las gravísimas violaciones constitucionales en perjuicio de la quejosa, proponía el otorgamiento del amparo liso y llano, toda vez que había habido, en mi opinión, un *efecto corruptor* de todo el proceso. Entonces, no obstante que había una mayoría por el otorgamiento liso y llano, estos dos votos no alcanzaban a hacer la mayoría de la Sala y se tomó la determinación de *returnar* el asunto, habiéndole tocado ahora a la ministra Sánchez Cordero. Quiero expresarle mi reconocimiento por su esfuerzo para tratar de presentar una propuesta que se acercara a las diferentes opiniones, a los diferentes planteamientos que se hicieron en aquella sesión. Lamentablemente, a pesar del esfuerzo realizado, no puedo suscribir este proyecto: discrepo profundamente de las consideraciones y sobre todo de los alcances que se le dan a este asunto."

Una vez expuesta su intención de votar en contra, Zaldívar precisa: "A pesar de que en el proyecto las noventa y nueve primeras páginas prácticamente transcriben partes de mi proyecto, lo hace de manera, en mi opinión, desarticulada, fuera de contexto, quitando la fuerza que tenía el efecto del montaje; de tal manera que, aunque son las mismas palabras, el resultado argumentativo es otro."

Zaldívar rescata entonces su tesis sobre el *efecto corruptor*: "La no puesta a disposición del Ministerio Público, más la violación a la falta de asistencia consular oportuna, fue lo que provocó que se pudiera llevar a cabo este montaje que ha sido reconocido por las autoridades, no me estoy basando en los hechos de la quejosa, sino en lo que está en el expediente y en lo que ha sido ya reconocido por las autoridades. Si se hubiera puesto oportunamente a disposición la quejosa y si se hubiera dado oportunamente el aviso consular, el montaje no se hubiera podido realizar y el asunto sería absolutamente otro. Y esto, ¿qué generó? Generó la destrucción del principio de presunción de inocencia y la imposibilidad de que la quejosa tuviera una defensa adecuada, generando su más absoluta indefensión."

Zaldívar repite que no puede votar a favor del proyecto porque la narración de los hechos le quita fuerza al argumento del montaje y pierde justificación la cuestión del *efecto corruptor* y afirma que este caso puede sentar un nuevo precedente en la defensa de los derechos humanos por parte de la Corte.

"En conclusión, señor presidente, señora y señores ministros", termina, "sostendré el voto que emití el 21 de marzo y votaré por el otorgamiento del amparo liso y llano a la quejosa, porque, en mi opinión, las violaciones constitucionales son de tal gravedad que han generado un *efecto corruptor* que violan de manera grave la presunción de inocencia, la defensa adecuada y que la dejan en un total y absoluto estado de indefensión."

"Gracias, señor ministro Zaldívar", expresa Pardo. "Si ustedes me lo permiten, quisiera exponer mi punto de vista en relación con el proyecto que tenemos a discusión. Yo quisiera decir, de entrada, que no comparto el proyecto; no estoy de acuerdo con la conclusión en la manera en que se plantea, y mi postura es en contra del mismo."

Pardo mantiene en lo esencial su argumento de la votación anterior: considera que sí hubo violaciones en el proceso, pero que éstas fueron subsanadas y no afectaron su desarrollo. Sin embargo, se distancia de su conclusión previa y, en vez de sólo votar en contra del proyecto, se pronuncia por un amparo para efectos: en este caso, devolver al asunto al Tribunal Colegiado para que lo valore de nuevo sin tomar en cuenta los elementos viciados.

Retomando su papel de presidente, Pardo continúa con el protocolo: "Señor ministro Gutiérrez Ortiz Mena, tiene usted la palabra."

"Toda vez que ésta es la primera ocasión que emito una opinión sobre este asunto en particular, me voy a permitir leer la opinión."

Gutiérrez analiza la procedencia del caso e indica que no abordará la determinación de culpabilidad o inocencia de Florence, sino únicamente si se respetaron sus derechos fundamentales. Analiza algunos precedentes y llega a la conclusión, sorprendente para la mayoría —hay que tomar en cuenta que es una de las primeras veces que participa en una votación importante—, de que las violaciones al proceso fueron particularmente graves.

Dándole un vuelco a la votación, declara: "Opino que en el caso concreto se afectó el debido proceso legal y la obtención de la prueba ilícita al existir demora en la puesta a disposición ministerial y, bajo la agravante del montaje, que deviene de una escena reproducida ante los medios masivos de comunicación, con inducción hacia las víctimas y testigos de cargo, se vulneraron los derechos fundamentales de carácter sustantivo, presunción de inocencia y libertad. Así, considero innecesario realizar el estudio de los demás temas que se analizan en el proyecto." Y termina: "Por consecuencia, debo señalar que donde existe un mal, el derecho debe proveer el remedio respectivo, por lo que mi voto es en contra del proyecto, por un amparo liso y llano. Por la libertad inmediata."

“Señora ministra Sánchez Cordero, tiene usted la palabra”, indica Pardo.

Un poco menos nerviosa, la ministra se apresta a repetir en público la inédita solución al caso que logró destrabar durante la sesión privada.

“Como saben, el 21 de marzo pasado compartí la propuesta del ministro Arturo Zaldívar de conceder el amparo liso y llano. Como ustedes se han percatado, este proyecto, y ya lo señaló el ministro Zaldívar, es deudor en gran medida de ese primero. Prácticamente las primeras noventa y nueve páginas lo retoman, matizando, dice él, diferente estructura o *destructurizado*, pero lo retoma matizado, por lo que agradezco al señor ministro, a su equipo de trabajo, la posibilidad de retomar parte de las consideraciones y antecedentes de aquél en éste que hoy se está discutiendo. En aquella ocasión, ese proyecto no alcanzó la mayoría de votos en el tema de los efectos, aunque sí hubo una mayoría muy definida que hizo pronunciamiento respecto de la procedencia, la existencia de graves violaciones a los derechos fundamentales de la acusada, y reconoció la existencia de estas violaciones. Por esa razón, me avoqué a la elaboración de un nuevo proyecto en el que se consideraran las exposiciones de los ministros durante esa discusión, pero además, como ya lo señalaron ellos, se incluyeron algunas consideraciones personales. Traté de construir un proyecto que cumpliera con esa disposición de la *Ley Orgánica*; es decir, con base en las exposiciones de mis compañeros y mi propia convicción.”

Hasta aquí, Sánchez Cordero se esfuerza por mostrar que, para ella, su prioridad es la defensa del debido proceso y de los derechos humanos. Y entonces vuelve a sacarse el as de la manga: “Derivado de las intervenciones de mis compañeros ministros, y en el ámbito de construir y alcanzar una resolución en este asunto que no deje de resolver con claridad la situación jurídica de una persona que está privada de su libertad, retomaría mi posición original respecto a los efectos, y propongo a esta sala cambiar los resolutivos de mi proyecto y, si el ministro Zaldívar no tiene inconveniente, reincorporaría las consideraciones que expuso en el inicialmente discutido por lo que hace a estos temas tan relevantes de violaciones al derecho de presunción de inocencia, al derecho de puesta sin demora; lo que acaba de decir el ministro Alfredo Gutiérrez Ortiz Mena con este agravante, como lo hizo en su momento el ministro Zaldívar de la recreación o como se ha venido a llamar el montaje; desde luego, también de la asistencia consular."

Tomando por sorpresa a los asistentes a la sesión con una medida que nunca antes había sido tomada en la Corte, extrae el legajo de entre sus papeles: "Y, si me permiten, aquí traigo el proyecto del ministro Zaldívar para hacer la propuesta de los puntos resolutivos que él en su proyecto había determinado."

Acosta y Berton se voltean a ver, atónitos. Los miembros de la prensa no alcanzan a comprender lo que sucede. ¿Qué significa todo esto?

"Ésta sería entonces la variación de los puntos resolutivos, señor presidente, señores ministros", explica Sánchez Cordero, "que están a su consideración."

Ante el pasmo general, el presidente toma la palabra: "Gracias, señora ministra. Pues, ante la nueva propuesta que pone a nuestra consideración la ministra Sánchez Cordero, le pido, señora secretaria, sea tan amable de tomar la votación."

"Sí, señor presidente", acata la secretaria.

"Con el proyecto modificado", anuncia Zaldívar.

"Yo voy a reiterar la votación que emití el pasado 21 de marzo de 2012, precisamente con el proyecto del ministro Zaldívar", expresa Cossío, contrariado. "Yo sigo insistiendo en que se dieron violaciones, que estas violaciones son graves, que estas violaciones no pueden ser permitidas, pero difiero de los efectos que acaba de señalar la señora ministra. A mi parecer no podemos llegar a esos extremos por tribunal constitucional que seamos; consecuentemente, voto por el amparo, pero no por los efectos."

"Con el proyecto modificado", indica Gutiérrez Ortiz Mena.

"Con el proyecto modificado", se suma Sánchez Cordero.

"En contra del proyecto, por las razones que expuse, ya que sin dejar de reconocer que hubo violaciones", trastabilla Pardo, "que desde mi punto de vista no impactan a todo el material probatorio que obra en la causa sino a específicos medios de convicción a los que hice referencia."

"Ministro presidente, le informo que hay mayoría de tres votos en favor del proyecto modificado", indica la secretaria.

"En esa virtud, queda aprobado el proyecto modificado por mayoría de tres votos y, en consecuencia, se concede el amparo de la Justicia Federal a la quejosa Florence Cassez en contra de la autoridad y el acto precisados en la propia sentencia; y, en consecuencia, se instruye a la secretaria de Acuerdos de esta Primera Sala para que se notifique por los medios más eficaces y expeditos a las autoridades correspondientes que se ponga en inmediata y absoluta libertad a la quejosa Florence Cassez", cierra el ministro presidente.

Isabel Miranda se levanta de su asiento, sin dejar de vociferar maldiciones, y se retira de la sala estruendosamente.

"¡Qué país de mierda!", grita al salir.

En el otro lado de la sala, Acosta y Berton se funden en un abrazo. "¡Qué combate!", le susurra el mexicano a su colega.

"¡Voy a buscarla!", se exalta Berton. "Es libre. Voy a la prisión y me voy con ella a Francia esta noche…"

Una vez desahogados los demás asuntos de la orden del día, la ministra Sánchez Cordero le hace una visita de cortesía al presidente de la Corte, Juan Silva Meza.

"Es muy buena resolución, Olga", la felicita. "Créeme que a pesar de que la opinión pública esté muy crispada, a la larga va a ser muy importante para cualquier persona y para la protección de sus derechos."

De vuelta en su oficina, la ministra se siente emocionalmente devastada; satisfecha pero derruida. Casi de inmediato, escucha un golpe en la puerta. Es el director de Comunicación Social de la Corte, quien necesita hablarle con urgencia: "Quiero decirte que tienes diecisiete entrevistas radiofónicas."

"No puedo tomar ninguna", se excusa ella.

"Con todo respeto, usted tiene que tomarlas."

"¿Por qué?"

"La gente está esperando una explicación."

"Que respondan los otros ministros que votaron conmigo."

"La quieren a usted", insiste el funcionario."

"¿Cuál es la primera?"

"Joaquín López Dóriga."

La ministra sabe que será la más incisiva.

"¿A qué hora?", pregunta.

"En diez minutos, porque su programa está por terminar."

"La tomo."

Durante ese lapso, Sánchez Cordero piensa lo que deberá responder al aire frente a uno de los periodistas más experimentados del país.

"Mira, Joaquín", comienza, "para mí Sebastiana y Cassez es lo mismo."

El periodista no tiene la menor idea de quién es Sebastiana. Sánchez Cordero le narra entonces el caso de una indígena chiapaneca acusada de delitos contra la salud por llevar una mochila con droga. La mujer había sido engañada por su novio, que estaba casado y la había embarazado, y nunca contó con un intérprete ni con asistencia jurídica. Su caso llegó a la Corte gracias a un defensor de oficio que alegó una violación a la presunción de inocencia. Para Sánchez Cordero, la similitud entre los dos casos es evidente: más allá de las diferencias culturales, en ambas situaciones aparece una mujer incitada por su pareja a la que no se concede el uso de un intérprete —en un caso, tzotzil; en el otro, francés— ni una justicia expedita. Desde su perspectiva, la discriminación de género se halla igualmente presente en los dos casos.

"Como se trataba de una indígena chiapaneca, yo propuse la libertad y los otros cuatro ministros votaron conmigo", le explica a López Dóriga. "Hoy ha vuelto a ocurrir lo mismo."

Las palabras de la ministra implican que Florence fue la inocente víctima del malvado hombre que la engañó: Israel.

En Mougins-le-Haut, donde ahora vive con Corinne, su nueva esposa, Sébastien enciende la radio, la televisión y su computadora. Gracias a Facebook por fin se entera de que su hermana acaba de ser liberada por la Suprema Corte de México. "¡Ya está, Florence es libre!", lee en un mensaje. Intenta comunicarse con su madre, pero ella está atendiendo a unos periodistas en París y no le contesta el celular.

Sébastien invita entonces a Corinne a tomar algo en el centro de Cannes; en cuanto llegan cerca de la alcaldía, son interceptados por media docena de periodistas. "Mi primer sentimiento después de la liberación de Florence es de alivio, pero también de victoria", declara a *Nice-Matin*.

A los pocos minutos de que se anuncie la liberación de Florence, Pedro Arellano recibe una llamada de Christophe Pierre, el nuncio del Vaticano.

"Felicidades", le dice escuetamente.

Sylvie y Jean-Claude Boksenbaum consideran el 23 de febrero como el peor día de sus vidas. Durante cuatro años han esperado este momento. Sylvie nunca dejó de visitar a Florence en la cárcel, de animarla, reconfortarla y aconsejarla; Jean-Claude, por su parte, fue uno de sus principales defensores y gracias a él sus abogados siguieron la estrategia legal que consiguió liberarla. Después de tantos esfuerzos, para ellos la victoria es amarga.

Unas semanas antes de la sentencia, Florence le confesó a Sylvie que estaba enamorada del activista Jorge Ferreira y que pensaba casarse con él sin importar lo que ocurriese. Cuando por fin lo conocieron, a Sylvie y a Jean-Claude no les gustó demasiado y les pareció un despropósito que Florence hiciera pública su relación unos días antes del fallo de la Suprema Corte. Así se lo hizo saber Sylvie, pero Florence no entendió razones y, enfurecida, rompió todo contacto con ellos.

Los Boksenbaum empezaron a recibir llamadas amenazantes de Ferreira, que luego se tradujeron en insultos y mensajes de tal violencia que se vieron obligados a denunciarlo. Ante el acoso sistemático por parte del novio de Florence, primero se trasladaron a un hotel, pues Jorge Alberto conocía su domicilio, y luego no les quedó otro remedio que refugiarse en Francia. Allí se enteraron de que Florence le había pedido a su padre que, en caso de ser liberada, comprase un boleto de avión para que Ferreira pudiese volar con ella si era liberada.

Desde el otro lado del Atlántico, los Boksenbaum se enteran de que, en el último minuto, Florence decidió que Ferreira no la acompañase.

"Lo único que tengo que declarar sobre el tema es que seré absolutamente respetuoso de la decisión que tenga la Corte sobre este tema, en los términos que así lo resuelva y decida el asunto porque es un tema que está siendo valorado, analizado, por un Poder para el que hemos comprometido respeto total y una colaboración institucional", afirma el presidente Enrique Peña Nieto al ser entrevistado durante una gira por el estado de Durango unos minutos después de la decisión de la Corte.

"Doy la bienvenida a la decisión que la Suprema Corte de Justicia acaba de tomar, para liberar a Florence Cassez después de siete años, siete años, en custodia... Finalmente, deseo saludar al sistema judicial mexicano, ya que permitió que el derecho prevaleciera", exclama a su vez François Hollande en cuanto se entera de la noticia de la liberación de Florence.

"Estoy muy, muy feliz", se regocija Nicolas Sarkozy, entrevistado en el Foro Mundial de Davos.

"Esta decisión es una clara descalificación para Calderón", afirma el presidente del PRD, Jesús Zambrano.

"Pido que se castigue a los mandos medios y superiores de la extinta Agencia Federal de Investigaciones", exige la senadora del PRI María Verónica Martínez, "así como al exsecretario de Seguridad Pública, Genaro

García Luna, por su intervención en el montaje televisivo de Florence Cassez."

En cambio el PAN, el partido de Calderón, lamenta el fallo de la Corte: "Indigna que quien ha sido identificada por sus víctimas como secuestradora hoy esté libre por procedimiento según la Corte", escribe en un *tuit* Luis Alberto Villarreal, líder de este partido en la Cámara de Diputados.

Prevenida por Agustín Acosta, Denise Maerker es una más de las periodistas que se trasladan a Tepepan para entrevistar a Florence a la salida de la cárcel. Acosta le ha dicho que le concederá una exclusiva como una forma de reconocer su papel en el caso. Al poco rato, el abogado mexicano le comunica que Berton y el equipo de la embajada de Francia han decidido que no hable con ningún medio. Temerosos de una reacción popular contra ella, le explica, las autoridades han determinado que Florence abandone la prisión en un convoy protegido por la policía para dirigirse directamente al aeropuerto.

En El Altiplano, Israel se entera de la noticia de la liberación de Florence unas horas después de que se hace pública. En su interior lo celebra doblemente: porque él siempre defendió la inocencia de su exnovia y porque el amparo que la protege pone en evidencia los vicios del proceso: el *efecto corruptor*. Solicita una hoja de papel y un lápiz y se apresura a escribirle una carta a Florence: vuelve a abrirle su corazón, le reitera cuánto la amó y le desea suerte en su nueva vida.

Su hermana Guadalupe pasa a recogerla y esa misma tarde se presenta, como tantos otros curiosos, en el aeropuerto Benito Juárez; sortea distintas medidas de seguridad y la valla de periodistas que se congregan para cubrir la partida de Florence. Cerca ya de los controles de salida, identifica a una de las azafatas del vuelo nocturno de Air France y le entrega la carta, resguardada en medio de un libro para niños que ha comprado para su nieto, rogándole que se la entregue a Florence.

He aquí uno de los momentos en que hubiese preferido que esta novela sin ficción o esta novela documental fuese, simplemente, una novela. Una novela como otras de las mías, en la cual me estuviese permitido introducirme en las cabezas de mis personajes —que en este caso son *personas*— para saber qué ocurre en sus mentes. ¿Qué piensa Florence, libre al fin? ¿Qué piensa, por ejemplo, de Israel? ¿Estará acaso preocupada por Ferreira, el novio que en el último instante abandona al pie del avión, o los asuntos del corazón le tienen sin cuidado? ¿Rememora su tiempo en México, sus instantes agridulces con Israel, su larga temporada de galeras? ¿O piensa más bien en el futuro, en lo que le espera al llegar a Francia convertida en heroína? ¿Creerá, como le confesó a uno de sus custodios de Tepepan, que están por abrírsele las puertas de la Asamblea Nacional? ¿Sueña con una carrera política o con ser escritora o artista de éxito? ¿Quiere formar parte, ella, que no era más que una ambiciosa chica de provincias, del *jet set* parisino? ¿O sólo añora pasear con su familia por las frías playas del norte? ¿Y qué piensa Israel? No dudo de su alegría, pero, ¿también se entristece, también se llena de desesperación o de envidia? ¿Qué piensan los ministros Zaldívar y Gutiérrez Ortiz Mena y Sánchez Cordero? ¿Que han ganado una batalla o que han hecho justicia? ¿Qué piensa el ministro Cossío, una de las mentes más lúcidas del país, al haberse quedado solo? ¿Y Berton y Acosta? O, del lado contrario, ¿qué piensa García Luna? ¿Ira, rabia, acaso un ápice de miedo? ¿Teme llegar a convertirse en el primer chivo expiatorio del nuevo gobierno de Enrique Peña Nieto una vez demostrado el montaje? ¿Y Cárdenas Palomino? ¿Considerará que su posición en TV Azteca es un escudo? Quisiera adentrarme, también, en las mentes de la Señora Wallace o del expresidente Calderón. ¿A todos ellos la libertad de Florence les parece sólo un revés, un error, el producto de una venganza política? ¿Nunca dudan, nunca se culpan, nunca se arrepienten?

Cerca de las 12:30, un hombre alto, de modales cuidados, zalamero como casi todos los mexicanos en altos puestos oficiales, se presenta ante Bernard como enviado especial del gobierno mexicano. Le pregunta si han sido bien tratados, mostrando una simpatía hacia su hija que claramente no siente. Una hora después, Gérald Martin recibe una llamada en su celular y su rostro se ilumina.

"¡Ya es libre!", le anuncia a Bernard.

El anciano no contiene las lágrimas.

Aunque hay consejo de disciplina, en cuanto la noticia se hace pública los custodios de Tepepan dan la orden a todas las internas de regresar a sus celdas. Las compañeras de Florence estallan en gritos y aplausos.

"Aunque el amparo liso y llano decreta la libertad inmediata, ésta sólo se hará efectiva una vez que el oficial de la Corte comunique su resolución a las autoridades penitenciarias", le explica el cónsul a Bernard, "de modo que habrá que esperar todavía un rato."

Cuando la decisión al fin llega por el conducto oficial, los custodios la acompañan a la sala donde la esperan el cónsul y su padre, aunque ella todavía deberá llenar numerosos papeles. Cerrado el trámite burocrático, los custodios los escoltan rumbo al sótano y le colocan a Florence un chaleco antibalas. Los tres abordan una camioneta blindada con vidrios polarizados rumbo al aeropuerto Benito Juárez. Antes de subirse al automóvil, Bernard alcanza a ver cómo unos agentes entregan nuevas municiones a sus escoltas, como si su hija fuese un alto dignatario que pudiese ser víctima de un atentado.

Afuera del penal de Tepepan, diversos grupos de activistas protestan por la liberación de Florence. "¡Asesina, asesina!", la increpa Michelle Valadez, esposa de una supuesta víctima de la banda del Zodiaco.

El convoy emprende la marcha a toda velocidad. A los pocos kilómetros, un semáforo en rojo los obliga a parar en seco y una de las camionetas de la Secretaría de Seguridad Pública del Distrito Federal se estrella contra la parte trasera del vehículo donde van Florence, su padre y el cónsul. La cajuela se abre de par en par; luego de unos minutos de forcejeos, varios oficiales la cierran y reemprenden la marcha. A su alrededor escuchan las sirenas de las patrullas, los rugidos de las motocicletas y las punzantes aspas de un helicóptero.

Al llegar al aeropuerto, la caravana se dirige a un gran hangar, en cuya sala de invitados especiales Florence y Bernard esperan el vuelo. Allí los aguarda Florian Blazy, quien les ofrece bocadillos, pasteles y champaña. Cuando alza la vista, Florence distingue las grandes siglas que indican la institución dueña de aquellas impresionantes instalaciones: la SSP.

"Ellos me metieron", piensa, "y ahora ellos me van a sacar."

Observemos a Florence a la distancia, en esa fría sala para invitados especiales en el hangar de la Secretaría de Seguridad Pública, cuando, poco antes de las 21:00, se dispone a abordar el vuelo 439 de Air France rumbo a París.

A sus espaldas quedan México, Israel y siete años en prisión.

Quinta parte

Libertad y encierro

19. Florence

La mañana del 22 de enero de 2013, Charlotte viaja en tren de Dunkerque a París para esperar la decisión de la Suprema Corte mexicana. Jean-Luc Romero, presidente del comité de apoyo, la ha invitado a seguir la sesión desde las 19:00 (12:00 hora de México) al lado de la periodista Valérie Trierweiler, pareja del presidente Hollande. Charlotte se muestra optimista, pero han sido tantos los reveses que no deja de sentir miedo.

Cuando Romero le traduce que los ministros acaban de votar a favor de la liberación de Florence, Charlotte tarda en comprender, hasta que al fin sus ojos se cubren de lágrimas. Pasa toda esa noche en vela hasta que, cerca de las 09:00, Laurent Fabius, el ministro de Exteriores, pasa por ella en un vehículo oficial. Cuando la caravana llega al aeropuerto Charles de Gaulle, se introduce por el área de pistas hasta una zona reservada a los invitados especiales. Allí los esperan ya Sébastien y Corinne.

El vuelo 439 de Air France aterriza a las 13:40 sobre los montículos de nieve que se acumulan en la pista. Tras unos momentos de espera, Charlotte aprecia en lontananza las siluetas de Bernard y de su hija. Una lluvia de *flashes* ciega a unos y otros. Tras siete años de cárcel, Florence vuelve a su patria con la cabeza en alto. Fabius los recibe al pie de la escalerilla y los tres toman un minibús hasta la sala de invitados especiales. En cuanto ve a su madre, Florence se funde en un largo abrazo con ella y con su hermano.

La tarde se extiende fría y borrascosa cuando, a las 14:35, Florence comparece al lado del ministro ante los medios de comunicación. Todos quieren fotografiarla, grabar sus declaraciones: aprehenderla para la posteridad.

"Quiero expresar nuestra alegría y la de todos los franceses al recibir a Florence Cassez", declara Fabius, solemne, como si recibiera a la primera dama de una nación amiga. "Estamos contentos y orgullosos de tenerla con nosotros. México, con la decisión que ha tomado, demuestra que es una gran democracia."

"Estoy muy conmovida", musita Florence. "Muchas veces imaginé este momento y nunca creí que fuera a haber tanta gente. El avión aterrizó, pero yo no. Sigo en las nubes." Los fotógrafos no dejan de retratarla. "Creo que fui declarada inocente por la Corte que decretó mi libertad total y absoluta", dice.

En ese *creo* se cifran, de algún modo, las dudas de quienes seguirán considerándola culpable pese a la resolución de la Corte.

Cuando mira las fotografías en la prensa sobre su regreso a Francia, Guadalupe se fija en una donde Florence aparece en la escalerilla del avión. En la imagen, sostiene bajo el brazo unas cuantas revistas y el libro para niños que ella le confió a la azafata con la carta de Israel.

La ministra Sánchez Cordero, quien se ha retirado de la Corte y ha vuelto a trabajar en su notaría, me confía en su despacho en las Lomas de Chapultepec que se siente muy orgullosa de su comportamiento en el caso de Florence.

"Si no hubiera tenido dieciocho o diecinueve años de experiencia en la Corte, jamás me habría atrevido a hacer algo así", se jacta. "No podía ir descobijada y traía en mi itacate el proyecto de Zaldívar. Lo que hice fue tomar sus conclusiones e incorporarle los nuevos argumentos del propio Zaldívar y Gutiérrez. Con eso ya era otro proyecto, no el proyecto desechado en la sesión anterior."

Igual que millones de mexicanos, la exministra recuerda haber visto la detención *en vivo* de Florence e Israel y compartió la sensación mayoritaria de que se trataba de una pareja de criminales. Tras mirar una y otra vez el video del 9 de diciembre de 2005, no le quedó duda de que el montaje había destruido por completo la presunción de inocencia y la posibilidad de reconstruir la verdad. "¿Qué tiene que hacer un juzgador?", se pregunta. "Remontar sus prejuicios."

"Vi a una chica en un rincón, muerta de miedo y de frío", recuerda del momento en que analizó con cuidado el video de *Primero Noticias*. "Luego, a una señora a la que no le han dado el *script* correcto y asegura que nunca antes la ha visto. La mujer viste una piyama rosa, impecable, y su hijo, una blanca. Los reporteros le preguntan cómo la trataban y ella responde que muy bien. Y le pregunta qué hicieron ella y su hijo durante todo ese encierro y contesta que hacer la tarea. Y qué le ofrecían de comer, y ella dice: lo que queríamos. Increíble. El chico conoce mejor su *script*." La escena, aún hoy, le resulta inverosímil: "Todo el sentido del montaje era probar la flagrancia."

Para Sánchez Cordero, la decisión de liberar a Florence fue una consecuencia natural de las preocupaciones que siempre tuvo mientras formó parte de la Corte: imponer una cultura de la verdad y promover el acceso a la información: "Florence fue triplemente discriminada: por ser extranjera, por hablar francés y por ser mujer."

"El montaje se resolvió con otro montaje. Un montaje judicial", exclama en cambio Cossío en su despacho en las oficinas alternas de la Corte, adonde me invita a desayunar con sus colaboradores. Para él y para su equipo, la resolución del caso los tomó por sorpresa: jamás imaginaron un escenario semejante y consideran que fue un atropello a la técnica jurídica y al Estado de Derecho que en teoría se buscaba defender. Ninguno de ellos tiene dudas respecto a la falta de ortodoxia o de pulcritud que condujo a la ministra Sánchez Cordero a volver a presentar un proyecto ya desechado. "Nunca en la historia de la Corte había ocurrido algo semejante." Desde su perspectiva, esta irregularidad, así como la invención del término *efecto corruptor*, son los elementos que vuelven excepcional y lamentable la resolución del asunto.

Si para Zaldívar y Sánchez Cordero el caso Cassez representa un hito en la impartición de justicia en México, a Cossío la idea de que con esa resolución "se abriría el mar Rojo" le resulta no sólo excesiva, sino vacua. Nunca más el *efecto corruptor* ha vuelto a ser invocado en la Corte, reitera: es decir, nunca más se ha considerado que una violación a los derechos humanos por parte de las autoridades pueda anular todo un proceso.

"Nadie en la Corte esperaba la sentencia", se lamenta Cossío, "y generó una inmensa desazón." ¿El motivo? Que para paliar una injusticia se cometiera, desde su punto de vista, otra. Y el que no hubiese equidad para todos con una resolución planeada *ad hominem*. La prueba, según él, es que, mientras ella salió libre, Israel continúa en la cárcel.

"Un tipo de justicia para una french poodle", resume con acrimonia, "y otra para un perro callejero."

Zaldívar me cita en el restaurante del Club de Banqueros, en una vieja casona colonial del centro de la ciudad. "A fin de cuentas, el proyecto que se votó era el mío", admite con orgullo. Se muestra convencido de que su argumento en torno al *efecto corruptor* fue decisivo no sólo para liberarla, sino para limitar las arbitrariedades de la autoridad. Su actuación, sin embargo, no pudo ser más impopular. Durante varios meses él y su esposa dejaron de asistir a lugares públicos, pues en varias ocasiones tuvieron que soportar las miradas hostiles de los concurrentes o comentarios inapropiados. El que aún hoy una amplia mayoría de los mexicanos siga creyendo que Florence es culpable no le parece a Zaldívar sino una prueba del alcance perverso del montaje: desde el inicio se fabricó su culpabilidad ante los medios y los medios nunca dejaron de insistir en ella. Como sea, le parece que su actitud de enfrentarse al poder real era su deber. Se dice que el presidente Calderón llegó a afirmar que el mayor error de su gobierno fue nombrarlo ministro: para Zaldívar, la frase es uno de los mayores halagos de su carrera.

Tras la liberación de Florence, Ezequiel le concede una entrevista a *Milenio TV*. Escuchemos su voz por última vez.

"Soy mexicano, pero es una porquería de país", exclama, custodiado como de costumbre por la Señora Wallace. "Es una porquería de instituciones, de Corte, de ministros. Ahora yo le digo a todo el pueblo de México: ¡Ármense, compren un arma porque el gobierno sirve para puro gorro! Al gobierno de Peña Nieto, yo me humillé enviándole una carta, enviándosela a él, parece que fue basura, parece que fue directamente a la taza del baño, no valió."

Y luego, en un pasaje que la cadena censura en sus demás emisiones, Ezequiel concluye: "Hay gente que criticaba a López Obrador, ahora digo: ¿por qué no se cambió a un gobierno así?"

Pienso en Ezequiel y comprendo su rabia. Si mis especulaciones son ciertas y en realidad es un criminal o el hijo de un criminal castigado por fingir su secuestro, y si en verdad la policía lo rescató a cambio de su colaboración incondicional en el montaje, tiene toda la razón al sentirse traicionado. Durante siete años se convirtió en el más leal peón de nuestro aparato policiaco, en el vocero de García Luna y Cárdenas Palomino, en el hijo putativo de la Señora Wallace, en el férreo e inconmovible acusador de Florence y de Israel, en la víctima perfecta y ahora, de pronto, de la noche a la mañana, su brillante actuación queda en entredicho. Peña Nieto, no le cabe duda, se vendió a los franceses. ¿Cómo no iba a preferir, en esta hora extrema, a López Obrador?

Una encuesta del diario *Reforma*, publicada el 24 de enero de 2013, indica que el ochenta y tres por ciento de los mexicanos desaprueba la liberación de Florence. Sólo el nueve por ciento dice estar de acuerdo y el resto no tiene una posición clara. La misma encuesta indica que un cincuenta y siete por ciento dijo que los responsables del montaje debían ser castigados, frente a un treinta por ciento que consideró que "no era necesario". A la pregunta de si la Suprema Corte protegía los derechos de las víctimas y los delincuentes, un ochenta y tres por ciento respondió que sólo los de los delincuentes y un seis por ciento el de las víctimas. Pese a la sentencia que la liberó, el setenta y tres por ciento de los encuestados continúa pensando que Florence es culpable, frente a apenas un siete por ciento que la considera inocente. Habría sólo que imaginar qué cifras arrojaría una encuesta sobre Israel.

François Hollande y Valérie Trierweiler reciben a Florence, a sus padres y a algunos miembros del comité de apoyo en el palacio del Eliseo el 25 de enero de 2013. Aunque Florence se ha declarado devota de Sarkozy y Bernard y Charlotte llegaron a tener roces con el equipo del nuevo presidente, conversan animadamente con sus anfitriones a lo largo de una hora.

A la salida del Eliseo los aguarda otra horda de periodistas, obsesionados con señalar la rivalidad entre los dos presidentes. "Por supuesto le di las gracias", se escurre Florence, un tanto molesta, "y le expliqué la alegría que sentía hoy aquí de estar en mi país con mis padres, con los míos, con mis amigos. Como ustedes saben, Valérie me ayudó mucho y yo también se lo agradecí."

No será sino hasta el 28 de enero cuando Florence se encuentre por primera vez con Sarkozy y Carla Bruni en sus oficinas privadas en la Rue de Miromesnil, adonde asiste otra vez acompañada por sus padres y Frank Berton. Ese día Sarkozy cumple 58 años y los Cassez le llevan un pequeño huevo de porcelana de Longwy como regalo. Durante el almuerzo, Florence responde a las preguntas de la célebre pareja y les narra paso a paso sus meses de encierro.

"Florence", exclama Sarkozy, "no hay seres humanos valientes de entrada. El valor nace del miedo. Uno se descubre a sí mismo a través de las pruebas."

Concluido el almuerzo, el expresidente invita a Florence y sus padres a tomar un café de manera menos formal, si es que esto es posible entre políticos de tiempo completo. Allí les habla de su preocupación por las enfermeras búlgaras y por Ingrid Betancourt.

"Yo sabía que eras francesa, Florence; para mí, era lo único que importaba. No iba a dejarte en un país que no es conocido por tener la mejor policía y la mejor justicia del mundo. Yo pensaba instintivamente que eras inocente, pero ese no era el problema. Primero, había que traerte acá; y luego ya se vería."

Sarkozy se lo dice claramente: lo único que le importaba era su nacionalidad. Su inocencia...

El expresidente se explaya entonces sobre su controvertido viaje a México: "El ambiente era muy violento. El presidente Calderón nos había enviado una carta en la cual dejaba entender que estaba de acuerdo con el traslado. Yo le había dicho a sus padres: si ellos se comportan honestamente, nosotros nos comportaremos honestamente. No se trataba de burlarse del Estado de Derecho en México. Pero no quería por ningún motivo dejarla pudrirse allá. Eso era lo ideal. Cuando salí, me sentí optimista: además de esta carta, había dado una entrevista a *Le Monde* donde decía no oponerse al traslado. Pero muy rápidamente me di cuenta de que Calderón estaba en las manos de su ministro. Si él hubiera tenido un detenido mexicano en alguna de nuestras prisiones, yo se lo hubiera entregado. Pero claramente con este hombre todo era imposible."

La opinión de Sarkozy sobre la comisión binacional no es menos dura: "Para ellos, era aire. No tenían ninguna voluntad de cumplir. No obstante, examinamos todas las alternativas posibles. Damien hizo seis o siete viajes a México. Gracias al trabajo de Damien, la opinión pública mexicana terminó por moverse poco a poco. ¡Si sólo defendiéramos a los inocentes!"

Sólo entonces Florence repara en el desprecio implícito en las palabras de Sarkozy, su gran defensor. "¡Pero si yo soy inocente!", lo interrumpe. Como cuando contradijo a García Luna en televisión, hace uso de su *droit à la parole*.

"Sí, yo acabé por entenderlo", se justifica Sarkozy, "gracias a su abogado, que nos abrió el expediente, y al escuchar a su padre también." Y de nuevo se va por las ramas: "Tuve con su padre la misma relación que con el padre de Gilad Shalit." El político se refiere al soldado israelí capturado por Hezbolá que también ayudó a liberar. "Dos hombres formidables."

En un aparte, le revela a Florence: "Yo sabía que todas nuestras conversaciones telefónicas eran escuchadas por Calderón. Me daba lo mismo. Por el contrario, aprovechaba para hacerle llegar mis mensajes."

Cerca del final del encuentro, Sarkozy se queda pensativo: "Nunca sabré qué fue lo que hice bien y qué fue lo que hice mal..."

Confrontada por la prensa, Florence afirma que todo ha marchado muy bien durante esa reunión que aguardó durante tanto tiempo. Y, para que no haya dudas, afirma: "El presidente Sarkozy me salvó la vida."

Mientras el presidente y el expresidente de Francia conversan con los Cassez, aliados de uno y otro se embarcan en una rabiosa polémica sobre cuál de los dos actuó mejor. "Haber sido discreto, apostar en la justicia mexicana y tener confianza en ella, era la mejor manera de ser útil y eficaz para Florence", declara Jean-Pierre Bel, socialista y presidente del Senado, criticando indirectamente a Sarkozy. "Este debate es indigno", responde el diputado Henri Guaino. "Fue liberada y está muy bien que haya sido así. Que los círculos del antiguo presidente y del nuevo se lancen en este debate es indigno. Todo el mundo ha tratado de hacer lo mejor para obtener su liberación. Y, en cualquier caso, Florence dijo: Nicolas Sarkozy me salvó la vida."

Según un sondeo de la empresa BVA, cuarenta y tres por ciento de los franceses opina que Florence fue liberada por la justicia mexicana independientemente del apoyo francés; veinticinco por ciento afirma que fue gracias a Sarkozy y sólo nueve por ciento cree que se debió a la intervención de Hollande.

Acaso uno de los textos más violentos publicados en México contra Florence tras su liberación pertenece al publicista Carlos Alazraki. En esta ocasión, le dirige una carta abierta que da cuenta de la tremenda animadversión que le guardan distintos sectores en México. Aquí un fragmento:

Carta abierta de Carlos Alazraki a Florence Cassez, 29 de enero, 2013

Te queda claro que sí eres una secuestradora, ¿verdad? Te queda claro que sí sabías perfecto lo que hacías en la banda de tu novio. Te queda claro que a ti te tocaba cuidarlos y alimentarlos. Te queda claro que estabas enterada de cómo violaron varias veces a una señora secuestrada enfrente de su hijito. Te queda claro que queriendo —o no queriendo— pertenecías a esa banda de secuestradores. Como también te queda claro que sabías cómo tu novio había asesinado a un secuestrado. Supongo que también te queda claro que eres una pinche mentirosa de quinta con tus declaraciones que hiciste recientemente en París, cuando le comentaste a la prensa que tú no habías tenido nada qué ver ni con la banda ni con los secuestros. Como también le mentiste a los ingenuos franceses diciéndoles que la justicia mexicana te había declarado inocente. ¿Sabes qué, Florence? No te soporto. No eres ni Cenicienta ni Blancanieves ni la Bella Durmiente del bosque. Más bien eres una delincuente, una mentirosa, una basura, una cerda, una asquerosa secuestradora, una hiena, una porquería y... Ya no sé qué más decirte.

De visita en París para visitar a Mélissa Theuriau, Florence se reencuentra a mediados de febrero con Fausto A., el activista mexicano que tanto la apoyó desde Annecy. Unos días después, Florence lo invita a una reunión organizada por sus padres en Dunkerque. A ellos el mexicano les parece encantador y muy seguro de sí mismo. Semanas después, Florence lo visita en Annecy. Su madre la lleva por TGV a Roissy, y de allí ella toma un avión a Ginebra. Fausto le ha dado todas las indicaciones: "Es muy sencillo, sigues el pasillo del lado francés. Siempre del lado francés. Recoges tu equipaje y vuelves a tomar el pasillo y encontrarás una puerta de vidrio. Yo te espero allí."

A Florence no le resulta fácil la convivencia con alguien más después de los años en prisión. Con frecuencia, cuando pasean juntos para comer un *waffle* o dar un paseo por el lago, la gente la reconoce.

"¿Usted es actriz, no?", le dicen a veces.

Fausto ha vivido en México una experiencia contraria, pero igualmente terrible, a la de Florence. Apenas salido de la adolescencia, regresaba de Puebla cuando tomó un taxi en la estación de autobuses. Entonces estudiaba para ser profesor de música. Antes de que pudiera bajarse del taxi, dos sujetos se subieron al vehículo y el chofer reinició el camino. "A partir de este momento estás secuestrado", le anunciaron. Uno de ellos le mostró un cuchillo. Llamaron a sus padres, les dijeron que lo tenían secuestrado y pidieron el código de su tarjeta de crédito. Vaciaron la cuenta y lo dejaron ir. Al mismo tiempo, había un policía en su barrio que amenazaba a su familia todo el tiempo. Una noche lo retuvo en su patrulla sin más. Todo esto llevó a Fausto a irse de México, huyendo de la violencia.

F. y F.: dos víctimas unidas en otro de los improbables romances de esta historia.

Durante el Carnaval de Mazatlán, ese mismo mes de febrero de 2013, la multitud hace arder una muñeca de cartón piedra con la efigie de Florence Cassez. Su figura ha sido elegida para la llamada Quema del Mal Humor.

El senador-alcalde de Dunkerque, Michel Delebarre, organiza el 9 de marzo de 2013 una reunión en la alcaldía para rendir homenaje a Florence Cassez. Ante un centenar de invitados y periodistas, le impone la Medalla de Jean Bart, la máxima condecoración de la ciudad. Los quince minutos de fama de Florence se prolongan hasta convertirse en semanas. Acaso meses. Pero en nuestra época nadie, excepto los artistas pop y los actores de Hollywood, es capaz de mantenerse por mucho tiempo en el *hit parade*. Pronto empezará para Florence un largo y difícil periodo de adaptación a lo que se le arrebató por siete años: la *normalidad*.

La CNDH al fin reconoce el 13 de marzo la existencia del montaje televisivo en el caso Cassez-Vallarta en un informe dirigido al presidente. "Servidores públicos de la entonces Agencia Federal de Investigación y del Ministerio Público de la Federación, adscrito a la SIEDO, ambas pertenecientes a la PGR, quienes tenían a su cargo la investigación acerca de la privación ilegal de la libertad, en la modalidad de secuestro, y otros ilícitos ligados a éste, cometieron irregularidades al sustanciarse dicha investigación que viciaron el procedimiento penal respectivo, lo que trascendió en agravio a las víctimas del delito", establece el informe.

Una semana después, el 24 de marzo, la CNDH afirma que García Luna y otros miembros de la AFI podrían ser sancionados por el caso.

Una sanción que, como tantas en México, jamás llegará.

Alejandro Fernández Medrano, el agente del Ministerio Público que instruyó el caso de Florence e Israel en 2005 y ahora se encuentra adscrito a la Subdelegación de Procedimientos Penales "A" de la PGR en Jalisco, es ejecutado el 11 de junio por dos sicarios mientras conduce su Mustang rojo (que no es precisamente el automóvil más discreto para un empleado del sistema de justicia) en Mexicaltzingo, Guadalajara. Los agresores, que según diversos testigos viajaban en una pick-up blanca, descargan sobre su vehículo no menos de treinta y seis cartuchos provenientes de un arma de nueve milímetros y una cuerno de chivo.

En pleno verano, y al cabo de unas pocas semanas juntos, Florence y Fausto contraen matrimonio en Dunkerque el 20 de julio de 2013. El encargado de celebrar la boda es el senador-alcalde Michel Delebarre, en el edificio de la alcaldía del distrito de Saint-Malo-Les-Bains. Además de los padres de Florence, asisten unos sesenta invitados, entre los que destacan Mélissa Theuriau, Marion Cotillard, Thierry Lazaro, Jean-Luc Romero y Agustín Acosta, quien llega directamente desde México. Concluida la parte civil del enlace, los invitados se trasladan a la iglesia de Saint-Martin, en el centro de la ciudad, para la ceremonia religiosa.

"En México, no todo lo que le pasó a Florence fue malo", celebra el novio durante el brindis.

El alud de críticas hacia Florence no cesa en México en las semanas posteriores; quizás el argumento más utilizado por sus detractores es que, pese a haber sido dejada en libertad por fallas en el proceso, Florence de todas maneras es culpable. Distintos actores políticos, desde el nuevo procurador de Peña Nieto hasta la ineludible Señora Wallace, insisten en este mismo punto. Una perspectiva que Florence y sus abogados se empeñan en desmentir: desde el momento en que la autoridad no la encontró culpable de secuestro, debe prevalecer para ella, como para cualquier ciudadano, la presunción de inocencia.

El epítome de esta perspectiva aparece en el artículo del periodista Ciro Gómez Leyva titulado "Yo la llamo secuestradora", publicado en el número de marzo de la revista *Nexos*, la cual le dedica un *dossier* completo al caso Cassez y que incluye textos, a favor y en contra, de Agustín Acosta, Miguel Carbonell, Saúl López Noriega, Javier Cruz Angulo y Darío Ramírez.

"¿Debemos llamarla presunta secuestradora?", se pregunta Gómez Leyva. "¿Sentenciada por secuestro, pero no secuestradora? Un juez, un tribunal colegiado y un tribunal unitario la encontraron culpable. La Corte la dejó en prisión en 2012. Un año después, le concedió el amparo por el peso de una recreación para la televisión y el incumplimiento de un par de trámites en las horas inmediatas a la detención. Nada más. Constitucionalmente, no podía seguir en la cárcel. Pero legalmente, hasta donde entiendo, quedó como una secuestradora." Y concluye: "Y, sí, cabe la posibilidad de llamarla, simplemente, Florence Cassez. Yo la llamo secuestradora."

En Annecy, adonde se ha instalado con Fausto, Florence no es capaz de olvidarse de su pasado mexicano. En cierto momento, Eduardo Margolis le transmite un mensaje invitándola a llamarlo. Tras semanas de dudas y varios intentos fallidos, Florence al fin consigue comunicarse con él. A su lado, Fausto usa su celular para grabar la conversación.

"¿Cómo estás, Florence?", la saluda el empresario judío. Enfermo de leucemia, Margolis le dice que ha pensado mucho en ella, que se alegró por su liberación y le asegura que él nada tuvo que ver con su arresto. Conforme a su versión de los hechos, fue García Luna quien le llamó para informarle que pensaba acusarla a ella y a su novio de secuestro. Según Margolis, este hecho marcó la ruptura de su amistad con el director de la Policía Federal. "Siempre supe que eras inocente", insiste, "pero no pude hacer nada para ayudarte."

Margolis le cuenta del problema que tuvo con Sébastien y le confiesa que, cuando se decidió a recuperar los coches de su propiedad, descubrió que Israel pertenecía a una familia de criminales: "Fue así como me di cuenta de que el hermano de Israel, Arturo, era el hombre al que matamos durante una operación para liberar a un secuestrado. Entonces me di cuenta de que toda su familia pertenecía a una banda de secuestradores. Fui a ver a Luis Cárdenas Palomino y le di todas estas informaciones para que arrestara cuanto antes a la banda de los hermanos de Vallarta…"

"Pero, ¿y yo qué tenía que ver con eso?", pregunta Florence.

"Tú no nos interesabas", responde Margolis. "Nadie sabía que tú ibas a estar allí cuando arrestaron a Israel. ¡Y el imbécil de Palomino que te golpeó y amenazó en mi nombre! Pensaba que tendrías más miedo de mí que de la policía. ¡Yo jamás autoricé eso! Luego fui a reclamárselo, a decirle que no tenían derecho. Estoy enojado con ellos desde hace siete años. García Luna puso todo esto sobre mí: ha hecho creer que soy narco, ha querido cerrar mis empresas... Yo sé que tú eres inocente. Siempre lo dije."

"¿Y entonces? ¿Por qué no lo dijiste en el proceso?"

"Porque habría puesto a mi familia en peligro", le dice crípticamente Margolis. "Tuviste mala suerte, Florence, eso es todo..."

Sus siguientes palabras son aún más inverosímiles. El empresario le dice que Sarkozy siempre quiso mantenerla en la cárcel y que él jamás tuvo una relación sexual con Israel, pero que éste sí se relacionó íntimamente con otro personaje masculino de su entorno. Un alud de comentarios y revelaciones que, en vez de aclarar los hechos, los enturbian todavía más.

Florence siente que estas declaraciones guardan un atisbo de sinceridad; en cambio, tanto a su marido como a Éric Dussart y Frank Berton, a quienes se apresura a referirles la conversación, les suenan tan descabelladas como incoherentes.

Cuando se cumple un año de la salida de Florence de la cárcel, el 23 de enero de 2014, algunos medios rememoran el episodio, pero ello no arranca a la familia Vallarta del olvido. Tal como dijo el ministro José Ramón Cossío, es como si a los mexicanos en esta historia se les despreciase por ser eso: mexicanos. Nadie parece acordarse de que Israel, sus hermanos Mario y René y sus sobrinos Juan Carlos, Alejandro y Sergio siguen en la cárcel.

20. Israel

Me entrevisto por primera vez a solas con Israel el 27 de julio de 2017 en uno de los locutorios del Centro de Readaptación Social número 1. Luego de pasar seis controles —el primero, al entrar a la prisión; el segundo, al ingresar al edificio principal; el tercero, al pasar al área reservada; el cuarto y quinto, en un arco como los de los aeropuertos estadounidenses y luego en uno de rayos *x*; y el último en los vestidores antes del área de visitas familiares—, al fin me topo con él cara a cara y hablamos durante la hora y media que nos permiten los custodios.

"No odio la cárcel", confiesa. "Aunque ha sido muy duro, sobre todo al principio. A mi hermana no quise decírselo, pero los primeros meses pensé muchas veces en suicidarme. Pero ahora creo que la vida tiene ciclos, y a mí me tocó éste. Supongo que algo habré aprendido de la vida en estos doce años."

Desde que fue detenido en diciembre de 2005, no ha vuelto a ver a ninguno de sus hijos. Sólo llegó a hablar con Brenda e Israel unas pocas veces, aprovechando las raras ocasiones en que éstos visitaban a sus abuelos. Tras la muerte de don Jorge y doña Gloria, apenas ha recibido unas cuantas cartas suyas.

Muy seguro de sí mismo, agrega: "Yo no quiero irme como Florence, por vicios en el proceso. Entiendo que ella lo haya hecho, pero después de todo lo que nos hicieron, de todo lo que le hicieron a mi familia, yo quiero agotar todas las pruebas y que me declaren inocente. Porque yo no hice nada malo. Porque *soy* inocente."

Intento decirle que uno de los efectos más perversos de su caso consistió en hacerle creer a la opinión pública que Florence es culpable pese a haber sido liberada por violaciones al proceso, cuando la presunción de inocencia debe aplicársele sin cortapisas, pero ni siquiera él parece asumirlo con claridad. Su empecinamiento a la hora de desahogar todas las pruebas posibles de su inocencia ha sido otro de los factores que ha contribuido a que lleve doce años de cárcel sin recibir sentencia.

Israel, ya nos hemos dado cuenta, no es fácil de asir. Su temple y sus conductas, que he revisado con lupa, me lo dibujan tan sincero como elusivo. Detrás de su enorme franqueza atisbo, sin embargo, cierta oscuridad. En los escasos minutos que nos conceden los custodios cuando lo visito en El Altiplano, apenas nos da tiempo de conversar sobre la actualidad de su proceso y de enhebrar algunas memorias de su pasado. Quizás por ello el mejor retrato de sí mismo es el que ofrece en el dictamen psicológico que le realizan peritos de la Delegación Estatal Chiapas de la PGR para determinar si fue torturado.

"No soy de fiestas, sólo de reuniones familiares. Soy más hogareño y, aunque me gusta bailar, también me gusta caminar, remar y el gimnasio", se describe a sí mismo. "Antes era una persona muy decidida, actuaba rápidamente y tenía mucha confianza en mí mismo, pero ahora siento que cambié, supongo, quiero creer, que es porque debo adaptarme al medio. Aquí no podemos ser como éramos antes porque aquí nos castigan."

Preguntado por su salud, Israel continúa: "En el arraigo estuve ochenta y ocho días y cuando llegué ahí estaba muy golpeado. Recuerdo que me atendieron hasta el 12 de diciembre, dos días después de que yo ingresé, porque entré a ese lugar el 10 como a las doce de la noche. Esa vez yo le dije al médico legista que me atendió lo que me había pasado. Yo traía quemado el hombro y los testículos, mi cuerpo estaba inflamado y me dolía mucho. También traía un golpe severo en la quijada porque Cárdenas Palomino, al día siguiente que me detuvieron, en mi casa, me pegó con su anillo. Estando en ese lugar, en la casa de arraigos, los dos primeros días los AFIS me cargaron porque yo no podía sostenerme solo, pero tampoco podía quedarme en la estancia. Ellos me ayudaban a ir al comedor y subir a mi cuarto nuevamente. Yo me sentía noqueado, después durante las dos o tres primeras semanas tuvieron que bajarme por el elevador, me dolía todo el cuerpo por los golpes que recibí."

Una vez en el Reclusorio Oriente, su situación no mejoró: "Casi nunca me enfermaba y cuando lo hacía mis papás me llevaban medicamentos y me curaba, pero recuerdo que, en febrero de 2007, casi pierdo la pierna izquierda. Eso fue porque en una ocasión me sacaron desnudo de mi estancia, sin motivo alguno, más que las instrucciones dadas por la gente que me metió a la cárcel. El guardia penitenciario traía un perro y le ordenó que me mordiera; el perro me clavó su colmillo y me apretó hasta sacarme sangre. Estuve dos días sin atención médica hasta que mi hermana llegó de visita y se dio cuenta que tenía una infección en el muslo y se pidió una limpieza y se metió una queja administrativa. En esa ocasión me hicieron una debridación, me cortaron el tejido muerto y me pusieron yodo con agua oxigenada. Tengo una herida en el brazo derecho porque un día después de la visita, no recuerdo bien la fecha, dos tipos me estaban esperando y uno traía un fierro y el otro una navaja. El segundo me aventó el navajazo, pero lo libré y le pateé la navaja, pero el fierro se atoró con mi músculo y me abrió el brazo. Ellos se fueron y yo entré a mi estancia y yo mismo me limpié y con una aguja e hilo normal me lo cosí, porque un compañero me dijo que le daba miedo hacerlo."

Israel se queja del trato que le dan en El Altiplano: "Aquí no nos atienden. Podemos desmayarnos del dolor y no nos dan medicamentos."

Al hablar sobre su estado emocional, se lamenta de las consecuencias sufridas por su familia a raíz de su detención: "Me siento culpable por haberle quitado la casa a mis papás, porque ellos la vendieron para pagarle a mi abogado, un abogado que me robó y también me culpo de lo que ellos y mis hermanos han pasado, han vivido cosas feas. Pero yo creo que lo siento, no hice nada malo para pagar todo lo que he vivido. Estoy pagando cuando no debo. Nunca me porté mal con nadie y, si lo hice, entonces le pido perdón a Dios, pero sé que nada fue tan malo como lo que estoy viviendo. Al inicio me sentía una mierda, me daba frustración lo que me estaba pasando, sentía temor al mismo tiempo y algo como enojo, pero no me quedó más remedio que acercarme mucho a Dios y recordar que mi mamá era muy religiosa y eso me ha servido mucho."

Por último, Israel define su ánimo hacia el futuro: "Me enojan las injusticias que han cometido muchas personas. No me gustan las mentiras, yo siempre he sido franco y sincero y, aunque duela, mis palabras las digo. Eso es precisamente lo que me ha llevado a este lugar, no saberme callar a tiempo. No me gusta ver sufrir a la gente. Siento que tengo algo atorado en mi garganta y no puede salir."

Quizás ese lado evasivo, incierto, se halla justo en ese *algo* que se atora en su garganta. Esa rabia o esa culpa o ese dolor que no acaba de expresar.

El 17 de abril de 2013, el Ministerio Público presenta conclusiones acusatorias contra Juan Carlos y Alejandro por los delitos de secuestro y delincuencia organizada. "Cabe expresar que el delito de Delincuencia

Organizada es autónomo y se consuma con la sola pertenencia a la organización", escribe en su resolución, "no es indispensable que los integrantes ejecuten delito alguno; pero sí es evidente, como aquí ocurre, que Juan Carlos Cortez Vallarta y Alejandro Cortez Vallarta, al efectuar las conductas consistentes en: poseer narcóticos con fines de venta, llevar a cabo delitos para los cuales se organizaron, entre otros, contra la salud en su modalidad de posesión de estupefacientes con fines de comercialización, lo que constituye dato inequívoco, que demuestra la conducta típica consistente en organizarse."

Traduzco: no es necesario cometer un delito para ser un delincuente.

Por increíble que parezca, no es sino hasta el 25 de agosto de 2014 que las autoridades se dan cuenta de que Shlomo Segal y su hermano Eliahú no han sido notificados de su condición de presuntas víctimas del delito de secuestro. Cinco notificaciones sucesivas por parte del juzgado no dan resultado alguno. Eliahú comparece el 13 de enero de 2015; el secretario le informa de sus derechos como víctima y éste se limita a decir que se comunicará con su hermano por teléfono para informarle de la próxima audiencia. El 20 de enero de 2015, Shlomo por fin se presenta ante el juzgado; mientras el secretario enumera sus derechos, él permanece en silencio y no añade nada. Un silencio elocuente.

El abogado José Patiño, recién contratado por Florence, presenta una demanda el 26 de enero de 2015 por daño moral en contra de Calderón, García Luna, Cárdenas Palomino, el exprocurador Cabeza de Vaca, el antiguo secretario particular de Calderón, Roberto Gil,

Carlos Loret, Pablo Reinah y Televisa por treinta y seis millones de dólares.

"Me parece absurda, pero en fin", declara Calderón a la prensa. "En términos de la ley, en particular de la *Ley de víctimas*, aun cuando la Corte haya decidido lo que decidió sobre este tema, la Corte no se pronunció sobre el fondo de las conductas de la señora, y en todo caso quien tendría preocupación acerca de las consecuencias de demandas de carácter civil sería ella, y no yo."

Como era de esperarse, el 30 de enero de 2016 el Juzgado Segundo de Distrito en Materia Civil rechaza la petición de Florence.

Con el mismo lenguaje empleado en la carta abierta que le dirigió en 2013, el publicista Carlos Alazraki vuelve a escribirle a Florence. Sí: textos como éste encuentran un espacio en la prensa mexicana.

Carta abierta de Carlos Alazraki a Florence Cassez,
1º de febrero, 2015

Y sigues dando lata... No paras... Y ahora traes una nueva: ¡Demandar a Felipe Calderón, a Televisa, a dos periodistas más, al Monje Loco, a Caperucita Roja y a la Doctora Corazón por treinta y seis millones de dólares! ¿Por qué pides treinta y seis millones de dólares? ¡Porque dizque te crearon muchos traumas! Y yo te pregunto, persona despreciable: ¿Cuáles traumas? ¡Si cuando te hiciste novia del secuestrador ya estabas trepanada en el cerebro! Y luego, cuando secuestraste con tu novio a esa pobre señora, tu cerebro ya rayaba en la idiotez. Y luego cuando te hiciste amante de un político en la cárcel, ya necesitabas una operación en el cerebro, y cuando los doctores te abrieron el cerebro en tu operación, los doctores se dieron cuenta que tu cerebro, estaba... ¡vacío! Y yo te pregunto, persona despreciable, ¿todavía quieres otros quince minutos de fama?

A diez años de la detención de Israel y Florence, en diciembre de 2015, los medios mexicanos vuelven a acordarse del caso. Sobresale el documental *Duda razonable*, dirigido por Daniel Ruiz, que hace un exhaustivo recuento de lo ocurrido desde entonces. Por su parte, Yuli García, la periodista que desveló el montaje en *Punto de Partida* al lado de Denise Maerker, realiza varias entrevistas y reportajes en el espacio que ahora conduce en *El Universal* TV. Entrevistado por García, Daniel Ruiz afirma que él tiene la certeza personal de que Florence es inocente, pues no hay una sola prueba que la incrimine en los secuestros.

En otra primicia, Yuli también entrevista a la viuda de David Orozco.

"¿Qué día detuvieron a tu esposo?", le pregunta. "¿Cuántos días habían pasado de la detención y cómo encuentras a David?"

"Me impresionó, lo vi golpeado de la cara", responde Silvia Velázquez, sentada en un sillón al lado de su hija, "lo vi con una mano súper hinchada y lo vi con una ropa que él no usaba."

"¿Cuántos años estuvo detenido?"

"Él estuvo detenido cinco años, casi seis años."

"¿Durante ese tiempo profundizó algo más sobre la primera experiencia de tortura?"

"Él empezó a decir que lo torturaron, que le pegaron. Y luego me dijo que lo habían torturado porque nos estaban vigilando a nosotros en el puesto."

"Todos recordamos, y eso es parte de lo que ustedes sufren como familia, que se hace un video con él, en donde admite que pertenece a la banda de Los Zodiaco y acusa a Florence de ser la líder y a Israel de ser parte de la banda…”

“Al segundo o tercer día me dice: *Hay un video.* Lo lanzaron cuando mi marido estaba en la casa de arraigo el 13 de mayo”, cuenta Silvia; su hija llora a su lado. “Entonces, si lo habían tomado antes, ¿por qué esperaron tanto tiempo? Él me dijo: *Yo ni la conozco, yo no sé quién es*”, refiriéndose a Florence.

La viuda de Orozco narra luego la enfermedad de su marido, cuenta que en la cárcel orinaba sangre, pero no recibió atención médica alguna.

“Luego le diagnosticaron tuberculosis renal. Y él falleció en enero de 2015…”

“Este enero, de cáncer de riñón.”

“¿Por qué, después de tantos años, dicen que van a limpiar el nombre de David?”

“Cuando ya estaba muy enfermo me dijo: *Yo no quiero morir aquí en la cárcel. Yo quiero estar libre porque yo no temo nada. Yo no debo pagar nada que yo no hice. Mi conciencia está tranquila, créeme*. Le prometí que al menos la gente iba a saber la razón bien. No lo voy a revivir, pero al menos que sepa la razón. Que sepa la verdad. Que no era un secuestrador.”

Reconocido como uno de los letrados más brillantes de Francia tras la liberación de Florence, Frank Berton toma la defensa de un acusado aún más polémico, Salah Abdeslam, el único de los terroristas que sobrevivió a los atentados de París del 13 de noviembre de 2015 y a quien se considera responsable de ciento treinta muertes.

A principios de 2016, Sergio, el sobrino de Israel, es trasladado por la fuerza del penal de Puente Grande, en Jalisco, al Centro Federal de Readaptación Social de Guaymas, Sonora, aún más lejos de la capital y de su familia. Desde allí se comunica con su esposa y con su madre y su tía para decirles que durante el viaje fue golpeado por los agentes de la Policía Federal.

El magistrado José Fernando Guadalupe Suárez Correa —recordemos su nombre, pues se trata del primer juzgador que reconoce la conspiración contra la familia Vallarta—, titular del Primer Tribunal Unitario del Vigésimo Cuarto Circuito con sede en Nayarit, absuelve el 25 de febrero de 2016 de los delitos de secuestro y crimen organizado a Juan Carlos y Alejandro al concederles un amparo liso y llano que elimina la sentencia que los condenó a treinta y cuatro años de prisión.

A las pocas horas, los hermanos abandonan el penal de Tepic y a la mañana siguiente celebran una conferencia de prensa en compañía de su abogado, de su madre y de su tía Guadalupe; denuncian las torturas que sufrieron y anuncian que exigirán la reparación del daño en su condición de víctimas de la autoridad.

"La mayoría de quienes están en prisión fueron torturados, pero tienen miedo a denunciar", concluyen los hermanos Cortez Vallarta.

En un par de *tuits* publicados en su cuenta oficial, el 18 de marzo Felipe Calderón escribe sobre la liberación de Alejandro y Juan Carlos:

Para un juez siempre será más fácil liberar a delincuentes tras invocar "ad nauseam" derechos humanos, que fajarse para hacer justicia.

Se invocan supuestas violaciones a derechos humanos para dejar impunes a asesinos. Las reales víctimas, que se frieguen.

Fiel a sí misma, la Señora Wallace acusa al magistrado Suárez Correa de haberse vendido a los criminales y deplora que, a causa de un tecnicismo —el tecnicismo es la tortura y las mentiras de los testigos—, dos peligrosos miembros de Los Zodiaco estén de nuevo en las calles.

El 19 de noviembre de 2016, el magistrado Suárez Correa, el mismo que dictó la puesta en libertad de Alejandro y Juan Carlos, determina la de René y otros tres supuestos integrantes de la banda del Zodiaco. El magistrado estima que se violaron las garantías de los acusados al haber sido identificados en la Cámara de Gesell o mediante fotografías sin la presencia de sus abogados.

"Ello conduce a presumir que se trata de una identificación parcial o inducida en detrimento del reo, la cual no otorga al gobernado garantías de seguridad y libertad", señala la sentencia. Además, el juez considera que los testimonios de secuestradores y familiares de las víctimas, quienes señalan a los inculpados, no son concluyentes, pues no precisan su participación en los plagios, por lo que no existe certeza de su ubicación en modo, tiempo y lugar.

Como de costumbre, lo que la PGR pierde en los tribunales intenta ganarlo en los medios de comunicación y filtra a la prensa que la liberación de los miembros del Zodiaco se ha producido, de nueva cuenta, por *tecnicismos*.

El semanario *Zeta* afirma: "Tres secuestradores de la banda de Los Zodiaco quedaron en libertad, ya que el magistrado Guadalupe Suárez Correa, titular del Primer

Tribunal Unitario de Nayarit, no obstante ser identificados por sus víctimas y otras evidencias criminales, echó abajo condenas de treinta y siete a cincuenta y ocho años de prisión, y absolvió a los plagiarios, todo porque sus abogados no estaban presentes".

Reforma, a su vez, editorializa: "Dos integrantes de la banda de plagiarios Los Zodiaco que fueron liberados tras argumentar tortura, ahora fueron inscritos en el Registro Nacional de Víctimas... ¡para ser indemnizados!"

Éste continúa siendo el tono mayoritario de la prensa mexicana, auspiciado tanto por la Procuraduría como por la Señora Wallace.

"Casi el noventa por ciento fue para narcos, para sicarios y para médicos de sicarios", declara la activista sobre la inscripción de los familiares de Israel en el Registro. "Es decir, aún estamos dándoles las gracias y nuestro dinero a los delincuentes que nos dañan."

Florence reaparece en las pantallas de televisión en marzo de 2016, ahora como comentarista de la cadena Planète + Crime Investigation, donde presenta un serial titulado *Bajo la mirada de Florence*, producido por su amiga Mélissa Theuriau, sobre diversos casos de víctimas de errores judiciales. En los cuatro episodios, Florence se entrevista con los protagonistas y muestra sus expedientes.

Al inicio de cada episodio, la reluciente conductora se presenta del siguiente modo: "Pasé siete años en una prisión mexicana por un delito que no cometí. Condenada a 96 años de prisión, quedé socialmente muerta tras cada uno de mis procesos. Hoy, puedo darles la palabra a estas mujeres, a estos hombres acusados por error, encerrados por nada, destruidos para siempre."

Don Jorge, el patriarca de la familia Vallarta, muere el 2 de junio de 2016 en la ciudad de Tepic, mientras acompañaba a su hija Yolanda a visitar a Alejandro, quien al salir de la cárcel se ha quedado en esa ciudad. Yolanda y Guadalupe traen sus cenizas de vuelta a la Ciudad de México. Toda la familia, con excepción de Israel, Mario y Sergio, se reúne para la ceremonia en que son depositadas al lado de los restos de doña Gloria. En cuanto le informan de la noticia en El Altiplano, Israel piensa que él ha sido culpable de que sus padres no hayan tenido una vida mejor. Trata de recomponerse y piensa, como único consuelo, que ha sido la voluntad de Dios.

"Periodistas y activistas están siendo amenazados y eso es grave, porque a las personas que damos a conocer irregularidades, los delincuentes nos pretenden callar y silenciar", afirma la Señora Wallace el 17 de mayo de 2017 en una charla con Carlos Loret en su nuevo espacio matutino de Televisa.

Sin reparar en la ironía, Miranda de Wallace acude al programa noticioso que transmitió el montaje para quejarse de que tres familiares de Israel hayan sido liberados: "Excepto Israel, están libres tres de los hermanos, René, Juan Carlos y Alejandro", declara, confundiendo el parentesco. "Y no sólo han quedado en libertad por un acto de corrupción, porque había elementos para que se quedaran en la cárcel, sino que después quisieron cobrar indemnización, en la Comisión Ejecutiva de Atención a Víctimas. Cuando intervengo para que la Comisión no proceda a darles el dinero es cuando empiezan a atacarme."

La Señora Wallace sostiene que Juan Carlos Cortez Vallarta mantiene una relación con Brenda Quevedo, sospechosa de participar en el secuestro y asesinato de su hijo: "Aunque estaban en distintos penales en Nayarit y está prohibido por ley, Juan Carlos entró a visitar a Brenda."

Luego le cuenta a Loret que alguien le hizo llegar una grabación en la que los familiares de Cortez Vallarta, junto con la madre de Brenda, orquestan un atentado contra ella. "Por estas razones, pedí que me incluyeran en el protocolo de protección de derechos humanos y no entiendo por qué no lo hacen, si les han dado protección a defensores de delincuentes." Añade que responsabiliza a los Cortez Vallarta y a la madre de Brenda Quevedo si algo llega a sucederle.

Me reúno con Guadalupe Vallarta a fines de mayo de 2017 en el Sanborns de Pabellón Cuauhtémoc, el mismo lugar donde la conocí. Llega a nuestra cita acompañada por Mary Sáinz, una performancera y activista cuyo verdadero nombre es María Guadalupe Vicencio Sánchez, quien suele acompañarla cuando visita a Israel en El Altiplano.

Ambas me expresan su preocupación por la Señora Wallace, quien desde su entrevista con Loret no ha cesado de acusarlas de estar en contubernio con los secuestradores de su hijo, de sabotear sus actos públicos —en efecto, ambas protestaron contra la controvertida marcha que la Señora Wallace organizó contra Donald Trump el 11 de enero de 2017—, e incluso de atentar contra su vida. En un panfleto difundido por México Unido contra la Delincuencia, tanto Guadalupe como Mary aparecen señaladas como líderes de la banda de Los Zodiaco.

Cuando le pregunto a Guadalupe por el señalamiento de la Señora Wallace de que su sobrino Juan Carlos y Brenda mantienen una relación sentimental, ella se acongoja. "Juan Carlos cometió un error", musita. Y me cuenta que, cuando él se encontraba en la cárcel en Nayarit, comenzó a cartearse con Brenda y, al ser exonerado y liberado, fue a visitarla al penal de Cuernavaca.

Guadalupe me revela, asimismo, que José Patiño, el abogado de Pro Vere (el nuevo nombre de la Asociación Canadiense de Víctimas de David Bertet) y de Florence, está por presentar una demanda por daño moral contra la Señora Wallace, suscrita también por Enriqueta Cruz, la periodista Guadalupe Lizárraga —quien publicó una serie de reportajes que ponen duda de la muerte de su hijo—, así como Juan Carlos y Alejandro Cortez Vallarta.

"Aún le queda una sorpresa de diez averiguaciones previas."

Cuando Emmanuelle Steels, acompañada por Patrice Gouy, Anne Vigna y Léonore Mahieux, entrevistó a Eduardo Margolis, éste le deslizó esta sutil amenaza en contra de Israel. Recordemos que la causa contra Israel incorpora los secuestros de Valeria, Ezequiel, Raúl, Cristina, Christian y Shlomo. Y recordemos también que, en el momento de su detención, se le quiso vincular, a partir del reconocimiento de su voz en el banco de la SIEDO, con otros secuestros que nunca más volvieron a ser mencionados. Si en efecto la PGR planea volver a involucrarlo en ellos, cuando la única prueba en su contra es la identificación de voz desechada en 2003 por diversos peritos en fonología, significaría que la intención de las autoridades es continuar alargando su proceso cuanto sea posible.

El cineasta Fred Garson prepara la adaptación de *À l'ombre de ma vie*, escrita en colaboración con Benoît Jaubert y Brice Homs. Conocido como director de series de televisión como *Insoupçonnable* y *Les hommes de l'ombre*, Garson ha contado con la colaboración entusiasta de Florence. Se dice que esta versión se centrará en sus años de prisión, con constantes *flash-backs* a otros momentos de su vida, y que Israel ocupará un lugar secundario, sin dejar clara su culpabilidad o inocencia. El villano principal sería Cárdenas Palomino, a la sombra de García Luna. Tanto Frank Berton como Agustín Acosta apenas figurarían en el filme, mientras que el papel de héroe le correspondería a Héctor de Mauleón (más bien De Mauléon), convertido en el Émile Zola prefigurado por Jean-Claude Boksenbaum.

Gracias a la intervención de un antiguo miembro del CISEN, entre julio y agosto de 2017 establezco contacto con un personaje anónimo que afirma haber estado muy cerca de García Luna durante los primeros meses del caso Vallarta-Cassez. Nos comunicamos a través de un sofisticado sistema de mensajería encriptado del cual le hago llegar un cuestionario que él responde poco a poco en unas cuantas líneas. Su versión de los hechos no se parece a ninguna otra de las expuestas en esta novela documental o novela sin ficción. Sostiene que tanto Israel como Florence planeaban los secuestros mano a mano. Afirma que ella fue detenida el 8 de diciembre —como siempre ha sostenido—, cerca de su trabajo, en la glorieta de la Diana Cazadora, en el Paseo de la Reforma, y que allí les reveló a los agentes que había tres secuestrados en Las Chinitas. Según su versión, la AFI llegó a rescatarlas y esa misma noche capturó a Israel. Todos permanecieron en el rancho hasta la llegada de la prensa por la mañana, momento en el que se organizó la puesta en escena que vimos en televisión. Mi fuente anónima no me proporciona ninguna prueba de sus dichos, que contradicen todos los demás testimonios y evidencias que he recabado y asumo que, aun si es quien dice ser, no parece interesado en revelarme la verdad.

Lo último que uno supondría al ver a Luis Cárdenas Palomino es que haya dedicado la mayor parte de su vida a labores de policía. Gracias a la intermediación de un amigo común, accede a hablar conmigo y luego cancela en el último momento. Este amigo insiste y en esta ocasión me cita a las 09:00 del 14 de septiembre de 2017 en el Café Ó, una terraza abierta en un pequeño centro comercial en Altavista, en San Ángel, a unos pasos de las boutiques Tiffany's, MaxMara y Carolina Herrera, todavía cerradas.

Aunque me rodean muy pocos parroquianos, lo espero en una discreta mesa en el interior y, poco después de la hora convenida, distingo su silueta con un impecable traje azul marino y una corbata púrpura, el pelo celosamente engominado y unos anteojos sin montura que le confieren la apariencia de un hombre de negocios. Se disculpa por el retraso, dueño de una afabilidad difícil de asociar con quien ha pasado la mayor parte de su vida en los cuerpos de seguridad, primero en el CISEN, luego en la Policía Judicial y por último en la AFI.

Le agradezco su disposición a encontrarse conmigo y de pronto tengo la certeza de que con esta entrevista concluirán, de manera simbólica, los años de investigación literaria que he emprendido en torno al caso Cassez-Vallarta. Estoy muy consciente de que nadie conoce mejor la verdad de lo ocurrido y al mismo tiempo aventuro que no me la contará o, en el mejor de los casos, me confiará apenas unos cuantos pasajes que acaso me permitan entrever, como si me asomase a través de una rejilla muy apretada, algunos de los hechos escondidos detrás de tantas versiones contradictorias.

"¿Puedo tomar notas?", le señalo mi cuaderno, un *cahier Gallimard* que compré en una librería de Lille cuando visité a Florence en Dunkerque.

"Prefiero que no, mejor platiquemos. Una disculpa, pero no tengo mucho tiempo."

No deja de parecerme inquietante que, tanto en mis charlas con Israel como en ésta con Cárdenas Palomino, su némesis, me vea imposibilitado para tomar notas y deba apresurarme a transcribir sus palabras al término del encuentro, de nuevo a solas, para no olvidar ningún detalle y mantenerme fiel a sus palabras.

"Como le dije a nuestro amigo", me advierte de entrada, "si tú ya traes una idea prejuiciada, no va a servir de nada lo que te diga."

"Mi intención es contar lo mejor posible esta historia incorporando las voces de todas las personas que han aceptado hablar conmigo", le aseguro. "Lo único que puedo prometerte es que intentaré dejar que los lectores saquen sus propias conclusiones."

Su semblante se relaja y vuelve a exhibir su temple encantador, sus modales cuidados, su sonrisa abierta. Siento que sus ojos claros no dejan ni un segundo de escrutarme y que en el fondo él está tan interesado en descubrir lo que yo sé como yo en adentrarme en sus recuerdos. Me pide una disculpa por empezar nuestra cita con un halago y me felicita por una de mis novelas, que dice haber leído con gusto.

"Yo no quería ser policía, sino espía", me confiesa. "Como los de tu libro."

A lo largo de la conversación volverá una y otra vez a esta época: sus años dorados en el CISEN, al lado de García Luna, dedicado a estudiar maniobras de contrainteligencia: las mismas que luego aplicaría en su trabajo policiaco.

"¿Cuál era y cuál sigue siendo tu relación con García Luna?", le pregunto.

"Es mi jefe. Mi maestro", se exalta. "Genaro es un genio. Él cambió todo el sistema de la policía en México. Algún día se le hará justicia."

"¿Qué balance puedes hacer del caso de Florence e Israel en términos personales y para el país?", inquiero entonces.

"El caso me sigue persiguiendo, pero, ¿tú crees que todavía tiene actualidad?"

Le respondo que, por sus infinitas repercusiones, no me cabe duda. Y le cuento que apenas el día anterior alguien me habló de Florence sin saber que yo estaba escribiendo un libro sobre ella.

"No es uno de los casos que más me marcaron", relativiza. "De no ser por la repercusión mediática, ya se habría olvidado. A mí me apasionan los secuestros. Y éste fue sólo uno entre muchos."

A lo largo de la charla, evadirá mis preguntas y aprovechará para relatarme otros casos que, me asegura, fueron para él más relevantes, en particular el de Daniel Arizmendi, el Mochaorejas, detenido por la Policía Federal en 1998.

"No me arrepiento de nada", asienta. "Yo no hice nada malo."

Insiste en decirme que el problema fue que el caso se tornó político y que el hilo más frágil en esta historia siempre fueron ellos, los policías, a quienes nadie les preguntó nunca su versión de lo sucedido.

"Pues te invito a que ahora me des tu versión de los hechos."

"Nosotros queríamos cambiar al país", rememora con nostalgia. "Éramos muy jóvenes y queríamos terminar con los secuestros. Yo quería dejar al país con una tasa cero. Y ya ves, ahora todo es un desastre. Pero la gente empieza a darse cuenta de que no lo hicimos tan mal."

Trato de hacerlo regresar a diciembre de 2005. Cárdenas Palomino insiste en que sus recuerdos son borrosos y ha olvidado los detalles.

"¿Cuándo y a qué hora fueron detenidos Israel y Florence?"

"Yo llegué ya por la mañana", se resiste a dar una fecha precisa, "junto con los medios de comunicación."

"Pablo Reinah declaró que tú le llamaste para informarle del operativo."

"Puede ser", se queda pensativo. "Teníamos mucha relación con la prensa, sobre todo con el turno de la noche. No sé, puede ser. Él ahora me odia. Dice que yo le mentí al no contarle del montaje, y yo le respondí: ¿Cómo me puedes decir eso si tú viste que yo llegué al mismo tiempo que tú?"

"Pero alguien tiene que haber tomado la decisión, en la AFI, de llamar a los medios..."

"Era muy normal que los medios nos siguieran en los operativos. Los medios son muy difíciles, muy *pushy*."

"Según el parte policiaco ya corregido", insisto, "los agentes afirman haber iniciado el operativo a las 04:00 y haber llegado a Las Chinitas hacia las 05:00. Ellos afirman que Israel les abrió la puerta. Y luego, en la televisión, vemos un operativo como si se tratase de una operación inminente..."

"Yo sólo tenía a mi cargo a los agentes que iban de civil", me dice, aunque yo sé que no es cierto. "Ellos fueron los que llegaron primero. Yo no controlaba a los uniformados..."

"En la transmisión, se ve cómo los periodistas entrevistan a todos, a los supuestos secuestradores, a las víctimas, se mueven con absoluta libertad, ¿eso era normal?"

"Siempre lo hacían, era muy difícil pararlos. Sí, fue raro que entrevistaran a las víctimas, eso no debió haber pasado."

"El 5 de febrero de 2006, en *Punto de Partida*, García Luna reconoció que la transmisión televisiva había sido un montaje, o más bien una *recreación* realizada a petición de los medios."

Por una vez, la respuesta de Cárdenas Palomino no es inmediata.

"Yo no me atrevería a contradecir a mi jefe, pero él no estaba allí. *Yo sí*. Y no hubo ninguna recreación. Lo que se vio en la tele es lo único que pasó."

Intento ocultar mi pasmo. Ésta es, quizás, la mayor revelación que me hará en esta mañana. Todo el argumento de la AFI, de la Procuraduría y del gobierno de Calderón, a partir de la entrevista de García Luna con Denise Maerker, se basa en su afirmación de que hubo una repetición de los hechos. Una repetición que ni Florence ni Israel, ni las víctimas o supuestas víctimas, y tampoco los medios, confirmaron jamás. Una repetición que ahora, doce años después, también es categóricamente desmentida por Cárdenas Palomino, el policía de mayor rango que, en efecto, *estaba allí*.

"¿Y por qué García Luna sostuvo entonces que fue una recreación?"

"No lo sé."

La única explicación que se me ocurre es la más simple: era la única manera de atajar la versión de que Florence e Israel no fueron detenidos el 9 de diciembre, sino el 8. Si García Luna hubiese confirmado esto, la detención ilegal, por casi veinticuatro horas, habría sido suficiente para liberarlos a ambos. Y los policías responsables bien podrían haber sido acusados de secuestro.

"¿Cómo íbamos a inventarnos un caso, sobre todo con tres víctimas y un niño?", se defiende Cárdenas Palomino. "Si yo ascendí en mi carrera, es porque jamás mentí. Las víctimas estaban allí, nuestra labor de inteligencia nos llevó a rescatarlas."

"¿Cuáles son las pruebas contundentes de la culpabilidad de Florence e Israel?"

"Yo no llevaba la investigación", se evade de nuevo, "no lo recuerdo."

"Pero, al día de hoy, ¿tú sigues convencido de que Israel y Florence eran culpables?"

"No es algo que me toque decir a mí."

"¿Tuviste contacto con las víctimas?"

"Muy poco. Con Cristina un poco más, por el niño", hace una pausa. "Y Ezequiel yo creo que no era una víctima. Yo creo que querían matarlo."

"¿En una venganza o ajuste de cuentas entre criminales?"

"Tal vez."

Es la segunda revelación importante que me hace este día, antes de desviarse, una vez más, a otros casos, como el de la Señora Wallace. "Mucho más importantes que el de Florence", remarca.

"¿Y de Israel y Florence recuerdas algo?"

"Los recuerdo más en las audiencias. Él siempre me decía: *Te voy a matar*. Y yo pensaba: *Otro más. Fórmate en la fila*. A Florence siempre la acompañaban sus padres."

"A ti, que tienes tanta experiencia en secuestros, ¿te parece normal que, conforme a la versión oficial, una pareja de secuestradores salga de una casa de seguridad a las 04:00 y deje solos a tres secuestrados?"

Por segunda vez, Cárdenas Palomino titubea.

"Sí, es raro", admite. "Pero quizás haya otros casos. Si los dejan encadenados, o amarrados, o muy bien cerrado el lugar."

Como sabemos, ninguna de las víctimas declaró haber sido amarrada o encadenada.

"¿Por qué Israel está tan obsesionado conmigo?", me pregunta de pronto. "Yo nunca le hice nada."

"Él dice lo contrario."

"Claro, él se hace el encantador", reflexiona. "Es un tipo listo. Si no se hubiese dedicado al secuestro, podría haber hecho algo importante con su vida."

De nuevo se desvía hacia otros casos e insiste en que todos los secuestradores mienten igual que Israel.

"¿Qué sientes de que Florence haya sido liberada?"

"A muchos de los secuestradores que detuvimos los liberaron. Y luego nosotros los volvimos a detener."

"Dices que el caso se politizó. Lo cierto es que, durante varios años, del 2005 al 2009, Israel y Florence son los únicos detenidos. Y de pronto, cuando comienza el conflicto entre Calderón y Sarkozy, la policía reabre las investigaciones y detienen a los hermanos y los sobrinos de Israel."

"Para entonces yo ya no estaba en la policía. Era director de Seguridad Privada en la SSP." Me encara de pronto: "Y qué, ¿Israel ya va a salir?"

Le contesto que el proceso sigue alargándose. Para cerrar la charla, vuelvo a preguntarle cómo le afectó el caso en términos personales.

"En nada, no cambió nada", vuelve a su voz meliflua, serena; sólo después de un instante se torna más grave. "Bueno sí, con mis hijos. Pasé todos esos años atendiendo a las víctimas y descuidé a mis hijos. El mayor, que ahora tiene 16, me preguntó hace un año: *¿Y tú quién eres, papá? No te conozco.* No sé si valió la pena."

Al inicio de la charla me había dicho que debía marcharse a las 10:00, y constatamos que son casi las 11:00. Pide un agua mineral y se despide de mí, no sin antes pedirme mi número y decirme que puedo contactarlo siempre que quiera.

"Adiós." Cárdenas Palomino pronuncia mi nombre en diminutivo, me estrecha la mano y se levanta.

Yo permanezco en mi silla tratando de no olvidar sus palabras.

Al momento de escribir estas líneas, los hermanos Rueda Cacho, su primo Édgar Rueda, Alejandro Mejía y los familiares y familiares políticos de Ezequiel siguen sin comparecer pese a las acusaciones en su contra. Los imagino en sus vidas anónimas, apenas inquietos tras doce años de escabullirse de la policía, el Ministerio Público y los jueces.

Al momento de escribir estas líneas, Genaro García Luna vive en Florida. Lo imagino con una camisa hawaiana y grandes lentes de sol, paseándose por Miami Beach o cenando mariscos en un bistró de moda, dedicado a negocios de restauración y bienes raíces. Poco después, lo descubro en una fotografía tras impartir una conferencia en el ITAM, en la Ciudad de México, adonde ha vuelto para entrevistarse con el jefe de Gobierno, Miguel Ángel Mancera, a fin de ofrecerle los resultados de un estudio realizado por otra de sus empresas, una consultoría en materia de índices de seguridad pública.

Al momento de escribir estas líneas, Luis Cárdenas Palomino continúa desempeñándose como jefe de seguridad en TV Azteca. Lo imagino cada mañana en su oficina frente a decenas de pantallas: esas pantallas que tanto le fascinan y de las que parece no poder escapar.

Al momento de escribir estas líneas, Eduardo Margolis continúa siendo dueño de su conglomerado de empresas y de su agencia de autos blindados. Buena parte de la comunidad judía mexicana sigue considerándolo como su guardián. Y continúa luchando contra la leucemia. Lo imagino rodeado por su familia, confortado por el cariño de su esposa y de sus hijas, y me pregunto si en su agonía piensa en Florence o en Israel.

Al momento de escribir estas líneas, ninguno de los agentes o funcionarios involucrados en el montaje o la tortura de los miembros de la familia Vallarta ha sido sancionado. Los imagino en sus oficinas, en sus patrullas, en las salas de detención, en los juzgados. Y los imagino también —no puedo dejar de imaginarlos— deteniendo a inocentes, torturándolos u obligándolos a admitir una verdad que no es, nunca, la verdad.

Al momento de escribir estas líneas, ni Cristina ni Christian han vuelto a hablar en público de su secuestro. Los imagino cuando los asaltan los recuerdos de esa época y prefieren acallarlos.

Al momento de escribir estas líneas, Ezequiel continúa señalando a Florence y a los Vallarta. Lo imagino tan iracundo como siempre cada vez que alguien afirma que sus enemigos son, también, víctimas.

Al momento de escribir estas líneas, los conductores y periodistas de Televisa y TV Azteca involucrados en el montaje se mantienen en activo. Los veo en sus programas, frescos y atildados, narrando los millares de muertes y desapariciones que han sobrevenido en México desde el inicio de esta historia.

Al momento de escribir estas líneas, Mario Vallarta y su sobrino Sergio Cortez Vallarta continúan en prisión, sentenciados por secuestro y portación ilegal de arma de fuego. Imagino sus vidas carcelarias y sus rutinas carcelarias, vigilados día y noche mientras aquellos que los detuvieron y torturaron se pasean libremente, convencidos de que trabajan a favor de la justicia.

Al momento de escribir estas líneas, René Vallarta y sus sobrinos Juan Carlos y Alejandro Cortez Vallarta luchan por reconstruir sus vidas y mantienen su pretensión de ser resarcidos como víctimas por el tiempo que permanecieron en la cárcel. Imagino a René en su taller de Iztapalapa, concentrado en reparar un motor o en dirigir una operación de hojalatería pensando que en todos estos años siempre estuvo allí. Imagino a Juan Carlos mientras visita a Yolanda, su madre, pensando en A., la mujer de la que tanto estuvo enamorado, y acaso en Brenda Quevedo. E imagino a Alejandro en el arduo proceso de reconocer y recuperar a esos desconocidos a los que tanto ama: su esposa y sus hijos.

Al momento de escribir estas líneas, Guadalupe Vallarta, la Hermana Coraje, continúa empeñada en la defensa de sus hermanos y su sobrino y la reivindicación de su familia. A Lupita no la imagino, sino que la recuerdo de tantas y tantas charlas, aguerrida y a la vez serena, convencida de su misión.

Al momento de escribir estas líneas, imagino a Florence en su departamento, mientras le da una papilla a su hija, o un poco más tarde, en el frío atardecer de Dunkerque, deambulando al lado de sus padres por una playa local mientras sueña con la película basada en su segundo libro autobiográfico y en la libertad que soñó desde la cárcel.

Al momento de escribir estas líneas, Israel Vallarta permanece internado en El Altiplano y aún no ha sido juzgado.

¿Y quién es, a fin de cuentas, Israel Vallarta? ¿Un peligroso secuestrador o la víctima de una gigantesca conspiración?

Todos los actores de este drama se han formulado esta pregunta: Florence, los padres y los abogados de ella; sus víctimas o falsas víctimas; los funcionarios del sistema de justicia que lo han perseguido y se han empeñado en mantenerlo en prisión; y acaso también ciertos integrantes de su familia. Yo, que llevo años examinando su historia, que he podido visitarlo y hablar con él en los tenebrosos locutorios de El Altiplano, no tengo una respuesta certera. Si hubiese escrito una novela normal, una novela de ficción, a estas alturas tendría que haber dibujado de cuerpo entero a mi protagonista y, en vez del enigmático sujeto de las primeras páginas, estaría obligado a exhibir ante mis lectores un personaje sólido y redondo, con sus infinitas torceduras y contradicciones.

Anticipo mi fracaso: dos años después de empezar su historia, Israel apenas me parece menos borroso que al principio. No sólo porque me ha sido imposible lograr que el estruendoso relato de Florence dejase de opacarlo, sino porque su carácter aún me resulta inaprehensible. Siempre que me encuentro con él luego de atravesar los fatigosos controles de la cárcel me invade el mismo pozo de incertidumbre. Mientras me cuenta detalles de su proceso o rememora episodios de su relación con Florence o su familia, jamás deja de verme a los ojos: su mirada me resulta tan intensa como sincera y no concibo ni por un segundo que haya sido capaz de secuestrar a Ezequiel, menos aún a Valeria, a Cristina o a Christian, y desde luego no lo entreveo como el brutal líder de la banda del Zodiaco. Algo en su voz quebradiza, a ratos enfadada y a ratos doliente, me obliga a identificarme con él a través del cristal que nos separa en la prisión de alta seguridad. Quizá sea que los dos somos Cáncer, me digo a veces para justificar mi empatía. Pero, una vez afuera, en ese mundo que se le ha negado desde hace más de una década, me ocurre lo mismo que a Florence y otros: me invade la sensación de que algo profundo se me escapa, de que algo en su pasado me impide observarlo y asirlo por completo. ¿Será ese enigma parte de una vida criminal previa a su arresto como insisten algunos? ¿O apenas un escudo adquirido a fuerza de permanecer sometido a un poder que lo rebasa?

A punto de concluir esta novela sin ficción o esta novela documental, no tengo dudas de que, la madrugada del 9 de diciembre de 2005, Israel no tenía a tres personas secuestradas en su rancho. También sé que, antes de convertirse en el involuntario actor de su propia historia, fue sometido a una tortura brutal. Y sé que la recreación aducida por García Luna jamás existió; como me confirmó Cárdenas Palomino, aquel día no ocurrió ninguna detención ni ninguna liberación que pudiesen ser repetidas a petición de los medios. Sea cual fuere la verdad anterior, quedó destruida por el montaje o la puesta en escena que le siguió. ¿Debo conformarme con esto? ¿Resignarme a no saber qué ocurrió esa mañana? ¿A no desentrañar el misterio de Israel? Como escritor de ficción —y de ficciones ambiguas, sin finales unívocos— debería ser consciente de que la verdad absoluta es imposible, de que la verdad se edifica a partir de un cúmulo de verdades fragmentarias, de que sólo antes del siglo xx era posible concebir narradores omniscientes, dotados con toda la información posible sobre las historias que se disponían a contar. Al cerrar esta novela documental o esta novela sin ficción, me corresponde aceptar al Israel ambiguo —humano, demasiado humano— que he conseguido retratar en estas páginas. Y repetir una y otra vez que, sin importar lo que haya hecho antes, si es que algo hizo, es ante todo una víctima de ese poder que lo torturó y le negó un proceso equitativo y justo. Entre tantas verdades y ficciones entremezcladas, entre tantas dudas y zozobras, quisiera cerrar este libro con esta última imagen: sin volver la vista atrás, Israel avanza por el patio de cemento hacia la última reja de El Altiplano. Frente a él se extiende la vasta polvareda de la tarde.

Ciudad de México, 2015-2018

Nota

Esta novela sin ficción se basa de manera sustancial en los expedientes judiciales de Florence Cassez y la familia Vallarta, así como en las transcripciones de discursos, declaraciones y entrevistas de los protagonistas de esta historia. En el primer caso, las transcripciones de las deposiciones de inculpados, víctimas, abogados y testigos, realizadas por los escribientes del Ministerio Público o de los juzgados, adolecen de todo tipo de errores y vicios sintácticos, semánticos y ortográficos. Podría decirse que existe una especie de jerga judicial, alejada por completo de la lengua literaria, cuyos principales rasgos son la devoción por los gerundios, las interminables oraciones coordinadas y subordinadas y el uso arbitrario de los tiempos verbales. Un estilo similar, acaso sólo un poco menos desgarbado, prevalece en las transcripciones de discursos, dichos y entrevistas publicadas en los medios de comunicación o realizadas para uso interno de las instituciones públicas.

A fin de darle la mayor legibilidad posible a estos textos, me he permitido unas pocas licencias que podrá notar cualquiera que compare los textos originales con mis propias transcripciones:

1. En todos los casos he corregido la puntuación, acercándola lo más posible a las normas habituales;

2. Cuando el uso de gerundios y participios entorpecía gravemente la lectura, he cambiado estas formas verbales hacia el indicativo o el subjuntivo; y

3. He procurado darle coherencia a los tiempos verbales cuando los declarantes —o los transcriptores— saltan del pasado al presente en una misma frase o un mismo párrafo.

La escritura de una novela sin ficción descansa sobre todo en el trabajo de edición realizado por el autor. Por ello, en numerosas ocasiones me he tomado la libertad de eliminar palabras, oraciones o incluso párrafos completos que me han parecido superfluos o redundantes con el fin de acentuar los argumentos centrales de cada declarante. Al ser ésta una novela y no un ensayo, decidí no indicar entre corchetes las partes omitidas. En mi descargo sólo puedo añadir que he hecho hasta lo imposible para que estos cortes jamás alteren la intención o el sentido que los declarantes querían darle a sus dichos. Por esta misma razón, salvo algunas conjunciones ilativas, en ningún caso he añadido palabras que no estuviesen presentes en las transcripciones originales.

Agradecimientos

En primer lugar, mi agradecimiento a Emmanuelle Steels: la lectura de su *Teatro del engaño* fue el detonador que me animó a emprender esta investigación literaria. Guadalupe Vallarta, la incansable defensora de sus hermanos y sobrinos, fue mi puerta de entrada no sólo al expediente del caso y a su hermano Israel, sino al conjunto de su familia. Florence Cassez no sólo estuvo dispuesta a revivir conmigo su historia y su cautiverio, sino que me presentó a sus padres, Bernard y Charlotte. Agradezco especialmente a esta última, quien accedió a enviarme fragmentos de su diario. Sébastien Cassez, por su parte, me confió el libro inédito que escribió y cuyo relato enriqueció estas páginas.

Agradezco, asimismo, la apertura o la generosidad de las demás personas que aceptaron hablar conmigo sobre el caso o que me condujeron hacia nuevas pistas para tratar de aclararlo: Agustín Acosta, Héctor Aguilar Camín, Juan Araujo, Pedro Arellano, Jean-Claude Boksenbaum, Benjamín Cann, Miguel Carbonell, Luis Cárdenas Palomino, Juan Carlos Cortez Vallarta, Alejandro Cortez Vallarta, José Ramón Cossío, Valeria Cheja, Carlos de Icaza, Héctor de Mauleón, Léonore Mahieux, Alberto del Río, Éric Dussart, Yuli García, Eduardo Gallo, Gerardo Laveaga, Carlos Loret de Mola, Daniel Parfait, Denise Maerker, Alma Delia Morales, Juan Manuel Magaña, Eduardo Medina Mora, Javier Mijangos, Ignacio Morales Lechuga, Ricardo Ojeda Bohórquez, Ángel Olmos, Guillermo Osorno, Ricardo Raphael,

José Reveles, Daniel Ruiz, Renato Sales, Frédéric Saliba, Vania Salgado, Olga Sánchez Cordero, Alejandra Saavedra, Ixe Citlali Serrano, Joëlle Stoltz, Jorge Vallarta, Yolanda Vallarta, Anne Vigna y Arturo Zaldívar.

Además del libro de Steels, me resultaron imprescindibles *Los cómplices del presidente*, de Anabel Hernández (2008), *Peines mexicaines*, de Anne Vigna y Alain Develpo (2012), *L'affair Cassez: La indignante invención de culpables en México,* de José Reveles (2013) y *¿Culpable? Florence Cassez, el caso del siglo*, de Luis de la Barreda Solórzano (2014), así como los dos libros autobiográficos de Florence Cassez escritos en colaboración con Éric Dussart: *À l'ombre de ma vie. Prisonnière de l'État mexicain* (2010) y *Rien n'emprisonne l'inocence* (2014). *La dimensión desconocida* (2016), de Nona Fernández, me hizo ver que era posible valerse de la imaginación en una novela documental.

Agradezco a Annie Morvan, Gabriel Iaculli, Pedro Ángel Palou, Eloy Urroz y Tomás Regalado, amigos y severos lectores, quienes me abrieron los ojos para señalarme el mejor camino para contar esta historia. Este libro hubiese sido distinto, y de seguro peor, sin sus críticas.

Por último, doy las gracias a mis asistentes de investigación, Esteban Gutiérrez y Pablo Martínez, así como a mis demás alumnos del curso de "Novela sin ficción" que impartí en el primer semestre de 2017 en la Facultad de Filosofía y Letras de la UNAM al tiempo que escribía estas páginas, y a Eduardo Amerena por la revisión jurídica del manuscrito.

Dramatis personae

LOS VALLARTA

Jorge Vallarta y Gloria Cisneros

Jorge, Arturo, Soledad, Daniel, Guadalupe, René, Yolanda, Mario e Israel Vallarta Cisneros, *hijos de los anteriores*

Juan Carlos, Alejandro y Sergio Cortez Vallarta, *hijos de Yolanda*

Jeanne Imelda Cossío Martínez, *exesposa de Israel*

Christian Armando Vallarta Cossío, *hijo de Jeanne reconocido por Israel*

Saraid y Karla Anaid Vallarta Cossío, *hijos de Jeanne e Israel*

Claudia Martínez Hernández, *exesposa de Israel*

Brenda e Israel Vallarta Martínez, *hijos de Claudia e Israel*

LOS CASSEZ

Bernard Cassez y Charlotte Crepin, *padres de Florence*

Olivier, Florence y Sébastien Cassez, *hijos de los anteriores*

Vanessa Iolany Mercado Baker, *exesposa de Sébastien*

Corinne Cassez, *esposa de Sébastien*

Jorge A. Ferreira, *novio de Florence*
Fausto A., *exesposo de Florence*

LOS POLICÍAS

Genaro García Luna, *director de la AFI con Vicente Fox y secretario de Seguridad Pública con Felipe Calderón*

Luis Cárdenas Palomino, *director general de Investigación Policial de la AFI y director general de Seguridad Privada de la SSP*

Javier Garza Palacios, *jefe de la dirección de Operaciones Especiales de la AFI*

Jorge Rosas, *titular de la Unidad Especializada en Investigación de Secuestros de la PGR*

Alejandro Fernández Medrano, *agente del Ministerio Público federal*

Juan Escalona Aldama, José Aburto Pazos, Germán Ovidio Zavaleta Abad, Carlos Alberto Servín Castorena, María Isabel Hernández Ávila, Israel Zaragoza Rico y Jessica Catalina Murgui Hernández, *comandantes o agentes de la AFI*

LAS VÍCTIMAS (O SUPUESTAS VÍCTIMAS)

Valeria Cheja Tinajero, *estudiante*
Elías Nousari Cohen, *empresario*
Emilio Jafif Penhos, *empresario*
Shlomo Segal Mizdrahi, *empresario*
Margarita Delgado, *estudiante*
Roberto García Herrera, *comerciante*
Ignacio Figueroa Torres, *comerciante*
Silvano González Díaz, *comerciante*

Ezequiel Yadir Elizalde Flores
Karen Pavlova Castillo, *su esposa*
Arturo Castillo, *su cuñado*
Leticia Gómez López, *suegra de Ezequiel*
Raquel Flores, *madre de Ezequiel*
Enrique Elizalde Menchaca, *padre de Ezequiel*
Enrique Elizalde Flores, *hermano de Ezequiel*
Fernando Flores Bonilla, *tío de Ezequiel*

Cristina Ríos Valladares
Christian Ramírez Ríos, *su hijo*
Raúl Ramírez Chávez, *su pareja*
Cynthia Parra, *exesposa de Raúl*

LOS SECUESTRADORES (O PRESUNTOS SECUESTRADORES)

José Fernando y Marco Antonio Rueda Cacho

Marco Antonio Rueda Valencia, *padre de los anteriores*

Alejandro Mejía Guevara, *expareja de Yolanda Vallarta*

Édgar Rueda Parra, *pariente político de Raúl Ramírez y primo de los hermanos Rueda Cacho*

Carlos Palafox *alias* Carlos Cerecero Ortiz, *alias* el Ranchero; David Orozco Hernández, Francisco Solache Galindo, *alias* el Ojos; Diego Allan Pérez Uriarte, *alias* el Kalimba; e Hilario Rodríguez Peña, *alias* el Parejita, *supuestos miembros de la banda de Los Palafox*

Enrique Ávila Fierro, *alias* el Rabaida; Omar Acevedo Robledo, *alias* el Dólar o el Champi; Ulises Zenil Villegas; Sergio Islas Tapia; y Dither Camarillo Palafox, *supuestos secuestradores de las bandas de Los Japos, Los Tablajeros o Los Zodiaco*

Brenda Quevedo, *supuesta secuestradora de Hugo Alberto Wallace Miranda*

LOS PERIODISTAS

Carlos Loret de Mola, *conductor de* Primero Noticias
Pablo Reinah, *reportero de* Primero Noticias
Juan Manuel Magaña, *coordinador de información de* Primero Noticias
Laura Barranco, *asistente de Carlos Loret en* Primero Noticias
Sergio Vicke, *conductor de* Hechos A.M.
Ana María Gámez, *reportera de* Hechos A.M.

Denise Maerker, *conductora de* Punto de Partida
Yuli García, *reportera de* Punto de Partida

Emmanuelle Steels, *corresponsal de* Libération
Léonore Mahieux, *corresponsal de* Europe 1
Anne Vigna, *periodista francesa*
José Reveles, *periodista mexicano*
Guillermo Osorno, *director de* Gatopardo
Héctor de Mauleón, *subdirector de* Nexos
Mélissa Theuriau, *conductora en M6*

LOS POLÍTICOS

Vicente Fox Quezada, *presidente de México (2000-2006)*
Felipe Calderón, *presidente de México (2006-2012)*
Enrique Peña Nieto, *presidente de México (2012-2018)*

Daniel Cabeza de Vaca, *procurador general de la República con Vicente Fox*

José Luis Santiago Vasconcelos, *subprocurador de la* PGR *con Vicente Fox*

Eduardo Medina Mora, *procurador general de la República con Felipe Calderón*

Patricia Espinosa, *secretaria de Relaciones Exteriores de Calderón*

Raúl Plascencia, *presidente de la Comisión Nacional de Derechos Humanos*

Nicolas Sarkozy, *presidente de Francia (2007-2012)*

Carla Bruni, *su esposa, cantante*

François Hollande, *presidente de Francia (2012-2017)*

Valérie Trierweiler, *su excompañera, periodista*

Bernard Kouchner, *ministro de Asuntos Exteriores con Sarkozy*

Michèlle Alliot-Marie, *ministra de Asuntos Exteriores con Sarkozy*

Jean-Claude Marin, *procurador de París*

Damien Loras, *consejero del Sarkozy*

Élisabeth Beton-Delègue, *directora para América Latina y el Caribe del Ministerio de Asuntos Exteriores*

Laurent Fabius, *ministro de Asuntos Exteriores con Hollande*

Michel Delebarre, *senador-alcalde de Dunkerque*

LOS TESTIGOS

Alma Delia Morales y Ángel Olmos, *vecinos de Israel*

Mónica Alavés, *vecina de Israel*

Leonardo Cortés, *comerciante ambulante*

Miguel Figueroa Torres, *hermano de Ignacio Abel, asesinado en un secuestro*

LOS ABOGADOS

Jaime López Miranda, *abogado de Sébastien Cassez*
Leobardo Cuajical, *primer defensor de oficio de Israel y Florence*
Héctor Trujillo Martínez, *primer abogado de Israel*
Alejandro Cortés Gaona, *segundo abogado de Israel*
Jorge Ochoa Dorantes, *primer abogado de Florence*
Horacio García Vallejo, *segundo abogado de Florence*
Agustín Acosta, *tercer abogado de Florence*
Frank Berton, *abogado francés de Florence*

LOS DIPLOMÁTICOS

Carlos de Icaza, *embajador de México en Francia*
Daniel Parfait, *embajador de Francia en México*
Gérald Martin, *cónsul de Francia en México*

LOS JUECES

Olga Sánchez Contreras, *titular del Primer Juzgado de Distrito en Materia Penal*

Jorge Fermín Rivera Quintana, *magistrado del Primer Tribunal Unitario del Primer Circuito*

Carlos Hugo Luna Ramos, Ricardo Ojeda Bohórquez y Manuel Bárcena Villanueva, *magistrados del Séptimo Tribunal Colegiado en Materia Penal del Primer Circuito*

Guillermo Ortiz Mayagoitia, José Ramón Cossío, Arturo Zaldívar, Olga Sánchez Cordero, Jorge Pardo y Alfredo Gutiérrez Ortiz Mena, *ministros de la Suprema Corte de Justicia*

José Fernando Guadalupe Suárez Correa, *magistrado del Primer Tribunal Unitario del Vigésimo Cuarto Circuito con sede en Nayarit*

LOS ACTIVISTAS

Isabel Miranda de Wallace, *presidenta de Alto al Secuestro*

Fernando Martí, *presidente de México* SOS

Eduardo Gallo, *ex presidente de México Unido contra la Delincuencia*

LOS ALIADOS DE FLORENCE

Ignacio Morales Lechuga, *ex procurador y exembajador de México en Francia*

Miguel Carbonell, *abogado*

Thierry Lazaro, *diputado en la Asamblea Nacional Francesa y alcalde de Phalempin*

Frédéric Cuvillier, *alcalde de Boulogne-sur-Mer*

Jean-Luc Romero, *fundador del Comité "Liberen a Florence Cassez"*

Jean Claude Boksenbaum, *director de la* AFP *en México*

Sylvie Boksenbaum, *su esposa*

LA IGLESIA

Benedicto XVI, *papa*

Pedro Arellano Aguilar, *director de la Pastoral Penitenciaria*

Christophe Pierre, *nuncio apostólico en México*

Hugo Valdemar, *vocero de la Arquidiócesis de México*

EL CONSPIRADOR

Eduardo Margolis, *empresario*

Índice de abreviaturas

AFI: Agencia Federal de Investigaciones
AFP: Agencia France Presse
CEAV: Comisión Ejecutiva de Atención a Víctimas
CIDH: Comisión Interamericana de Derechos Humanos
CNDH: Comisión Nacional de Derechos Humanos
IFE: Instituto Federal Electoral
INFONAVIT: Instituto de Fomento a la Vivienda de los Trabajadores
PAN: Partido Acción Nacional
PGJDF: Procuraduría General de Justicia del Distrito Federal
PGR: Procuraduría General de la República
PRD: Partido de la Revolución Democrática
PRI: Partido Revolucionario Institucional
SSB: Système de Santé et Beauté
SIEDO: Subprocuraduría de Investigación Especializada en Delincuencia Organizada
SSP: Secretaría de Seguridad Pública
UNAM: Universidad Nacional Autónoma de México

Índice

XXI Premio Alfaguara de novela

El 31 de enero de 2018, en Madrid, un Jurado presidido por el escritor Fernando Savater, e integrado por los escritores Mathias Enard y Sergio del Molino, la directora de cine Claudia Llosa, el director de Librerías Gandhi de México, Emilio Achar, y Pilar Reyes (con voz pero sin voto), directora editorial de Alfaguara, otorgó el **XXI Premio Alfaguara de novela** a ***Una novela criminal***.

Acta del Jurado

El Jurado, después de una deliberación en la que tuvo que pronunciarse sobre seis novelas seleccionadas entre las quinientas ochenta presentadas, decidió otorgar por mayoría el **XXI Premio Alfaguara de novela,** dotado con ciento setenta y cinco mil dólares, a la obra presentada bajo el seudónimo de **G. Fuchs**, cuyo título y autor, una vez abierta la plica, resultaron ser ***Una novela criminal*** de **Jorge Volpi.**

En primera instancia el Jurado quiere destacar la enorme cantidad de libros presentados y la gran calidad de todos los originales finalistas.

Una novela criminal es el fascinante relato sin ficción del caso Cassez-Vallarta que durante años conmocionó a la sociedad mexicana y llegó a generar un incidente diplomático entre Francia y México. Rompiendo con todas las convenciones del género, el autor coloca al lector y a la realidad frente a frente, sin intermediarios. En esta historia, el narrador es tan solo el ojo que se pasea sobre los hechos y los ordena. Su mirada es la pregunta, aquí no hay respuestas, solo la perplejidad de lo real.

Premio Alfaguara de novela

El Premio Alfaguara de novela tiene la vocación de contribuir a que desaparezcan las fronteras nacionales y geográficas del idioma, para que toda la familia de los escritores y lectores de habla española sea una sola, a uno y otro lado del Atlántico. Como señaló Carlos Fuentes durante la proclamación del **I Premio Alfaguara de novela**, todos los escritores de la lengua española tienen un mismo origen: el territorio de La Mancha en el que nace nuestra novela.

El Premio Alfaguara de novela está dotado con ciento setenta y cinco mil dólares y una escultura del artista español Martín Chirino. El libro se publica simultáneamente en todo el ámbito de la lengua española.

Premios Alfaguara

Caracol Beach, Eliseo Alberto (1998)
Margarita, está linda la mar, Sergio Ramírez (1998)
Son de Mar, Manuel Vicent (1999)
Últimas noticias del paraíso, Clara Sánchez (2000)
La piel del cielo, Elena Poniatowska (2001)
El vuelo de la reina, Tomás Eloy Martínez (2002)
Diablo Guardián, Xavier Velasco (2003)
Delirio, Laura Restrepo (2004)
El turno del escriba, Graciela Montes y Ema Wolf (2005)
Abril rojo, Santiago Roncagliolo (2006)
Mira si yo te querré, Luis Leante (2007)
Chiquita, Antonio Orlando Rodríguez (2008)
El viajero del siglo, Andrés Neuman (2009)
El arte de la resurrección, Hernán Rivera Letelier (2010)
El ruido de las cosas al caer, Juan Gabriel Vásquez (2011)
Una misma noche, Leopoldo Brizuela (2012)
La invención del amor, José Ovejero (2013)
El mundo de afuera, Jorge Franco (2014)
Contigo en la distancia, Carla Guelfenbein (2015)
La noche de la Usina, Eduardo Sacheri (2016)
Rendición, Ray Loriga (2017)
Una novela criminal, Jorge Volpi (2018)

Jorge Volpi

(México, 1968) es autor de las novelas *La paz de los sepulcros*, *El temperamento melancólico*, *El jardín devastado*, *Oscuro bosque oscuro* y *Las elegidas*; de la "Trilogía del Siglo XX" formada por *En busca de Klingsor* (Premio Biblioteca Breve y Deux-Océans-Grinzane Cavour), *El fin de la locura* y *Tiempo de cenizas*, y de las novelas breves reunidas bajo el título de *Días de ira. Tres narraciones en tierra de nadie*. También ha escrito los ensayos *La imaginación y el poder. Una historia intelectual de 1968*, *La guerra y las palabras. Una historia intelectual de 1994*, *Leer la mente. El cerebro y el arte de la ficción* y *Examen de mi padre*. Con *Mentiras contagiosas* obtuvo el Premio Mazatlán de Literatura al mejor libro del año en 2008. En 2009 le fueron concedidos el II Premio de Ensayo Debate-Casamérica por su libro *El insomnio de Bolívar*, y el Premio Iberoamericano José Donoso, de Chile, por el conjunto de su obra. Ha sido becario de la Fundación J. S. Guggenheim, fue nombrado Caballero de la Orden de Artes y Letras de Francia y en 2011 recibió la Orden de Isabel la Católica en grado de Cruz Oficial. Sus libros han sido traducidos a treinta lenguas.